ひまわり

新川帆立

幻冬舎

ひまわり

ひまわり　目次

プロローグ

拝啓
翔太《しょうた》君、元気にしてるかな。

朝宮《あさみや》ひまりです。

このあいだは、事務所にきてくれて、ありがとう。驚いたでしょう。

私は肩から下がほとんど動かないのに、弁護士バッジをつけて（正確には、ヘルパーさんにつけてもらって）、働いてるんだから。

焼肉も寿司も、大好きなパスタだって、自分でパクパク食べちゃうよ。メイクもするし、美容院にも行くし、友達と旅行にだって行く。

「先生と僕は違う」

と翔太君は言っていたね。

その通りだと思う。私は周囲の人に恵まれて、とても幸運だったから。みんながみんな、こういうふうに暮らせるとは思わない。

でも、翔太君はまだ十八歳だよね。もっと広い世界を知ったほうがいい。

私は三十三歳のとき、交通事故にあいました。頸髄《けいずい》を損傷して、一時期は肩から下が全く動きませんでした。寝たきりの時期もあった。だけど、リハビリを頑張って、ロースクールに行って、司法試験を受け、就職活動もして、なんとか今に至ります。

弁護士になって三年、事故からはもう十年が経《た》ちました。

これは長い手紙です。

事故にあってから弁護士になるまでの七年間を、私なりに思い出して書きました。「書きました」といっても、キーボードはほとんど使えないので、音声入力ソフトというものをパソコンに入れて、マイクに向かってしゃべっています。

普通の人より時間はかかるけど、慣れています。司法試験も、この方法で「しゃべって」突破したから。

弁護士バッジには、内側に「はかり」、外側に「ひまわり」がデザインされています。「はかり」は公正と平等を、「ひまわり」は自由と正義を追い求めることを表しているそうです。でも、ひまわりがどうして自由と正義の象徴なのか、誰も知りません。

諸説あるけど、はっきりとした正解がないんです。

翔太君はどう思いますか？

敬具

P.S. 今度、安城《あんじょう》さんとキャンプに行くんだってね。楽しんできてね。

第一章　事故までの暮らし

八王子《はちおうじ》市の南端で私は生まれた。予定日より三週間も早かった。「生まれたときからせっかちだった」というのは母の言葉だ。

「お腹《なか》にいる頃からずんずんずんずんって、蹴ってきたからね、あんた。お母さん、あんたに喧嘩《けんか》売られてんのかと思ったわ」

勝ち気な母は、独特の感想を口にする。

「陣痛がきたときは、出陣って思ったもん」

母は突然の陣痛に驚きながら病院に駆け込んだ。最悪の事態が頭をよぎったという。だが予想に反して、三時間もしないうちに私はすんなり生まれた。身体が小さいために新生児集中治療管理室に入れられていたが、いたって健康体だった。

名前の候補はいくつか考えてあったという。けれども、いざ赤ん坊の顔を見ると、どれもぴんとこない。

翌日には三歳の長男、圭介《けいすけ》を連れて、父が面会にきた。

普段無口な父が赤ん坊を抱いて「ひだまりみたい」と漏らしたことから、「ひまり」と名付けられた。体温が高めで、抱いていると、ひだまりで昼寝をしているような気分になったらしい。

小さく生まれたのを取り戻すように、私は食欲旺盛で太り気味の子供に育っていった。

母に似て口が達者だった。注意されると「でも」「だって」と反論する。だから「でもだってのひまり」と呼ばれていた。

「でも、お兄ちゃんが先にとったから」

「だって、お兄ちゃんもやってたから」

いちいち引き合いに出される兄も気の毒だ。兄は父に似て口数の少ない人だった。

一個しかないどら焼きを二つに割って、大きいほうをいつもくれた。

「お兄ちゃん、ありがとお」

じゃれつく私に対して、兄は照れたようにうなずくだけだ。

兄が好きだったし、正直に言うと、妹としての甘えもあった。ごねれば最終的に兄が折れる。そう分かっていて、兄にくっついてまわっては、美味《おい》しいとこどりをしていた。

今振り返ると、一番無邪気で、だからこそ傍若無人な時期だった。

兄が友人たちと遊ぶときもついていって、まぜてもらう。

バトル系のカードゲームが男の子たちの間で流行《はや》っていた。同級生の家にあがりこんでは、膝を突き合わせて「ドロー!」とか「俺のターン!」などと盛りあがる。

私は意味も分からず「俺のターン!」と兄の真似《まね》をして、周りの失笑を買っていた。

妹を連れていくのは、友人の手前、恥ずかしかったかもしれない。だが兄は文句も言わず手を引いてくれた。

両親は共働きでほとんど家にいなかった。父は仏壇を製造販売する会社に勤め、母はウォーターサーバーの販売営業をしていた。

小学校にあがる頃、我が家は東京の東側、下町が広がるエリアに引っ越した。父の大叔父にあたる人が亡くなって、父は家を相続したらしい。両親にとっては、降って湧いたマイホームだった。

都内での暮らし向きは楽ではなかったが、衣食住に困りはしなかった。働き者で倹約家の両親のもとに生まれたのは、一番の幸運だったかもしれない。

だけど当時の私は、地に足のついた暮らしに飽き飽きしていた。

世の中にはうんと面白いことがあるかもしれない。面白いことから自分だけ取り残されたらどうしよう。そんな焦りが常にじりじりと募り、どこかへ飛び出していきたい気持ちを持て余していた。

あるとき、普段は優しい兄が「今日は、ひまりちゃん、連れていかないからね」と言い張った。あれはセミの抜け殻が大豊作で、一個ずつ玄関に並べていたときだから、小学二年生の夏休み明けだ。兄は小五だった。

「なんで、なんで！」

と私は早速ぐずった。だが兄は頑として「なんでもダメ！」と言う。

そう言われると俄然《がぜん》ついていきたくなる。「ダメなんだからね！」と言いながら家を出た兄の背中を追いかけた。兄は私を振り払うように走り出す。けれども所々で振り返っては泣き出しそうな顔でこちらを見る。心を鬼にして走りながらも、やはり幼い妹が不憫《ふびん》だったのだろう。結局、つかずはなれずの距離で二人は走った。兄は歩を緩めてくれていたに違いない。下町の木造住宅の間を抜け、幹線道路を通りすぎ、再開発が進んだ地域のタワーマンション群を抜けた。

まだ蒸し暑い九月の初めだ。放課後でも陽が高い。ツクツクボウシの声が耳をつんざくように鳴り響いていた。Tシャツを汗でじっとり濡《ぬ》らしながら、兄の影を追う。

子供の脚で三十分近く進んだ。

小学校の学区ぎりぎりのところに、そのお屋敷はあった。

高い塀にぐるっと囲まれた洋館だった。塀はもっさりとしたツタに覆われている。その奥に、赤茶色のレンガでできた古い建物が見えた。

フロントポーチの上部には丸窓がある。はめられたステンドグラスが、縁日でもらうビー玉みたいに、色とりどりに輝いていた。

大人になってから見ると、古びた二階建ての輸入住宅だと分かる。けれども当時の私の目には、ディズニー映画に出てくるお城のように映った。ドラキュラが住んでいそうだった。

どうしてこの家の話をしているかというと、ここが幼馴染《おさななじみ》の額田《ぬかだ》レオとの出会いの地だからだ。

素直に認めるのは悔しいけれど、レオに出会ったことは、その後の私の人生に、大きく、しかも何度も影響を与えることになる。口が裂けても本人には言いたくないけどね。

で、当のレオは、彫りの深い顔立ちをした少年だった。黒々としたくせ毛をいじりながら、やや緊張した面持ちで兄を出迎えた。

「圭介君が、きたよ！」

家の中に向けて叫ぶと、こちらに向き直り、首をかしげた。「いもうと？」

兄は黙ってうなずいた。

レオの顔がまっすぐ私に向けられていた。長いまつ毛の下からのぞく瞳は、黒曜石のようにくっきりと黒い。

頬が熱くなるのを感じた。

家の中からパタパタと足音がして、女の人が顔を出した。

お相撲さんみたいな女の人だった。腕ががっちり太くてたくましい。大きな肩に、小さくてキリッとした顔が乗っている。レオと同じくせ毛の黒髪を後ろで雑に結んでいた。

一見して、「あっ、外国人だ！」と思った。

都会で暮らしていたから、電車に乗れば外国人を見かけることは少なくない。でも、言葉を交わす距離感で接したことはなかった。

どう挨拶《あいさつ》していいのか分からず、まごついていると、女の人がニッコリ笑った。

「いらっしゃい」

綺麗《きれい》な日本語だった。

レオのママはアメリカ出身だけど、日本の大学を出ているんだって。日本語はペラペラだ。ついでにスペイン語も話せるらしい。レオのパパとはロサンゼルスで出会ったという。

家にあがり込んでから、そんな話にうっとりと聞き入った。

「どうして日本にきたの？」

「仕事の都合だよ。レオもちょうど新学期だから、先月、家族で引っ越してきたの」

兄やレオをそっちのけにして、私はレオのママ、レイチェルさんと話し込んだ。

分厚い唇に濃い眉毛、意志の強そうな目元が情熱的な印象を与える人だ。

レオもその特徴を引き継いで、濃い顔立ちをしていたが、より柔らかい雰囲気もあった。あとから分かったことだが、レオのパパは色白で、線の細い感じの人だった。父親と母親とに、半分ずつ似ているのだ。

想像するに兄の圭介は、ちょっと特別な雰囲気をもつこの転校生、レオから遊びに誘われて、心がはずむとともに落ち着かない気持ちになった。いつもなら妹を連れていくが、この日ばかりは一人で出かけようとした。レオへの見栄《みえ》だったのだろう。

とにもかくにも、私は額田家、というかレイチェルさんに夢中になった。

レイチェルさんが出してくれるクレームブリュレみたいな食べ物が大好きだった。

表面はカリカリだけど、中はトロッとしていて、ものすごく甘い。

口に含むと幸せの味がした。掃除当番になっちゃったこととか、クラスのマイちゃんに悪口を言われたこととか、全部どうでもよくなる。

「クレマ・カタラーナっていうスペインのお菓子なんだよ」

「アメリカ人なのにスペインのお菓子を作れるの？」

無邪気に訊《き》く私に、レイチェルさんは嫌な顔一つせず説明してくれた。

「私のパパとママは昔、スペインからアメリカに移り住んだんだ。アメリカには色んなルーツを持つ人が沢山暮らしてるんだよ」

「へえー……」

口をあんぐりあけて、レイチェルさんの話に聞き入った。

アメリカのお肉はすっごく大きい。警察官がお馬さんに乗ってパトロールする。ＦＢＩというすごい組織がある。知らないことばかりだった。当時の私はまさにそういう、ドキドキワクワクの新しい世界を求めていた。

兄とレオがただの同級生くらいの距離感に落ち着いたあとも、私は額田家に通いつめた。

レオとしては、母親がとられたようで面白くなかったらしい。

「ひまちゃん、しつこい！　ひまなの？　ひまだから、ひまちゃんっていうんだ」

と盛んに言いたてた。だがそのうち馬耳東風だと悟ったらしい。リビングルームに二人で並んで、一緒にお菓子を食べたり、お絵描きをしたりするようになった。

私が小学三年生、レオが小学六年生のとき、大事件があった。

レイチェルさんがバイト先のコンビニで殴られたのだ。

クリスマス前のちょっとウキウキした時期だった。その日はプリント係といって、みんなから集めたプリントの向きをそろえて、先生にもっていく係をしていた。学校を出るのがちょっと遅くなり、急ぎ足でレイチェルさんの家に向かった。シュトーレンっていうドイツのお菓子を食べさせてもらう約束をしていたんだ。

だけどレイチェルさんは家にいなかった。半べそをかいたレオが出てきて「ママは病院に行ってる」と言った。

「病院？　なんで？　どこか悪いの？」

矢継ぎ早に訊きながら、レオの泣き虫がうつって、私も泣き出した。

「知らない！　ひまちゃん、うるさい！」

結局、日が暮れる頃まで待っていたら、レイチェルさんは帰ってきた。どうして病院に行っていたのか訊いても、教えてくれない。

何か大事なことを隠されているような気がして、レオも私も不満だった。

「絶対、へん！　おれ、調べるから！」

気分がコロコロ変わる私と違って、レオは意固地なところがある。一度決めると諦めかたを知らないというか。

レオがレオのパパにしつこく訊いて、一週間後に仕入れてきた情報によると、こういうことらしい。

レイチェルさんは平日の午前中、コンビニのバイトに入ってる。

あるおじいちゃんがタバコを買いにきた。コンビニには二百種類以上のタバコがおいてある。名前で言われても分からないから、振ってある番号で注文してもらうことになっていた。だけどそのおじいちゃんは、名前だけを言って、振ってある番号を言ってくれなかった。

レイチェルさんはタバコの名前を聴き取れなかったという。

すると、客のおじいちゃんは、

「日本語が分からんなら、日本から出ていけ！」

と怒鳴り、殴った。

警察での取り調べでも「ガイジンだったこともあり、イライラした」と話したらしい。

私は激しくいきどおった。

「こんなのありえない。ひどい。おかしいよ。ねっ、ねっ？」

言い募る私に対して、レイチェルさんは困ったように笑っていた。レオはむっつり黙り込んでいた。だけどレオが怒ってるのは十分に伝わってきた。二人の間に不思議な仲間意識が芽生えた。

翌日、教室を出てすぐのところで、レオが待っていた。そのせいで、リエちゃんというちょっとませていて、かなり意地悪な同級生から「ねえ、あの人、ひまりちゃんのカレシ？」と訊かれ、「ひまりちゃんの男ずき！」と言って回られることになるのだが、それはまた別の話だ。

レオは「ママを殴った男を見に行く」と怖い顔で言った。「ひまちゃんも行くよね？」

正直なところ、私はビビっていた。レイチェルさんを殴った男は憎いけど、会いに行くのはちょっと……という感じだ。

「リャクシキキソってやつなんだって。お金を十万円くらい払って、それで終わり。そんなのおかしいじゃん」

廊下に出てきた同級生たちがこっちをちらちら見ているのが気になって、私はとりあえず歩き出した。それでレオは、私が行くことにしたのだと思ったらしい。

「男の家の場所は分かってる。近所で有名な迷惑おじいさんなんだって」

タイミングを見つけて家に帰っちゃおうと思っていたけど、男の家は思ったより学校の近くにあった。

門扉の陰にはりつくようにして、私たちは中をのぞき込んだ。

黒ずんだ木造の家で、柱とか屋根とかが斜めに傾いていた。地震がきたら危ないと思った。

「殴った人を見て、それでどうするの？」

こそこそ声でレオに訊いた。するとレオは、「知らない！」と怒ったように言った。

「知らないじゃ、こまるよ。ねえ、帰ろうよ」

レオのダッフルコートの袖を引いた。

外はだんだん暗くなってきた。すごく寒い日だった。くしゃみが出そうになったけど、家にいる男に気づかれるといけないと思って、一生懸命我慢してた。

するると、家の中から「う、うっ、う……」とうなるような声がして、続いて、「かぁーッ！

ぺぇッ！」と大声がした。

心臓が跳ねるみたいにびっくりして、私は「いやーッ」と言いながら駆け出した。レオも驚いて私の後をついてくる。一心不乱に走った。なんとか家に帰ってきた。振り返ると、レオの姿はなかった。レオはレオで自分の家に帰ったんだろう。

翌日の放課後、レイチェルさんの家に行った。レオに「あの家、どうする？」と訊くと、

「ひまちゃんが行きたいなら、行ってもいいけど……」と口ごもった。

「えー、別に私は行きたくないよ。行くって言ってたのはレオじゃん」

「ひまちゃんが行きたくないなら、かわいそうだから、おれも行かない。ひまちゃんが怖がるから、おれも行くのやめた」

大真面目な顔を作って言う。

言い訳だってのは分かっていた。レオはそういう面倒くさいところがある。

レオはレオで怖いくせに、一度行くと言ったのをなしにできないから、私のせいにしてるんだ。だけど、もうそれでいいやと思った。レオに付き合わされてまたあの家に行くのは御免だった。

あとで母にあの家から聞こえる大声について尋ねると、

「それあんた、痰《たん》を出してるのよ。お年寄りなんだから仕方ないじゃない。あんたがウロチョロしてるのが悪いんだわ」

と怒られてしまった。

以来、男の家には近づいていない。

だけど道ですれ違う人が急に痰を吐いたりすると、すごく怖くなって距離をとってしまう。ある程度大きくなってからも、人が痰を出す音が苦手だった。


成長するにつれて、レオはどんどん面倒くさい男になっていった。

変な理屈をこねるし、偉そうだし、何かというと人のせいにしてくる。

レイチェルさんに免じて、毎年バレンタインチョコをあげていたけど、ホワイトデーには必ず「お前がチョコをくれるせいで、お返ししなきゃいけない羽目になった」とか、いちいち嫌味を言ってくる。

「お返ししたくなければ、ホワイトデーなんて無視すればいいじゃん」

「そういうわけにもいかねえし」

レオはもじもじと言う。

さすがに付き合いが長いから、照れが一周まわって、余計なことを口にしているのだと分かっていた。

見た目だけはカッコいいから、他校の生徒から突然告白されたりしていたが、性格を知っている同じ学校の子たちからは全く相手にされていなかった。

私もレオのことは、「この人、もう、いいや」って思って、徐々に距離をとるようになった。

レイチェルさんとはメル友で、よく世間話をしていたが、レオと連絡をとることはまずない。

レオの近況もレイチェルさん経由で小耳に挟む程度だった。

レオは地方の大学の法学部に進学して、その後、検察官になったという。理屈っぽいからいかにも法律家がお似合いだと思った。

そして、思い出すのもつらいことだが、レオが二十九歳、私が二十六歳のとき、レイチェルさんが亡くなった。

胃がんだった。症状が出たときにはかなり進行していて、数カ月のうちに息を引き取った。

レイチェルさんが闘病していたこと自体、私は知らなかった。仕事が忙しくて、レイチェルさんとしばらく連絡をとっていなかったのも、返す返す悔やまれた。

「なんで教えてくれなかったの」とレオを責めたことがある。

「母さんが言うなって。お前、母さんに憧れてたところあっただろ。そんなお前に、弱ってるところを見せたくなかったんじゃないの」

本当にそうだろうか。

第二の母のように慕っていたが、思いは一方通行だったのかもしれない。

「母さん、お前のこと、よく話してた。お前がよく遊びにくるの、俺的にはうざかったけど、母さんは嬉《うれ》しそうだった。どこに行っても『ガイジン』扱いされて、ワンクッションおいた付き合いが多かったから。特別扱いも遠慮もなしに、普通に接してもらいたいってよく漏らしてた」

当時はまだ、「普通に接してもらいたい」というレイチェルさんの言葉の意味がよく分かっていなかった。

レイチェルさんがいなくなったことで、額田家から足が遠のき、レオとはさらに疎遠になっていった。年賀状のやり取りすら途絶え、互いの近況も知らせなくなった。

レイチェルさんに憧れていたのは事実だった。たくましくて明るい雰囲気が好きだったし、レイチェルさんの教えてくれる海外の話も好きだった。憧れが最高潮に達していたのは、高校生くらいのときだ。

ちょうど携帯電話に着メロ機能が搭載された時期だ。周囲の友達がケツメイシやＹＵＩを着メロに設定するなか、私はアヴリル・ラヴィーン一本を貫いた。所属するダンス部では、ビヨンセの曲で踊り狂った。

駅前のファストフード店でアルバイトをしてお金を貯め、高校二年生の夏休みには二週間、カリフォルニアに短期留学した。

目的があるとテキパキ動けるのが、私の良いところなのだろう。

大学は、留学生が多い学部を選んで進学した。一年間の交換留学が、正式に単位として認められるコースだ。交換留学では本当はアメリカの大学に行きたかったが、ＴＯＥＦＬの点数が足りなかった。どうにか引っかかったのが、イタリアの大学である。

全く知らない土地に不安はあった。だが飛び込んでみると、不思議と水が合う。

陽気でよくしゃべるので、「テンションがほとんどイタリア人」と当のイタリア人に苦笑されるほどだった。

就職活動では迷わず総合商社を受けた。世界中を飛び回って、現地の美味しいものや面白いものを仕入れてくる。なんて素敵な仕事だろう。その思いは、気軽に海外に行けなくなった今でも変わらず抱いている。

無事、商社に就職が決まり、小麦を仕入れる部署に配属されたときは本当に嬉しかった。イタリア留学以来、パスタが大好物になっていたから、小麦の仕事は大歓迎だ。

とにかく出張が多かった。アメリカやカナダ、オーストラリアに出向いて、生産者や卸売業者との接待を重ね、関係性を築いていく。

仕事に夢中になっているうちに、入社して十年以上が経った。係長級の扱いで、チームリーダーを任されて、十人近い社員をまとめることもある。採用活動の面接官や後輩指導のチューターとして駆り出されることも多かった。充実していたと思う。

それが一変したのが、あの日。

三十三歳の八月二十一日だった。

カナダ出張を終え、成田空港から会社に戻る道中だった。

東京駅までバスで移動し、大きなキャリーケースを転がして、大手町に向かって歩く。

「ひまりさん、元気ですねえ」後輩の中安《なかやす》夏子が片手で汗をぬぐいながら言った。

「慣れてるからねえ」

アルミ製のキャリーケースはところどころ傷がつき、黒ずんでいる。出張用のボストンバッグとリュックサック、必要最小限の携行品は使い慣れて身体に馴染《なじ》んでいた。明日から海外出張と言われてもすぐに飛び出せるよう、日頃からきちんと手入れしてある。

「今回は領収書を早めに出すんだよ」と言うと、夏子は「はい！」と良い返事をした。

だが実際に守られるかは分からない。夏子は外回りには率先して取り組むが、経費精算のような事務作業になると急に手が遅くなる。これまで何度もフォローしていた。

引き締まった夏子のフェイスラインを眺める。豹《ひょう》のような精悍《せいかん》な健康美があった。浅黒い肌が強い日差しを浴びて輝いている。

夏子は大学時代、全日本学生テニス選手権大会でベスト十六までいったことがある。私より五歳年下だ。若くても根性があるし礼儀もしっかりしている。普段はのんびりとした雰囲気だけど、ここ一番で常に冷静な子だ。

「今夜は部長たちと会食ですか」

「そうそう、またイタリアンだよ」

愚痴《ぐち》を漏らしているが、嫌な気分ではない。

夏子もそれを悟ってか、

「ワインは一人一本まで、ですよ」

と釘を刺してくる。しっかり者の後輩に、これまで何度介抱されたか分からない。

先輩後輩といえど持ちつ持たれつの関係である。毎年バレンタインデーには友チョコならぬ同僚チョコを交わし、忘年会だの新年会だの銘打って共に飲み歩いている。

次の週末には互いの友達を集めてBBQ《バーベキュー》をする予定だった。二人とも恋人がいないから、良い出会いを求めて二人で企画したのだ。

大通りに出て、交差点で信号待ちをしているときだった。

目の前にトラックが猛スピードで突っ込んできた。

「危ないっ」夏子の叫び声が聞こえた。

身体に大きな衝撃が走った。背中が痛い、というか熱い。電柱に身体を強く打ちつけたのだと分かった。鉄の臭いがした。

こりゃまずいと思った瞬間、意識が飛んだ。

第二章　動けない！

トラックが突っ込んでくるのが見えて、夏子の叫び声が聞こえた。身体に衝撃が走った。事故の記憶はそのくらいしかない。

今思い出しても怖くはない。映像にもやがかかったみたいに、記憶全体があいまいだ。たまに事故にあったことすら忘れているときもある。朝起きて、「あ、私、動けないんだった」と気づくのである。そのときの絶望というのは、事故当初に抱いた感情よりもずっと大きくて、深い。

それはともかく、意識を取り戻したのは救急車の中だった。

「生きてる！」と思った。「よかった、とりあえず生きてた！」

テレビドラマでは、事故後数日、あるいは数カ月経ってから意識を取り戻す場面を見ることがある。

だが自分は今、救急車の中にいる。ということは、たいした怪我《けが》ではないのだろう。どういうわけか身体が動かない。痛みもほとんど感じない。打撲していても、事故直後はアドレナリンが出ているから、平気なのだろうと推測した。

天井をじっと見る。救急車の天井には、手すりみたいなポールが横に渡してあるなんて知らなかった。蛍光灯がまぶしい。

横からすすり泣くような声が聞こえた。眼球を精一杯動かして、視界の端を凝視する。夏子だった。

「ひまりさん、ひまりさん……」

顔をくしゃくしゃにして泣いている。いつも落ち着いているこの子がこんなに取り乱すなんて意外だった。

大丈夫だよ、と言おうとして、声が出ないことに驚いた。そういえば息も少し苦しい。分厚いゼリー状のものが顔から喉にかけて覆いかぶさっているような感じだ。

「脈はあります。意識なし。非常に重篤な状況です……ええ、はい、お願いします」

男性の声がした。青色のジャンパーがちらりと見える。救急隊員だろう。

「はい、はい、ありがとうございます」声が一段と大きくなった。「搬送先、見つかりました！」

意識が戻っていることを知らせるすべがない。眼球をキョロキョロさせているうちに、また気を失ってしまった。

朦朧《もうろう》とした意識の中で目が覚めた。

水面に浮かんでいるような不思議な気分だった。身体を起こそうとしたが、ぴくりとも動かない。感覚もない。

人の出入りが激しく、慌ただしい雰囲気だ。動き回る人たちは、紺色かエメラルドグリーンの半袖の服を着ている。看護師さんは白い服を着るものではなかったんだっけ、と違和感を抱いた。いや、前に婦人科検診で対応してくれた看護師さんはピンク色のユニフォームを着ていた。何色という決まりはないのかもしれないと思い直す。

眼球を右に寄せて部屋の端まで見ると、ベッドが横にいくつか並んでいるのが見えた。普通の病室ではない。大げさなモニターがある。もしかして、集中治療室なのだろうか。

「意識、戻りました！」

と大声で宣言したいが、声はうまく出なかった。

「意識」と言おうとしても、「ひぃーひぃー」と引き笑いのような音が漏れるだけだ。だがそれで十分だったらしい。通りかかった若い看護師が「朝宮さん、大丈夫ですか」と声をかけてきた。

思わず笑ってしまった。大丈夫なはずはない。見ての通り身体が動かないし、声も出しづらい。

看護師は医師と思われる男性を連れてきた。何か話しているようだ。

両親の声らしきものも聞こえた。兄がいる。兄の双子の子供、サク君とマオちゃんもいる。マオちゃんが「バカ！」と言っている。お調子者のサク君に怒っているのかもしれない。

このあたりの記憶はあいまいで、時系列がごちゃごちゃしている。

首の骨を固定する手術をしたということだけ、誰かから聞かされていた。手術は麻酔も含めて四時間半かかったそうだ。そんな些細《ささい》な情報だけ覚えている自分が不思議だ。

様々な検査が行われた。ＣＴやＭＲＩはもちろん、ＭＭＴという筋力を測る検査もした。身体の色んな部分を押されたり、伸ばされたり。まさにまな板の鯉《こい》だった。

鎖骨のあたりに触れられると感覚がある。どうやら、脇のあたりから下は感覚がないようだ。

それより上は痛みもかゆみもある。

戸惑いばかりが募っていった。

何もかもがおかしい。私の身体はどうなっちゃったんだろう。

意識がはっきりした翌日のことだ。

父と母が連れ立って見舞いにやってきた。

すでに整形外科の一般病棟に移っていた。大部屋の空きがないらしく、ナースステーション近くの個室が割り当てられていた。

両親は二人とも硬い表情をしていた。無口な父は平常運転とも考えられたが、母の様子は明らかにおかしい。いつもなら機関銃のように世間話をするのに。

「二人ともどうしたの？」

息苦しさはあるものの、声は出るようになっていた。

「めっちゃ静かじゃん」

茶化すように言った。シリアスな雰囲気は苦手だった。

両親は、ハッとした表情で私を見た。もう話せるとは思っていなかったのかもしれない。

「ひまちゃん」

母は力なく漏らすと、その先の言葉を詰まらせた。目には涙がたまっている。みるみるうちに涙があふれた。

人が泣いているのを見ると、冷静な気持ちになる。

三十三年間生きてきた。真面目に会社で働き、同僚に恵まれ、友人もいて、それなりの良識もあるつもりだ。

どういうことか、考えろ、私。

いつも勝ち気な母が泣いている。

おっと、よく見ると父も涙ぐんでいる。普段の父なんて、無表情大会があったら地区予選くらいは突破できそうな男なのに。

つまり、相当やばい状況だってことだ。

まず思ったのは、私、死んじゃうのかな、ということだ。余命がいくばくもないから、二人は泣いているのかもしれない。

だがそのわりに、病院では放置気味だった。どうやら首の手術をしたらしいし、色々な検査もした。けれども生死をさまよう人間に対する治療という感じではない。

それでふと、俳優のクリストファー・リーブのことを思い出した。スーパーマン役でよく知られている彼は、落馬して頸髄を損傷し、首から下が麻痺《まひ》してしまった。車いすに乗った姿をテレビで見たことがある。

全てのピースがつながった気がした。私は首を怪我した。正確には、頸髄を損傷したのだろう。それで、身体が動かないんだ。

記憶のかぎり、クリストファー・リーブの情報をたどった。彼に関するドキュメンタリー番組を見たことがあった。

彼は晩年になっても車いすに乗っていた。「五十歳の誕生日には立って歩き、支援してくれた人々と乾杯したい」と述べていたが、立ち上がっての自力歩行はできないまま逝去した。

両親の涙の理由が分かった。

私は一生、歩けないいんだ。

あのムキムキのスーパーマンですら歩けるようにならなかったのだから、きっと私も無理だろうと思った。

もちろんショックだ。けれども、悪い夢を見ているだけのような気もした。突然すぎて現実感がない。

「私、もう歩けないの？」

一応、訊いてみることにした。つとめて明るい声を出したが、両親はぎょっとしたように目を見開き、顔を手で覆うだけだ。

「先生から話がある。よく聞きなさい」

父が絞り出すように言った。

十分後には白衣を着た男性医師がやってきた。

「主治医の田町《たまち》です」

年は私と同じくらい、三十代前半に見えた。自分と同じくらいの年の人が、人の身体にメスを入れて、切った張ったをしていると思うとびっくりだった。医者ってのはすごいんだなあと、呑気《のんき》な感想すら湧いてくる。

「あっ、先生、最初に鎮痛剤を入れてくれた人ですね？」

「よく覚えていますね」

田町先生は目を丸くした。

「ははは、人の顔と名前を覚えるのが特技です」

あえていつものように軽口を叩《たた》く。非現実的な現実を受け入れたくないだけかもしれなかった。

「朝宮さんは、頸髄損傷、C6の不全損傷と思われます」

田町先生は事務的な口調で言った。

やっぱりね、と思った。Cなんとかというのはよく分からないが、とにもかくにも、頸髄損傷というところまでは予想が当たっていた。

母のすすり泣きがBGMなのはいただけないが、私自身は思いのほか、冷静な心持ちだった。

「もう少し説明しますね」

田町先生はゆっくりと分かりやすく話してくれた。

脊椎《せきつい》、いわゆる「背骨」の中には神経が通っている。その名を脊髄《せきずい》という。

脊椎と脊髄、発音も似ているし分かりにくいが、脊椎は骨で、脊髄は神経だ。

脊椎（つまり背骨）の一つ一つはブロックのような形をしている。首に七個、胸に十二個、腰に五個、お尻に二個、ブロックがある。

このうち、首にある七個の脊椎は「頸椎」と呼ばれている。そして、頸椎の中にある神経が「頸髄」である。

事故の衝撃で、頸椎（首の骨）が折れた。そのせいで、頸椎の中にある神経、頸髄が損傷されたというわけだ。

「首の骨が折れて、首の神経が傷ついたってことですか」

「そういうことです」

田町先生はうなずいた。

「C6というのは、頸髄のうち上から六つ目の神経を損傷した状態のことです」

と言われても、それが重篤な状態なのかはよく分からなかった。

「脊髄からは脊髄神経というものが出ています。身体を動かす指令は、脳から出ますよね」

うっかりうなずきそうになって、ギプスで首が動かないことに気づく。

「首が回らない」という慣用表現は言いえて妙だと思った。首が動かないと、いかにもどんづまりな気分になる。

「脳から出た指令は脊髄神経を通って、筋肉に伝えられます。ところが、脊髄が損傷されるとどうなるでしょうか」

「えーっと、脳からの指令が通らない？」

「そうです。脊髄が損傷されると、それより下の脊髄神経と脳との連絡が断たれてしまいます。脳からの命令が届かないので、筋肉が動かなくなる」

先生によると、損傷を受けた箇所に応じて、動かない筋肉の範囲が変わってくるらしい。

私の場合は、上から六つ目の頸髄を損傷した。手首を甲のほうにあげたり、前腕をひねったりといった動きはできるようになる可能性もある。だが、肩から下のそれ以外の部分は動けるようにはならないという。

「脊髄神経が担っているのは筋肉への指令の役割だけではありません。皮膚から得られた感覚の情報も、脊髄神経を通って脳に伝えられます。ですので――」

「ああ、だから、肩から下の感覚がないのか」

「ここまでは原則論です。実際のところ、どれだけ機能が回復するかはリハビリ次第ですよ」

田町先生は落ち着いた調子で続けた。

「損傷には、完全損傷と不全損傷があります。完全損傷は、その名の通り、神経が完全に損傷された状態。不全損傷は神経の一部が損傷された状態です。朝宮さんの場合は、不全損傷だと思われます。残された神経次第では、さらにもう少し動けるようになるかもしれません。残された神経をいかに使いこなすか。リハビリで鍛えていく必要があります」

一度切れた中枢神経は、今の医療技術では元に戻せないという。だから一部でも残された神経があれば、その神経を最大限活用して、筋肉を動かしていくしかない。

「リハビリを頑張れば、歩けるようになって、日常生活に戻れますか？」

「それは何とも」

田町先生は口ごもった。

「脊損《せきそん》患者さん、特に不全損傷の患者さんは、百人いれば百通りの症状があります。個人差が本当に大きいんです。リハビリで医学的な予想を超える成果が出る場合もあります。他方で、どんなにリハビリを頑張っても、一定のところまでしか回復しないことも、もちろんあります。だから何とも、断言はできません」

急に歯切れが悪くなる。

田町先生なりに気を遣っているのだろう。歩けるようになるとか、日常生活に戻れるとか、期待させるのはよくないと考えているのかもしれない。

だが私はけっこう楽観的だった。

「リハビリすればいいんですね」笑顔を作って言った。「大丈夫です。身体を動かすのは、もともと好きでしたし」

といっても、大学のバドミントンサークル以来、まとまった運動はしていなかった。

それなのに根拠のない自信があった。リハビリ次第でかなり回復する人がいるのなら、私も大丈夫なんじゃないか。そう思うと未来に希望が持てる。

クリストファー・リーブですら歩けるようにはならなかったということがすっかり頭から抜け落ちていた。パラリンピックで躍動するアスリートたちのハツラツとした様子が、なんとなくのイメージとして頭に浮かんでいた。

田町先生と両親が病室を出ていったときは、ちょっとだけホッとした。湿っぽい顔を向けられると、哀れまれているようで嫌だった。

顔の横にはブレスコールと呼ばれる機器がおいてある。手が動かないので、ナースコールを押すことができない。何かあったら、ブレスコールに向かって息をふきかける。

ブレスコールを避けるように顔をそらし、ハァ、と息を吐《は》いた。

ため息すら弱々しい。息を吐くときに使う筋肉も麻痺しているので、息が吐き出しづらいのだ。息苦しい感じがしたり、声が出にくかったりしたのはこのためらしい。

事故にあってからジェットコースターのようだった。いやむしろ、ロケットの打ちあげに近いかもしれない。何が何だか分からないうちに宙に放り出された。

私には見栄っ張りなところがある。周囲に人がいると、ついつい強がって、平気な顔をしてしまう。みっともないところを見せたくないという気持ちが強かった。

気疲れするから一人になりたいと思っていた。だがいざ一人になってみても、先の見えない暗闇の中を茫然《ぼうぜん》と漂っている気分だった。

この数日で私の心は目まぐるしく揺さぶられていた。

事故にあった驚き、身体が動かない戸惑い、見栄っ張りゆえの虚勢と続き、その次にやってきたのは、意外なことに後悔と反省だった。

両親によると、事故を起こしたトラックの運転手は死亡したらしい。運転中に持病の発作が起きたのが原因だという。

病気によるものだし、運転手自身が死亡しているから、刑事事件になったとしても、ほとんど意味がない。

本当に、完全な不運だ。

誰を恨んでいいのか分からない。

運転手は持病があるなら運転を控えるべきだったのかもしれない。だけど死人に文句を言うわけにもいかない。

どうしてあの日、あの時間に、あの道を歩いていたのだろう。発作が起きてトラックが暴走した先に、どうして私はいたのだろう。

出張帰りでぼんやりしていたのがいけなかったのかもしれない。私はあのとき、避けられなかったのだろうか。

あいまいな記憶をたどって、事故前の自分の行動を点検した。キャリーケースを引いていた。

道幅の広い歩道を歩いていた。信号を待つあいだ、車道をさほど気にしていなかった。ほんの数秒でも、気をつけて周囲を見回したりしていたら、こんなことになっていなかったかもしれない。

頭の片隅では、ただの偶然であり、理由はないと分かっている。だが理由がないというのが、一番つらい。自分のせいだと思うほうがまだ楽だった。

自賠責保険で保険金がおりるだろう。出張先から会社への移動中の事故だったことから、労災もおりる。もともと貯金もそれなりにある。金銭的には、治療に専念できる環境だ。

せっかく環境が整っているのだから、リハビリを頑張ろうと自分に言い聞かせた。だが油断するとすぐに「なんで私が」という思いが頭をもたげる。

医師と両親の手前、明るく「大丈夫です」と言ったが、何が大丈夫だというのか。一生歩けないどころか、肩から下が動かないのだ。同情されたくないから大丈夫と言うしかなかった。

自分は一生寝たきりなのだろうか。肩から下が動かないとなると、一人では食事もままならない。本を読むにもページをめくれない。テレビのスイッチすら押せない。

施設に入って、ベッドにごろんと横になり、職員が運んでくる食事を待つだけの生活を送るのだろうか。

なんで私が?

一番知りたいことだった。

多少見栄っ張りで、我の強いところがある。性格の似ている母とは言い合いになることも多かった。友達と集まっては上司の悪口をおもしろ可笑《おか》しく交わしもした。電車では優先席であっても、空いていたらとりあえず座る。

善人といえるほど徳の高い行いはしていない。どちらかというと、世俗的で、うすっぺらい人間かもしれない。だけど、そういうところも含めて「普通の人」だった。

報いを受けるほどの悪行は働いていない。世の中には、殺人犯とか強姦魔《ごうかんま》とか、もっと報いを受けるべき人たちがいるはずだ。なのに、なんで私がこんな目にあうんだろう。

どす黒い感情が心の底にじわじわ広がった。それが怒りだと気づいたのは、病室が静まり返った夜更けのことだった。

第三章　起きあがる

手術三日後にはリハビリ科の一般病棟に移った。寝たままの状態でストレッチャーを押され、病棟間を移動した。

廊下の窓から朝陽《あさひ》が差し込んでいた。舞いあがる埃《ほこり》が陽を浴びてキラキラと輝いた。窓枠が、濃い緑色に茂る枝葉を切り取っている。

そうだ、夏だった、と思った。

冷房のきいた病院内にいるので忘れかけていた。

外はぐんぐん気温があがり、うだるような暑さになるだろう。セミがうるさく鳴いて、暑い暑いと言いながら、満員電車に乗り込む人たちがいる。

当たり前の日常が、たいそう得がたく、輝かしいものに思えた。

日常からずいぶん遠いところにきてしまった自分の身の上を思うと、気持ちが打ち沈んだ。

新しい病室は四人部屋だった。奥の二床にお年寄りが二人いる。

手前のベッド、私の向かいには、若い女の子がいた。明らかにまだ学生で、おそらく高校生くらいだ。リクライニングベッドを起こして、机の上においたスマートフォンの画面を注視している。

私が入っていくと、すっと顔をあげた。長い黒髪を垂らし、ちょっと猫っぽい目をした、すごく綺麗な子だった。ジェラート ピケの可愛《かわい》いパジャマを着ている。色白で、山の手のお嬢様然とした気品があった。

挨拶をするか迷った。声なら出るが、寝た状態で話しかけるのは気が引けた。

迷っているうちにベッドへの移乗が始まった。二人がかりで身体を持ちあげてベッドに移してもらう。

いくら女性とはいえ、力の入らない人間の身体を持ちあげるのは骨が折れるだろう。移乗のたびに申し訳ない気持ちになる。

一度看護師にその気持ちを漏らしたことがある。「いいんですよ」と笑い、「たいていの患者さんは、そのうち慣れますよ」と付け加えた。

何気ない一言が引っかかった。たいていの患者さんは慣れるということは、慣れない患者もいるということだ。言葉のあやにすぎない些細なことが無性に気になる。気持ちがささくれ立ってイライラしていた。

病室のドアが再び開いた。白衣を着た男性と、青いユニフォームを着た男性が入ってきた。

「リハビリ科の主治医、山崎です」白衣を着た男が言った。

「理学療法士の今野《こんの》です」青いユニフォームの男が頭をさげる。「今日から座る練習をしていきますよ」

「座る練習？」

私は目を丸くした。

「座るのが、まず難しいんですよ」

山崎先生が大真面目な顔で言った。

ピンとこなかった。いくら身体が動かないといっても、身体を起こしてもらいさえすれば座れるはずだ。

「自律神経というものをご存じですか？」

「はい。乱れると不眠になるとか、胃腸の調子が悪くなるとかいうやつですよね」

女性誌のコラムで、自律神経を整えるためのストレッチや、朝陽を浴びて体内時計をリセットする方法が紹介されていた。美肌を保つためにも自律神経が整っていたほうがいいよなあ、くらいに受けとめていた。

「自律神経は脳から脊髄を通って、全身に張り巡らされています。しかし脊髄を損傷すると、自律神経が働かなくなるんです。排便・排尿・発汗に障害が生じたり、血圧をコントロールできなくなるのです」

「はあ」

自力で排泄《はいせつ》できないのは気になっていた。蓄尿袋《ちくにょうぶくろ》という透明なバッグが身体の脇にぶらさがっている。感覚がないので分からないが、尿道にカテーテルが刺さっていて、そこから直接排尿しているそうだ。

トイレに行かなくていいので楽だなと思う反面、たまに臭う気がして落ち着かない。一日に二、三回、看護師が蓄尿袋にたまった尿の量を確認してから、中身を捨てている。気持ちのいいものではない。というか、目下一番のストレスだった。だが自分の身体のためと割り切るしかない。

それもこれも、自律神経が働かないのが原因だったとは知らなかった。人間の身体は複雑にできていて、一つが崩れるとドミノ倒しのように不調が現れる。健康なときは意識すらしていなかったことだ。

「起立性低血圧というんですが、寝ているところから身体を起こすと、血圧が低下して、ぼうっとするんですよ。人によっては、意識を失うこともあります」

「えっ、気絶するんですか？」

思わず大きい声が出た。山崎先生はサラッと言うが、気絶だなんて大ごとではないか。

「意識を保っていられるくらいに回復したら、座る練習をするってことですよね」

「いえ。意識を失ってもいいから、とりあえず座ってもらいます」

「いやいやいや、そんな」

冗談かと思ったが、山崎先生の目は笑っていなかった。

「術後のレントゲン写真はご覧になりましたよね？」

「はい」

首の骨のレントゲン写真だった。真ん中よりやや下に、かすがいのような形をした器具がはめ込まれていて、ギョッとしたものだ。

「首の骨の固定はしっかりできているようですので、早速、起きあがってもらいますよ。はい、では、リクライニングあげて」

山崎先生の指示を受けて、今野さんがリモコンに手を伸ばした。

「え、えっ。ちょっと待って。もう、今、やるんですか」

「早けりゃ早いほうがいいんです」

「でも、まだ心の準備が」

戸惑う声を無視して、二人がかりで私の身体を押さえ、リクライニングをあげていく。

どっと息苦しくなった。突然、水中に投げ込まれたみたいだ。頭がくらくらする。めまいがして、呼吸が浅くなる。息ができなくて苦しい。

ほんの何十センチ目線があがるだけなのに、脚がすくむような感じがした。高い山頂のグラグラと揺れる岩の上に、頭だけぽんとおかれているようだ。今にも落っこちそうで恐ろしい。

「ちょ、ちょっと待って。やばい、やばいですって!」

息も絶え絶えに言うが、脇の今野さんは慣れた様子で「大丈夫ですよー」と応えるだけだ。

大丈夫なわけ、ないじゃん!

目がちかちかして、視界が狭まる感じがした。すーっと意識が遠のいていく。

正面のベッドに座った女の子の姿が見えた。女の子は冷ややかな笑みを浮かべていた。馬鹿にされていると直感した。

この、クソッと思った瞬間、視界がクリアに広がっていった。

「あっ、大丈夫です」

気絶していない。

周囲を見回す。病室のテレビ、山崎先生や今野さんの顔が見えた。

サイドテーブルに写真フレームがおかれている。社員旅行でバンコクに行ったときの集合写真だった。「またきます」という付箋が貼ってある。夏子の字だった。

思わず目に涙があふれた。

事故現場に居合わせた夏子は無傷だったと聞いた。早々に見舞いにきてくれていたのに、私の意識がなかったのだろう。

「座れましたよ。頑張りましたね」

今野さんが心の底から嬉しそうに笑って言った。ティッシュを手に取って、「拭きますね」と涙をぬぐってくれる。

「あっ、はい」

と応えながら、急に恥ずかしくなった。座れただけで泣いているのだと思われたかもしれない。だが涙の理由を説明するのも照れくさい。

正面の女の子は相変わらず冷ややかな視線をこちらに向けていた。私と目が合うと、視線をさっとスマートフォンへと落とした。

この野郎、と思ったのも束の間、重力が何倍にもなって自分の上に乗っかっているような感じがした。どっと疲れる、という表現が一番しっくりくる。

座っているだけでどっと疲れる。

自律神経が働かないので発汗はしないはずだが、脂汗《あぶらあせ》がふき出るような錯覚を抱いた。

山崎先生が「はい、ではリクライニングさげて」と言うのを聞いたときには、心底ホッとした。

横になってからひと息つく。大冒険を終えたような達成感があった。

「二十秒間、座位を保てましたね」今野さんが手元の時計を見ながら言った。

たったの二十秒だったのかと驚いた。体感としては、十分とはいわずとも数分は座っていたような気がしていた。

「ではもう一度、いっときましょうか」

「えっ？」

驚く間もなく、リクライニングが再度あがっていく。

やはり息苦しくて、頭がくらくらする。なんとか身体を起こして数十秒座っていると、急にむせるような咳《せき》が出て、痰がペッと膝の上に飛んだ。その瞬間、胸のつかえがとれたようにすっきりした。

「痰が出てよかったですね」

リクライニングをさげながら、山崎先生が言った。脇では今野さんが手早くティッシュをとり、ブランケットにかかった痰を拭きとった。

痰が出て確かに身体は軽くなった気もするが、ペッと痰を吐き出す自分の姿がみじめにも思えた。

子供の頃から痰を吐く音が苦手だった。レオと行ったおじいさんの家での出来事も尾を引いていたし、なんとなく不潔で、気持ちの悪い印象を抱いていたものだ。道端で痰を吐く人を見かけると、つい冷たい目を向けてしまっていた。

だがその人たちにも呼吸器系の疾患があったのかもしれない。この立場におかれるまで、他人の疾患や障害について想像すらしていなかった。心の中で、そっと頭をさげた。

「最初はこんなものです」

今野さんが手元でメモをとりながら言った。

「座っていられる時間を少しずつ長くしていきましょう。三十秒、一分、二分と増やしていって、退院までに最低でも一時間、できれば半日くらいは座っていられるのを目標にしましょうね」

ここは急性期の病院なので、どんなに長くとも一カ月以内には退院することになるはずだ。それまでに半日座っていられるようになるなんて、およそ無理に思えた。

近所のスーパーに行くのすらゼエゼエしているような人間に、富士山に登ってこいと言っているようなものだ。

だが持ち前の見栄っ張りから、取りつくろうように「はい」と答える。

病室の他の患者たちが、それとなくこちらの様子をうかがっている気配を感じていた。

その夜、お隣のご婦人、正子《まさこ》さんに話しかけられた。

「あなた、昼間、頑張ってたわねえ」

「あはは、お恥ずかしいところをお見せしました」と寝たまま返す。

「脊損の患者さんでしょ？　珍しいわねえ。でも、そこの可愛い凜《りん》ちゃんも脊損よ」

お隣の正子さんがもぞもぞと動く音がする。ベッドの柵が邪魔してよく見えないが、私の正面の女の子を指さしているようだ。

「そのおばさんと一緒にしないでください」

凜ちゃんと呼ばれた女の子はムッとした声で言った。

若い子におばさんと呼ばれたって傷ついたりしない。だけど、続く言葉が辛辣《しんらつ》だった。

「ギャッジアップ座位をとるだけでピーピー言って、情けないですよ」

「あらあらあ」

正子さんは穏やかに言った。

「数少ない脊損の患者さん同士で、せっかく同室なんだから仲良くしなさいよ」

そのときはよく分かっていなかったのだが、脊髄損傷というのは、麻痺が残る疾患としては最も重い部類に属する。

年間約四千人から五千人ほどの人が脊髄損傷になるという。人口百万人規模の都市であれば、年間で約四十人が新たに脊髄損傷患者になる計算だ。そう考えるとけっこうな人数にも思える。だが、救急車で運ばれる患者のうち脊髄損傷の患者の割合は〇・〇八％だという。

凛ちゃんと私は、同じ時期に同じ急性期病院に運ばれて同室になった。珍しいことだし、確かに私たちは縁があったのかもしれない。

だからこそ正子さんは、私に凛ちゃんを紹介したのだろう。

だが凛ちゃんは、その心配りに感謝するどころか苛立《いらだ》った様子で、「ふんッ」と言った。様子は見えないが、正面のベッドから怒気がもれ出てきているように感じられた。

私もここ数日イライラが続いていたから、凛ちゃんの苛立ちも少し分かる気がした。

例えば顔がかゆいとき。

元気な人なら無意識に手を伸ばし、ぽりぽりかいているだろう。胸に手をあてて考えてみてほしい。あなたは一日何回、頭や顔をかいているでしょうか。改めて自分を観察してみると、一時間のうちに何度も手を動かしていることに気づくだろう。

それが私には一切できない。かゆいところがあるとき、誰かに「〇〇をかいてください」と頼まなくてはならない。

ブレスコールで看護師を呼ぶのも気が引ける。タイミングよく人がいて、いざ、かいてもらったとしても、力が弱すぎたり強すぎたり、位置がずれていたりする。

美容院で髪を洗ってもらうときに言われる「おかゆいところはございませんか」に対して、遠慮なく「〇〇がかゆいです」などと答えられる人が一体どれだけいるだろうか。

他人に頼みにくいのだ。

ストレスがたまっても、失礼なことはしないよう最大限気をつけていた。先生や職員たちは、死んでもおかしくなかった私を助けてくれた恩人である。

それなのに気を抜くと、ぶっきらぼうになってしまったり、不機嫌な顔を向けてしまう。

凜ちゃんの態度は、カリカリしていた自分自身を見せつけられているようだった。

しかも私は凜ちゃんの二倍近く生きている。情けないやら恥ずかしいやらで目をきゅっと閉じた。深呼吸してゆっくり開けると、つとめて柔らかい声を出した。

「朝宮ひまりです。よろしくね」

しばらく沈黙が続いた。返事はないかなと思ったところで、

「田中凜、です」

と低い声がした。

消灯時間を過ぎてからも、なかなか寝付けなかった。目がどんどん冴《さ》えて、暗闇にも慣れ、天井の模様さえ見えるようになっていた。

昼間に寝ていたせいだ。一日中横になっていて寝るくらいしかやることがない。

睡眠時間を削って残業していた頃は、昼間から一日中寝ていたいと何度も思ったものだ。でも今となっては忙しさや疲労すらうらやましい。

左の目からツーと涙がこぼれた。洟《はな》をすることもなく、嗚咽《おえつ》を漏らすこともなく、本当に静かな涙だった。

すると、足元のほうから、ひっくひっくと、か細いすすり泣きが聞こえてきた。

凜ちゃんが泣いていた。

最初は遠慮がちな声だったが、次第に大きくなり、「ううっうっ」という声がはっきり聞こえた。

この子はどうしてここにくることになったのだろう。考えずにはいられなかった。青春真っ盛りの年頃だ。学校に行って、文化祭があって、修学旅行があって。進学したり、就職したり、楽しいことがいっぱいあったはずだ。

ある日突然、彼女は全て奪われてしまった。そりゃ泣きたくなるよな。

そう思った途端、私の右の目からもツーと涙が流れてきた。だが声は出ない。年の功なのか、こっそり泣くのがうまくなっていた。あるいはもしかすると、声をあげて泣くのが下手になっていたのかもしれない。

病室の夜はゆっくり更けていった。

第四章　スパルタリハビリセンター

「Nリハビリセンターに行くしかない」

というのが、事故から二週間経った時点での私の結論だった。

「でも、そこはスパルタで、めちゃくちゃきついんでしょ?」

面会にきていた兄に言うと、

「きついけど、評判の良いところだよ」

と確信ありげな顔で返された。

「受傷後三カ月から六カ月くらいの時期が、一番回復しやすいんだって。この時期を逃すのはもったいない」いつになく厳しい口調で兄は続けた。「死んでもおかしくない事故だったんだろ。生きてただけで丸もうけだ。リハビリがきついとか、そんなことで音《ね》をあげるなよ」

兄は丸椅子に腰かけて、深く陰影のついた顔をこちらに向けた。この五年で、すっかり痩せてしまっていた。

五年前、兄の妻、雪子さんが子宮頸《しきゅうけい》がんで亡くなった。雪子さんはその名前の通り、色白で楚々《そそ》とした麗人だったが、見た目とは裏腹にさばけた性格で、親戚一同から「ユッコさん」と呼ばれ親しまれていた。

小さい身体にくるくる変わる表情をたたえて、走り回っていたユッコさん。ベッドに横たわり、日に日に痩せていった。当時三歳だった双子の子供、サク君とマオちゃんを遺してこの世を去るのは、さぞ無念だったろう。

レイチェルさんしかり、ユッコさんしかり、不幸というのは、日常のすぐ横にぽっかりと口を開けて待ち受けている。普段は意識しないのに、一度はまると、そこかしこに落とし穴があったことに気づかされる。

兄はユッコさんの件で無力感にさいなまれていた。もう少し早く受診を勧めていたら、セカンドオピニオンをとっていたら。五年経っても決して消えぬ後悔があるのだろう。

そんなときに起きたのが私の事故だ。幸い私は生きていて、リハビリ次第で機能改善の可能性もある。これが兄に火をつけた。

病院の待合室においてあった「全国脊髄損傷者連合会」のパンフレットを食い入るように読み、相談窓口に連絡し、他の脊損患者たちから情報をあれこれと仕入れてきていた。

兄が語る様々な情報に、正直なところ、私の頭と心はついていけなかった。「なんで私がこんな目に」という気持ちが、膿《うみ》のようにジュクジュクと心の底にたまっていた。

「Nリハビリセンターは人気で、普通なら予約を入れて何カ月も待つんだ。今回も、先に一人頸損の患者の受け入れが決まっているから、当面無理と言われてたんだよ。そこを何とかとお願いして、この病院の先生からも申し送りしてもらって、ねじ込んだんだ。逃す手はない」

普段無口な兄が、こんなに滔々《とうとう》と話すのも珍しい。

「ありがたいことだけど」煮え切らない思いを抱きながら続けた。「私の気持ちはどうなるわけ？　私の意向をきちんと確認せずに、みんなどんどん、こうしろ、ああしろって物事が進んでいく。私には感情もあれば、物事を考える頭もあるっていうのに」

「今のひまりは自分で情報を集めて回ることもできないし、人に会いに行くこともできない。重度障害者なんだから」

兄の言葉に絶句した。障害者という言葉は、私に似つかわしくないように思えた。

高等教育を受けて、大企業に就職して、総合職としてバリバリ働いていた。海外に行くことも多かった。海外風のいわゆる「自立した女性」に憧れていたし、自分自身、理想像に近かったと思う。

それなのに身体が動かないだけで、お前は半人前だから他の人に任せておけと言われているようで、無性に腹が立った。

病棟での生活も同じだった。毎日のスケジュールは勝手に決められていた。朝昼晩の食事は説明もなく運ばれてくる。リハビリのメニューだって、「今日はこれをしましょう」と一方的に告げられる。次に何をするかも分からず、ひたすら、今言われたことをするだけだ。

私は動物でも、生まれたての赤ん坊でもない。感情のある一人の人間だということを、周囲の人は分かっていないと思うことが多々あった。

「そんなに不満なら、こなくていいですよ」

正面からふいに、凜ちゃんが言った。いつも通り、棘《とげ》のある声だった。

「私はものすごく一生懸命お願いして、なんとかそのリハビリセンターに入れてもらえることになりました。おばさんみたいに中途半端な気持ちでくる人がいたら、待っている他の人がかわいそうです」

「えっ、じゃあ、先に入るのが決まってる頸損の患者さんって、凜ちゃんのこと？」

「そうですよ。悪いですか？」

私はガーンと頭をハンマーで殴られたような気分だった。

毎日、凜ちゃんと私は、互いをそれとなく意識しあいながら、リハビリに励んでいた。

この時期にやっていたのは、座位訓練と関節可動域訓練だ。

座位訓練というのは、座っている時間を増やす訓練だ。これがきつい。私は密かに「水責め」と呼んでいた。水中に沈められて何秒我慢できるか試されているようだからだ。

しかし最初は絶対無理と思っていたのに、毎日やっていると、一秒、二秒と記録が伸びていく。そうすると、もうちょっと頑張ってみようか、と思うようになる。

凜ちゃんが同じ病室にいるのも大きかった。凜ちゃんに無様な姿を見せるわけにはいかないと強がって、一秒、二秒と我慢を続けることができた。

本当に地道に牛の歩みで、一ミリずつ積みあげるような作業だ。しかも数日サボると、過去の頑張りがすぐに水の泡になるという。それが恐ろしくて必死だった。

凜ちゃんは凜ちゃんで、私を意識していたと思う。すごい形相で痛みを我慢しながら、関節可動域訓練を受けていた。

麻痺が起きておらず、本来は動くはずの関節も、ずっと動かしていないと動きが悪くなる。これを関節の拘縮《こうしゅく》というらしい。

他人の力でもいいから、身体を動かしていけば、関節が硬くなるのをある程度防ぐことができる。理学療法士の先生が患者の身体を押して、関節を伸ばしていく。

一見するとマッサージのようだが、とんでもなく痛い。腕をもたれ、上下に動かされると、ヒィーッと悲鳴をあげそうになる。

だがずっと年下の凜ちゃんが黙々と訓練しているのを見ると、大人の私がワタワタするわけにもいかない。ぐっと我慢して耐える日々だった。

凜ちゃんのリハビリには鬼気迫るものがあった。毎晩、凜ちゃんは泣いている。だけど翌朝になると、ケロッとした顔でリハビリ室に向かう。絶対元に戻ってやるんだという決意というか、覚悟というか。

「わ、私も行く」

思わず言葉が口をついて出た。「リハビリ、ちゃんとやるから」

いずれにしても、他に道はなかった。

Nリハビリセンターに行くには、今いる病院から五時間以上かかる。新幹線で三時間半、車で一時間半、その他移動の諸々《もろもろ》。

その間、ストレッチャーで寝転がっているわけにもいかない。五時間以上座っていられるようになることが、私の次の目標だった。退院までに間に合わせる必要があった。

毎朝、食事のためにリクライニングをあげる。そのたびに緊張した。日によって調子の良し悪しがある。今日はつらい日ではありませんようにと祈りながら、視線をあげていく。

食事は看護師さんに食べさせてもらう。今朝はご飯と味噌汁《みそしる》、もやしのナムル、ミニオムレツだった。夜にはゼリーや和菓子が出ることもあった。

嚥下《えんげ》障害がないので、食事に制限がない。幸運なことだった。動けないとなると、食べることくらいしか楽しみがない。

といっても、座っているだけでつらい状況だ。食事も後半になると疲れて味が分からなくなってくる。だから好物のデザートが出たときは、先に食べさせてもらうようになった。

午前中にリハビリが入ることもあるし、検査だけのときもある。午後になれば面会客がくる。ありがたいことに私は面会客が多かった。子育て中の友人たちは平日昼間に顔を出してくれたし、働いている子も面会の終了時間ぎりぎりに駆け込んでくれた。

事故のとき一緒にいた夏子は、度々有休をとって面会にきていた。変に重傷患者扱いすることもなく、会社で起きたアレコレを話してくれる。二人で大笑いして、夏子が帰ったあとはあごが痛くなるほどだった。

今思うと、夏子はかなり気を遣っていたはずだ。二人とも同じ場所にいたのに、私だけ重度の障害を得て、夏子は無傷だった。「なんで夏子ではなく、私だったの？」と考えて、ねたみそねみの感情にのまれてもおかしくなかった。

だが不思議なことに、当時の私にはそんな気持ちは全く湧いていなかった。思いつきもしなかった。むしろ、夏子は無事でよかったとすら考えていた。間が抜けているというか、ある意味、私の人の良いところなのだろう。

夏子によると、会社では傷病休暇が六十日間認められており、さらに二年間は休職できるそうだ。二年間あれば、リハビリを頑張って、復帰できるかもしれない。

会社に戻るときのことを考えると、力が湧いてきた。人生が終わったわけじゃない。ちょっと、というかかなり不便になったけど、またいつもの日常に戻れる。

出張三昧《ざんまい》というわけにはいかないだろう。けれども、内勤の部署に移してもらって、のんびりと生活を仕切り直すのも悪くない。

くる日もくる日もリハビリだった。それなりに楽しく過ごせたのは、色んな人が会いにきてくれたからだ。小学校や中学校時代の友人とも久しぶりに話せた。忙しく働いていたときはなかったことだ。これほど人の縁に感謝したことはない。

退院まであと三日に迫った夕方、珍しい客がきた。

幼馴染の額田レオだ。

仕事帰りのようで、ビシッとスーツを着ていて面食らった。学生時代のスウェット姿の印象ばかりが残っていた。

「えっ、レオどうしたの?」思わず声も大きくなる。「めっちゃ久しぶりじゃん!」

最後に会ったのは、もう二年前だ。実家近くの神社に初詣に行ったとき、ばったり出くわしたのだ。互いに急いでいたこともあり、簡単な挨拶だけ交わして別れた。

「えー、スーツ?　似合ってんじゃーん!　社会人って感じ。うわーびっくり!　検察官だもんねえ。どこ勤務だったっけ、立川《たちかわ》のほうだっけ」

レオは青い顔をこちらに向けている。仔細《しさい》らしい視線が下半身に注がれる。ブランケットの上からでも、やせ細って骨ばった脚の形が分かるのだろう。変わり果てた私の姿に胸を痛めているのは、その表情から伝わってきた。

「寝たきりになったって聞いたから、慌ててやってきたんだけど」目をそらしながらレオは言った。「元気じゃんか」

相変わらずの憎まれ口だった。気を遣って、わざと突っかかってきているのだろう。その不器用な優しさが嬉しかった。

「寝たきりじゃないよ。最近は何時間も座ってるし、Lボードっていう器具を使えば立てるよ」

Lボードというのは、身体をベッドに固定した状態で、そのまま立ちあがらせる器具だ。脚を包帯でぐるぐる巻きにして、低血圧にならないよう細心の注意を払ってやるのだが、最初に使ったときはまんまと気絶した。しかし次第に慣れてきて、視線のあがる楽しさのほうが先に立つようになった。

「そこのボタン押して、リクライニングをあげてよ。三十度くらいまで」

戸惑いの色を見せながら、レオはリモコンのボタンを慎重に押した。椅子を寄せて隣に座り、無言で紙袋を差し出す。

じっと見ていると、「あっそうか、お前、開けられないのか」とつぶやいて、千疋屋《せんびきや》のゼリーの箱を取り出した。

ベッドの高さがあるせいで、私の目線がレオより少し高いのが新鮮だった。小さい頃から変わらず、目鼻立ちのくっきりとした顔をしている。三十代半ばになって、年相応の渋みが出ていた。ディズニー映画で見たアラジンに雰囲気が似ていると思った。

「まあ、でも……」困ったように視線を外しながら言う。「思ったより元気そうでよかった。てっきり植物状態なのかと覚悟したけど、案外普通に話せるじゃん」

「そりゃ、首から上は正常だからね」

C6頸損患者の場合、多少息を吐きづらいことはあっても、人工呼吸器は不要なことが多いし、知能には障害が生じない。

意識はいたっていつもどおり。だけど身体だけ動かない。それが歯がゆく、つらいところでもある。

最近の生活のこと、リハビリのこと、まもなくNリハビリセンターに移ることなどを順を追って話した。レオはむすっとした顔で聞いていた。

レイチェルさんがアルバイト先で客に殴られたあとも、こんな顔をしていた。本人はポーカーフェイスのつもりかもしれないが、むしろ顔に出やすいほうだと思う。

この人は、こんなんでも、検察官として容疑者の取り調べとかしてるんだろうか。想像するとちょっと笑えてくる。

「Nリハビリセンターにはどのくらいいる予定なの？」

「分からないけど、だいたい一年くらい」

「それじゃ、しばらくは会えないな」と言って、慌てて「俺も仕事忙しいし」と続けた。

レオが話すのを見ていて、懐かしさで笑いが込みあげてきた。

行動だけ見ているとそんなに悪い奴《やつ》じゃないのに、話しているとどんどん面倒くさく感じてくる。とにかく素直じゃないのだ。傷つくことを恐れるあまり、あえて自分からつっけんどんな態度をとる。

「面会にきてくればいいじゃん」

じゃれつくように言ってみるが、「そんなに暇じゃないんだよね」「会いにきたってできることがあるわけでもなし」「思ったより元気そうだったから」云々《うんぬん》と返される。

初対面の人だと、レオの態度を冷たく感じるかもしれない。だが私は付き合いが長いので、これがレオ一流の予防線なのだということは分かっている。

レオ曰《いわ》く。「そろそろ転勤の時期が近くて、今度の転勤では東北のほうに赴任する可能性が高いから、西日本にあるNリハビリセンターにはなかなか行けない」「一度赴任すると二年は帰ってこない」「だから俺が面会にくることはゆめゆめ期待しないように」

ごにょごにょと言い募るレオの左手薬指には、予想どおり、結婚指輪ははまっていない。顔はかっこいいのに、性格が面倒くさすぎて昔から全然モテなかったのが思い出された。

「二年後だったら、もう東京で復職してるよ。パーッと復職祝いしてよ」

レオは目を丸くした。「えっ、復職？　身体が動かなくても仕事できるの？」

「パソコンさえ使えるようになれば、あとはなんとかなるでしょ」

軽い感じで言うと、そうかぁ、と感心したようにまじまじとこちらを見て、「お前ってすごいな」と小さく漏らした。「ま、そういう奴だってのは、俺は昔から知ってたけど」とすかさず付け足す。

「普通さ、こんな大怪我を負ったら、障害年金みたいなのをもらって、ゆっくり過ごす、みたいなイメージだったんだけど」

独り言のようにぼそぼそとこぼれるレオの言葉は、彼自身の意図せぬかたちで私の胸をえぐった。

障害年金でゆっくり過ごす。聞こえはいいが、その実態はどうだろう。人里離れた施設に入り、一日中寝たきりで、味気ない施設食を食べる。穏やかに楽しめる人もいるかもしれないが、私はそういうタイプではない。

趣味は海外旅行と美味しいお店巡り。休日はほとんど家にいなかった。室内で座ってできる楽しみをほとんど知らない。たまにネット配信の映画を見たりもしたが、それも一人ではなく、友達の家に泊まりに行ってワイワイ見るのが好きだった。

「じっとしてるのは苦手だもん。人と会って、美味しいもの食べたり、きれいなもの見たりして、楽しく暮らしたいよ」

「そりゃそうだよなあ」レオは神妙にうなずいた。「ま、お前が復職したら、ビールを一杯くらいご馳走してやっても、いいけどさ」

ビールを一杯と聞いて、急にビールが飲みたくなってきた。きんきんに冷えたビールジョッキでぐいっとあおりたい。

頭損患者に厳しい食事制限はない。退院したら、ビールを飲もうと心に決めた。

「ていうかさ」レオが口をとがらせた。「なんで怪我をしたって連絡くれないわけ？」

「あっ、そっか」素《す》っ頓狂《とんきょう》な声が出た。レオのことはすっかり頭から抜け落ちていた。「ごめん、連絡するの忘れてた」

手が動いていたら、てへっという感じで頭をかくところだ。

「ごめんじゃないよ」レオは語気を強めた。「だいたい、母さんが病気のとき知らせなかったのを一番怒ってたのはお前じゃん。その当人がさ、自分が怪我をしたときは人に知らせないって、どういう神経してんだよ」

後半にいくにつれて、レオの声はだんだん低く、小さくなってきた。

「たまたま実家に帰ったときに、スーパーでお前のお母さんとバッタリ会って、それで知ったんだよ。めちゃくちゃびっくりした。あのときスーパーに行ってなかったら、俺、何年もお前の状態を知らずにいたかもしれないんだよ」

「ごめんごめん」

レイチェルさんのことを指摘されると、何も言い返せない。彼女の病状を知らされなくて、私は確かに傷ついた。気を遣ってくれたのだと思うけど、気遣いすらときに残酷だ。

レオは恨みごとを散々言って帰っていった。見慣れないスーツの背中がまぶしい。

職場がある立川からこの病院まで一時間以上かかる。面会時間内にこられるよう、仕事を抜けてきたのかもしれない。

口を開かなければいい奴なんだけどなあと、つくづく思う。

夕食どき、同室の患者さんたちにゼリーをおすそ分けした。

患者同士でお見舞いの品を分け合うのは規則で禁止されている。だが、そこは良い具合にゆるく運用されていて、食事制限のある患者でない限り、看護師さんたちも目をつぶってくれている。

「凜ちゃん、ゼリーいる？」

正面のベッドに向かって話しかける。

「いらないです」むくれたような声が返ってきた。「ダイエット中なんで」

どうして私の周りにはこう、意地っ張りで難しい人ばかりなのだろう。ため息が出た。

ついに退院の日がやってきた。

お世話になった看護師さんたちが病院前まで出てきて、見送ってくれた。

不覚にも目が潤んだ。

つらいことのほうが多かったはずなのに、どういうわけだか、楽しかったことばかり思い出される。

友人たちが持ってきてくれるスイーツが何よりも楽しみだった。夜のうちに喉が渇いて、朝食で飲む牛乳が身体に沁《し》みた。同室だったおばあさまたちは、散々孫自慢をした挙句《あげく》、元気いっぱいに退院していった。花火大会の夜には、看護師さんが車いすを押して窓際に連れていってくれた。青黒い空に黄色や橙《だいだい》色の花が咲き、散っていく。花火にこんなに胸を打たれたのは初めてだった。

障害を受け入れるというのには程遠い。唐突に怒りの感情にのまれ、理不尽に打ち沈むこともある。だけど、生活の一つ一つは、事故前と比べものにならないほど鮮やかだった。

「どうしておばさんもいるの？」

と私だけに聞こえる声で漏らし、車の中でむくれていたのは凜ちゃんだ。

いつの間にか凜ちゃんのママとうちの母は仲良くなり、一緒に移動することになっていた。車いすが二台乗り込める福祉車両がレンタルしてあった。

凜ちゃんママは実におっとりとした控えめな人だ。最初に見たときは意外の感に打たれたものだ。凜ちゃんが王女のような雰囲気を漂わせているから、てっきり凜ちゃんママは語尾に「ザマス」とつけるような女王系のセレブママなのではないかと予想していたのだ。

駅につくと、凜ちゃんママが「こっちです」「あっちです」と先導してくれた。事前に下見して、エレベーターやスロープの場所は確認してあるらしい。

うちの母は、普段の強気な言動を控えているようだ。恐縮しきりで私を押して、ついていった。

久しぶりの駅は何もかもが新鮮だった。初めて動物園にきた子供のように感激してあたりを見回した。

営業マンらしい男性がスタスタスタスタッと歩いていく。その足音が狂おしいほどにうらやましい。腰がすっかり曲がったおばあさんは、ゆっくりゆっくり歩いている。緩慢だが確かな足どりに思わず見入ってしまう。

自分の足で歩く。それだけなのに、途方もなく尊くて、愛《いと》おしい人間の営みに思えた。

駅の構内を移動し、ホームにきたとき、かすかな違和感を覚えた。

すれ違う人たちが、どことなく私たちを意識しながらも、目をそらすのだ。不自然に下を向いたり、横を向いたりする人もいれば、正面を向いているのに焦点をこちらには決して合わせない人もいる。

かといってぶつかるわけでもない。むしろ人波はさっと割れて、悠々と進める。

「道をあけてくれて、みんな親切ね」

と、根が楽観的にできている母は言った。だが私は別の解釈を抱いていた。

彼らは、障害者を直視したくないのだ。

私の見た目はみすぼらしい。くたびれたジャージを着ているし、髪の毛もぼさぼさだ。ショートへアなこともあって櫛《くし》すら通していない。

レンタルした車いすは背面と足元が動いてフルフラットになるタイプだ。見た目もごついし、いかにも「重度障害者」という印象を与える。

健常者は障害者と対面するとき、自分を試されているような気持ちになる。あなたは善人か、悪人か。普段かぶっている仮面がはがれ、その真性が表に転がり出てしまう気がするのだ。上手に対応できれば問題ないが、うっかりしくじったらという不安が大きい。試されるストレスから逃げるように、障害者と関わるのを避けるようになる。

あからさまに避けるとそれも差別的で、自分が「悪い人」みたいだ。だから気づいていない、目に入っていないふりを装って、私たちから目をそらす。

電車で座っているときに、目の前にお年寄りや妊婦さんがきて、席を譲るか迷った挙句、判断自体を放棄して寝たふりをするのに似ている。

その心理も分かるから怒りは感じなかった。だけど、私って本当に障害者になったんだなあと思って、心底落ち込んでしまう。

生まれながらに障害がある人だと、障害も個性だと積極的に考えられるかもしれない。だが私のように後天的に障害を得た者にとっては、個性というのはしっくりこない。どうしても障害がなかった頃の自分と比べてしまう。

駅員さんが折り畳み式のスロープをもってやってきた。新幹線が轟音《ごうおん》とともに滑りこんでくる。きびきびと慣れた手つきでスロープが設置された。

車いすスペースの座席が予約してある。新幹線には多目的室もあるが、母たちだけでは多目的室のベッドへの移乗が難しい。車いすのフルフラット機能を利用して、休み休み、移動することになった。

Nリハビリセンターについたときには、一同、ぐったりしていた。お昼をとりそびれているが、食べたいと言い出す者もいない。

受付で母たちは書類とにらめっこしている。入院申込書や宣誓書、連絡先申告書など、出すべきものが色々とあるらしい。

「介護保険？　これは関係ないよね？」

母は困惑しながら記入を進めていく。昔から、事務手続きが苦手な人だった。私は事務面は父に似て、しっかりしているほうだった。小学校入学以来、学校関係のプリントも自分で管理していたくらいだ。

「そこは飛ばしていいよ。いや、飛ばしすぎ。一個戻って、アレルギーのところは『なし』にマルして……」

脇から口を出すも、言葉だけではうまく伝わらない。手を出して、ちゃっちゃとやってやりたい気持ちがうずく。

「知らせてほしくない、にマルして」

少し離れたところから、凜ちゃんの硬い声がした。「知らせてほしくない」という項目があるのは、「個人情報の取り扱いについて」という書類だけだ。

『ご面会の方に患者さまが入院されていることをお知らせしてよろしいでしょうか？』

『知らせてよい／知らせてほしくない』

そういえば、凜ちゃんには面会客がほとんどいなかった。同室に一カ月弱いて、訪ねてきたのは学校の担任の先生、同級生らしい女の子が二人、そして母親だけだ。

凜ちゃんは三階東側の広い個室に、私は西側の四人部屋におさまった。母によると、個室は大部屋より一日一万円近く高いらしい。やっぱり、凜ちゃんのお家はお金持ちなんだろうなあと、下世話な想像力が働く。

凜ちゃんママは平日の昼間からよく面会にきているから、外で働いている感じがない。きっと凜ちゃんパパは仕事が忙しい人なんだろうななどと思う。

とにもかくにも、病室のベッドで横になったときには、かなりホッとした。母と一緒に先生から説明を受けるはずだったけど、順番を待っているうちにまどろんで、いつの間にかぐずぐずに寝てしまっていた。夕食に出たミカンゼリーが美味しかったことだけを覚えている。

第五章　海

Nリハビリセンターの主治医は若山先生という小柄な男性だった。年は三十代半ばくらいに見えた。

若山先生の上司に剛力《ごうりき》先生という四十代男性がいる。剛力先生はその名のとおり、プロレスラーかお相撲さんかという感じの、堅肥《かたぶと》りした人だ。

センターの常連患者たちのあいだで、剛力先生は「大関」、若山先生は「小結」と呼ばれているのは公然の秘密だった。

患者たちの平均年齢は高い。五十代でも若造で、六十代七十代がボリュームゾーンだ。八十、九十を超える人もちらほらいる。凜ちゃんや私は一番若い部類だった。

朝十時、リハビリ室に患者たちが勢ぞろいして、訓練を開始するさまは圧巻である。あちらこちらからうめき声がもれてくる。それでも手を止めることは許されない。そこらのスポーツジムよりも数段熱気を帯びていた。

訓練自体は、以前いた急性期病院とあまり変わらない。まずは座る訓練、立つ訓練、そして関節可動域訓練だ。

理学療法士の佐々木さんは、柴犬みたいにつぶらな瞳をした男性だ。笑うときゅっと眉尻が垂れる。人徳があふれ出るような「ザ・イイ人」顔である。

町でよく道を訊かれるんじゃないかと思って尋ねてみるとビンゴ、「台湾旅行に行ったときも道を訊かれましたよ」とのことだ。

「いいですね、朝宮さん、座位がしっかり保てています。えっ、手術してすぐからリハビリしてる？　あー、あそこの病院には、リハビリに熱心なドクターがいるって聞いたことがあります。頑張った甲斐《かい》があって、良い状態ですよ。スムーズに次の訓練に入っていけそうです」

佐々木さんが褒め上手なのか、私が本当によく頑張っていて状態が良かったのか、分からない。だが褒められて悪い気はしない。というか、これまでの頑張りが認められて有頂天だった。

淡々とリハビリは続く。ほんの少しの変化に両親や友人は気づいてくれない。自分としてはすごく高いハードルでも、健常者にはその難しさが分からないのだろう。その道のプロである理学療法士さんに進歩を認めてもらうと、報われた感じがして、本当に嬉しかった。自然とやる気も湧いてくる。

「肩まわりの柔らかさは良い感じです。今日から、背筋を鍛えていきましょうか」

「背筋？」

「そう。腕の筋肉が使えないぶん、肩と背筋で、腕全体を動かす必要があります」

私は今のところ、肩を少し上下できる程度だ。誰かに肩をぐっと後ろに押されれば、肩甲骨が寄るのにともなって腕が後ろにいく。自力では、肘が数センチあがるくらいで、それ以上動かすことはできない。

「じゃあ、うつ伏せになって、前で手をついて――」

脇を締め、手から肘までをべたっと床につける。ヨガのスフィンクスのポーズみたいだ。ただ腕に力が入らないので、上半身がぐにゃりと前に倒れ込み、マットが顔面すれすれに迫ってくる。

放置されたら死ぬな、と思った。しかも相当に無様な死にかただ。

このポーズから、背筋を使って身体を上下に動かすべし、というのが佐々木さんの指示だ。穏やかに言われたから、うっかり「はい」と答えて挑戦したが、とてもじゃないができそうにない。

背中の上のほうがぴくぴくしているのは感じるが、身体を動かせるほどの筋力はないらしい。よく考えたら、健常者のときもこんな動きはできなかった。

「えっ、これ、この姿勢で合ってますか？」

と思わず尋ねた。

背筋だけで身体を持ちあげるなんて、そもそも人体の構造として可能なのだろうか、という疑問すら浮かぶ。

「大丈夫、合ってますよ。じゃあ、これをあと、三十セット、やってくださいね」

と言い残して、佐々木さんは別の患者のところへ行った。

ええー、この状態でおいてくの……と弱気になると同時に、佐々木さんのいない隙にこっそり休憩しようという甘えも生まれた。

だがふと右を向くと、八十歳は超えているだろうおばあさんが、「ヒィー……ヒィー……」と息を漏らしながら、私と同じ訓練をしている。

その姿を見て、どうしてだか、胸がジーンとした。年を重ねて、怪我をして、身体が動かなくなっても、それでも生きていく。命って、生きるって、一体何なのだろう。限りなく苦しいようでもあるし、美しくもある。

おばあさんがやろうとしていることを、ずっと若い自分がサボるのも情けない。

もう一度、肩に力を込めた。ほんの数センチだけ肩が動く。芋虫《いもむし》みたいにマットにのめり込んでいるところから、数ミリ、数センチずつ浮きあがる。

はぁ、はぁ、はぁッと息が乱れる。身体がカーッと熱くなる感じがする。いつの間にか、奥歯をぎりぎりと嚙《か》みしめていた。

一回、二回、三回……。

外からでは、動いていることにすら気づいてもらえないかもしれない。だが確かに、私の身体は動いていた。

「良いですね。その調子です」

佐々木さんが戻ってきた。

三十回、自分でカウントして、どさりとマットに倒れ込んだ。元の高さがないので顔から落ちても全然痛くなかった。

身体を仰向《あおむ》けにしてもらって、数分休憩する。

今度は上半身を起こし、佐々木さんが投げるボールを腕で受け止め、押し返す練習をした。といっても、肩をぶらぶらと揺らして、肘を曲げて、なんとか手を前に出している。指の曲げ伸ばしができないので、ボールはつかめない。ゆるく握られた拳をボールにあてる。

背筋の訓練よりは楽なはずだが、動きが単調なのでむしろ疲れた。

だがこれも重要な動きだという。

座った状態で、手を前や後ろに出せれば、バランスがとりやすくなる。

普段、座っている状態は、ぐらぐらと揺れるバランスボールに首から上だけ乗せられているような感じだ。後ろから押されると、ばたりと前に倒れる。横にも後ろにも倒れやすい。

腕を動かせて、なおかつ、突っ張りがきくようになれば手をついて身体を支えられる。ベッドで座位をとったところから、腕をついて身体の向きを変えられるようになれば、一人で車いすに移乗できる。

そうなると、他の人の助けなしに起きあがり、車いすで出かけるのも夢ではない。

ベッドから一人で出られるようになりたい。切実な願いだった。横になっているとき、ふと考えることがある。今、地震がきたら、火事が起きたら。誰かが助けにきてくれるのを、寝たままじっと待っているしかない。想像するだけでゾッとした。

午前中のリハビリを終えると、一度病室に戻って昼食をとることになっている。

このタイミングで、看護師さんとトイレに行き、導尿してもらう。股《また》を開いてカテーテルを外尿道口から膀胱《ぼうこう》へ挿入し、お腹を押して尿を出させるというものだ。この姿勢をとるのは恥ずかしくて、最初は抵抗があった。だが、普段から蓄尿袋をさげていた頃よりはだいぶよかった。

以前、新人の看護師さんが蓄尿袋の扱いを誤って、病室に尿をぶちまけたことがあった。「すみません」と言いながら、看護師さんは床の掃除をしていたが、むしろこちらが申し訳ない気持ちになった。だって、自分のおしっこで床がびちょびちょになるなんて、尊厳というか、何というか、人として大事なものが傷つけられる感じがする。

リハビリを頑張って、もっと身体が動くようになれば、自己導尿ができるようになるかもしれない。そうすれば、下の世話で恥ずかしい思いをしなくてすむ。

暗闇の中で、わずかに差し込む光に向かって進むような感じだった。心細さはある。けれども、この光が射すほうに進んでいくしかないというのは、ある意味で、楽だった。迷う余地がないからだ。

同室のご老人、ヤスヱさんは、

「他に行くところがないからね。リハビリ、するしかないわな」

と、さっぱり話していた。

諦めと絶望が混じった死灰のような心が、一周回って清々《すがすが》しさに転じる。その奇妙な爽快感が、センター内を突き抜けて、風通しのよい場所にしていた。

午後のリハビリは、二時から五時半までだ。これまでの病院では、一日に一時間リハビリすれば頑張ったなという感じだった。急に何倍もの活動量を要求されて面食らう。

作業療法士の先生がやってきて、ニコリと微笑《ほほえ》み、頭をさげた。

林さんという四十代くらいの女性だ。周りからユミさん、ユミさんと呼ばれているので、私もそれにならってユミさんと呼ぶことにした。

「ご飯、自分で食べたいですよね」

というのがユミさんの第一声だった。

「好きな順序で、自分のペースで食べたほうが、絶対美味しいからね」

ご飯を自分で食べられる！

グッド・ニュースだった。

ユミさんが言うには、肘がある程度動けば、スプリングバランサーという器械を使って、食事をとれるそうだ。

黒い指ぬきグローブを右手にはめ、肘とそのグローブをミニクレーンのようなもので引きあげる。肘をちょうどいいところにおいてもらえば、肘を曲げ伸ばすことで、手を自分の顔の近くまで持ってこられる。

スプーンは指ぬきグローブに固定する。

宙をすくうように、スプーンを前後に動かした。首をにょきっと前に出して、スプーンを迎えにいく。今はまだスプーンは口元に届かない。

ユミさんはスプリングバランサーの角度を何度か調整して、「そうそう」「朝宮さん、天才的にうまいよ！」と声をかけてくれる。

思わず頬がゆるんだ。

単純な動きを繰り返す筋トレよりずっと楽しい。ご飯を自分で食べるという分かりやすい目標が目の前にあるから、モチベーションが湧きやすいのだ。

肘を使っているだけのはずなのに、肩がこる感じがした。訓練が終わる頃にはドッと疲れていた。結局、自分で食べられるほどにはならなかったが、ある程度コツはつかんだように思う。

「ダイエットとかで、目標を具体的にイメージするのが大事っていうじゃないですか」

夕食後の自由時間に、同室のヤスヱさんに話しかけた。

「あれ本当に本当ですね」

「そうやなあ。あれか、ひまりちゃん、ご飯のやつ、やったんか」

ヤスヱさんも頸損患者だ。食事の半分ほどはスプリングバランサーを使って自分で食べているという。

「そうなんです。これをやれば、自分でご飯を食べられると思うと、そのイメージだけで頑張れるっていうか」

周囲でパーソナルトレーナーをつけるのが流行ったことがある。私もジムに通い、器具の使いかたを教えてもらったり、トレーニングメニューを作ってもらったりした。仕事の忙しさを理由に、一カ月ほどで通わなくなってしまったのだが……。

今の私があの頃に戻ったら、もっと頑張れそうな気がする。多少運動不足で、贅肉《ぜいにく》がついていたとしても、手も足も動く。腰をひねったり、立ちあがったり、歩いたりできる。夢のようだと思った。

毎日がリハビリ中心に過ぎていった。平日はリハビリをこなすとドッと疲れて、何かを考えたりする暇もなく、ぐっすり寝てしまう。

土日はリハビリ室での訓練はお休みだけど、各自に宿題が出ていた。

私の場合、なるべく長い時間、座っていることだった。それもベッドで足を伸ばした状態で座る長座位ではなく、車いすに足をおろして座る状態を続けるよう言われていた。足をおろしただけで低血圧になりやすいし、断然疲れやすいから不思議だ。

ぼんやり座っているのも暇だから、看護師さんに食堂に連れていってもらった。

自分で動ける人は、普段から食堂でご飯を食べている。土日はリハビリ室に行って自主練しているらしい。

土曜日の午前中、食堂はがらんとしていた。

東側に大きい窓が並んでいる。光が差し込んで、テーブルに黄色い幾何学模様ができている。

窓に近づくと、一面に真っ青な海が広がっていた。カモメがのどかに鳴いている。その影が水面に浮かび、影絵のように動き回る。なでるような潮騒《しおさい》が脳底に響き、いいようのない爽快感を覚えた。

オーシャンビューなどという言葉は全くしっくりこない。昔ながらの港町だ。穏やかに揺れる水面にぽっかりと浮かんでいる。

ここにはずっと、この景色がある。これまでもあったし、これからもある。訳もなく感動してしまった。朝の光に目を細める。顔がじんわりと暖かい。温度を感じないはずの身体も、暖かさに包まれているような感じがする。

食堂の隅、陰になっているところで何かが動いた。首をひねって顔を向けると、凜ちゃんと目が合った。

相変わらず可愛いジェラートピケのルームウェアを着ている。壁ぎわすれすれまで車いすをひいて、ぼんやりと座っていた。看護師はついていない。

「こっちにおいでよ。あったかいよ」

「日焼けしたくない」

私についていた看護師さんが戸惑ったように凜ちゃんと私を見比べる。

「私はここで大丈夫ですから」

凜ちゃんの声が食堂に響いた。

三十分くらいしたら様子を見にきますから、と言い残して、看護師さんは立ち去った。

「リハビリ、どう？」と首をひねったまま尋ねると、凜ちゃんは、別に、とだけ答えた。

表情が暗いのが気になった。目がどことなく、ぼうっとしている。

つっけんどんな態度はいつもどおりだ。だが以前は、もっと攻撃的で硬くて、強い視線があった。今はエネルギーが四方に霧消していくような感じ、やけっぱちなオーラが漂っている。凜ちゃんは落ち込んでいる。リハビリのモチベーションを失っているのかもしれない。

直感にすぎないのだが、私のこういう直感は実によくあたる。

働いていた頃は、「転職者発見器」と呼ばれていた。転職に向けて準備をしている人の雰囲気をいち早く察知して「最近元気ないけど大丈夫？」と声をかける。同じ部署、隣の部署、同期等々、声をかけてみたら転職準備中だったということが何度も続いた。

そのたびに「なんで分かったんですか？」と驚かれる。なんでということもない。顔にそう書いてあるじゃない、といつも思う。

だがこれは一種の才能なのかもしれない。昔から人の顔と名前を覚えるのも得意だった。会社に復帰したら、人事部にいくのもいいかもな、などと思いつく。

それはさておき、問題は凜ちゃんだ。

もう十月下旬だ。温暖な土地だから冷え込みは激しくないが、午前中は涼しい日もある。日陰に長時間いたら身体が冷えて、痙性《けいせい》という身体のこわばりが生じるかもしれない。

身体が急に伸びたり、曲がったり、震えたりすることもある。これは自分の意思にかかわらず起きる不随意運動である。

発作のように急に始まるから、面会にきた友達が初めて目にしたときは、だいたいみんなびっくりしてあたふたする。私は慣れっこだから、みんなが慌てる様子を見てちょっと笑ってしまう。けど、身体がこわばっていると、運動のしにくさが残って、リハビリに悪影響を与えることもある。

「凛ちゃん、そこ寒いでしょ。こっちおいでよ」

もう一度声をかける。

凛ちゃんの手にゴムバンドが巻かれていることに気づいた。車いすの車輪をつかめなくとも、ゴム部分を引っ掛けるように触れて車輪を動かすものだ。

「凛ちゃん、もしかして、車いす自分でこげるようになったの？　すごいじゃん」

凛ちゃんの表情は晴れなかった。

「……別に、すごくない」

口からこぼれ落ちるような小声で言った。

「前からできてた。前はもっとできてた」

「前って？」

「入院する前ですよ」

「そんな、健常者だった頃と比べても――」

「違うって！」急に大声で言った。「何も知らないのに、絡んでこないでよ。私がこの身体になったのは、もう一年以上前。あの病院に入院してたのは、褥瘡《じょくそう》ができて手術しなきゃいけなかったからだもん」

驚いて、私は目を見開いた。

褥瘡というのは、いわゆる「床ずれ」だ。身体を自分で動かせない頸損患者にとって、褥瘡は一番注意すべき合併症だ。骨が出ているところなどに長時間圧力がかかると、皮膚や筋肉に血が通わなくなって、その部分の組織が壊れて傷になってしまう。

「せっかく何カ月もリハビリをしてたのに、褥瘡の治療で寝たきりになって、これまでのリハビリの成果が全部、パァになっちゃった」

「でも、このリハビリセンターにきて、またリハビリをすれば、取り戻せるんじゃないの？」

私の言葉に刺激されたのか、凜ちゃんはキッと力のある目でこちらをにらみつけた。

「自分の身体のことはよく分かってる。だいたいどのくらいまでならできるか、どこから先はできないか、だいたいもう、分かってる。何カ月かここでリハビリして、元の状態に戻ったとしても、そこがマックスなんだよ。それって、絶望じゃない？」

苛烈《かれつ》な感情がドロッとふきだすようだった。面食らって、口を挟むこともできない。

「あのさ、前に車いすを自力でこげるようになったとき。私、何を考えたと思う？」

答えることを期待されていないと察して、私は黙っていた。

「ああ、これでやっと、自殺できるって思った。私たちはさ、リハビリしないと、自分で死ぬことすらできないからね」

口の端を歪《ゆが》めて、皮肉っぽい笑みを浮かべた。

「私は一度失敗してるし、もう、やらないけどね」

宙に向かって投げつけるように言うと、両腕を器用に揺らして車いすをこぎ始めた。

かける言葉を探しているうちに、凜ちゃんは食堂から出ていった。

食堂に一人残された私は、ぼんやりと海を見ていた。

太陽が高くのぼって、水面がガラス細工のようにきらびやかに輝いている。バシャンと飛び込んで泳ぐことは、この人生でもうできないんだなと思うと、急に、ぐっと悲しい気持ちになった。

来世ってあるのかな。元気だった頃は考えもしなかったことが頭に浮かぶ。

自分は今、自殺もできないんだなあと、しみじみ考えた。自殺できない身体で良かったかもしれない。余計なことを考えないで済む。

看護師さんが戻ってきて、大丈夫でしたか、と声をかけてくれた。大丈夫です、ありがとうございます、と答えるしかない。

少しくたびれました、と言って、病室のベッドに寝かせてもらった。

凜ちゃんの言葉は、流行病《はやりやまい》のように、私の心にじわじわと沁み込み、いつの間にか、暗いほうへ引きずりこんでいった。

夜、暗闇に目が慣れた頃、天井をまじまじと見ながら、考えを巡らせた。

受傷後三カ月から六カ月くらいが、リハビリの成果が一番出やすいものの、受傷後二年くらいまでは機能回復の可能性があるという。

凜ちゃんは受傷後一年以上経っているとすると、二年のタイムリミットが迫っている。ある程度具体的に、回復の限界が見えているのかもしれない。

自分はまだ大丈夫だ、と言い聞かせる。怪我をして急性期病院で一カ月、リハビリセンターにきてからさらに一カ月が経つ。まだ受傷後二カ月だから、これからの頑張り次第だ。

急性期の病院で、リハビリセンターに行くことを渋る私に、凜ちゃんはなぜかキツい言葉を投げかけた。その疑問が今になって氷解した。

自分は回復の上限が見えているのに、これからいくらでも回復する可能性のある人間がリハビリを渋っているのを見たら、苛立ちもするし、反発心も抱くだろう。

自分の中でずっと、硬いものが組みあがるような、奇妙な感じを覚えた。これまでは人のせいにしていた。兄が行けというから、他に行くところがないから、リハビリセンターにきた。職員に促されるから訓練をした。

だけど今は違う。自分の身体、未来、可能性のために、自分で頑張らなくちゃいけない。誰に頼まれたわけでもない。仮に誰かに止められても、やるんだ。リハビリを。

第六章　歩く

一心不乱に腕を動かして車いすをこぐ。力を込めているつもりでも、ほんの数センチしか動いていない。息があがる。もう一度、両肩を後ろに引き、勢いをつけて、前に出す。キュッとゴムのすれる音がして、前に進んだ。

食堂までの二十メートルが途方もなく遠く感じる。後ろから看護師さんが遠慮がちについてくる。待たせているようで申し訳なかった。

たっぷり十分以上かけて、なんとか食堂についた。肩からおもりが二つぶらさがっているように、腕が重い。痺《しび》れがやってきた。

またか……と思いながら、まぶたを軽く閉じ深呼吸する。少しでも気を休めたい。そうでないと、苛立ちが先に立って、人につらく当たってしまう。

痺れの感覚というのは、言葉で健常者に伝えにくい。健常者の生活でいえば、正座をしたあとにやってくる足の痺れが一番近いかもしれない。

正座後の痺れは数十秒でとれるが、私の痺れは放っておいてもとれない。一日中、どこかしらが痺れている。身体じゅうが痛くても誰も優しくしてくれない。ここでは誰もが不便や痛みを抱えている。

肩回りは筋肉痛がひどい。だがそれはリハビリが順調に進んでいる証拠でもある。

Nリハビリセンターにきてから三カ月が経つ。生活には慣れたが、東京から遠いこともあり、面会客が少ないのが少し寂しい。

白味噌のかおりが鼻をかすめて、思い出したように視界がはっきりした。数秒のあいだ頭がぼうっとしていたようだ。

食堂には二十人弱の入院患者が腰をおろしていた。

「任天堂のスイッチってのはどこで買えるんけ」

「孫のクリスマスプレゼントですか？」

「そうそ」

「トイザらスかなあ。予約したほうが……」

近くの席で、高齢男性と、彼よりやや若い男性がぼそぼそと話している。

リハビリ専門の病院なので、一度退院した人が再度戻ってくることもよくある。常連の患者同士は顔見知りで、親しげに言葉を交わす。

私は年齢が離れているので仲良しができるわけではない。だが同室のヤスヱさんとは世間話をすることもある。

食堂の入口に、凜ちゃんの姿が見えた。

凜ちゃんと一瞬、目が合った気がする。だが彼女はすぐに目をそらして、私から離れた席についた。車いすの操作も手慣れた様子だ。

「朝宮さん、食べていきましょうね」

看護師の白鳥《しらとり》さんがスプリングバランサーを設置してくれた。指ぬきグローブは専門の業者に特注した革製のものだ。差し込んでもらったスプーンを使ってご飯をすくう。まだ箸は使えない。

食への情熱ってのはすごい。お前が食いしん坊だからだろと突っ込みが入るかもしれないが、食事の所作はみるみるうちに上達した。

近所の農家が作っているという梅干しを器用に崩し、ご飯とともに口に入れる。塩気が強くて美味《うま》い。じゅわっと唾液が込みあげ、あごが痛くなるくらいだ。今日は焼き鮭《ざけ》をほぐしたのが出ている。海が近いだけあって出される魚はどれも美味しい。

味噌汁を飲もうとしたが、ぽたぽたとこぼしてしまう。液体は難しい。白鳥さんがそっと手を出して飲ませてくれた。

食堂からは朝の海が見える。換気のために少しだけ窓が開けてある。冷蔵庫を開けたときのような冷気がそよそよと入ってきた。

「そういえば、今日の午後、面会ですね」

白鳥さんが明るい口調で言った。四十代半ばのふくよかな女性だ。いつもテキパキしていて明るいが、後輩を指導しているときは口調が強く、ちょっと怖い。

「そうそう。会社のね、後輩の子がきてくれるんですよ」

よく日焼けした夏子の顔が浮かぶ。西日本に旅行にくるついでに立ち寄ると連絡があった。私に気を遣わせないよう、旅行のついでだと強調してくれるあたりが夏子らしい。

白鳥さんにはスマートフォンの操作をお願いすることもある。指の曲げ伸ばしが多少できるようになったとはいえ、細かい動きはまだできない。白鳥さんにスマートフォンに届いたメッセージを見せてもらったり、返信を打ち込んでもらったりしている。それで夏子の面会についても知られていた。

食堂の隅に凜ちゃんが見えた。看護師さんが一人近くにいる。介助を受けて食事をとっている姿を見て、魚の骨が喉につっかえたときのような、嫌な違和感を抱いた。

凜ちゃんはスプリングバランサーを使わずとも、指ぬきグローブだけで食事ができたはずだ。食事介助を受けるのは、食べにくいものが出たときか、疲れているときだけだ。

リハビリでも凜ちゃんの様子は変だった。組まれたメニューを真面目にこなしているように見える。だが、以前の病院での鬼気迫るリハビリの様子を知っている者からすると、「流して」やっているのが一目瞭然だ。

リハビリの時間が終わると、すぐに個室に戻ってしまうから、話しかけるタイミングもつかめなかった。話したところで私が有用なことを言えるわけでもない。凜ちゃんも私に話したいことなんてないだろう。

この日の午前中は、上肢エルゴメーターという手回し器を使った訓練をした。

ジムで乗るエアロバイクの腕版のようなもので、肘の曲げ伸ばしで腕を動かして、手回し器をぐるぐると回す。肘の可動域は広がってきたが、モノをつかむ力は十分ではないので、エルゴメーターのハンドルに包帯で手を固定して動かす。一見すると監禁された人みたいだ。しかも、十五分一セットで、一日に三セットか四セットは行うから、けっこうハードだ。

だが私はこの訓練が好きだった。回しているあいだは暇なので、正面にスマートフォンをおいてネットフリックスを流してもらう。実際の未解決事件を追うミステリーシリーズの続きが気になって、時間が経つのも忘れてしまう。

お昼にはちょっとスパイシーな炒飯《チャーハン》が出て嬉しかった。美味しく食べていたが、後半は痺れがきつくなり、結局半分近く看護師さんに食べさせてもらう。

横になって少し休んでから、午後の訓練に向かった。自分で車いすをこいでいくと、理学療法士の佐々木さんが、人のよさそうな顔で近づいてきて、

「おっ、車いす、かなりスムーズにこげるようになりましたね。慣れてきましたか?」

褒められたのが嬉しくて、素直に、

「はい。あまり意識せずとも動かせるようになってきました」

と答えたのが軽率だったかもしれない。

佐々木さんは満面の笑みで、

「じゃ、車いすにおもりをつけましょう」

と言って、マットの下の収納スペースから、1kgとシールの貼られた丸いおもりを取り出した。紐《ひも》で器用に車いすの後ろにくくる。

「おもりって……そんな少年漫画の主人公みたいなことするんですか」

「十五キロまでありますよ」

佐々木さんはにっこり笑って言った。

「一キロのおもりから始めて、徐々に重くしていきましょうね」

「えぇー、十五キロって……」

驚きのあまり不満を言いそうになるが、続く言葉が見つからない。事故前はスーパーで五キロの米を買って帰るのですらゼーハーしていた。まさか十五キロのおもりをつけて車いすをこぐ日がくるとは思っていなかった。

こちらの反発心を見透かしたように、

「今動けるだけじゃダメなんです。十年後、二十年後まで動けるようになっとかないと」

と佐々木さんが補足する。

おもりをつけた状態でリハビリ室の前の廊下を行ったりきたりしたら、すぐに息があがった。これまでは肩を上下する勢いだけでどうにかしていたが、きちんと背筋を使って力を込めないと車輪が動かない。

佐々木さんは横について、身体の使いかたにアドバイスをくれた。この人は身体に障害がないのに、どうして私の身体の動きを私よりも知っているのだろうと不思議な気持ちになる。プロなのだろうな、と思う。

私も小麦を作ったことがなくても、味で産地が分かっていた。友人と行ったイタリアンでパスタを口に含み「これ、カナダ産のカムット小麦だわ」とつぶやいて、気味悪がられたこともある。

今この瞬間にプロとして社会に関わっている人のことを考えると、胸の奥がざわついた。憧れと焦りが同時にせりあがる。弱気になりそうな心に無理やり蓋《ふた》をした。

三時頃に一度病室のあるフロアに戻り、導尿してもらうと、夏子がついたという知らせが入った。

さっぱりした気持ちで車いすをこいで病室に向かう。

面会者用のスツールに腰かけていた夏子は弾《はじ》けるように立ちあがって、「ひまりさん、お久しぶりでーす！」と明るい声で言った。

「ここ狭いから食堂に行こっか？」

連れ立って移動すると、夏子は案の定、車いすの後ろにつけたおもりに目を丸くした。

「トレーニング、本格的じゃないですか？」

「そうなの。これ、十五キロまで増やしてくんだって」ついつい自慢げな口調になってしまう。

さっきは佐々木さんに対して不満げな視線を返していたのに、我ながらゲンキンだ。

「車いす、自分でこげるようになったんですね。しかもこれ、肩の力でこいでます？　すごっ」

夏子はテニスで全国大会に出場していたのだった。元アスリートらしい観察眼で褒めてくれる。

最後に夏子に会ったのは三カ月以上前だ。あのときはベッドのリクライニングをあげて座っているのがやっとだった。車いすに座っていられる時間をどれだけ延ばすかという段階で、車いすを自分でこぐなんて、自分自身想像していなかった。

東京のデパ地下で買い求めたという、はちみつパンナコッタを食べながら、

「ええー！　自分で食べてる！　すごいなあ。人体の不思議を見ているようです」

と大げさに驚いてくれるから、こちらも鼻高々である。

はちみつパンナコッタは、ジャムを入れるような小瓶に入っている。パンナコッタ本体の上に色とりどりのフルーツが添えられていた。小さい頃にレイチェルさんの家で見たボトルシップを思い出して、胸がきゅっと締めつけられた。

最初の小一時間は、会社のゴシップ話に興じた。危なっかしいダブル不倫をしていた同僚がいたのだが、ついに双方の家庭にバレて、それぞれ別の会社に転職したという。

「あのカップルの存在に最初に気づいたのも、ひまりさんでしたよね？」

「だってお互いにそれっぽい視線を交わしてるんだもん。バレバレだったよ」

「ええー。私なんか全然気づかなくて、部署でも最後のほうでやっと、庶務の平井さんから教えてもらったんですよ。それまで散々、空気の読めない発言をしてたと思います」

確かに夏子はおおらかな反面にぶいところがあって、不倫カップルに対して「〇〇さんたち、ほんと、仲良いですよねー」と明るく話しかけていた。

全ての事情を知ったうえで牽制《けんせい》しているのかとも思ったが、何のことはない。何も知らず、

深く考えず、思ったことを口にしていただけだった。そういう率直で裏表のないところが、夏子の良いところでもあるのだが。

「ひまりさんって、営業職ももちろんだけど、人事にも向いてるかもですね」

「だよねぇ」私は深くうなずいた。

夏子はニッと笑うと、手にした紙袋から平べったい小箱を取り出した。

「これ、渡そうと思ってきたんです。音声入力ソフトって知ってますか？」

差し出された小箱は、青紫色の近未来的なパッケージをしていた。「ＡＩ音声認識技術　業界シェアNo.１」と書かれている。

「音声認識？」

私は首をかしげた。

「そうです」力強い声だ。「このソフトをパソコンに入れれば、声で文書入力ができるでしょ。会社に提出する報告書とか、自分で作れるようになると思って。ひまりさん、首から上は元気だから」

照れたように笑い、

「あっ、でも、今日の様子を見たら、指でパソコンを打てるようになる日も近そうだし、これ、いらなかったかもしれないですけど」

と付け加えた。

「全然！　そんなことない。すごく嬉しいよ」

心からの気持ちだった。

「音声認識、ってのがあるんだ。私、知らなかった」

突然の提案に動揺していた。表情に出ていたかもしれない。不安そうな目を夏子がこちらに向けた。

言葉が詰まって、気持ちを整えるのに時間がかかった。

実はここ二週間ほど、作業療法士のユミさんとパソコンを使う訓練をしていた。腕の可動域が広がったので、指ぬきグローブにタッチペンのようなものを差し込み、それでキーを押すというものだ。

できないわけではないが、ものすごく時間がかかった。一つのキーを押すのに数十秒、二つ目を押すのにさらに数十秒かかる。しかも、左右二、三センチの幅でしか手を動かせないので、打てるキーは八種類ほどにとどまる。遠くにあるキーを打つためには、介助者に身体の向きを変えてもらったり、キーボードをずらしてもらったりしなければならない。

不便だった。ローマ字入力の場合、子音と母音の位置が離れていることが多いので、二つのキーを押して一文字打つにも他の人の助けが必要だった。

メール一本打つのに一時間かかる。ビジネスに必要なスピードに全くついていけない。二週間毎日訓練しても一向に上達しなかった。パソコンが使えないと会社に戻れない。日々焦り、追い詰められていた。

「すごく助かるよ。ありがとう」いつの間にか涙ぐんでいた。最近涙腺がゆるくて本当に困る。

「ひまりさん……」夏子が心配そうにこちらを見た。

「何でもないよ。大丈夫。パソコンを使えるようになると想像したら、すごく嬉しくって」

「それなら良かったです。ひまりさんはもう、傷病休暇と有休を使い切って、正式に休職扱いになりましたよね？」

夏子がこちらをじっと見て言った。

照れもなく人の目を見られるところが、この子のいいところだったな、と思い出す。

「今後の治療見込みについて、診断書とひまりさんからの報告書を提出してほしいんですって。そのうえで人事と面談です。休職は六カ月単位なので、次の半年はどうするかとか、話したいそうです」

「少なくともあと六カ月での復帰は無理だな」

「ですよね。そのあたりの話を私が聴き取って、代わりにまとめてもいいんですけど、ひまりさんが自分で書類を作ったほうが――」

「そっか。パソコンは使えるし、仕事は普通にできるよっていうアピールになるね」

「そうなんです。第一印象ってすごく大事だから……」

夏子の表情がかげった。何かあるなと思った。

「もしかして社内は、私は重傷だから、復帰は無理だろうって雰囲気なの？」

「いや、まあ」言葉をにごす。「一部の人が言ってるだけですよ。大多数の人は、ひまりさんに戻ってきてほしいって思ってます」

一緒に仕事をしたことがある人たちから寄せ書きとお花が届いたこともある。夏子は嘘《うそ》がつけないタイプだから、その言葉は本当だろうと思う。

所属している部署の課長、亀城《かめしろ》の顔が浮かんだ。日焼けしたスポーツマン風で、いかにも商社マンという感じの四十代男性なのだが、その性格は細やかでリスクを嫌うタイプだ。私の復帰に慎重論を唱えるとしたら、その人だろうなと想像がついた。

状況を察した夏子が、助け船を出すために奔走し、音声認識システムのソフトウェアを探してきてくれたのだろう。

「ありがとう。このソフトを使えるようになって、報告書を作るよ」

「私も使ってみましたけど、けっこう良いですよ。精度は八十五%くらいですかね。百文字入れたら、十五文字間違うくらい。自分の音声データを登録できて、使えば使うほど精度はあがっていくんで、使い込めばもうちょっと良くなるかも」

メールを打つのに一時間かかる現状からすると、精度八十五%でも十分にありがたい。

夏子は何度も手を振って帰っていった。右手の薬指に光るものがあると気づいていた。

面会を終えたら、ちょうどリハビリの時間が終わる頃だった。病室に直接戻って夕食をとる。手を振る夏子の姿を思い出した。右手の薬指にはめられていたのは、大人っぽいハーフエタニティリングだった。恋人からもらうたぐいのものだろう。

四カ月余り前の事故のときには、夏子にも私にも恋人はいなかった。だからこそ一緒にBB

Qをしようとしていた。あのあと夏子には恋人ができたのだろう。いつもならいの一番に話してくれるはずだ。だが彼女は、あえてその話をしなかった。忘れていたのか、あるいは私を気遣ったのか。

本当に隠したかったのなら、指輪を外して面会にくるはずだ。だがそうすると、積極的に嘘をついている感じがして、罪悪感が募るだろう。隠すわけではないが、自分からは話さないという立場をとったのだと推測した。

差し向かいで話しているときから、夏子が指輪をはめていることには気づいていた。私のほうから質問すればよかったかな。でも、申し訳なさそうに「恋人できたんです」と話す夏子を見たくなかった。もっと普通に、彼女の幸せを祝いたかった。結局どうしたらいいか迷っているうちに、世間話と復職にまつわる話をしただけでお開きとなってしまった。

ほんの四カ月余り前までは、ぼんやりと暮らしていたことを考えると不思議だった。すごく遠い過去の話のようにも思えるし、あっという間の出来事のような気もする。

自分がかわいそうな状態なのがいけないんだ、と思った。だから気を遣われる。幸せな報告をしてもらえない。リハビリを頑張って、復職して、一人前に楽しい生活を送れば、それが周囲に伝われば、きっとこういうこともないだろう。

とにかく復職しよう。諸々整ったうえで、復職祝いのときなんかに「夏子、あのときから恋人いたでしょ」って話すんだ。彼女は照れたように笑い「バレてましたか」と言う。「バレバレだよ」と私も笑う。

就寝時間ぎりぎりまで、ベッドに戻らず車いすに座っていた。セラバンドというゴム製のバンドをループ状にしたものを、片方の肘おきにひっかける。片手を通して、力を込めて引っ張る。これが腕のトレーニングになる。自主練として、空き時間にやることになっていた。キュッキュッとゴムが伸びる音が部屋に響いた。

腕を鍛えるセラバンドには強度が何種類かある。今私が使っているのは、下から二番目の強度の黄色いバンドだ。赤、緑、青、黒……と徐々に強度があがっていく。

「もう寝ましょうね」

と看護師さんに言われてハッと我に返った。本来なら左右バランスよく鍛える必要があるのに、右手ばかりいじめるように、バンドの輪の中で動かしていた。

翌日も、相変わらずリハビリである。

おもりをつけた車いすで食堂に行く。スプリングバランサーで朝食をとる。車いすをこいでリハビリ室に行く。生活の全て、一つ一つがリハビリだ。

この日は導尿だけでなく、週に三度の排便もあった。前日の夜に腸の働きを活発にする薬を飲んでいる。

看護師さんが脇の下に頭を入れて、反対側の脇にも手を添え、自分の身体に引き寄せるように、私の身体を起こす。私は自分では立てないが、両脚に多少の踏ん張りがきく。私の脚を軸に回転させる要領で、トイレの便座の上に身体をもっていく。

座薬を挿入し、腹部のマッサージをしているうちに排便がすむ。これで終わればいいのだが、残便がある場合は、ゴム手袋をはめた指にグリセリンを塗って、肛門に入れ、便をかき出す。これを摘便というらしい。

肛門に感覚はないが、状況がとにかく恥ずかしい。

今日は軽い頭痛がして、緊張した。

というのも、座薬挿入や摘便が引き金となって自律神経過反射が起きることがあり、場合によっては、命の危険もあるからだ。

身体に何か良くないことが起きると、脊髄を介してその情報が脳に送られる。だが私は脊髄を損傷しているので脳には届かない。

むしろそのメッセージは自律神経に伝わり、足やお腹の血管をきつく収縮させ、血圧が急にあがる。

血圧をさげなくちゃ、というメッセージが脳に対して送られるが、そのメッセージも脊髄を通るので、脊髄を損傷していると届かず、血圧は高いままになってしまう。

頭がガンガンして顔面が紅潮し、鼻づまりや吐き気が起き、最悪の場合、脳出血に至り、命にも関わる。

大丈夫かなと不安がっているうちに、排便は終わった。そのうち慣れるとは言われるものの、未だに週に三度、毎回緊張している。

定期的に排便しないと、そのうち勝手に脱糞《だっぷん》してしまうらしい。そうなると下着も汚れるし、何より恥ずかしくて、落ち込む。

日頃から乳製品をとり、腸の調子を整えて、排便の介助をしてもらえるのはありがたい。だがこの日は、夏子の指に光っていた指輪と、肛門に指を突っ込まれている自分との差が、どうも気になった。ねたみというより焦りに近い。もといたところに早く這《は》いあがらなくちゃという切迫感があった。

リハビリでは今日も上肢エルゴメーターだ。かわり映えはしない。同じ時間内で、昨日より一回でも多く回転させる。おもりをつけて車いすを動かす。一キロで廊下を三周し、理学療法士の佐々木さんのＯＫをもらってから、おもりを二キロに増やす。

作業療法士のユミさんには、パソコンを使う訓練の回数を増やしてもらうように頼んだ。復職に向けて本格的に鍛えていきたいという話をした。

前は全然できなかった腕立て伏せのような動きも、今はスムーズにできる。

振動機能付きティルトテーブルというものを使い、ベッドに寝転がった状態から、ベッドごと垂直に起こしてもらう。身体はベッドに固定されている。左右に十度ずつ揺らし、起立姿勢に慣れていく。

休憩時間、壁際のベンチに腰かけ、肩で息をしていると、

「今日は特に、精が出ますね」

佐々木さんが笑いかけてきた。

「あんなに嫌そうにされていた車いすのおもりも、今日は自分からおかわりするなんて」

「ええ、まあ」バツが悪くてはにかむ。「昨日、同僚と面会して、刺激をもらったので」

「それはちょうど良かった。ついにＬＬＢができましたよ。このあと合わせましょう」

思わず頬がゆるんだ。待ちに待ったＬＬＢが届いたのだ。

ＬＬＢというのは、脚につける装具の一種だ。医師に処方してもらい、義肢装具士に採寸してもらっていた。

これまで三人がかりで支えてもらって、二本のバーの間を歩いたことがある。だが、それはほとんど、持ちあげられて移動している感じで、歩いたという実感はなかった。

ＬＬＢがあれば、自分の足で地面を踏みしめて、歩くことができるかもしれない。

佐々木さんが手を叩いて立ちあがった。

「じゃ、早速やりましょうか」

義肢装具士、理学療法士、医師にぐるりと囲まれて、私の両脚にＬＬＢが装着された。脚に対する添え木のような装置で、股の少し下くらいまで長さがある。膝は曲がらず、棒のようにまっすぐ伸びた両脚の先を支点に、二人がかりで持ちあげられた。後ろにはもう一人スタッフがついて見守っている。

高さは大丈夫だ。ティルトテーブルで散々慣れているから、このくらいじゃ気絶しない。だが身体がぐらぐらと揺れ、不安定な感じはある。

足元を見て、自分の足が床についていることを確認した。踏ん張りはきいているようだ。

「それじゃ、歩いてみましょうか」

主治医の若山先生が少し離れたところから言った。

歩くといっても、自分の意思で脚を動かすことはできない。両脇を支える二人のうち右側の人が、一歩進む。

右足が宙に浮き、一歩先に着地する。バランスが難しい。頭が肩からぐらりと転げ落ちるような錯覚に陥る。大丈夫、大丈夫と自分に言い聞かせる。両脇に二人、後ろに一人、離れたところに若山先生もいる。このままステンと転び、首の骨をより激しく折って死に至るようなことはないのだ、と。

左足も前に出る。右、左、右、左。介助者と息を合わせるように一歩ずつ進んでいく。ぐらりぐらりと揺れる重心が、自分の足で歩いていることを教えてくれる。ぐら、ぐら、ぐら、ぐら。この不安定さこそが自立の証《あかし》。そう思うと、胸のうちで嬉しさが弾けた。

子供の頃、縁日で釣ったヨーヨー風船を落として、地面で破裂させてしまったことがある。水が四方に勢いよく散った。不思議と残念な気持ちよりも、その破裂の勢いの良さにしみじみと魅入られた。家に帰って布団に入ってからも、あのヨーヨー風船が弾けた場面を何度も思い出したりした。

あの、ぱちんと弾ける感じを、一歩ずつ歩きながら思い出していた。ぱちん、ぱちん、ぱちん。一歩進むごとに、足元のヨーヨー風船が弾ける。その勢いは足から胸にせりあがってきて、私の中を温かい気持ちでいっぱいにした。

歩けるのがこんなに嬉しいなんて。

少し開いた窓から風に乗って、ジングルベルの歌が聞こえてきた。公民館でクリスマス会をしているらしい。

そうか、今日はクリスマスイブだった。

第七章　安静は麻薬

「おはようございます。今日は三月九日晴れ。今日もよろしくお願いします」

同室の都《みやこ》さんが、ヤスヱさんに話しかける。

「はい、今日もよろしくなあ」

ヤスヱさんが朗らかに応えた。

彼女たちは、毎朝この挨拶を交わしている。認知症予防のために、どちらからともなく始めたという。

窓から柔らかい朝陽が注ぎ、逆光を背負う都さんの影を浮きあがらせていた。

四人部屋の窓際に陣取っていた須藤さんというベテラン患者さんが年末に退院し、私の正面にいたヤスヱさんが私の隣、窓際に引っ越した。

窓際のほうが落ち着いているし景色も見える。年功序列というか、入院期間が長い順に奥につめていく方式だった。

ヤスヱさんと都さんはもともとお隣同士だった頃からよくおしゃべりをしていた。それが顔の見やすい正面の位置になって、さらに仲が深まったようだ。メイントピックは家族の話と食べ物の話である。それだけで一時間でも二時間でも話していられるのだからすごい。

「しかしなあ、ひまりちゃんはリハビリ頑張ってて、偉いよなあ」

ヤスヱさんが私の手元に視線を落とす。両手に一個ずつ、ゴムボールを握っていた。

「ああ、これですか。ちょっとずつ、指の曲げ伸ばしができるようになってきたんで」

自主トレーニングをしながら、二人の世間話を聞くのが日課になっていた。

今やっているのは、ゴムボールを握ったりゆるめたりして、指の力を鍛えるトレーニングだ。

セラバンドで腕の力の回復にも努めている。最初は片方ずつ、車いすの肘おきに引っ掛けて引っ張っていたが、今は両手に引っ掛けて横に引っ張ることが多い。ゴムの色も黄色から始まり、赤、緑とパワーアップして、今は青色のバンドを使っている。

車いすにつけるおもりも、十二キロまで増えていた。

順調といえば順調だが、これまでにない焦りと不安がせりあがってきていた。受傷後半年を過ぎて、機能回復しやすい時期が終わってしまった。リハビリの強度をあげるのにも限界がある。自分の天井が見えてきたのだ。

午前中のリハビリでは、プッシュアップバーを使ってプッシュアップ訓練を行った。

プッシュアップバーを初めて見たとき、ラーメンの出前などで使う岡持ちの持ち手が床から生えているようだと思った。

座った状態で、床から十センチほどの高さのバーを握り、腕の力だけで尻を浮かす訓練だ。

ほんの一センチほどであれば身体を浮かすことができる。だがその先にどうしてもいけない。

ベッドで座った状態から身体を移動させ、自分で車いすに乗るために必要な動きだ。何度練習しても、ベッド上で自分で移動することはできなかった。着衣交換のときに看護師さんが作業しやすいよう、尻を浮かすのがやっとだった。

毎日やっていればきっとできるようになる。そう信じていられたうちは楽だった。けれども、最近は一週間経っても二週間経っても、できることが増えない。自然とやる気もしぼんでいた。

「はい、あと十回、やってみましょうか」

理学療法士の佐々木さんの口調の明るささすら鼻につく。

最近、プッシュアップ訓練ばかりやっているのは、他の動きはこれ以上の回復が見込めないからだと分かっていた。

座った状態で、膝から机の上まで手をあげられる。両手の指は二センチほどなら曲げ伸ばしできる。脇をぴったりしめた体勢のまま両腕の肘から先を肩の外にぴょんと出し、左右に振ることもできる。

右手は、手の甲を見せた状態からくるりと手のひらを表に向けることもできる。左手も肘から先は少しなら回転するのだが、右手ほどは動かない。

肩から下で私ができる動きはこれだけだ。

両脚は立たせてもらえば多少の踏ん張りがきくが、自力で立ったり歩いたりはおよそできない。

昼休み、リハビリでぐったりした状態で病室に戻る。すぐあとにヤスヱさんと都さんが賑《にぎ》やかに話しながら入ってきた。

続いて、もう一人の患者、鬼瓦《おにがわら》さんがやってくると、二人の会話はぴたりとやんだ。昨日、鬼瓦さんから「ちょっと、うるさいんですけど」と注意されたばかりだった。

ヤスヱさんと都さんがさりげなく目配せしている。病室内に気まずい空気が流れた。

鬼瓦さんというのは、五十代のすごく痩せた女性だ。先週、リハビリセンターに入ってきたばかりだ。

腰から下は動かないらしく車いすを使っている。両手は自由に動くはずだが、ベッドの周りはマグカップや綿棒、お菓子の食べかすなどで散らかっている。そのわりに神経質なところもあって、四人部屋のプライバシーのなさや騒音雑音に神経をすり減らしているように見えた。

同室の都さんとヤスヱさんが声をひそめて、今日のリハビリの成果について話している。鬼瓦さんは、小さくチッと舌打ちをした。他の二人に聞こえていやしないか、私は勝手にハラハラした。

看護師の白鳥さんがやってきて、「順番に導尿していきましょうか」と声をかけた。

「鬼瓦さんは自己導尿の練習を始めますから、一番最後で――」

「嫌です」妙にはっきりした声で鬼瓦さんは言った。「自分でなんてできません」

「覚えていかないと、おうちに帰ったあと、困りますよ」

「おうちなんて帰りませんから、大丈夫です」

ヤスヱさんが口を半開きにして、横目で鬼瓦さんを見ている。私も思わず息をひそめて成り行きを見守った。

「ここにくれば治るって聞いていたのに、こんなところだとは思いませんでした。先生たちは無茶なことばかり言うし」

憎たらしげに言う鬼瓦さんに、つい冷たい目を向けてしまう。入ってきたばかりで不安なのも分かる。けれども、ただでさえ忙しい看護師さんを困らせるのはよくない。

「あのなあ、鬼瓦さん、ここにきたばっかりで慣れなくて大変やろうけどな」

ヤスヱさんが諭《さと》すように優しく言う。

「真面目にやってれば成果は出るから。先生に言われたとおりに、やってみなさいよ」

廊下を軽快に歩く足音がして、病室の扉が開いた。

「どうかしましたか？」

主治医の若山先生が顔をのぞかせた。

「鬼瓦さん、自己導尿の練習をしたくないとおっしゃっていて」

白鳥さんが声をひそめて若山先生に言う。

若山先生は厳しい顔になって、鬼瓦さんのベッドの隣のスツールに座った。

鬼瓦さんの顔をじっと見て、口を開いた。

「安静は麻薬です」

病室は静まりかえっていた。ヤスヱさんと都さんは、戸惑った様子で目配せを交わしている。

私も混乱していた。

安静は麻薬？

若山先生の言葉に耳を疑った。

普通、お医者さんってのは「安静になさってくださいね」と言う。それなのに、「安静は麻薬」だなんて。

若山先生は厳しい口調で鬼瓦さんに言った。

「安静にしていれば、楽で、気持ちがいい。しかもすぐには悪影響が出ません。でも確実に、活動ができなくなっていきます。どんどん動けなくなって、楽しいことも嬉しいことも減っていく。患者さんを支える周りの人の負担だって増してしまいます」

鬼瓦さんはムッとした表情を浮かべて、若山先生を見返した。

若山先生は多くの患者たちよりずっと年下、息子や孫くらいの年齢だ。普段、強い言葉を使うことはなかった。穏やかにニコニコしている。しかし今日の若山先生には、言い訳を許さない容赦のなさがあった。

「どんなにいい病院に入っても、周りが助けてくれても、魔法みたいに良くなることはありません。どこかで覚悟を決めて、自分のことは自分でやらなくちゃいけません」

「そんなこと言ったってね、先生」鬼瓦さんが涙ぐみながら口を開いた。「頑張るっていっても、何を目標にしたらいいんですか。もう気力が湧かないんですよ。死んじゃおうかなとも思うけど、死ぬ気力もない。ただゆっくり、休ませてほしいんです」

鬼瓦さんの震えた声が病室に響いた。身じろぎもできなかった。そのくらい、鬼瓦さんは悲痛な声をしていた。

だけどどうしても、私は鬼瓦さんに反発心を抱いてしまった。まだ機能改善の見込みがあるのに、どうして頑張らないのか。理解できなかった。なぜだかイラついてしまう。

若山先生は拳を握りしめ、下を向いた。

「すみません。言い過ぎたかもしれません。でも、鬼瓦さんが自分で頑張ろうと思わないと、私たちは何もしてあげられないというのは事実です。粘り強くやっていきましょう」

とりあえず今日のところは、鬼瓦さんは看護師による導尿を受けることになった。

「退院までに、自己導尿も覚えていきましょうね」

白鳥さんが優しく呼びかけても、鬼瓦さんは返事すらしなかった。

導尿の練習をしぶる鬼瓦さんにイラつき、腹を立てている自分が嫌だった。

私が怒っても仕方ない。分かっている。分かっているのに、むずむずした。

排泄を何とか一人でできるようになりたいというのは、入院以来の悲願だった。

退院後の生活を想像する。週に三度は訪問看護のお世話になり、浣腸《かんちょう》してもらうことになるだろう。これはもう仕方がない。慣れてきたし、浣腸してくれる看護師さんもプロだから恥ずかしさが薄い。

問題は排尿だった。

白鳥さんに導尿をしてもらいながら、私は訊いた。

「やっぱり私の場合は、自己導尿は無理ですよね？」

「先生は何と言っていましたか？」

「まず難しいだろうと」

「女性はねえ、難しいですよね」

白鳥さんは気まずそうに苦笑した。

男性なら手指に麻痺が残っていても、動作を工夫したりカテーテルを改良することで、自己導尿できることがある。だが女性の場合、開排位という股を開いた姿勢をとらなくてはならないし、陰部に手が届かなかったり、尿道口が確認できなかったりと、難易度が高い。

下の世話だけは自分でできるようになりたいと強く願っていたが、どうやら無理だということが徐々に分かってきた。

現実的な絶望感が湧きあがり、胸の真ん中に根を張り、日に日に大きくなっていた。

リハビリを始めた頃は楽観的だった。一般的に難しいことでも、自分ならできるようになるかもしれないと、根拠のない希望を持っていた。甘い見立てでも抱いていないとつらすぎるからだ。

最近は、あなたはもうここまでです、と周りから指摘される機会が増えた。看護師さんも若山先生も厳しいことを言わなくなってきた。「朝宮さんはよく頑張ってますね。維持していきましょう」と励まされる。

維持って何だよ、と思った。これ以上良くならないなら頑張っても意味がない。

鬼瓦さんはこれからまだまだ良くなる。だからこそ若山先生も厳しい顔を向けるのだ。うらやましかった。だからこそ、頑張らない鬼瓦さんに腹が立った。

急性期病院の病室で凜ちゃんと一緒になったときのことを思い出す。あのとき凜ちゃんもこういう気持ちだったのかもしれない。


午後は作業療法士のユミさんとともに、音声認識システムを使う練習をした。

もともとはリハビリ室に備え付けのパソコンを使っていたが、自費でノートパソコンを購入して、今は自分のパソコンを使っている。

ユミさんにパソコンの電源を入れてもらうと、自動的に音声入力ソフトが立ちあがる。

音声入力ソフトを使う練習を始めてからもう二カ月が経つ。使い方には慣れていた。

パソコン画面の左上に、横に細長いバーが表示されている。これが音声認識システムの操作パネルだ。

右肩をぐっと前に出し、机の上に肘ごと右手をおく。腕相撲を始める人みたいな格好だ。右手を手元のタッチパッドにおいて、人差し指の先でタッチパッドの表面をなでる。

画面上をマウスカーソルが移動する。

まずワードを開き、文章の開始地点をクリックする。

続いてマウスカーソルを開始ボタンに合わせてクリックすると、音声入力が開始する。

「リハビリ経過報告書」

と口にすると、その通りの文字がワードに入力された。

「右肩の可動域はさらに改善し」と言うと、「右肩の稼働域」と出た。マウスカーソルを「稼働」のところに合わせてクリックし、正しい漢字変換を選んでまたクリックする。

「てん」と言って「、」を打つ。

「パソコンの使用にも支障がないほどまでに」と言うも、「支障」の発音が悪かったようで、「支所がないほどまでに」と書かれている。じっと画面を見つめて文字数を数え、

「十文字削除」

パソコンに向かって呪文のように唱える。すると、「支所がないほどまでに」という十文字がワード文書から消えた。

文字数を数えると目が乾燥してつらいが、数えるスピードは日に日に速くなっている。「ししょうがないほどまでに」とハッキリ言い直すと、今度は「師匠がないほどまでに」と出た。「師匠」にマウスカーソルを合わせて「支障」という漢字変換を選択する。

どうしても時間がかかって、イライラしてしまう。だが一つずつやっていけば必ず終わるというのも分かっている。じりじりとした気持ちを抑えながら、我慢に我慢を重ねて、パソコンの画面に向かった。

先月は十時間以上かけて報告書を作成し、会社に提出した。報告書提出後、人事との面談があると聞いていたが、所属部署の課長である亀城と電話で十分弱話しただけだ。

「リハビリ頑張ってるか」「みんな朝宮の復帰を待ってるよ」と声をかけてもらったものの、

どことなく距離があった。復帰の目途《めど》や手続きについて具体的な話にはならず、「それじゃまた」と、その「また」がいつなのかも分からないまま電話が切れた。

その後、求められてもいないリハビリ経過報告書を毎月出すことにしている。経過が順調であること、パソコンを使えることをアピールしたかった。

何もしないでいると、自分という存在を忘れられてしまう気がして胸が苦しかった。社会的な地位や肩書が恋しいわけではない。毎朝同僚と顔を合わせ、冗談を言い合い、会社帰りに飲みに行くような「日常」から弾かれているのが嫌だった。

「退院後も、二十四時間体制の要介助状態が見込まれます。ただし、介助者が一名いれば日常生活は十分に可能です。電動車いす、車いす用自家用車を購入予定で、購入のための補助金を申請予定です。車いすと自家用車を使用すれば、毎日の通勤も問題なく……」

自分は社会の一員としてやっていけると示すための呪文を必死に唱え続けた。

リハビリ室では、それぞれの患者がリハビリに励んでいる。

ところどころからもれ聞こえるうめき声、はぁーっと息を吐く音、作業療法士さんの励ましの言葉。私がパソコンに向かって唱える呪文は、そういった雑多な音の中に紛れて消えていく。私を気にする者は誰もいない。その気楽さが好きだったし、気持ちが穏やかに凪《な》いでいく。

休憩時間になって、水飲み場へと車いすをこいでいくと、

「朝宮さん、先生がお呼びです」

看護師さんが小走りで近づいてきた。

「あっ、はい。行きます」と言って、車いすを動かした。リハビリ後の身体に十二キロのおもりはきつい。日常生活全てがリハビリのようなものだった。

看護師さんと連れ立って診察室に入った。

「そろそろ、お家に帰る準備をしていきましょうか」

若山先生が明るい声で言った。

「えっ、もう退院ですか？」

「いやいや、退院はまだ先、半年後くらいですよ」

若山先生は人のよさそうな笑みを浮かべた。

まだ半年ここにいられると聞いて、ホッとしている自分に気づいた。

入った当初は早く退院して日常生活に戻りたいと思っていた。けれどもいざ本当に退院となると、自分の身体はいよいよこれ以上良くならないと突きつけられるようで苦しい。

外での暮らしが怖かった。知っている世界だからこそ、以前の自分とのギャップが大きくて、嫌な思いをすることが多いと分かっていた。泳げないのに海に突き落とされるような恐怖感があった。感覚がないはずの足がすくむ。

「半年後……ですね。分かりました」

「ただですね、朝宮さんはいざ退院するとなると、お家をリフォームして、受け入れ側のご家族も介助の練習をしたり、色々と準備が必要なんです。そうなると、数カ月前から取りかからないといけませんから」

ちょっと驚いた。お医者さんは病気を治して終わりというイメージだったからだ。退院後の暮らしにまで関心を持っているとは想像していなかった。

「そんなことまで考えてくださるんですね」

素直な感想を口にすると、若山先生は照れたようにあごをかいた。

「これも仕事ですよ。受け入れ側の態勢によって、やるべきリハビリが変わりますから」

若山先生の話は分かりやすかった。

例えば、介助者が一人しかいない状態で、しかもリフトが設置されていない家に帰るとする。その場合、最低限、自分の両手で突っ張って尻を動かすくらいの動きができなくてはならない。身体に踏ん張りが全くきかない状態だと、介助者一人でベッドから起こして車いすに移乗させたり、車いすからベッドに移乗させたりするのは難しいからだ。

トイレや入浴も同様で、設備がそろっていない場合、患者の側でできなくてはならない動作が増えていく。

患者に回復が見込まれる場合は、受け入れ態勢に合わせて、問題なく生活できるよう、必要な動作を習得させていく。

逆に、今以上の回復が困難な患者の場合、現状でも生活していけるよう、介助人員を確保したり、自宅の設備を整える必要がある。

若山先生はパソコンで電子カルテを見ながら口を開いた。

「確か、朝宮さんは実家に戻られる予定だと伺っています。ご実家は都内の持ち家。築四十年以上が経過しており、車いすが通るには廊下の幅が足りないので、全面的なリフォームが必要だと」

私が暮らしていたマンションは引き払ってもらい、荷物は全て実家に送ってある。退院後は実家に戻るつもりでいる。

だが帰ったときに、車いすでどう生活していくか、具体的なイメージはなかった。若山先生が私より先に検討を始めていることに重ねて驚いた。

「家のこと、うちの両親からお聞きになったんですか？」

「入院してすぐのタイミングで、皆さんにお伺いしているんですよ。お家に帰って、日常生活が送れる状態にするのが私たちの仕事ですから。患者さんの生活状況を知らないと、目指すべきゴールが分かりませんからね」

「へえー……」

感心して、しきりにうなずいた。

「他の診療科が専門店だとしたら、リハビリ科はコンビニみたいなものです。日常生活に必要なものを全てとりそろえなければなりませんからね」

病状や回復可能性は患者によって千差万別だ。退院後の生活状況も人によって違う。

私は業務中の交通事故だったから、労災も自賠責保険もおりる。そのお金で実家のリフォームはできそうだ。経済的にはかなり恵まれている。

「外泊許可を出しますから、一度ご実家の様子を見て、リフォームの段取りをつけてきてください」

「外泊許可？」弾んだ声が出た。「いいんですか？」

「いいも何も、退院に向けて動いていかなきゃ」

退院してずっと外の世界で暮らすのは恐ろしいのに、一時的に外出できるのは嬉しい。不思議なものだ。

若山先生が言うには、理学療法士や作業療法士も伴って家の様子を見にいくこともある。ただ私の場合、家が遠方にあるためそれが難しい。

事前に聞いたチェックポイントに従って家を点検し、写真に収めて戻ってくる。

そのうえで理学療法士や作業療法士、家族とも相談しながら、リフォームを発注する。

私の次のミッションだった。

第八章　デイジー

あっという間に四月になった。病院から見える山の斜面には満開の桜の花が見える。関東に比べて温暖だからか、開花時期も一週間か二週間くらい早い気がした。

夜八時過ぎ、目の疲れを感じてまぶたを閉じる。パソコンとにらめっこをしていたせいだ。車いす利用者の自宅リフォーム例を調べていたら時間はすぐに過ぎていく。

眼球の上のほうを指の腹でぐりぐり押せたらさぞ気持ちいいだろうと思うが、看護師さんに頼むのも悪い。

以前なら日付が変わる頃まで働くのは普通だった。八時なんてまだまだ夜の折り返し地点という感じだ。今はすぐ疲れてしまう。リモコンを操作してベッドを傾けた。凝り固まった首から力が抜けていく。

桜といえば花見であり、花見といえばビールである。場所取りをしながら飲み始めていた二十代の頃を懐かしく思い出した。

会社では、毎年井《い》の頭《かしら》公園で花見をしている。新入社員が場所取りを命じられる。同期たちとは内定式で知り合って、入社までは友人のように付き合う。いざ入社して、少しこそばゆい気持ちで研修の愚痴を交わしながら、場所取りのシフトを組む。今はちょうどそんな時期だろう。

もう十年以上前のことなのに、あの花見の日は風が強くてゴミ袋が何度も飛ばされたことや、いつもきちんとスーツを着ていたナイスミドルな上司の私服がださかったこと、実はその前日に同期内でカップルが誕生しており私はそれにいち早く気づいたことなど、一つ一つの記憶が鮮やかに脳裏に浮かんでくる。

ここ数年のバリバリ働いていた自分の姿は、思い出せないくらい遠く感じるというのに。

入院中、厳しい食事制限がないとはいっても、さすがに病室で飲酒はできない。退院したらビールを飲むぞと心に決めていた。ビールジョッキを持つのはまだ難しいが、ゴム製のグリップキャップをはめれば、缶ビールを持つことぐらいはできそうだ。

「精が出るね」正面のベッドから鬼瓦さんが声をかけてきた。

「うるさくしてすみません」

マウスカーソルは指で動かすが、検索窓には音声入力ソフトで文字を入れている。検索ワードは病室内につつぬけだった。

「おうち、リフォームするの?」

ぶっきらぼうに鬼瓦さんが訊いた。

「はい。古い一軒家なので、車いすでは入れないみたいで」

「へえ、一軒家なの」

愛想が悪いわりに詮索好きだ。絡みづらい人だなと思うが、日々話していると、そんなに悪い人でもないと分かってくる。

「一軒家の実家があるなんて、最高じゃん」ねちっこい口調で言う。「私はね、行くところないの」鬼瓦さんの口癖だ。

身の上話、というか愚痴は繰り返し聞かされている。

鬼瓦さんは結婚していないし、身よりもない。もともと派遣で働いていたが、怪我をしてクビになったという。

「もう年だし仕事を見つけるのは難しいと思うの。お金もない。待ってる人もいない。朝宮さんはいいわね。恵まれていて」

毎日ねっとりと言ってくるので参る。

「私は施設に入るからいいけどね」

きっと寂しいのだろう。だが嫌味っぽくてねちねちしているせいで、親しく言葉を交わす人は少ない。というか私くらいだ。

「猫ちゃんたちがいるでしょう」

やんわりと言い返す。

受傷前、鬼瓦さんは猫を三匹飼っていた。入院して、車いす生活になると分かったとき、愛猫たちは友人に引き取ってもらったという。その友人から送られてくる猫の写真をいつも見せてくれる。

「あの子たちの面倒も満足にみられない。もう一緒には暮らせないんだし」

鬼瓦さんは寂しそうにそう言うとサイドテーブルからスマートフォンを手に取っていじり始めた。テーブルには食べかけのせんべいや使いかけの綿棒、洟をかんだティッシュなどが雑然とおかれている。看護師さんから度々注意を受けているが、片付ける気配はない。

鬼瓦さんは未だに自己導尿を拒否しているようだった。リハビリも何かと理由をつけてサボっている。

いい大人なんだから好きにすればいいと思う。けれども、使わないならその身体、私にちょうだいよと思ってしまうこともある。

健常者に対してはそれほど苛烈な感情を抱かない。距離が遠すぎて、うらやましいとすら思えないのかもしれない。互いに障害者だからこそ、ちょっとの差が気になって、うらやんだり、ねたんだりしてしまう。

昔から、自分はさっぱりした性格だと思っていた。他人をうらやんだり、ねたんだりといった感情が湧きづらいほうだった。

でもそれは恵まれていただけなんだろう。苦しい立場に身をおくと、自分の嫌な部分ばかりが突きつけられる。

だからこそ、鬼瓦さんに苛立ちつつも、一方的に嫌いになることはできなかった。鬼瓦さんもきっと、私と自分を比べて苦しんでいるのだ。

「あのさ」鬼瓦さんがおもむろに顔をあげた。「同じような症状の人の家、実際に見てきたほうがいいよ」

「え、なんのことですか？」

ムッとしたような声で鬼瓦さんは言った。「だーかーら、家のリフォーム」

リモコンを操作してベッドの背もたれをあげる。鬼瓦さんからアドバイスめいたことを言われるのは初めてで、驚いていた。

「実際の生活の想像がつかなくて、失敗する人が多いし。一度リフォームしちゃったら、そこからまた変更ってのはなかなか大変だしね」

「へえ、そうなんですか」

戸惑いながら相づちをうつと、鬼瓦さんがいかにもつまらなそうに言った。

「私、設計会社に派遣されてたから。やってたのは事務だけど。お客さんからの苦情の電話とか受けてたし」

鬼瓦さんはティッシュを一枚つかんで洟をかんだ。丸めてサイドテーブルにぽんとおく。

「あ、ありがとうございます」

時間差で感謝の気持ちが湧いてきた。不器用ながらに手を差し伸べてくれたのだ。

設計会社で電話をとる仏頂面の鬼瓦さんを想像した。家に帰って三匹の猫をなでる。そのときだけは笑うのだろうか。風呂に入り、明日の支度をして床につく。そんな生活が彼女にもあったのだ。怪我をするまでは。

「在宅で生活している人、探してみます」

私が言うと、鬼瓦さんは「それがいいよ」と満足そうにうなずいた。

ベッドを再び倒して思案した。在宅で生活している人の話を聞いてみると宣言したものの、伝手《つて》がなかった。主治医の先生に相談したら、リハビリセンターを退院した人を紹介してもらえるだろうか。同じような障害を持っていて、外で暮らしている人——と考えて、ふと思いついた。

知り合いにいるじゃないか。凜ちゃんだ。

凜ちゃんは私と同じ頸損だ。褥瘡を作って入院してくるまでは、自宅で暮らしていたはずだ。スマートフォンを持ちあげたりできるぶん、私より障害の程度は少しだけ軽そうに見えるが、胸から下がほとんど動かないのは同じだ。参考になるかもしれない。何より、凜ちゃんママは穏やかな人で、うちの母とも顔見知りである。何かと頼みやすいように思えた。

凜ちゃんと話せたのはそれから三日後、土曜日の午前中だった。

リハビリ室では毎日顔を合わせるものの、休憩時間がかぶらない限り話はできない。最近は個室で食事をとっているらしく、食堂で話しかけることもできなかった。

土曜日は自主練ということになっている。凜ちゃんはリハビリ室の前まできていたが、中に入らず、ぼんやりと窓の外を見ていた。

リハビリ室の脇には練習用のスロープがあり、スロープをのぼった先に、大きな掃き出し窓がある。その窓が少しだけ開いていて、ぬるい風がふわりと入ってきた。

スロープをのぼるのはきつかったが、はあはあと息を吐きながら、なんとかのぼりきる。

その様子を凜ちゃんはちらりと見て、視線をすぐに窓の外に移した。

外は駐車場につながっている。なんてことない景色だ。

「何見てるの?」

声をかけると、凜ちゃんはぼそりと答えた。

「あれ」

あごでさししめした先には、花壇があった。デイジーの花が植えられている。だがその白い花弁は閉じたままだ。

「昨日は咲いてたのに、今日は閉じてる」

「ああ、そういうこと」私は頰がゆるんだ。ガーデニングをしている友人から聞いたことがあった。「デイジーって、太陽の光を浴びると花が開くけど、暗くなると閉じちゃうんだって。今日はほら、曇りで暗いから」

凜ちゃんはぼおっとした表情で「人間みたいですね」と言った。数秒してから、私の車いすを見て、「それ、何キロですか?」と訊いてきた。

車いすにつけたおもりについて尋ねられていると分かるまで間があった。

「ああ、これね、十五キロまできたよ」

「えっ、もう、マックスじゃないですか」思いのほか素直な反応だった。目を見開いて、まじまじと見ている。「すごい」

凜ちゃんは私の顔のほうを見て、でも目は合わせずに言った。

「なんでそんなに頑張れるんですか？　どうせこれ以上、良くならないのに」

誰よりも率直な質問だった。凜ちゃんも私も、多分、これ以上良くならない。現実を突きつけられた者同士、不思議な絆があるように思えた。

以前は、私にも希望があった。頑張ればもっと良くなると思えたし、実際に機能回復していた。だけど最近になって自分の限界を知り、それでやっと、凜ちゃんのいる場所にたどりついた気がする。

「最近は……あんまり頑張れてない」正直に言った。「リハビリは惰性でやってるだけ。私、見栄っ張りだから」

「それでも偉いですよ。私はサボっちゃう。手の抜きかたも分かってるから。ある程度までは必死でやるけど、そこから先は流してるっていうか」

凜ちゃんはすねるように口を尖《とが》らせた。気持ちは痛いほどに分かった。

「でも、全くやらないと衰えてくるから、ある程度はやらないといけないわけだしさ」

私が苦笑いしながら言うと、凜ちゃんも神妙な顔でうなずいた。

「そうなんですよ。それが腹立つっていうか。常に守ってる感じ。後退しないために踏ん張るけど、前には進めない」

「分かるよ」私はしみじみと言った。

これまでで一番、同じ目線で話せている気がした。凜ちゃんはまだ若いのに、障害についてはやっぱり先輩だ。私の一歩先の苦しみを知っている。私が追いついてきたからこそ、こうして率直に話してくれるようになったのだと思う。

「怪我した直後より、今のほうが苦しいかも」

冗談めかして言ったが、本音だった。凛ちゃんは意外そうに目を丸くして、

「朝宮さんもそうなんですか」

一瞬だけ私の目を見た。すぐに視線を外し、

「朝宮さんは、ひまわりの花みたいに、勝手にすくすく伸びていく人だと思ってました。天気が悪い日も、少しの光をたよりに、やってくんだろうなって」

声が震えている。目がみるみるうちに潤む。私特有の勘が働いた。

「どうしたの？　何かあった？」

凛ちゃんはぎゅっと目を閉じて言った。

「私をいじめていた人たちが、大学に入りました」

「いじめ？」

おそるおそる訊き返すと、凛ちゃんは目をつぶったままうなずいた。涙がぽろぽろとこぼれている。私の手では、その涙を拭いてあげることもできない。

「よくある話ですよ。理由は分からないけど、学校でいつの間にかいじめのターゲットにされて。気にしなきゃよかったんだろうけど、あのときはすごくつらくて。マンションのベランダから飛び降りたんです。でもうち、三階だから。中途半端な高さで、死ねなかった」

薄目を開いて、遠くを見つめている。

そういえば凜ちゃんは以前、自殺は一度失敗しているからもうしないと言っていた。てっきり受傷後に絶望して自殺を試みたのかと思っていた。だが実際は、自殺を試みたのが受傷の原因だったのか。

「いじめの話、お母さんは知ってるの？」

凜ちゃんママの優しい面差《おもざ》しを思い浮かべた。娘の状況を知ったら胸がつぶれる思いだろう。

「言ってないです。知られたくないから」

そう口にする瞬間、凜ちゃんの目には強い光が宿っていた。

「あんなやつらに私の人生をめちゃくちゃにされたって、思いたくないし、思われたくない」

「でも、加害者たちにはやったことの責任を取らせなくていいの？」

立証ができるのか分からないが、いじめが原因で自殺を試みて、怪我を負ったのなら、加害者たちに損害賠償請求できそうだと思った。

「いや、いいんです。これは私の意地なんです。ああいう子たちとは関係のないところで生きていこうって思ってるから。でも、あの子たちは普通に大学に行って、毎日楽しく暮らしてるのに、私はこうやってずっと同じところにいるのは、何だかやるせなくて」

何と返せばいいのか分からなかった。凜ちゃんの気持ちに想像が及ばなかったからだ。

加害者たちを憎いと思うだろう。当然だ。でも加害者たちに責任追及するだけの気力も今の凜ちゃんには残されていない。治療とリハビリだけで精一杯なはずだ。

窓の外のデイジーに目を向けた。暗い外の世界から身を守るように、花弁をぎゅっと閉じている。世の中はなんて残酷なんだろうと思った。

「自殺しようとした私は馬鹿だった。でも、あのときつらかったのは本当だから。なかったことにはしたくない」

「加害者がいるのと、いないのと、どっちがいいんだろうね」

私はつとめて明るく言った。凜ちゃんは不思議そうに首をかしげる。

「ほら、私は交通事故だったからさ」笑顔を作って言う。「車を運転していた人は病気の発作で事故を起こして、そのまま亡くなったから。恨みたくても、いまいち恨めないんだ。それがちょっと、きついこともある」

「朝宮さん、そうだったんですか」

凜ちゃんはちょっと黙ってから、フッと表情をゆるめ、いたずらっぽく笑った。

「そんなの、加害者がいるほうがいい。人のせいにできるし。私のほうがラッキーですよ」

からかうような視線に、こちらの心もほぐれた。

「そんなことないもんね。私のほうがラッキーだって」

頬をふくらませて言うと、凜ちゃんは首を横に振りながら「ははは」と笑った。

凜ちゃんが笑うところを初めて見た！

大きな一歩だった。

凜ちゃんと知り合って、八カ月近くが経つ。最初はなんてとげとげしい子だろうと思った。

でもこのくらいの年齢の子が、年の離れた他人にすぐ心を開くわけがない。毎日同じ目標に向けて励むなかで、少しずつ私を信頼してくれるようになったのかもしれない。

「ねえ、凜ちゃん」声のトーンを落として言う。「あと半年もしたら、私、退院なんだって」

「へえ、よかったですね」さして関心がなさそうな答えだ。

「家のリフォームをしなくちゃいけないいんだけど、他の車いすの患者さんのお家を参考にしたくてさ。ぶしつけなお願いなんだけど、凜ちゃんのお家、見せてもらえないかな？」

凜ちゃんは驚いたようにこちらを見つめ返した。

「別にいいですけど」ふっと口をつぐんで何かを考えているようだ。「うちを見るよりも、もっと参考になる家があります。私も怪我をしたあと、その人の家を見学して、真似しただけなんで」

凜ちゃんは、廊下を振り向いて、その先のラックを指さした。ラックには「全国脊髄損傷者連合会」と書かれたパンフレットが挿してあった。

「あの連合会を通じて知り合った人。安城さんっていうんだけど、紹介しましょうか」

第九章　台風男、登場

安城光彦《みつひこ》は突風のように現れた。

すれ違う人はその残像を追って振り返る。そのときには、安城はもう十メートルも二十メートルも先に進んでいる。電動車いすのマックススピードで。

「こんにちは！」

びっくりするほど大きい声だ。

食堂の入口で行き合ったとき、私は思わず身をすくめた。

「朝宮ひまりさんってのは、あなたね！　もう一瞬で分かったよ！　十五キロのおもりをつけて車いすをこいでる人なんて、そうそういないからね。少年漫画の主人公かよ。あはは」

一人で突っ込んで、一人で笑っている。

両手は少しだけ動くようだ。だがそれ以外、首から下はほとんど動いていない。

上質な茶色いツイードのジャケットを着ている。ズボンも同じ生地で作ってある。細かい白黒のチェック地のシャツの上に橙色のネクタイをしめて、袖口からはロレックスのデイデイトがのぞいていた。歩けないはずだが、足元はきちんと革靴だ。

イタリアオヤジを模範とした男性誌の表紙から抜け出てきたような人だった。濃い顔立ちは活《い》き活きと輝き、

「遠いね、このセンター！　遠かった！」

と子供のように笑う。

「きちゃったけどね。マグロが美味しいって聞いたから。実際ね、さっき漁港で食べてきたけど、美味しかったわ！」

その勢いに圧《お》されていると、廊下の先から一人の女性が小走りでやってきた。

「安城さん、おいてかないでくださいよお」

車いす後方にさがったリュックから水筒を取り出し、ストローをさして、安城の口元に向ける。そのスムーズな動きから、安城についているヘルパーさんだと分かった。

「本日はご足労いただき、ありがとうございます」

やっと冷静になってきて、私は頭をさげた。

「本当は、こちらから伺う予定でしたのに」

凜ちゃんに安城を紹介してもらったのは先月のことだった。早速安城とメールのやりとりをして、自宅を見せてもらう約束をとりつけた。

一時退院の許可は得てある。明日には母が迎えにきて出発する予定だ。だが安城自身、評判のリハビリセンターを見ておきたいということでやってきた。

安城と連れ立って、リハビリセンター内を回る。リハビリ室を見せてから、食堂に移動した。

一日のスケジュールを紹介すると、

「えっ、そんなにリハビリするの？」

と目を丸くするから気分がいい。

やはり同じ立場の人に言われると、嬉しさもひとしおだ。

健常者の言葉ももちろんありがたいと思うのだが、実際の大変さを正確に分からずに、ただ「すごいですね」と言われていると感じることもあった。

親戚のマサおじさんのことをふいに思い出した。マサおじさんは母のはとこにあたる人だ。中学卒業以来、鳶《とび》職をしており、かなり稼いでいるらしい。「勉強なんて、一生で十時間もしたことない」と豪語する肉体派だ。

高校三年生のとき、法事で顔を合わせた。私はちょうど受験を終え、第一志望の大学に合格したタイミングだった。マサおじさんは親戚の中でもひときわ大げさに、「すごい！」と言って私の手を握った。タバコのヤニで黄ばんだ歯をニマッと見せて、「おめでとう」とくしゃくしゃの五千円札をくれた。

でも私はそのとき、何ともいえず嫌な気分になったのだ。マサおじさんは勉強も受験もしていない。社会に出たら勉強なんて役に立たないと思っているんじゃないだろうか。受験一つで皆に褒めそやされる私を、冷たい目で見ていたのではないか。

けれども実際のところ、マサおじさんは心底気の良い人で、「自分には逆立ちしてもできないことを、親戚の子供がやってのけた！」と無邪気に喜んでいるにすぎなかった。

それを曲解したのは、当時の私が、勉強しているだけで褒められる自分の現状にコンプレックスを抱いていたからだ。

同じようなことが最近起きている。身体が動かない負い目から、健常者の言葉を素直に受けとれない。「大の大人が箸を使えただの、ボールを握れただので喜んでいて、恥ずかしくないの？」と。健常者にそう思われているのではないかと疑心暗鬼になる。実際はそんなことはないと重々分かっているのに。

だからこそ、同じ立場の安城と言葉を交わすときはホッと胸をなでおろし、くつろいだ気持ちになれた。

「これだけリハビリができれば、再生医療が実現したときには、歩けるようになるかも」

安城がひとりごとのように言った。

「えっ？　再生医療？」裏返った声が出た。

「そう、再生医療」安城は車いすの上で右手を軽くあげて言った。「iPS細胞って知ってる？」

私はあいまいにうなずいた。ニュースで聞いたことがあったが、実際に何ができる技術なのか分かっていなかった。

「僕たち脊損の患者は、おおざっぱに言うと、神経が損傷されて脳からの信号が届かないってことで困ってるわけだよね。その神経細胞のもとになる細胞をiPS細胞から作って移植すれば、脳からの信号が届くようになったりして、運動機能とか感覚とか、回復するかもしれない」

　SF映画のようなことを、安城は世間話でもするように滔々と話した。

「えっ、そんなこと、できるんですか？」

「実用化までには少なくともあと三年から五年はかかるだろうけど、すでに臨床研究も始まっていて、移植治療を受けた患者の経過は今のところ良好みたいだよ」

　頭に隕石《いんせき》がガーンと落ちてきたような衝撃だった。すぐには無理かもしれない。だが再生医療の研究が進めば、神経を移植することで、元のように歩けるかもしれない。

　大げさじゃなく、目の前がパッと開けたような感じがした。雲間から光が差して燦々《さんさん》と降り注ぐようだった。心の奥のほうがじんわりと温まる。

　きょとんとした安城の顔をまじまじと見ながら、深呼吸をする。久しぶりに身体のすみずみまで空気が巡ったような気がした。

「本当ですか？　先生は、もう治らないって……リハビリしていても、これ以上良くならないだろうなって、自分で分かっちゃうし。本当にもう、私のこの人生でこれ以上動けるようにはならないんだと思うと、たまに、ものすごくゾッとするときがあって……」

　話しながら、目が潤み始めた。

　他の入院患者は皆、リハビリ室で今もリハビリに励んでいるのだろう。食堂には、安城とそのヘルパーの女性、それから私の三人しかいなかった。少し開いた窓のすき間から、ザザザッと潮騒が聞こえる。

「お医者さんは今できる治療を中心に話すから。他の患者さんと積極的につながって、治療やリハビリの最新情報を集めていかないとね。だから僕もこうやってリハビリセンターを見学しにきたんだよ。朝宮さんが連絡してくれたおかげで、僕の知識も広がった」

安城は、照れたようにイヒヒッと笑った。

「ここは景色もきれいで飯もうまい。なによりリハビリがスパルタで良いね。もし再生医療で神経移植が可能になっても、全くリハビリをしていなくって、使えるはずの筋肉も使っていない状態だと、再生医療をスムーズに使えないかもしれないんだ。だから今のリハビリは無駄じゃないんだよ。将来への希望をつないでいるんだ」

安城の言葉を聞いているうちに、私は大人げもなく、涙をポロポロこぼした。

「うっ、うっ……」とうめき声がもれた。

安城のヘルパーさんが「あらあら」という顔をして、ティッシュ箱を抱えて近づいてくる。

「ありがとうございます」と言って、涙を拭いてもらう。

リハビリは無駄じゃなかった。これ以上良くならなくても、現状維持をし続ける。いつかは医療が発達して、治るかもしれない。それまで可能性をつなぐ。生き延びるんだ。

「いや、でも、本当に実現するかは分からないし。実現しても全ての患者に適用できるかも分からないけどね」

慌てたように安城が付け加えた。

「いや、いいんです」私は鼻声で言った。「希望があるだけで救われます。どうにかしようと頑張ってくれてる研究者が世界中にいるかと思うと、それだけで心強いというか……今はダメでも、十年、二十年後には新しい技術ができているかもしれない。それまでしぶとく生きていようって思える。なんというか、それ、それって——」

また涙がワッとあふれた。言葉が続かない。

それって、すごい。

人間ってすごい。

最初は自分のこれまでの努力が無駄じゃなかったことに救われた思いだった。治るかも、歩けるようになるかもと思って、その自分を瞬時に思い描いた。ずっと諦めていた未来が顔をのぞかせて、希望に胸が震えた。けれども最終的には、自分一人の話はどこかに退いて、そもそも人間とは、科学とは、みたいな神秘的な感慨を覚えた。

自分が今こうして生きているのだって現代医療のおかげだ。人類の途方もない歩みのおかげで生かされているのだと急に思い至り、壮大な営みの中にいることに感動してしまった。

「まあよく分かんないけど」安城が車いすを回転させてこちらに向き直った。「世の中、捨てたもんじゃないってこと。ケセラセラ〜でやっていきましょ」

言葉を切って、声を低くしてから「って凛ちゃんにもよく言ってるんだけど、ほら、あの子、頑固だから」と顔をしかめた。

私は思わず破顔した。

「ですよね。凜ちゃんは、尖ってるところがあるから」

頚損仲間の凜ちゃんに紹介してもらったおかげで安城に会えた。感謝してもしきれない。若い凜ちゃんがどうして腐らず、リハビリに向き合えていたのか分かる気がする。早い段階で安城を始めとする他の患者とつながったのだろう。先輩たちの適切なアドバイスを受けているからこそ、悩みながらもやるべきことをやっていられたのかもしれない。

「朝宮さん、今日の午後はリハビリがないんですよね？　それなら提案なんですけど、僕と一緒に美容室に行きませんか？」

人懐っこい笑みが向けられた。

私は食堂の端にある手洗い場の上に掛かった鏡を盗み見た。

真っ黒な髪が肩にかかって、ぼさぼさと広がっている。事故にあったときはショートカットだったが、あれから八カ月以上経ち、かなり伸びていた。リハビリをするときは後ろで一つ結びにする。それが楽だから、中途半端に短いよりは伸ばしっぱなしにしておこうと思っていたのだ。

事故前は髪型にも服装にもそれなりのお金と時間をかけていた。それが今や、おしゃれなんてどこか遠い世界の話みたいだ。

「実はね、前に僕のヘルパーをしてくれてた子が美容学校を卒業して、ここから車で二十分の町の美容室で働き始めたのよ。この春から」

安城は鼻をわずかに膨らませた。以前のヘルパーさんの活躍が心から嬉しいらしい。

「で、せっかくだから顔を出して、ちょっと切ってもらおうと思ってたんだけど、僕はあんまり髪も伸びてないし、切り甲斐がないだろうなあって思って」

右手を少し動かして、安城は自分の首のあたりを指さした。

「わ、分かりました。行きます」勢いで答えた。事故以来、初めての外出だった。

行くと言ってから不安な気持ちが込みあげた。

外出、本当に大丈夫だろうか。

車いす用のタクシーが借りてあった。二十分ほど車に揺られる。車窓から見える景色は、本当にきらきらしていた。

五月初旬、まさに新緑の季節だ。若草色、うぐいす色、抹茶《まっちゃ》色、翡翠《ひすい》色。緑にもこんなに幅があるなんて知らなかった。光を浴びて輝く木々を見つめているとあっという間に駅前の繁華街についた。

駐車場からは安城のヘルパーの南さんが車いすを押してくれた。背もたれが動かせる高機能の車いすをリハビリセンターで借りてきたが、手動なので自分ではゆっくりとしか進めない。南さんの助けがありがたかった。

安城は電動車いすを器用に操作して、自分ですいすいと進んでいく。相変わらず物凄《ものすご》いスピードだ。

私たちは慌ててその背中を追う。信号待ちで追いついて、「速いですね」と言うと、

「えっ、これでも今日はゆっくり進んでいるんだけどなあ」と首をかしげる始末だ。

南さんは車いすを押しながら、

「すみませんね。安城が引っ張りだしてしまって。あの人せっかちだし、一度言い出すと聞かないから。台風みたいでしょ」

と申し訳なさそうに言った。

「いえ、全然。むしろ、外出のきっかけをもらえて良かったです」

少し前から、外出してもいいと言われていた。だがなかなか重い腰があがらなかった。

街中の段差を越えられるか、車いすで入れるお店があるか、奇異な目で見られるのではないか、等々。考え出すと、外に出るのが億劫《おつくう》になった。用事もないから、また今度でいいやと先延ばしにしていた。

車いすを押す母親を想像した。あの勝ち気な母親が周囲に気を遣い、へこへこと頭をさげながら人波をかき分ける。自分がどう見られるかよりも、母親にそんな思いをさせるのが悪い気がした。

だが自分だけでは億劫なことも、車いす二台で出かけると珍道中みたいで楽しい。

周囲の人たちは安城に驚きの目を向けた。すれ違いざまに振り返って「あの車いす、すげえ」と、遠慮がちに指をさす者もいた。

「外に出られて、良かったです」

久しぶりの外の世界はまるで外国のように新鮮だった。トレンチコートに桃色のストール、道行く人の春服がまぶしい。

「ここです」ガラス張りの美容室の前で、安城が車いすを止めた。

入口には「SINCE1997」と白い文字で書かれていた。長く営業しているだけあって、ガラス越しに見える店内は落ち着いていた。

使い込まれてところどころ黒くなったフローリングに、旧式の黒いカットチェアが並んでいる。壁に貼られた、白人モデルが髪をなびかせているポスターは全体的に色あせていた。

田舎の、地域密着型の美容室という感じだ。

東京で働いていたときは、青山にあるおしゃれな美容室で髪を切ってもらっていた。カットだけで八千円するような店だった。カラーやパーマまでしようとすると二万円を超える。あのときの私だったら、地方の美容室を利用するなんて想像もできなかった。

だが今では、店内でスタッフがハサミを動かしている様子を見ているだけでも、すごくまぶしくて、胸が高鳴った。あんまり興奮すると自律神経過反射を起こしそうで怖い——などと思いながらも、ワクワクが止まらない。

綺麗な栗色のボブカットの女性がこちらに駆け寄ってきた。

扉を勢いよく開けて、

「安城さん、いらっしゃい」

と笑いかけた。まだ若い。二十代前半くらいに見えた。

南さんは、安城の車いすの背にある荷物入れから、折り畳み式のスロープを取り出して、美容室の入口にたてかけた。

安城がこちらを振り返って、

「この折り畳み式のスロープ、あったほうがいいよ。電車に乗るときも僕はこれで乗っちゃう。いちいち駅員さん呼ぶの大変だし」

確かに以前、リハビリセンターまでやってきたときは大変だった。事前に駅職員に連絡したうえで、少し早めにホームに向かう。駅職員の到着を待って車両に乗せてもらう。たまの外出ならまだしも、毎日の通勤でそれをやるのはいかにも面倒だ――と考えて、思わず頬がゆるんだ。いつの間にか外での生活を具体的に想像するようになっている。これまではもやがかかったように漠然としていた「生活」に、イメージと課題が浮かびあがってくる。課題を一つずつ潰《つぶ》していけば、問題なく暮らせるのではないだろうか。身体の奥のほうで、くすぐったいような気持ちが湧きあがった。

店に入ると、先ほどの美容師さんが明るく言った。「じゃ、早速切りましょうか！」


一時間後、私は久しぶりにハサミの入った髪をじっと見つめていた。

伸びてくると面倒なので、以前よりもさらに短いベリーショートにしてもらった。

「あらっ、かわいい」南さんが少女のような声を上げた。

「ほら、あの、映画の、オードリー・ヘップバーンみたい！」

と無邪気に言うから、さすがに照れた。

眉がはっきり見えるくらい前髪も短い。ぼさぼさだった眉毛もついでに整えてもらうと、目元がすっきりした。

鏡で自分の顔をまじまじと見た。そういえば、こういう顔だった、と唐突に思い出す。これまで鏡を見るような余裕がなかった。

ケアを怠っていたせいで、肌は脂ぎっている。小鼻の毛穴が開いて黒ずんでいるし、口元にはうっすらとひげが生えている。

定期的に風呂に入れてもらったり、顔を拭いてもらったりはしているが、化粧水や美容液をつけてもらったりはしていない。

睡眠時間はしっかりとっているおかげで、目の下にいつもあったクマが消えているのだけが救いだ。

「どう？　すっきりした？」

安城が電動車いすを器用に動かして、私の隣につけた。「きてよかったでしょう」といわんばかりの笑みを浮かべている。

得意げな感じが少し憎らしくも思えたが、それ以上に、素直に感謝の念が湧いた。

「はい。きてよかったです。外に出るのが怖かったけど、一度出ちゃえば、どうにかなるかなって思えますし。それに、身だしなみって結構大事だなって。きれいにしておいたほうが、元気が出るかもって」

「でしょ、でしょ」

嬉しそうに安城は目を細めた。

「自分の気持ちのスイッチも入るし。それに僕たち障害者は特に、身だしなみが大事なんだよ。テキトーな格好しているとなめられるから。ビシッと身だしなみを整えて初めて、一人前の大人として扱ってもらえるんだ」

安城は右手を少し動かして、着ているツイードのジャケットを叩いてみせた。

なるほど、ただのお洒落《しゃれ》好きというわけではなかったのか。

「安城さんはちょっと、買いすぎですけどね」

南さんが脇からからかうように言った。

「いいんだよ！」安城は声を張りあげた。「稼いで使う。それが俺！」

第十章　一時帰宅

翌朝、母がやってきた。私の顔を見るなり、

「元気そうじゃない。さっぱりしたわね」

と言って、私の髪型をまじまじと見た。

昨日、安城と美容室に行ったことを説明すると、「何かお礼しないと」と勢い込むから焦った。

母は勝手に気をまわして、物事をどんどん進めたがる。私が子供のときも、一緒に遊んだ友達のおうちに電話して親御さんにお礼を言っていたり。おそらくさっきも、ナースステーションでお菓子を配ってきたのだろう。手には東京で人気の焼き菓子店の袋が握られている。

そういうチャキチャキしたところは私にもあるので、母の気持ちは分からなくもないのだが、とっくに成人した娘としては母の出たがりが恥ずかしくてたまらない。

案の定、迎えにやってきた安城と、ヘルパーの南さんに、母は恐縮しきった様子で頭をさげ、

「うちの不出来な娘がご迷惑をおかけして……」としきりに何か言っている。

安城はさして興味がなさそうに、

「いや、僕がね、美容室、行きたかっただけですよ」

と言うが、母があまりにしつこいので、ややげんなりしているように見えた。

母は車いす用タクシーと電動車いすを予約してくれていた。看護師の白鳥さんの手を借りて電動車いすに移乗させてもらう。

白鳥さんは母に対して、

「お母さんも見ていてください。こうやって」

と説明しながら、座っている私の脇に両手を差し込み、後ろにのけぞるようにして私を立たせた。自分では立ちあがれないが、起こしてもらいさえすれば、足に多少の踏ん張りがきく。

「こうやって、朝宮さんの足を軸にして、くるっと」

身体の向きを変え、すぐ横においてある電動車いすの座面に私の尻を着地させる。

「やってみてください」

笑顔で白鳥さんが言うから、母と私は、

「え、やるんですか?」

と同時に言った。なんだかんだで似たもの同士の母娘だ。リアクションはいつもかぶる。

「そうですよ。ご家族で介護されるんでしょう。一つずつ介護の仕方を覚えてください」

母は緊張の面持ちでうなずいた。

「あんた、それじゃ、いくよ」

母は私の脇の下に腕を入れた。母の身体がこわばっているのを感じる。

「ちゃんとつかまっときなさいよ」

「いや、私、つかまれないんだって」

と言いつつも、必死に両腕に力を入れて、母の背中に押しつける。思っていたよりも小さい背中でぎくりとした。ふくふくと太っているから、意識したことがなかったが、母は私よりもずっと小柄だ。

「よいっしょ」

母が私を引っ張りあげようとする。だが私の身体は中途半端にしか動かない。肩に激痛が走る。

「待って待って、痛いって」

悲鳴に近い声をあげた。

「えっ？　あんた、重いわよ」

母は母で不満そうだ。

「力で持ちあげるんじゃなくて、身体のそりで勢いをつける感じですよ」

白鳥さんのアドバイスを受けながら、三度、四度試していくうちに、母はやっと私を立たせることに成功した。

でもその間、母の腕が私の脇からすっぽぬけて、私が後ろによろめいたり、ひやりとする場面が多々あった。白鳥さんがすぐ近くについて支えてくれたからよかったものの、そうでなかったらどうなっていたことか。

後ろに転倒したら、私は手をついて受け身をとることもできない。ただ重力のままに、頭から落ちていくだけだ。考えるだけでゾッとした。

だが母は私の恐怖に思い至ることもなく、

「お母さん、結構うまかったじゃない」

と得意げだ。

文句を言えば何倍にもなって返ってくるのが分かっている。不満は抑えて「ありがと」とだけ返した。

蓄尿袋の交換や洗浄は母でもできる。浣腸はすでにしてあるから二泊三日の旅程は大丈夫だろう。一時間ごとに車いすの背もたれの位置を変える。電動車いすのバッテリーは夜に充電する。予備バッテリーも用意してある。

取り扱いの難しい機械にでもなった気分だ。一つ一つ手を抜かず、メンテナンスしないとすぐにダメになってしまう。

でも、準備すれば、外にも行ける。

よし、大丈夫。

廊下の鏡に映るこざっぱりした自分の顔を見て唱えた。

母とともに、午前中のうちにNリハビリセンターを発《た》ち、車いす用タクシーで駅に向かった。

安城と南さんも一緒だ。

安城の折り畳み式のスロープを使ったので、駅員の助けを借りずに新幹線に乗り込むことができた。

車いす用スペースで背もたれをさげ、横目で外の景色を眺めていると、母がしみじみ言った。

「あんた、だいぶチャキチャキ動けるようになったわねえ。お母さん、びっくりした！」

無邪気な反応が嬉しい。

電動車いすを使うのは初めてだったが、操作は簡単だった。

右の肘置きの先にコントロールパネルがある。パネルには、クレーンゲームで使うようなジョイスティックがついている。スティックを前に倒せば前に進み、左に倒せば左に回転する。直感的で分かりやすい。後ろに倒せばバックするが、最初はこれが怖かった。

他にも、フットレストをあげるボタン、背もたれを倒すボタン、座面の高さを変えるボタンもある。

Nリハビリセンターに入ったばかりのときは、身体を起こして座っているだけで精一杯だった。

だが今はリハビリのおかげで、両手が多少動き、電動車いすを操作することもできる。段差を越えたり、荷物の出し入れをしたりするために介助者の助けは必須だが、自分でできることが増えたのは嬉しかった。

「その電動車いすを買うつもりですか？」

安城が母に訊いた。母は、

「そうです。車も一緒に」

と言って、スマートフォンの画面を見せている。「この車です」

安城の顔が一瞬で曇った。

「この電動車いすは、アメリカ製だからちょっと高いんですけど、他の利用者たちからも評判が良いんで、買えるならおすすめです。でもこの車いすを買うなら、この車はやめといたほうがいい。これは普通の車いすしか載せられない奴ですよ。高性能の電動車いすはたぶん、入らないです」

「えっ、そうなんですか？」

母は顔を青くした。その車を購入するつもりで補助金申請の準備を進めていたらしい。

「よかったあ、買う前に気づいて」

母のぼやきを聞きながら、ホッと胸をなでおろした。何百万円も損をするところだった。

新横浜駅でおりて、そこからＪＲに乗り換える。安城の自宅の最寄り駅についたときには、陽が傾き始めていた。

昼すぎまで雨が降っていたらしい。商店街の石畳は黒くぬれていた。道に傾斜がついているので車いすが滑りやしないかと恐れ、ゆるゆるとしか進めない。安城はこちらに合わせる気がないらしく、先の交差点の手前まで進んでしまっている。

「ここ！　ここのラーメンがうまいんだよ！」

信号待ちのタイミングでやっと追いつくと、安城が嬉しそうに脇のラーメン屋を指した。こってりとした豚骨ラーメンのかおりで鼻腔《びくう》がいっぱいになる。それに反応するように口の中で唾液がじゅわっと出た。

「無理に通ってるうちにね、オーナーが動線を改良して、車いすも入りやすくしてくれたんだよ。テーブルの向きと椅子の場所をちょこっと変えただけなんだけど。脚の骨を折った高校生とか、手押し車の婆さんとかも通いやすくなってねえ。ま、オーナーが昔気質《かたぎ》の良い親父《おやじ》なんだよね」

表からのぞくと、カウンターの奥で五十絡みの筋肉質の男が鍋に向かってうつむいているのが見えた。黒文字が入った白い手ぬぐいを頭に巻いている。

車いすでも宿泊しやすいという安城おすすめのホテルをとっていた。安城と南さんとはホテルの前で別れ、チェックインした。

移動でぐったり疲れていて、母と交わす言葉も少ない。ベッドに移乗する手間も煩わしく、部屋の隅で車いすを倒すと、私はぐっすり寝てしまった。

その間、母がどう過ごしていたのか分からない。ふと目が覚めたとき、部屋の中は真っ暗だった。

首だけ動かして周囲を見た。部屋の奥の肘掛け椅子の上で、靴を脱いだ母が体育座りのような格好をしている。手に持ったスマートフォンの光が白々しいほどに強く、母の顔を幽霊のように照らしていた。

耳を澄ますと、ピコピコッというやけに陽気な電子音が聞こえる。テレビCMがよく流れているカード収集系のスマートフォンゲームをしているのだと分かった。

口をへの字にしてガチャと呼ばれる抽選に参加する母の横顔を見て、私の胸は塞《ふさ》がれた。かける言葉が見つからなかった。私のせいで母の内側が蝕《むしば》まれているみたいだった。

母は勝ち気で万事に積極的な人だった。未処理のタスクを放っておくとむずむずして、いつの間にか手を伸ばしている。PTAでも役員をしていたし、町内会の幹事はもちろん、友人と旅行にいくときですらホテルやレストランの予約をかってでる。

社交的な母の唯一の趣味といっていいのが、ハワイアンキルト作りである。母がお気楽な独身OLだった頃、円高の波にのって友人とハワイ旅行に行った。その際にハワイアンキルトに出会って、ほれ込んだのだという。

結婚後、兄や私が小学校に入ったくらいから、教室に通って自作するようになった。とはいえ、フルタイムで働きながら二人の子供を育てていた母にとって自由になる時間は少ない。

本格的に制作に打ち込むようになったのは、子供たちから手が離れ、定年退職した六年前だ。教室の仲間たちと展示会に参加したり、視察と称して本場ハワイに遊びに行ったり。傍《はた》から見ても楽しそうだった。

数年前から母はスマートフォンを持っていたが、電話とメッセージアプリを使うくらいで、インターネット検索すらほとんどしない。いわんやスマートフォンゲームをしているところなど想像もつかなかった。

そういえば、最近は「誰それとどこに行った」といった話を聞かない。私のせいで母の楽しみが奪われ、すき間時間でできるスマートフォンゲームに救いを求めているのだとしたら、と思うと申し訳ない気持ちでいっぱいになる。

その夜、私たちはルームサービスをとった。母は牛丼、私はカレーライスを頼んだ。

母の食事介助は下手で、口に入れるタイミングが合わず、私の口の周りはカレーで汚れた。それを拭きとりながら、母は「あんた、離乳食を食べるのも下手だったわ」と笑った。

その笑みがすごく自然で、どこか楽しそうだったので驚いた。母は何歳になっても母で、私は何歳になっても娘なのだと突きつけられたようだった。

ホテルの薄暗い間接照明にぼんやりと浮きあがる母の横顔は、どこか聖母めいていた。


翌朝、約束の時間に安城が迎えにきた。

安城の家はホテルから五分もいかないところにあった。地上十六階の高層マンションで、廊下もエレベーターも広い。車いすでも危なげなく通れた。

八階の角部屋に私たちを通すと、安城は自慢げに笑った。

「ほら、すごいっしょ！」

案内された安城の部屋はモデルルームのようだった。綺麗に片付けられた3ＬＤＫだ。

玄関の段差には取り外し可能なスロープが取りつけられている。ダイニングテーブルは車いすでも入りやすいよう、少しだけ高くなっていた。洗面台も、車いすが入れるよう、下の棚が外されている。

ベッドルームの中央にはホテルみたいに大きなベッドがあった。もちろん電動リクライニングつきだ。だが病院にあるものとは違って、木目の美しいヘッドボードが印象的な洗練されたデザインである。

ベッドルームの天井にはレールがはりめぐらされ、レールの端からフックのような突起が出ている。

まじまじと見上げていると、

「電動式リフトです」

南さんが言った。

「安城の場合、手足のつっぱりがきかないので、ヘルパー一人での移乗が難しいんですよ。これは二百万円くらいする機械ですけど、補助金も使って、取りつけてもらいました」

私は手足に踏ん張りがきくから、電動式リフトは不要だろう。いくら補助金が出るとはいえ、追加出費は痛いからホッとした。

安城はヘルパー派遣の会社を経営しているという。会社の役員収入があるので、生活には多少のゆとりがあるようだ。

安城が「ちょっと、見ててね」といたずらっぽく笑い、あごで玄関口を指した。母と私は目を丸くしながら玄関ドアを見る。

「アレクサ、ドア」安城が呪文のように唱えると、玄関ドアがガチャリと開いた。

「アレクサ、カーテン」で、カーテンが開き、「アレクサ、テレビ」でテレビがついた。

「すごいっしょ、魔法みたいでしょ！」

安城につられて私も微笑んだ。

これらは音声アシスタントのアレクサと市販の工具を使って、比較的簡単に自作できるらしい。

戸棚やクローゼットの扉にはS字フックがかけられている。

「大きい地震がきたとき、収納の中身が飛び出してきて廊下を塞いだら、僕、逃げられなくなっちゃうから」

言われてみれば確かにそうだ。災害時にどうやって避難するのか。普通の人の何倍も対策しておかなくてはならない。

そのとき、「うにゅあー」という鳴き声とともに、毛の塊が視界に飛び込んできた。見ると、足元で太った三毛猫が伸びをしていた。

「あ、安城さん、この猫って？」

慌てて訊くと、「あー、うちのミーだよ」と何でもないように答えた。

「マンションの駐車場に迷い込んじゃった野良猫でね、行き場がないようだから保護したんだ」

「保護ってことは、えっと……ペットとして飼ってるってことですか？」

当たり前のことなのに確認してしまう。

「そうだよ。可愛いでしょ」

ミーは嬉しそうに尻尾を立てて、南さんの足元にまとわりついた。

「色んなヘルパーさんが出入りするからか、この子、人馴《ひとな》れしててねえ」南さんがミーを抱きあげて言った。「お膝にのっけてみますか」

「はい……」私はおそるおそるうなずいた。

父が猫アレルギーだったせいで、実家で猫を飼うことができなかったが、私自身は猫好きだった。

私の膝に置かれたミーは、心地よいポジションを探すように何回転かして、「ここだ！」というところで尻を落ち着けた。

私はぎこちなく両手を動かして、ミーの背中をなでつける。ふんわりと柔らかい毛が指の間を通った。

温かかった。命のぬくもりだった。

「かわいい……」

こんな小さな身体でもまっとうに生きているのかと思うと胸が震えた。

ふと、Nリハビリセンターで同室の鬼瓦さんのことを思い出した。鬼瓦さんは三匹の猫と一緒に暮らしていた。怪我をきっかけに猫たちは友人に引き取ってもらい、自分は施設に入る予定だという。

環境さえ整えば、猫と一緒に暮らしていく未来もありえたのだろうか。

「どうしたの？」

私の表情が曇ったことに気づいて、安城がのぞきこんできた。

「いや、すみません。驚いたというか」言葉を選びながら言った。「私たちみたいに介助が必要な人でも、ペットを飼えるなんて想像していなかったから」

他人から世話されないと生きていけないのに、自分より小さいものを世話するなんて、思いもよらなかったのだ。

安城はけろりと答えた。

「周囲の協力は必要だろうけど、猫くらい大丈夫だよ。子育てしてる人たちだっているんだし」

安城の家はすみずみまで工夫が行き届いていて、お洒落で、しかも過ごしやすそうだった。

「こんな家なら住んでみたい！」と素直に感じて、胸が躍った。

母はスマートフォンを取り出して、安城家の様々な設備を写真におさめた。それぞれの機器や道具をどこで買ったのか訊いて、メモしていく。

これまでの生活で耳にしたことのないメーカーばかりだった。私たちが知らないだけで、ずっと前から必要な器具を作り続けていたのだと思うと、頭がさがる思いだ。

昼前には安城と南さんに重々礼を言って、マンションをあとにした。

駅まで送ってくれた二人と別れようとしたとき、南さんがさっと近づいてきた。

「よかったら、これ」

十センチ四方ほどの小さい紙袋が目の前に差し出された。外資系コスメブランドのロゴが印刷されている。

母が恐縮しきった様子で受け取った。

「一昨日、朝宮さんと一緒に美容室に行ったんですけど、そのときにね、こういうハッキリした色のリップグロスがお似合いになりそうだなと思ったんですよ。人それぞれタイミングがありますし、差し出がましいかとも思ったんですけど……退院に向けた景気づけだと思って、受け取ってください」

南さんはふんわりと笑った。

言葉に詰まって、すぐには答えられなかった。

私が髪を切ったとき、「オードリー・ヘップバーンみたい！」と、南さんが無邪気に喜んでいたのを思い出した。

「あ、ありがとうございます……」

絞り出すように言った。「お洒落なんて、しばらく考えもしなかったんです。髪を切ったり、メイクをしたりなんて、いつの間にかすごく遠い世界の話みたいに感じて……」

駅前を行く人たちがちらちらとこちらを見ている。車いすが二台向き合っているのだから、異様な光景に映るのかもしれない。

周囲の雑踏の音に心地よく耳を傾けながら、言葉を続けた。

「でも今回安城さんにご案内いただいて、お洒落したいなとか、スキンケアもしたい、うちのインテリアもせっかくだからもう少し凝ってみようとか、家の近くのレストランで入れそうなところはあるかな、とか。具体的に将来を考えられるようになりました」

何度も礼を言って安城たちと別れた。

電車で移動して、その日のうちに実家についた。家に入ってすぐ、外では小雨が降り出した。北向きに建った古い一軒家を囲むヤツデの葉に、雨粒が打ちつける音が聞こえる。土埃のにおいがした。

家の中は暗かった。古いフローリングの廊下が闇にのまれるようにまっすぐのびている。そのとき、奥でパッと明かりがついたと思うと、父と兄、兄の双子の子供が慌ただしく飛び出してきた。

「ひまりちゃん、げんきしてたァ？」

八歳のマオちゃんがませた表情で首をかしげるから可笑しい。

その晩は出前で寿司を取ってあった。相変わらず母の食事介助は下手で、口の横に何度も寿司をぶつけられた。そのたびに家族が笑った。

「俺も、俺もー！」とサク君は父親に食べさせてもらおうとぐずり出す。

私は本当に久しぶりに、コップ一杯だけビールを飲んだ。正直なところ、味はよく分からなかった。ただ喉に流れる冷たい感触だけで、心がほぐれていった。

翌朝、父と兄、母が手分けをして家の様々な場所を採寸した。写真も撮っていく。廊下の幅もギリギリだし、トイレの入口や風呂場の入口は、車いすを横づけしたり、介助者が出入りしたりするには狭すぎるようだ。

二階はもともと子供部屋で、離れて暮らす兄家族や私が泊まるときしか使っていなかった。両親は一階の奥の間に寝ていた。けれども今後は両親の寝室を二階に移して、一階を私の部屋にすることになった。

「土日は俺も手伝いにくるから」

兄はそう約束して帰っていった。普段の介護は母を中心にして、父や兄の仕事が休みのときには担当を替える予定だ。

家を出る前に、南さんからもらった紙袋を開けて、中を見せてもらった。ジューシーなオレンジレッドのリップグロスが入っていた。

母に頼んで、スプーン用の食事補助スポンジをリップグロスにはめてもらう。太いスポンジハンドルなら自分で握ることができた。

姿見を見ながら、自分の手で唇に色をのせていく。鏡に映る自分を見て嗚咽した。頑固そうな黒い目と眉。はっきりとした口元。

私は綺麗だった。

第十一章　退院

秋が深まり、涼しい風が肌をなでるようになった。隣の家の林さんは毎朝、庭で焼き芋を焼く。その芳しいにおいで目が覚める。

麻痺が残る部分の感覚はないはずなのに、冷えると針で刺すように痛い。

保温効果のあるタイツをはいて、その上から靴下を身に着けているというのに、それでも足首は特に痛んだ。

ベッドサイドにおかれたカシミアニットを見ながら言った。

「お母さん、これじゃない！　今日はジャケットを出してって言ったでしょ」

声を張りあげる。肺機能が低下して一時期小さくなっていた声は、母と日々喧嘩しているうちにどんどん鍛えられた。

「ジャケットってこれ？」母は首をかしげながら、ピンクと銀の糸が織り込まれた華やかなツイードジャケットを持ちあげた。

「違うって。今日は会社の人と会うんだから、ネイビーか、グレーのカチッとしたジャケットじゃなくちゃ」

イライラしながら言った。母が悪いわけではないと分かっている。けれども、全てを口で説明しないと伝わらないのがもどかしい。自分の身体が動きさえすれば、さっさと身支度をすませることができるのに。

九月末に退院してから、一カ月が経った。

一時帰宅してから退院まではあっという間だった。日々のリハビリ、リフォームの発注、補助金の申請。やることは多岐にわたった。

その間、凜ちゃんも同室の鬼瓦さんも退院していった。鬼瓦さんには安城を紹介したが、その後連絡をとったのかは分からない。

主治医の若山先生や看護師さんたち、理学療法士や作業療法士の先生たちとの別れにはもっと感傷的になるものと思っていた。だが実際は、やるべきタスクに追われながら慌ただしく退院することになった。

相変わらず疲れやすくて、一時間に一度は横にならないといけない。けれども、電動車いすの操作にも慣れたし、音声入力ソフトでパソコンを使うのもスムーズになってきている。

「駅前のカフェに十一時だっけ？」

「そう。人事部の人と、前いた部署の上司がくるから」言いながら胸が沸き立った。

復職に向けた第一歩だった。

家から駅まで徒歩十分だが、三十分近く余裕をもって家を出た。万が一にも遅刻すると、印象が悪くなる。電動車いすの背中には黒いリュックがかけられている。復職に向けて作成した報告書、Nリハビリセンターで出してもらった診断書、パソコン、水筒、その他必要なものが一切合切詰め込まれていた。

パソコンで持ち物リストをあらかじめ作って、母に詰めてもらった。

普段は派手な色の服をガチャガチャと着がちな母も、今日は控えめにヨモギ色のアンサンブルニット姿だ。

「お母さん、私、臭くないよね？」

黄色く色づいた街路樹を横目に進みながら訊いた。

蓄尿袋はカバーをかけて隠してある。昨日訪問看護の看護師に浣腸してもらったから、脱糞する恐れもない。

だがそれでも、糞尿のすっぱいにおいや、病院っぽい薬品じみたにおいが自分から発せられているのではないかと不安になる。

「大丈夫だと思うけど」母はさして気にする風もなく言った。「でもお母さんも最近ずっと家にいるし、家のにおいがどんなか、正直分からないなあ」

復職するなら、「障害者っぽさ」をなるべく消して、「思った以上に普通に生活してるな」という印象を与える必要がある。身だしなみは徹底したいと思っていた。

髪にもくしを入れてもらった。通販で購入したコスメセットで一時間以上かけてメイクした。受傷前と同じとは言えなくとも、ある程度綺麗にしておかなくてはと思った。

約束よりも二十分近く早くカフェについた。

「こんにちは、こちら、どうぞ」

中年の女性店員が明るく出迎えてくれた。母の趣味であるハワイアンキルト作り仲間の姪《めい》っ子さんがやっている店らしい。母とともに何度か通ったうえで、今日の面談に使わせてもらえないかと事前に頼んであった。

根回しなしにどこかの店に入ろうとしたら、間口が足りずに入れなかったり、テーブルが低すぎて車いすで着席できなかったりして、印象が悪くなる恐れがある。

何事も準備、準備、準備……全てに時間がかかって、嫌になることもあるけど、カタツムリの速度でも進んでいるのは嬉しい。

約束の時間をすぎ、さらに五分待ったところで、二人のスーツ姿の男が店に入ってきた。

カフェの入口で彼らは店内を見回した。

「どうも、こんにちは！」

相手が何か言う前に、こちらから明るく挨拶した。男たちはやや面食らったように目を見開いて、私のほうを見た。

ただし直視するわけではない。視線は私の上半身のあたりを漠然と泳ぎ、隣に腰かける母の姿を見て、また私へ戻ってくる。

「遅くなってすみません」臼田《うすだ》という四十代半ばの人事部員が頭をさげた。隣にいる私の上司、亀城もひょこりと軽く頭をさげる。

「しかし朝宮さん、思った以上に顔色がよさそうで安心しました」

亀城は席についてホットコーヒーを頼むと、弁舌爽やかに言った。根は小心者のくせに人当たりだけはいい男だ。

えっと、と亀城は母を見た。「そちらは？」

「うちの母です。介助に入ってもらっています。一人でできることも多いですが、荷物を出し入れしたり、ドアを開けたりといった部分は、やはり誰かの助けが必要なので」

母に頼んで荷物から資料を出してもらい、リハビリの経過と復職に向けた準備が整ったことを説明した。

二人の男は言葉少なにそれを聞いている。あまりに反応が薄いので、こちらの話が分かりにくいのかと不安になるほどだ。

半分くらい説明したところで、「あのー、ここまでで分からないことなどありますか」と訊くと、臼田はうなずきながら口を開いた。

「お話はよく分かりました。ありがとうございます。それでは、また経過を聞かせていただければと思います。今日のところは頂いた内容を持ち帰りまして――」

「えっ、どういうことですか？」胸の内に困惑と焦りが広がった。「復職時期の相談のための面談だと思っていたのですが。持ち帰って何を検討なさるんですか？」

臼田は答えず質問で返した。

「朝宮さんは二十四時間介護が必要な状態、ということですよね？」

「はい。そうですけど。介助者がいれば日中のデスクワークが可能です。急に一日八時間は難しいかもしれませんが、時短の方と同様に、一日六時間程度からならしていければ」

いやだからね、と亀城が遮った。「介護の人を職場に入れるとなると、守秘義務的に問題があるんですよ」

亀城がぶしつけな目で母を見た。カフェのテーブルを指でトントンと叩いて、苛立たしげに言った。

「お母様と一緒に会社にくる人なんて、いませんよね?」

「それはそうですけど……」私は口ごもった。

なぜ亀城が苛立っているのか分からない。

「必要ならプロのヘルパーさんを雇って同行してもらうこともできます。プロの方でしたら、守秘義務だって守ってくださるでしょうし。書面で誓約してもらってもいいです」

思わず早口になった。

今少しでも弱気な態度を示すと、話が変な方向へ転んでしまいそうだ。

「朝宮さんが復帰に前向きな気持ちでいることは分かったけど、うちは官公庁から仕事をもらうこともあるし、守秘義務には特に厳しくてね」

官公庁からの案件なんて数年に一度しかないはずだ。それを理由にあげてくるのは嫌らしい。

亀城は元々リスクを嫌うところがあった。私は人事部の臼田を見て言った。

「それなら、別の部署に配置転換してもらっても構いません」

臼田は頭をかいて、言葉を選ぶようにゆっくりと口を開いた。

「もちろん、他の部署でも是非活躍していただきたいと考えておりますが……ただ、わが社としては、例えば朝宮さんが職場で体調を崩されたりしても、責任がとれるとは限らないので、朝宮さん自身にとって一番いい落としどころというのはどこなのか、探っていきたいと思っているんですよ」

「体調管理は自分で行います。会社でやってもらうことは特にありませんが」

しかしね、と亀城が口を挟む。

「万が一ということもあるだろ。朝宮はこれまで十分頑張って働いてきたんだから、自分の身体を大事にして、休む時期なんじゃないのか？」

すでに事故から一年以上休んでいる。六十日の傷病休暇と二年間の休職制度があるから、制度上はまだ一年ほど休めるはずだが、復職の目途が立たないと、リハビリの計画を立てづらいし、ヘルパーの手配も難しくなる。

「休むって、いつまでですか？」

素朴な疑問を口にすると、臼田と亀城は押し黙った。その反応を見て、復職は期待されていないのだと察した。面倒な荷物を背負いたくないから、できればこのまま退職してほしくて時間を稼いでいるのだ。

遠回しに退職を勧められて、戸惑いが隠せなかった。

臼田は気まずそうに視線を伏せ、元いた部署の上司、亀城はわざとらしく柔和な笑みを浮かべてこちらを見ている。

「ちょっと待ってください」声が震えていた。「至らぬ点も多かったかもしれませんが、これまでの私は、頂いているお給料に見合うくらいの仕事はしていたはずです。体力はかなり落ちましたけど、今だって知的な能力は以前と何も変わっていませんし、介助者さえいれば働けます」

パソコンだって使えるようになった。後輩の夏子が持ってきてくれた音声入力ソフトでメールやワード文書を作る練習もしている。

そういえば、復職の話をしたとき、夏子の表情が曇っていた。社内では私の復職を歓迎する雰囲気ではないのかもしれない。

どうして?

単純な疑問だった。

私は人の役に立てるのに、どうしてその力を発揮させてもらえないのだろう。

できないと思われているのだろうか。説明が足りないのか。そうではないような気がした。これまで何度も報告書を作成して、十分に説明を尽くしている。上司たちも内容は理解しているはずだ。

もしかすると、頭では分かっていても、芯の部分で想像がつかないのかもしれない。肩から下がほとんど動かない重度障害者が介助者のサポートを得ながら一人前に働いているところを見たことがないから。私だって、怪我をする前は想像をしたこともなかった。

よく分からないものは怖いし、面倒くさい。なるべく視界に入れたくない。自分の世界と切り離して、どこか遠いところで幸せになってほしい。そういう心理がそれぞれの人の中で無意識に働いて、私を遠ざけ、孤立させる。

車いすが道を進めば、みんな避ける。ちらりと視線を投げるくせに、すぐに目をそらし、何も見えていないかのように通り過ぎていく。みんな私と関わりたくないのだ。

「とにかく」臼田が口を開いた。「すぐに結論が出るような話ではないですから、会社でも検討します。朝宮さんは健康第一に、くれぐれもお大事に過ごしてくださいね」

むりやり話をまとめて、二人はカフェを出て行った。

なんかさ、と隣に座っていた母が言う。「嫌な感じだったわね。あの人たち」

母と二人、肩を落としてため息をついた。

「ケーキでも食べる?」

母はカフェのメニューを開いて、私に見せた。「ここ、ショートケーキ、美味しいよ」

勧めに従って、ショートケーキとブラックコーヒーのおかわりを注文した。

憤懣《ふんまん》やるかたない様子の母は腕を組み、店内によく響く声で言った。

「なんなのよ。あの会社の人たち。あんたこれまで散々さ、馬車馬みたいに働いて、御奉公してきたわけじゃない。今回の事故だって、出張中の事故でしょ?　仕事で怪我をして、使い物にならなくなったらポイってわけ?」

母に悪気がないのは分かっているが、「使い物にならなくなったら」という言葉は胸に鋭く刺さり、心が冷え冷えとした。

私は社会のお荷物なのだろうか。他人に面倒を見てもらうだけの、誰の役にも立たない存在なのか。

そんなことはないと自分が一番分かっている。できないことが多くてかなり不便だけど、私の人間性も知性も何一つ変わっていない。

ショートケーキは美味しかった。きめの細かくてふんわりとしたスポンジからは、和三盆のほのかな甘みを感じた。相変わらず母の食事介助は下手で、口の周りが生クリームまみれになったのは嫌だったけど。

「あんな会社、辞めちゃいなさいよ」

だなんて、気持ちばかりが先走ったことを言う母を、

「短気は損気だよ」

とたしなめているうちに、私のほうが冷静になってきた。

一人だったら泣いてしまったかもしれないが、母の前で泣くなんて絶対嫌だから、気丈に振る舞えた。

「とりあえず会社の『検討』ってのを待つしかないでしょ」

出口のないトンネルに迷い込んだような途方もない気持ちになった。

いつまで待てばいいのか。転職も考えたほうがいいだろう。だが、自分を受け入れてくれる会社はあるのだろうか。探せばどこかにはあるはずだと思いたい気持ちもあった。話せば分かる人もいるかもしれない。

その晩、私は夏子に電話をかけた。

「お久しぶりです！」夏子の明るい声が電話口から響いて、思わず口元がゆるんだ。

夏子が教えてくれた話は予想通りのものだった。

復職の話が持ちあがって以来、上司の亀城と人事部とで何度か会議が行われた。人事部の友人から夏子が聞いたことには、

「出張や残業ができないのなら、いっそ一般職に移してはどうか」

「一般職の場合、庶務的な軽作業をすることも多いから、身体が動かない人では厳しい」

「総合職でもデスクワーク中心の、例えば労務管理部門であれば務まるのでは」

「労務管理といった個人情報に触れる部門に、介護の人が入るのはいかがなものか」

などと、議論しているうちに時間ばかりがすぎ、結論が出ていないのだという。

話を聞いていて、じわじわと腹が立ってきた。どうして当事者抜きで話を進めるのだろう。私に直接言ってくれれば、こちらから「あの部署はどうか」「この仕事ならできる」と様々な提案ができるのに。

「それがですね」夏子は声を低くした。「どうも、人事から法務に相談がいってるみたいなんです。労務周りでいつも頼んでる弁護士の先生と打ち合わせをしていて……これって、とっても嫌な予感がしませんか？」

私は絶句した。

揉《も》め事を予想しているからこそ、法務部や弁護士に相談するのだ。

労災事故に遭い、治療をしている期間であれば、解雇されることはない。けれども、症状が固定して三十日が経過した場合は解雇が許される。

私の場合、現状維持のためのリハビリは必要だけど、これ以上の回復は期待できない。Nリハビリセンターを退院した時点で症状固定とみなされる可能性があった。

休職期間が終わる一年後には退職勧告されるんだ——と、妙に納得感をもって理解した。だから会社の人たちは「検討します」と言って話を先延ばしにする。時間を稼いで、そのうちに私が諦めて退職を申し出るのを待っているのかもしれない。

反射的に、絶対辞めてやらないと意地を張りたくなる気持ちと、そんな会社は辞めて、他の道を探したほうがいいと思う気持ちが同時に湧いてきて、混乱した。落ち着いて一つ一つ考えたいのに、頭がくらくらして考えがまとまらない。

「私はひまりさんの味方ですよ。動いてみますから」

夏子はそう約束してくれた。

第十二章　職探し

展望が見えないなかでも生活は続く。

さらに秋が深まり、肌寒い日が増えていた。近所の庭に咲いたキンモクセイの花の香が朝風にのって届き、公園の花壇には薄紫色のコスモスが揺れるようになった。

乾燥した空気が肌をなでると、どういうわけかピリピリッとした感覚になる。寒い日の朝は身体がこわばってうまく伸びない。

週に三度は近くの総合病院に通い、リハビリをしている。器具を用いて関節の可動域を広げる程度で、時間も三十分ほど。Nリハビリセンターにいた頃と比べると、負荷が軽すぎて恐ろしい。それでもやらないよりはマシなので、母に車を出してもらって病院に通っている。

生活の全てがリハビリだった。スプーンとフォークに食事補助スポンジをつけてもらって、食事はなるべく自分で食べる。朝九時にはパソコンの前に座り、新聞の電子版を読む。

内容が気になって読むわけではない。毎朝の習慣として自分に課すことで、だらだらと朝寝坊をしないようにしていた。寝たきりでいるとすぐに筋力が落ちるし、関節の可動域も狭くなる。なるべく座って活動している時間を増やす必要があった。

少し面倒でも、寝間着から普段着に着替えるようにしていた。寝間着のままでいると、外に出るのも億劫になって活動量が減る。調子の良い日はメイクもした。

面白いもので、メイクはすぐに上達した。腕の可動域はあまり大きくないが、首をかたむけたり、前に出したりできるので、長めのメイクブラシを使えばアイメイクもできる。

けれども、メイク道具を出してもらったり、ちょうどよい位置に鏡をおいてもらったりする必要がある。鏡が理想の場所から一センチずれているだけでもメイクがしづらい。

「もうちょっと右。いや右に行きすぎ。かたむいてるからまっすぐにして。いや、そうじゃなくて……」

あれこれと言うと、ついに母が怒って、

「私はあんたの親だけど、召使いになったつもりはないよ！」

隣の部屋に行ってしまった。

母が怒るのも当然だった。父は退職後、家計のために清掃員派遣会社に登録して、週に四日アルバイトに出ている。家のことは全て母任せだ。それに加えて手のかかる娘の世話。母はよく頑張っていた。

十一月半ばのある日、母と私は連れ立って区役所に出向いた。

障害者支援課の窓口にアポイントメントを入れていた。これまでも補助金の申請などで何度か訪れているので勝手は分かっていた。

待合スペースの端、邪魔にならないところに車いすをとめて待っていると、窓口から声がかかった。

以前対応してくれた担当者とは別の、若い男性職員だった。

「就労支援担当の柳内《やない》です」

男性職員は首からさげた職員証のようなものを一瞬だけ持ちあげてこちらに見せた。

「就労に関するご相談ということですね？」

柳内は戸惑った様子で私と、その隣の母を見た。

「えーっと、ご相談者の朝宮ひまりさんというのは……」

私ですが、と言うと、柳内は気まずそうに頭をかいて、すっと神妙な顔になった。

「つまり、えーっと、あなたが働きたい、ということですか？」

目を丸くしている。

「はい、だから就労支援についてお伺いしたくてアポイントを入れているのですけど」

当たり前のことをどうして尋ねられるのか分からなかった。

「あ、いや。すみません。障害者といっても程度や状況は様々ですけど、朝宮さんのような重度の身体障害を持つ方が就職したいと相談にいらっしゃるのは珍しいので……」

「え？　でも、働かないと食べていけないですし」

柳内との間に決定的な温度差があるような気がして、どう説明したらいいものか、戸惑いながら続けた。

「私はまだ三十代で、平均寿命くらいまで生きるとすると、あと何十年もあるわけです。ぼーっとしているのは、精神的にもつらいですし、何より、これまでの経験や知識は、誰かの役に立つと思うんです」

改めて事情を説明した。会社とは復職の相談をしているが、復職できなかった場合に備えて、障害者向けの求人を確認したいこと。

「総合商社で総合職として十年以上勤務していました。英語とイタリア語がビジネスレベルでできますし、通関士、貿易実務検定A級、簿記二級の資格も持っています。能力を活かして社会に関わりたくて……」

柳内は柔和な笑みを浮かべながら熱心に聞いてくれた。

私の話が一段落すると、柳内は一枚の書類を差し出した。

ハローワーク専門援助部門、地域障害者職業センター、障害者就業・生活支援センターなど、相談窓口が一覧表にまとまっている。

「私の担当は就労継続支援A型事業所やB型事業所関連なんです。パソコンを使う事務系の仕事もありますが、ほとんどが製造・調理のような軽作業系です。精神障害者や軽度の身体障害者であればマッチすると思うのですが、朝宮さんのように重度の身体障害者となると、ミスマッチが生じるんですね」

柳内は私の目をまっすぐ見ながら、ゆっくりとした柔らかい口調で言う。親身になってくれている感じが伝わってきて、安心感があった。

「なので、この表にある窓口で求人を探されるか、あるいは最近は一般の転職サイトでも障害者用のページがあったりしますから、そちらをご覧になったほうがいいかもしれません。ただ……」

柳内の表情が曇った。

「朝宮さんのこれまでの経歴や能力を活かせるお仕事が見つかるかというと、もしかすると難しいかもしれません。そもそもですね」

柳内は言葉を詰まらせて、視線を伏せた。しばらく黙ってから、私の隣に座る母をちらりと見て言った。

「朝宮さんは、貯金はどのくらいありますか？」

唐突な質問に驚いた。

勤続十年超の一人暮らしだったから、事故前の貯金も相当ある。労災と事故の賠償金も足すとそれなりの金額だ。

「貯金、ですか？」

戸惑いながらも額を伝えると、

「そうですか」柳内は穏やかに微笑んだ。「朝宮さんはこれまで一生懸命働いていらした。これからは自分を労わって、ゆっくりなされるとよいのではないですか」

「すみません。どういうことですか？」

混乱して、鼓動が速くなる感じがした。ニコニコと優しげに笑う柳内の表情と、彼が口にする内容がチグハグで、気持ちが悪かった。

「会社の休職制度を目いっぱい使って、退職したあとは貯金を使って、貯金が尽きたら、生活保護の申請をしていただければ、朝宮さんの場合、まず確実に認められますから、お金の心配なく暮らしていけます」

柳内の説明は、改めて考えるとシンプルなものだった。

重度障害者は普通働いたりしない。施設に入るか家でじっとしているか。最低限の生活費は生活保護でまかなえる。福祉に頼って、ゆっくり過ごすといい。

まとめると、そういうことのようだった。

意地悪を言っているわけではなかった。対応は終始丁寧だったし、親身になって話を聞き、窓口の案内もしてくれた。生活保護の提案も、心から私のことを思って言ってくれているのだと伝わってきた。

だからこそ、私は混乱した。

自分の気持ちを上手《うま》く伝えられないまま、その日は窓口を後にした。

数日経ってからじわじわと違和感が大きくなり、柳内の言葉を繰り返し脳内で再生していた。

「重度の身体障害を持つ方が就職したいと相談にいらっしゃるのは珍しい」

「貯金が尽きたら、生活保護の申請をしていただければ」

思い出すたびに、かさぶたを無理に剝《は》がすような痛みが胸を走った。

Nリハビリセンターを退院したら、働くのが当たり前だと思っていた。両親は共働きだったし、父は退職後もアルバイトに出ている。専業主婦の友達もいるけど、家事や育児も含め、周りの人間は何かしら忙しくしていた。

だから私も、日常生活に戻るというのは、働くということだと迷いなく考えていた。けれども重度障害者になった私は、そういう「普通」の道から大きく弾き飛ばされ、別の常識が支配するところに迷い込んだみたいだった。

ハローワークにも出かけて、求人票を見た。ほとんどが軽作業、農作業系の求人だった。転職エージェントに登録し、担当者と打ち合わせもした。だが、二十四時間要介護の人間の受け入れ実績がある会社は数えるほどしかなく、そのどれもが今住んでいる家からは遠い地方にあった。

「最終的には各企業さんの判断ですから、実際に転職活動をしてみたら、『うちにおいで』という会社さんも見つかるかもしれませんが、現状としてはかなり厳しいですね」

エージェントの担当者も感じが良かった。

障害者になってから皆が優しい。少なくとも表面上は。

でも、仕事をくれる人はどこにもいなかった。

夏子から電話がきたのは十二月に入ってからだ。母が入れてくれたホットレモンをストローで飲んでいると、スマートフォンの着信音が響いた。

車いすの肘おきにつけたサイドテーブル上にスマートフォンはおいてある。右肩を押し出すようにして、スマートフォンの表面に指をあて、スピーカーモードに切り替えてから電話に出た。

「ひまりさん、すみません」

夏子は第一声から暗かった。それで、内容はなんとなく予想がついた。

「有志でチームを作って、人事を説得しようとしているのですけど。介護者が同伴するという点が、どうしても上層部で引っかかってるみたいなんです。守秘義務に懸念があると」

「守秘義務については、書面で誓約してもらうことだって可能だと伝えてあるけど」

「そうですよね。それで十分だと思うんですけど、なにぶん、前例がないから、考えが保守的になっているみたいです」

前例がないと言われてしまうと、どうしようもない。何事にも第一例があるはずなのに。

「大きな会社なんだし、これまでも労災で怪我した人はいるはずだよね?」

「はい。寝たきりになった方の例もいくつかありますが、皆さん最終的には退職されていて……」

思ったほど傷つかなかった。心のどこかで覚悟していたことだ。

実は転職エージェントを通じて、いくつかの会社に履歴書を送っていた。けれどもどの会社も書類選考で断られてしまう。せめて面接してくれれば、私の身体の状態や、人柄を見て判断してもらえそうなのに。

「二十四時間要介護」「重度身体障害者」という言葉のインパクトが強すぎて、誰も私自身を見ようとしない。

英語やイタリア語ができて、人と関わるのが好きで、部下のフォローが得意で、楽しいことや美味しいものが大好きな、朝宮ひまり。小麦の取引にはかなり詳しくて、関税率も税関手続きも、輸送ルートも知っている。パスタを食べれば原産国と銘柄が分かる。

そんなことはきっと、他の人にはどうでもよくて、「障害者」というカードを出せば全てが障害者色に塗り替えられてしまう。

悲しかった。

もう少し粘る、と夏子は言っていたが、復職が難しそうなのは肌で感じていた。

「あーあ、私って、本当に障害者になっちゃったんだなあ」

リビングで誰にともなく言うと、キッチンから母が出てきて、

「あんたは自分のことだからいいかもしれないけど、私のほうが大変なのよ」

と口を尖らせた。

「慣れない介護をさせられて。しかも無給で。自分の子供だから無給ってのも、おかしな話じゃない？」

「まあ、確かに……？」釈然としないながらも相づちを打つ。母には逆らえない。

「お父さんもお兄ちゃんも最初は手伝うって言ってたけど、いざ蓋を開けてみたらお母さん任せだしさあ」

拾ってきた犬の世話係を押し付けられたような言いぶりである。

母が大変なのは分かっているから、こちらも強くは出られない。かといって、かしこまって礼を言うのも照れくさい。

「あー」声を低くしてボソボソと言った。「ありがとうね、いつも」

「はあっ？　何？」大声で訊き返された。

「だから、ありがとうって！」

ふん、と母は鼻をならし、「別にいいんだけどさ。腐っても自分の子供だし」

「腐ってないから！」

と言い返す頃には、母はもうキッチンに戻っている。

母と私のやりとりはいつもこんな感じだ。不満を言う母を見て心苦しい気持ちになって、謝ったり礼を言ったりすると、母は急に不満を引っ込めて「別に大丈夫だし」という顔をする。母ももう六十代後半で、いつまで元気でいるか分からない。人生の貴重な残り時間を私の介護にあてさせていいのかと心配になる。それと同時に、両親がいなくなった後の自分を想像すると途方にくれてしまう。

とにもかくにも、仕事を見つけて自立するしかない。

その後も週に三度のリハビリをしつつ、会社に報告書や診断書、勤務形態に関する提案書などを送り、裏では転職活動を行っていると、あっという間に年の瀬になった。

母は年末の大掃除で窓を拭きあげ、しめ飾りや鏡餅、年越し蕎麦《そば》を買いに走り、大わらわの様子だ。そして兄と子供たちが帰省する大晦日《おおみそか》まであと一日となった朝、事件が起きた。母が腰を痛めたのだ。

十二月三十日、父は早朝から清掃のアルバイトに出ていた。

母は父の朝ごはんの食器を片付けると、私のベッドにきて、私の身体を持ちあげて車いすに移乗させようとした。

毎日のことだから互いに慣れている。私はベッドのリクライニングを上げて長座位《ちょうざい》になり、腕をついて尻を少しだけ浮かせ、身体の向きを変える。母は私の脇の下に腕を入れて、タイミングを合わせて、よいしょっと持ちあげる。私の足を軸に回転させて車いすに乗せれば完了だ。

けれどもその日は、どうもギクシャクしていた。身体の向きを整え、脇の下に腕を入れ、「あんた、ちゃんとつかまって」「ちょっと痛い」「いくよ」「いや待って」「はい、よいしょ」とリズムが合わないまま、母は身体をそらし、私を持ちあげた。

その瞬間、母は「あッ」と短く言って、うずくまった。私の身体は急に降下してベッド脇の床に半ば放り出され、ベッドの側面に頭を打ちつけた。ちょうどマットレスのところだったので痛くはなかったが、突然のことに茫然とした。

母は私の目の前で小さくなって腰に手をあて「うう……」とうなっている。

「大丈夫っ？」慌てて声をかける。

「腰、やっちゃったかも」

「腰以外のところは？」

「いや、腰だけ、だと思う」

救急車を呼んでやりたいのに、私は床に尻もちをつき、頭をベッドにもたせかけた姿勢から一歩も動けない。

万事休すだった。

父は昼すぎまでアルバイトから帰らない。兄たちがくるのは明日の朝だ。

スマートフォンもちょうど手の届かないところにある。

パニックになった。鼓動が速まり、視界が狭まる。汗をかかないはずの身体に脂汗がにじむような錯覚を抱いた。

「おはようございまーす」

戸口から明るい声がして、ハッと現実に引き戻された。

「すみませーん、戸崎《とざき》でーす」

そうだ、週に三度、年内最後の訪問看護の日だった。

気持ちを奮い立たせて「アレクサ、ドア」と言うと、アレクサが反応して開錠する音が続いた。

「入ってきてください！　寝室にいます！」

戸崎さんが救急車を呼んでくれた。私も戸崎さんとともに搬送先の病院に向かった。

父にも急ぎ連絡を入れた。アルバイトを早退きして病院に向かうという。戸崎さんと私が病院についたとき、父もちょうど、小走りで駐車場を駆けてきた。

母はぎっくり腰だった。病院でしばらく休んでいたら歩けるようにはなった。だが椎間板《ついかんばん》ヘルニアの症状も進行していたようだ。お尻や太もも、脚に以前からしびれを感じていたものの、激痛というほどではなかったので我慢していたらしい。

安静にしていれば自然治癒も可能だが、これ以上無理をすると悪化して、場合によっては手術も必要になるという。

皆で連れ立って家に帰った。母を横にして、ひと息ついてから、戸崎さんに浣腸など最低限の処置をしてもらった。

「今日はすみません、巻き込んでしまって」

謝ると、戸崎さんは、

「いえ、介護で腰を痛める方は本当に多いんですよ。コツを分かっているプロですら腰痛に悩みますし」

横になって休んでいる母の横顔、深く刻まれたほうれい線を見ていると胸が潰れた。

自分のせいだと思った。自分の存在が家族の負担になっている。

「重度訪問介護を利用しないんですか？」

戸崎さんが探るような視線を向けてきた。

私のような重度身体障害者であれば、一定額の支出で二十四時間ヘルパーを派遣してもらえる公的制度がある。

「使いたいのですけど、このあたりの地域ではヘルパーさんが足りなくて、二十四時間のシフトが組めないんですよ」

「あっ、そうでしたか」と言って、戸崎さんは申し訳なさそうに視線を伏せた。「ごめんなさい。差し出がましいことを言って」

二十四時間のシフトが組めなくとも、一部でもヘルパーさんに替わってもらったほうがいいのかもしれない。

だがその日の晩には、父が、

「これからは俺がひまりの介護をする」

と宣言した。

アルバイトも辞めるつもりらしい。

「でも、生活費を稼がないといけないでしょ」

「そんな心配、お前はしなくていい」

無口なわりに、一度言い出すと聞かないのが父だ。父の一言で方針が決まった。

母は当面のあいだ、文字通り身動きがとれない。父がアルバイトを辞めて家事をしながら、母と私の面倒を見ることになった。

介護の引き継ぎをしながら慌ただしく年を越した。兄の双子の子供たちもこの日ばかりは夜更かしをして、一緒に紅白歌合戦を見る。

母はベッドで横になったほうがいいのに、家族の輪から外れるのが嫌なようで、リビングルームのソファで横になっている。

年越し蕎麦は父が食べさせてくれた。

父はもともと器用なので、移乗も食事介助もすぐに覚えた。母よりずっと上手い。

「なんだ、お父さんのほうがスムーズじゃん」

すねたように母が言うから面倒くさい。

お母さんのほうが上手いよと言えば父が嫌な気持ちになるだろう。かといって、父のほうが上手いと認めれば、母はさらにすねる。

「お母さんが教えたからじゃない？」

と言って、無難に流そうとすると、

「そうやってお世辞を言ったって、誤魔化されないんだから」

などと憎まれ口を叩いてくるから、やはり母は面倒くさい。

けれども、母に介護してもらうほうが気が楽だったのは確かだ。導尿や着替えを父にやってもらうのは、どうしても抵抗があった。

それに、母には気軽に頼めていた「あれを取って」「首をかいて」といったお願いが、父には妙に頼みづらい。母親と娘は一種の友達のような気楽さがあったが、父親と娘では少し距離を感じてしまう。やはりそれだけ母に甘えていたのだと思う。

今年の正月は寝正月だった。事故に遭う前は家族そろって元旦に初詣に行ったけれど、今年は私が車いすだし、母はぎっくり腰。満身創痍《そうい》だった。

兄と子供たちが出かけていってから、母と私はニューイヤー駅伝をダラダラ見ていた。

「あんた、仕事見つかりますようにって、家からでもいいから神様に頼みなさいよ」

母は年始から容赦なくプレッシャーをかけてくる。

「さすがに横着すぎて神様も怒るよ」

などと、愚にもつかない話をしていると、

「ただいまー」兄の朗らかな声が響いた。「ひまり、お客さんがきてるよ」

何だろうと思って玄関へ車いすを進めると、ダッフルコートを着た天然パーマ気味の男が下駄箱に寄り掛かって立っていた。

幼馴染の額田レオだった。

第十三章　司法試験？

その日の夕方、レオが迎えにきて、連れ立って近所の焼き鳥屋に向かった。

「帰ってきてたんだ」と私が言うと、レオは気まずそうに頭をかいて、「まあ」と返した。

「そっちも、退院してたんだ」

「去年の九月末には退院したから、家に帰ってもう、三カ月以上になるよ」

そっか、とレオはつぶやくように言った。「あれから面会に行けてなくて、ごめん」

それで気まずそうにしているのかと合点がいった。

「別にいいよ」と笑って返す。

レオは一昨年の九月、事故直後で急性期病院にいるときに面会にきてくれた。その後、私は西日本にあるNリハビリセンターに転院したし、検察官をしているレオは東北の地検に転勤になった。今日は年末年始の休暇で実家に戻り、初詣に出かけていたところ、うちの兄とバッタリ会ったそうだ。私も家に帰ってきていると聞いて、顔を見にきてくれた。

飲みに行こうと私から誘った。少しずつ近隣の店舗を開拓して、車いすでも入れる行きつけの店を増やしていた。焼き鳥屋「とりはち」もその一つだ。

「年末年始も休まずやるから、どっかできてよ！」

と店主の八村《はちむら》に言われていたが、母が腰を痛めてそれどころではなかった。だがレオがいれば話は別だ。母も「せっかくだから行ってきなさい」とニコニコ送り出してくれた。

家族としても、私が家にいないほうが、ホッとひと息つけるかもしれない。

暖簾《のれん》をくぐって、奥のカウンター席につく。

「えっと、それ、どうすんの？」

レオが戸惑ったようにこちらを見た。車いすの高さが足りなくて、カウンターに手が届かないことを心配したのだろう。

「あはは、大丈夫。この車いす、マジで便利だから」

車いすの右側についたボタンを押すと、ウイーンという電子音とともに座面が徐々にあがる。ここだ、というところでボタンから手を離すと、カウンターにぴったりの高さの椅子ができあがる。

「とりあえずビールでいいよね？」レオに訊いてから、生ビールを二つ注文した。

レオは目を丸くして、一部始終を見ていた。


「乾杯！」

ビールジョッキをぶつけた。

ジョッキの持ち手には、市販のスポンジグリップに切り込みを入れて作った「特製ビールジョッキ用グリップ」がつけられている。

「ふうーっ」私はジョッキから口を離して言った。「ビールはいつ飲んでもおいしいけど、年明け早々に飲むと、これまた、いいね」

「お前、酒飲んでいいのか？」

レオが困惑した様子で言った。

「大丈夫だよ。胃腸の調子を整える必要はあるけど、厳しい食事制限は特にないから」というか、日々の楽しみは食べることと飲むことくらいしかなかった。そのせいか、退院して三カ月で三キロも太ってしまった。

「なんか、びっくりしたわ」レオが焼き鳥を串から几帳面《きちようめん》に外しながら言った。「前に病院で見たときは、すっごく痩せてて、ベッドに張り付いて動けないって感じだったのに……今はこうやって自分で車いすを動かして、外に出て、行きつけの飲み屋まで作っちゃって。なんていうか、お前、たくましいよな」

レオは決して目が合わないようにうつむいている。口調はいつも通りぶっきらぼうだ。

思わず笑みが漏れた。これこれ、これがレオだよ、と懐かしくなった。

私の回復ぶりに驚き、褒め言葉を口にしたいものの、手放しで褒めるのも照れくさいから、口調が冷たくなる。絶対に目も合わせない。笑いかけたりしない。初対面の人だったら「どうしてそんなに不機嫌なの？」と不思議に思うことだろう。

でも私には、レオが私の頑張りを認めてくれているのがちゃんと伝わってきて、胸の奥がじんわり温まるように嬉しかった。

「そういえば、お前が退院して復職したら、俺がビールをご馳走するって約束だったな」

「ああ、それね」私はため息を漏らした。「復職、無理かも」

復職交渉をしているが難しそうだということ、転職しようにも受け入れ先が見つからないこと、貯金が尽きたら生活保護を受給するよう勧められていることを説明した。

レオはムッとした顔をして、

「なんで？ そんなのおかしいじゃん。パソコンも使えるようになったんだろ。知能面でも問題ないんだし、事務仕事ならできるはず」

「守秘義務の関係で、ヘルパー同席が難しいんだって」

「いや、おかしいでしょ。そんなの。会社には色んな業者が出入りしてるじゃん。清掃員とか、OA機器や自動販売機のメンテナンス作業員とか。そういう人たちだって秘密保持契約にサインして、それで入れてもらってるわけだよね。なんでヘルパーだけダメなの」

「会社が言うには、ヘルパーさんを入れた前例がないらしくって」

いくら説明してもレオは納得せず、「そんなのおかしいでしょ」と繰り返す。

そう言われても困った。私自身納得していないし、自分の口で会社の言い分を代弁するだけでも苦痛を伴う。

ややムッとした表情を浮かべていると、

「ああ、ごめん」レオが低い声で言った。「そうだよね。お前が一番、困ってるよな」

二人の間に沈黙が流れた。私はマイフォークを握って、串から外された焼き鳥をむしゃむしゃ食べた。レオのぶんも食べた。ほとんどやけ食いだった。

レオは暗い表情で、消えかかったビールの泡を見つめていた。しばらくしてから、

「俺は事故直後のお前の姿を見てるから、今の状態を見て、こんなに良くなったんだなって思うけど。世間はこれでも、二十四時間要介護の大変な人っていうイメージで見てくるんだな」

「今でも大変なのは間違いないけど」

自虐するように私は笑った。

それをとがめるように、レオはキッと私をにらみつけ、怒ったような尖った口調で、

「お前、司法試験を受けて弁護士になれよ」

と言った。

一瞬、何を言われたのか分からなかった。音は聞こえた。けれども頭の中ですぐには意味を結ばなかった。

「えっと……」私は焼き鳥の刺さったフォークを握ったまま、目を丸くした。「何だっけ？」

「だから、弁護士になればいいじゃん。頭は使えるんだろ。あとは口さえ動けば、弁護士の仕事、できるから。お前は昔から人と会うのが好きだったし、弁護士みたいな客商売は向いてるんじゃないか」

「え、ちょっと、本気で言ってる？」

「俺は本気だよ。どこの会社も雇ってくれないなら、自営業でやるしかない。かといってイチ

からビジネスをするのも大変だ。資格がある自営業、弁護士なら食いっぱぐれがない」

「そんなこと言われてもなあ」

レオの言葉に戸惑っていた。

「司法試験って、すごく難しいんでしょ。健常者だとしても受かる気がしないよ」

そもそも自分が勉強するイメージが浮かばない。大学は私立文系だったから、受験科目も少なかった。社会に出てからは仕事に必要な限りで資格試験の勉強をしてきた。普段の業務に直結する実感があったから、きつくても乗り切れた。

普通のサラリーマンより少しだけ働き者だっただけで、決して勉強熱心だったわけじゃない。司法試験なんて雲をつかむような話に思えた。

「大丈夫だよ。俺でも受かったんだから。お前、兄貴より勉強できただろ。兄貴と俺はクラスで同じくらいの成績だった。だからお前にもできるはずだ」

「………」

口をぽかんと開けてレオを見つめ返す。

兄とレオは同じクラスだった。けれどもそれは小学生の頃だ。小さいときは女の子のほうがしっかりしていることも多いし、小学生のときの成績を理由に司法試験に受かると言われても、鵜呑《うの》みにはできない。

「今はロースクールというのができて、旧司法試験よりチャレンジしやすくなってるから。法学部出身者みたいな法学既修者だと二年間、未修者だと三年間、司法試験に向けたカリキュラムが組まれてる。ロースクールに入りさえすれば、どうにかなるんじゃないか」

静寂の広がる雑木林に急に風が吹いて、ざわざわと木の葉が揺れ始めるような、不穏で落ち着かない気持ちになった。

復職を望んでいたし、元の職場に戻れないなら新しい仕事につきたいと思っていた。どちらも難しそうだと知ったとき、私は確かに気落ちした。五年後、十年後の自分を明るく思い描くことができなかった。だが諦めてしまえば楽になることも分かっている。刺激も楽しみもない反面、苦しさもない、終始分厚い膜に包まれているようなぼんやりとした日常が始まるのだろう。

頑張り次第でもっと明るい未来がありえると言われてしまうと、嬉しさよりも先に途方もない疲労を感じた。品切れだったから諦めようとした商品を、一カ月待てば取りよせられますよ、と言われたときのような。

「うーん、まあ、考えてみるよ」

レオはしつこく言い募った。

「そのうち制度は変わるかもしれないけど、今の未修者コースだと、二段階で選抜してる。まずは六月に適性試験っていうテストを受けて、そのスコアと、志望動機や経歴を記したステートメントを提出。そこで足切りされなかったら、ロースクールの受験会場に行って、面接と小論文。それだけだよ。あとのことはロースクールに入ってから考えれば――」

「分かったから」

苛立って思わず遮った。どうして不快な気持ちになっているのか、自分でも分からなかった。日々のリハビリだけでも大変なのに、それ以上のことを他人から期待されると、それはそれで腹が立つ。何もしなくていいから寝ていてくださいと社会から締め出されるのも悲しいのだから身勝手なものだが。

「適性試験の出願は三月中旬から四月下旬みたいだよ」

その場でレオがスマートフォンで検索しながら言う。

「Yロースクールなら、家から車で通える距離でしょ。合格実績も上々の名門校だから申し分ないし」

「分かったから、この話はまた今度、考えておく」

やや強い口調で言うと、レオはシュンとした。「ごめん、先走って。体調の問題もあるだろうし、仕事だって何でもいいってわけじゃないよね。これまでの経験が活かせたほうがいいだろうし」

それからはレオが赴任している地方の話や、Nリハビリセンターでの話に終始した。司法試験の話で空気が硬くなったせいか、二人ともどこかぎくしゃくしていた。

午後九時を回った頃、店を出た。家まで送ってもらって、玄関で互いに「じゃ」とだけ言って別れた。

「あんた、どうだったぁ?」

寝室から母の大声が聞こえた。

おざなりに「楽しかったよ」と答える。

「いいなあ、あんたは外出できて」

重度障害者の娘に対して「いいなあ」と言う母の呑気さに思わず頬がゆるんだ。

夜、横になっても、なかなか寝付けなかった。「お前にもできるはずだ」というレオの言葉が胸の中にごろりと転がり、すっきりしない。

できるのかな、私でも。

暗い天井を見つめながら、夜が明けるのを待った。


寒さは少しずつ和らいで、木漏れ日が柔らかく揺れる梅の季節になった。

私は父とともに、近所の公園に毎日出かけていた。後から振り返ると、父にとっても大変な時期だっただろう。

介護のために仕事を辞めて完全な年金暮らしになった。腰を悪くした母の代わりに、家の掃除や買い出し、料理なども一人で担っていた。その合間をぬって、私を車いすに移乗させたり、服を着せたり、細々と世話を焼く。父はもともと器用で、料理などの家事も一人前にこなせた。とはいえ、ただでさえ自分の時間などないなかで、毎日私の外出に付き合ってくれたのは、改めて考えてもすごいことだ。

だが当時の私は、父の心境に思いを馳《は》せるほどの余裕がなかった。

リハビリを続けていたが、身体の機能はあがるどころか、徐々に落ちている気がして焦りばかりが募る。痙性が強まり、けいれんが起きることもしばしばだった。硬くなった身体を伸ばすストレッチを通いの看護師にやってもらう。このストレッチがとんでもなく痛い。

四肢麻痺《ししまひ》というと、身体の感覚が全て失われていて、何も感じないと思われがちだ。だが実際には、正座をしている脚がしびれるような痛みが常にあるうえに、寒気にさらされたり、痙性が強くなったりすると、刺すような痛みが走る。心地よく感じるのは週に三度入る風呂で、首筋に温かい湯をあててもらうときくらいだ。

身体という檻《おり》に閉じ込められているみたいだった。毎日が単調で、三度のご飯とテレビくらいしか楽しみがない。

日に日に気持ちが重くなり、口数も減っていた。それに最初に気づいたのは母だった。

「あんた最近、大人しくなったわね。借りてきた猫みたい」

心配して言っているというより、娘が普段大人しくしていることに満足していて、それを母特有の少しねじ曲がった表現で口にしているだけだった。

「昔は毎日外に出ないと気がすまない子だったけど、年をとれば落ち着くもんだねえ」

母がしみじみと言うのを聞いて、私はハッとした。父お手製のキーマカレーを食べる手が止まる。

そうだ、私は外出が好きだった。

そんなことすら最近は忘れていた。

「お父さん、明日、公園に行っていい？」

夕食終わりに私が訊くと、父は戸惑ったように目をぱちくりさせ「いいけど、大丈夫なのか？」と言った。

確かに外出は疲れる。着替えや身支度が必要だし、外では気を張るから、帰ってきたらぐったりしてしまう。

だけど、たまに友人がやってきて、一緒に近所の居酒屋に飲みにいくのは何よりも楽しみだった。酒を飲むくらいしかストレス発散の方法がなかったというのもあるし、友人と交わす何気ない会話にかなり救われていたのだ。

けれども友人たちも仕事や家庭がある。会えても月に一、二回程度だ。正直に言えば、私は人恋しかった。

人と関わらず、外に出ないでいると気持ちがどんどん塞いでいく。昼食後の時間に父と外出するようになったのは、そんな生活の中で少しでも気晴らしが欲しかったからだ。

無口な父との散歩は意外にも心地よかった。路地には水仙の花が揺れ、その間から黄色い福寿草が顔をのぞかせている。

電動車いすで進む私の姿は目立つらしく、通りかかる人たちは一瞬顔を曇らせて、ちらりと視線を投げる。毎日通っているうちに顔なじみもできてきて、顔を合わせれば挨拶を交わすようにもなった。

「毎日、ご苦労様ですね」

と父に声をかける人もいた。父は短く「いえ」と返すだけだった。

蠟梅《ろうばい》が見事に咲いた木の下のベンチに腰かけ、父はぼそりと言った。

「仕事は見つかりそうか」

父なりに気にしてくれていたのかと驚きながらも、「うーん、難しいね」と努めて明るい口調で答えた。

一月末に、復職は難しいと会社から正式に告げられたばかりだった。

後輩の夏子は眉尻をさげて何度も謝ってくれた。「上層部にかけあって、役員会でも取りあげてもらっていたんです。でもやはり、先例のないことで難しいと。私たちの力が及ばず、本当にすみません」

夏子は事故の現場に居合わせたこともあり、負い目を感じていたのかもしれない。でも夏子が悪いわけではない。

「気にしないで」私は夏子に笑顔を向けて言った。「せっかくだし、しばらくゆっくりしようと思うから」

会社に戻れないことは覚悟していた。だからこそ、転職活動も並行して進めていた。障害者雇用に力を入れている企業を中心に、書類選考にエントリーし、いくつかの企業では面接にまでこぎつけた。

だが面接室に入ってきた私を見るやいなや、相手は怪訝《けげん》そうな顔になる。「この人、外に出てきて大丈夫なの?」という疑問が頭の上に吹き出しで浮かんで見えそうだった。

その場では和やかに話して前向きな感じで終わるのだが、必ずあとから「今回はご縁がございませんでしたが……」という丁寧な断りの連絡が入った。

友人から紹介してもらった翻訳アルバイトをしたこともある。医療機器系の出版社に納めるもので、専門用語が並ぶ硬い文章を一つずつ翻訳していく。

紙の辞書をめくることはできない。パソコンに辞書ソフトを入れて、音声入力ソフトでアルファベットを読み取ってもらい、単語の意味の確認をする。訳した文章を入力するときも音声入力ソフトを使う。一文を訳すのにたっぷり三十分かかることもあった。翻訳で得た報酬を稼働時間で割ると、時給は百円ほど。とてもじゃないが、生活の糧としてやっていける水準ではなかった。

「それでもお前は働きたいんだな」

父がぼそりと言った。

「脇から見てると、ゆっくりしてればいいのにと思うけど。お前はそういうわけにはいかないんだな」

「そりゃそうだよ。だって私、生きてるんだもん」

どうしてそう答えたのか分からない。でも言ってみて、そうか、私は生きてるんだった、としみじみ思った。あの事故で死んでもおかしくなかったのに、たまたま生き延びた。そのことに今更思い当たる。父も同じように思ったらしく、ぼそぼそと言った。

「お前が生きていて本当に良かった。親としてはそれだけでいい。母さんも同意見だ。普段色々、文句は言っているけど」

風が吹いて、蠟梅の枝が揺れた。卵色の花びらがひらひらと舞い、膝の上に落ちた。私はその花びらを拾うこともできない。

事故にあって生活が一変した。あのときあそこにいなければ、車が突っ込んでこなければと何度も考えた。でも考えたところで、何の慰めにもならなかった。

「私、弁護士になろうかな」何気なく口にした。「せっかく命拾いしたんだし」

平日午後の公園に人はまばらだった。手押し車に買い物袋をさげた高齢女性がゆっくりと前を通りすぎていく。

すぐ隣のベンチに腰かけた父が顔をあげて、まじまじとこちらを見た。

「弁護士？」

「うん、レオに勧められてたの。ロースクールに行けば何とかなるから、司法試験を受けたらどうかって。弁護士だったら口さえ動けばできるって言ってた。さすがにそれは言いすぎだろうけどさ」

初めて聞いたときは本気にしなかった。だけど、復職ができなくなり、新しい仕事も見つからない以上、自営業者として働いていくしか道がない。かといって自分ですぐに商売を始められるだけのノウハウもない。

少なくとも弁護士であれば、ロースクールで法律を学ぶことができる。ロースクールに入るのがどれほど大変なのかは分からないが、レオの話だと面接や小論文中心の選考だという。社会人経験があればそつなくこなせると思われた。

「お前が弁護士かァ」父はなぜか照れたように笑った。「それもいいかもな。昔から口だけはよく動いていた。母さんに注意されると必ず、でも、だって、と言い返す。『でもだってのひまり』って言われてたくらいだし」

でもだってのひまり――昔から言われていて、何とも思っていなかった言葉がずっと腹の底に落ちて、とんでもない宝物のように感じられた。

「私って昔からそんなにしゃべってた？」

父は何を今更とでもいうように笑った。

「母さんに似て口は達者だったよ」

膝の上に落ちた蠟梅の花びらをじっと見つめる。大きく息を吸って、ふうっと勢いよく吹きつける。花びらは片側だけふわりと浮きあがり、回転しながらほんの数センチ動いた。

こういう運命だったのかもと思うと、少しだけ気持ちが楽になる。本当は、事故にあったのも、生き残ったのもただの偶然だ。けれども、事故にあわなければ父とこうしてゆっくり話すこともなかったし、弁護士になろうと思うこともなかっただろう。手元に残った希望の星屑をかき集めて、しっかり握っておかないと生きていけない。

「弁護士かあ」私は自分に言い聞かせるように言った。「それもありだよなあ」

第十四章　適性試験

「えっ、ひまりさん、司法試験受けるんですか?」

駅前のカフェで夏子が声をあげた。フォークに刺したハワイアンパンケーキが口の前で止まっている。

「まあねえ」

私はゆっくりうなずきながら、夏子が切ってくれたパンケーキにフォークを突き刺し、慎重に口に入れた。はちみつの甘みがじんわりと広がって、何とも言えず幸せな気持ちになった。

「色々考えたけど、それしかないよなあって日に日に思うようになって。とりあえず、司法試験に向けて動いてみようかなって」

ロースクールを受験するためには、まず適性試験というテストを受けなくてはならない。三月の半ばに適性試験の出願を済ませ、三月末には正式に会社を退職した。

重度障害者でも適性試験を受けられるのかは懸念点だった。けれども試験委員会に問い合わせてみると、予想以上に好意的な反応が返ってきた。私の場合、介助者とともに別室受験が可能だという。ただし介助者は問題冊子をめくったり、マークシートへの解答記入を代行したりするだけだ。それ以上の関与があれば不正行為となる。

「不正行為を防止するために、試験監督が二人つくことになりますが」

試験委員会の担当者は申し訳なさそうに言った。だがむしろ、私の受験のために人手を割いてくれることに感激してしまった。担当者によると、私のような四肢麻痺の人は初めてだが、過去に視覚障害や聴覚障害のある人が受験している。彼らが道を切り開いてくれたおかげで、私にも挑戦の機会が得られた。

「それじゃ、試験勉強してるんですか？」

夏子が身を乗り出して訊く。

「やってるよー。っていっても、就職活動のときに受けたＳＰＩみたいなテストなの。論理問題とか、計算問題とか。練習は必要だけど、教科書を読んだり暗記したりするわけじゃないのが救いだわ」

試験は一カ月後の五月に一度あり、その後六月にもう一度ある。二回のテストのうち高いほうのスコアを提出すればいい。

「ひまりさん、本当にすごいですね」夏子が目を伏せるようにして言った。「私、心配してたんです。ひまりさんは会社に戻りたがっていた。リハビリもしっかりして、音声入力ソフトでパソコンも使えるようになって……それなのに、ダメだった。きっと落ち込んでるだろうなあって思ってた。けど、私が思う以上にひまりさんは強くって、どんどん前に進んでるんですね」

夏子は少し寂しげに笑った。

考えてみると、音声入力ソフトを持ってきてくれたのも、復職に向けて尽力してくれたのも夏子だった。それなのに私は勝手に身の振りかたを決めて夏子には事後報告だった。申し訳ないことをしたと急に思い至った。自分のことに精一杯で、夏子の気持ちにまで気が回っていなかった。

そのことを謝ると、夏子は手を振って、「いや、いいんです」と笑った。

「ただ、びっくりしただけ。でも良かった。嬉しいです。ひまりさんが家でじっとしてるのはもったいないから……司法試験って大変なんだろうし、勝手なこと言えないけど。ひまりさんならきっと大丈夫ですよ。弁護士バッジ、似合うと思うもん」

よく日焼けした夏子の顔に、白い歯が輝いた。邪気のない笑顔に心がほぐれる。

夏子に家まで送ってもらって別れた。電動車いすのリクライニングを倒して、小一時間休んだ。座りっぱなしだと身体の痛みが増すし、褥瘡ができる恐れもある。単純に身体がぐったりして、座っていられないのもある。

夕食までの時間に少しでも勉強を進めておきたかった。腰が多少良くなってきた母に過去問題集をめくってもらう。

『一〜四の数字が書かれたタイルがそれぞれ二枚ずつあり、いずれも二枚のうちの一枚は赤で、もう一枚は青で塗られている。八枚のタイルの中から四枚を取り出して一列に並べた。以下のうち、必ず成り立つものを一つ選びなさい。

①赤いタイルがないならば、二のタイルはない。②青いタイルがあるならば、赤いタイルもある。③四のタイルがないならば、青いタイルはある。④四のタイルがあるならば、三のタイルはない。⑤一と四のタイルがあるならば、赤いタイルはない。』

問題文をじっと見つめる。メモを取りながら考えられると楽なのに。

「えーっと、答えは③」私が言うと、母が鉛筆を握り、マークシートの③を塗りつぶした。

ダイニングテーブルで母が問題集をめくり、私が解答を口にして、母がマークシートに記入する。

親子の共同作業は淡々と四十分間続いた。終わった頃にはぐったりと疲れている。

すかさず電動車いすのリクライニングを下げて休む。ふくらはぎがけいれんしてピクピクしている。このくらいならしばらくすれば治るのも分かっているから放っておいた。

当日は四十分間の試験が三つある。途中で三十分ずつ休憩があるとはいえ、体力が持つのかどうか心配だった。

「お母さんも肩が凝っちゃうわ」母が腕をぐるぐる回しながら漏らす。「あんたが考えてるあいだ、こっちは暇だしさあ。マークミスしちゃいけないから緊張するし」

母はマークシートを持ちあげてこちらに見せた。

「あんたいつも時間切れで、後ろのほうの何問か解けてないけど、それはいいの？」

「こればっかりは仕方ないよ。今でも一応ギリギリ、平均点くらいは取れてるから。後ろのほうの問題は捨てるしかない」

インターネットの口コミによると、健常者でも時間切れになりやすいテストだという。メモがとれず、頭の中だけで答えを導かなくてはならない私にとってはさらに過酷な状況だった。

当日の介助は父に頼もうと思っていた。母の腰は快方に向かっているが万全ではない。休み時間にマッサージをしてもらったり、身体を動かしてもらったりする必要が生じたとき、対応しきれないように思われた。

父の手が空いているときは父と、父が家事で忙しくしているときは母と、過去問を解く日々が続いた。両親とこんなにも密にやり取りをして一緒に何かやるのは初めてだったかもしれない。私が学生だった頃、両親は二人とも働いていた。漠然と「勉強しなさいよ」と言われていたものの、勉強を見てもらったことはない。

三十をすぎた今になって、両親とこういう時間を持つと、妙にこそばゆい気持ちになる。申し訳ない気持ちもありつつ、多少嬉しい。両親もちょっとは嬉しいと思っているのではないかという気がする。けれども母は決してそんなことを口にせず、「いつまで子育てすればいいんだか」とぼやく。

それを聞き流しながら勉強する日々が、一カ月以上続いた。

ついに適性試験当日を迎えた。試験は昼の十二時半からだったが、私は朝から緊張していた。五月にしては肌寒い小雨の降る日だった。会場は空調がききすぎて寒いかもしれない。薄手のタイツをはかせてもらい、レッグウォーマーと腹巻も仕込む。着脱で調整ができるよう薄いものを重ねるのがコツだ。

下半身はウエストゴムのロングスカート、上半身は柔らかいネルシャツで、なるべく楽な格好をすることにした。本当ならジャージで行きたいくらいだ。

両親もそわそわしているようだった。朝、三人でダイニングテーブルを囲んでいるときも、いつも以上に言葉が少ない。スポンジ付きスプーンで減塩味噌汁をすすり、腸の調子を整えるヨーグルトを食べるあいだじゅう、私もむっつりと黙っていた。

昨日のうちに排便と風呂は済ませてあって、体調は万全だ。なるべく体力を温存するために、電動車いすのリクライニングを倒し、フルフラットの状態で身体を休めた。

頭の中で、昨日母に詰めてもらったリュックの中身を再確認した。鉛筆、消しゴム、置時計、水筒、チョコレート。雨予報だったから車いす用の雨合羽も出してある。忘れ物はないはずだ。

早めの昼食にたらこパスタを食べてから、父とともに家を出た。車で会場まで向かい、試験開始一時間前には別室に入る。事前に言われていた通り、試験監督が二人待っていた。

机の上に持ち物を広げてから、車いすを試験監督に確認してもらう。念のため、カンニングペーパーが挟まっていないか、外部と連絡が取れる機器を仕込んでいないかの確認である。こちらにやましいところはない以上、後から不正を疑われるのは嫌だから、事前に厳重なチェックを受けるのは歓迎だった。

試験開始三十分前には着席することになっている。これがきつかった。身体じゅうの痺れを感じながら「始め！」の声を聞いた。

問題冊子をめくる父の手が少し震えていた。胸にくるものがあったが、父の顔は見なかった。不正行為だと思われるといけない。

問題を解き始めさえすれば、周りは気にならなくなった。夢中で問題を解き、三つの試験を終える頃には身体はガチガチになっていた。疲れで目がくらむ。すぐにリクライニングを倒して深呼吸をした。

「お疲れ」横で父が静かに言った。

家に帰ると、訪問看護の戸崎さんが待っていた。この日は特に疲れると分かっていたから、訪問を事前にお願いしてあった。

念入りにマッサージしてもらいながら、いつも以上の痛みに声をあげそうになった。マッサージといってもリラクゼーション要素はない。息をとめて耐えるほど痛いときもある。けれどもサボっていると筋肉や関節が凝り固まったままになり、リハビリの効果が落ちてしまう。明日の自分のために今日は耐える。もともとだらしなかったのに、事故以来、自己管理が徐々に板についてきた。

翌日は泌尿器科の定期検診だった。尿路感染症は一番身近な合併症だ。三カ月に一度は検診を受けている。午後にはリハビリをして帰ってくると、もうそれだけでぐったりしてしまう。フルフラットにした車いすに乗っているのもつらい状態だったので、父を呼んでベッドに移乗させてもらう。昨日からの疲れがたまっていた。

横になりながら、適性試験のことを思い出していた。難易度も自分の出来もいつも通りだった。何事もなければ、おそらく平均点程度は取れているだろう。

とりあえず良かった。

だけど――どうしようもない問題が浮き彫りになっていた。

体力がない。

勉強するにも、試験を受けるにも一定の体力がいる。事故にあう前、私は身体が丈夫なほうだったから意識したことがなかった。だが確かに、身体が弱い友人たちは大学受験を避けて専門学校に行ったり、総合職を避けて一般職に就いたりしていた。彼女たちはみんな優秀だったのに、体力がないゆえに進路の幅が狭まっていた。

同じ問題に自分も直面して初めて、これは致命的なものだと気づいた。やる気がないとか、やり方が悪いとか、そういう話ではない。物理的に無理なものは無理なのだ。

今回はなんとか乗り切った。だが、たかが四十分の試験を三つである。実際の司法試験は朝から夕方までの試験が四日間も行われる。想像するだけで頭がくらくらした。今の自分ではとても耐えられそうにない。

だがすでに乗りかかった船である。

「やってみるしかない、よねえ」天井に向かって独り言を漏らした。「あのとき死んでたよりは、ずっとマシだもん」

第十五章　ロースクール入試

「志望動機？　何でもいいいんじゃない？」

レオは空になったジョッキを見ながら言った。昼から連れ立って出かけたビアガーデンは大変な賑わいだった。

そんな中で私たちは、六人座れそうなテラス席を二人で使っていた。車いすであることを告げて予約してあったから、店側が気を遣ってくれたのかもしれない。

リハビリと受験準備を進めるうちに、あっという間に夏になっていた。夏季休暇を利用して実家に戻っていたレオが様子を見にきて、「ビアガーデンに行かないか」と誘ってくれた。適性試験を受けたことは伝えてあったから、レオなりに気にしてくれていたのだろう。

六月に行われた第二回の適性試験も、滞りなく受験することができた。二度目となれば慣れていて、低血糖に備えて和三盆の干菓子《ひがし》を持参したほどだ。

受験予備校が公開している模範解答で自己採点をしたところ、二回とも結果は上々で、過去問を解いたときに取れていた点数を上回る出来だった。

法科大学院に出願する際、このスコアとともに志望動機や経歴を記したステートメントを提出し、第一次選抜が行われる。ステートメントの評価がどうなるか分からないが、少なくとも適性試験のスコアで足切りにあうことはなさそうだ。

「あとは第二次選抜だけだろ？」レオは軽い口調で言った。「小論文と面接だけだし、小論文の準備は進めてるんだよね？」

「うん、一応はね」

出願を予定しているＹ大学法科大学院には事前に試験方法について問い合わせてある。小論文の試験では、音声入力ソフトを持ち込み、介助者一名とともに別室受験できるという。

「それならあとはもう、大丈夫でしょ。経歴書は転職活動のときに作ったのがあるだろうし、志望動機を埋めるだけ」

私はため息をついた。「まさにその志望動機をさ、何て書けばいいか分からないんだ」

事故にあって頸髄損傷で肩から下がほとんど動かない。会社に戻ることもできず、他に雇ってくれるところも見つからない。司法試験を受けて弁護士になるくらいしか、自立の道がない――と正直に書くのはよくないと分かっている。

十年ほどの会社員人生の中で、採用面接を何度も担当してきた。その際に、「あの業界は嫌」「あの会社は嫌」「だからこの業界の御社にしました」というような消去法の志望動機を述べる学生は印象が悪かった。嘘でもいいから「御社のこういうところに惹《ひ》かれて」と積極的な理由をあげてほしい。それはきっと法科大学院の面接でも同じだろう。弁護士になって何をしたいのかをアピールする必要があるのに、そもそも弁護士がどういう仕事なのかすら分かっていなかった。

　ビアガーデンでそれをレオに相談すると、

「じゃあ、実物と会ってみるか」

　と言って、携帯電話を取り出した。

「もしもし？　ああ俺、そう。久しぶり。そうそう、夏休みでこっちきてんの。今ビアガーデンで友達と飲んでるんだけど、こない？」

　店の名前を告げると、レオは電話を切った。

「修習で同じクラスだった弁護士。ビール好きだからすぐくるよ」

　急な話に驚いた。「え、本当に？」

「同期だから、気兼ねはいらないよ」

　レオによると、司法試験を受けたあと、司法修習という一年間の研修期間を経て初めて弁護士・検察官、裁判官になれるらしい。司法修習は数十人のクラス単位で実施されるため、自然とクラスメイトと仲良くなるという。

　小一時間してやってきたのはスラックスにブラウス姿の痩せた女性だった。ビール好きのクラスメイトと聞いて勝手に男だと思っていたので、ちょっと驚きながらも私は笑いかけた。

　向こうは向こうで、「友達と飲んでる」としか聞いていなかったから、まさか車いすに乗った四肢麻痺の女だとは思っていなかったようで、目を丸くして私をじっと見た。

「あ、どうも、金丸《かなまる》もと子です」

女性は猫背をさらに丸めて頭をさげた。後ろで一つ結びにしている伸ばしっぱなしの黒髪が揺れた。

私が名乗ると、レオが「家が近所で、幼馴染なの」と補足した。

「へぇー、なるほど」もと子は含みのある目でレオと私の顔を交互に見て、何度もうなずきながら言った。「一瞬、レオ君の彼女かと思ってびっくりしたよ。でも幼馴染なら、なんか納得」

もと子の左手薬指には銀色の指輪がはめられている。話を聞くうちに、もと子は修習同期の弁護士と五年前に結婚したと知った。

「四肢麻痺で司法試験ですか」

事情を話すと、もと子は驚いたように目を見開いて言った。

「少なくとも私は、聞いたことがありません」

視覚障害や聴覚障害がある弁護士、下肢麻痺で車いすの弁護士は知っているという。私もインターネットで検索してみたことがあるが、自分と同じ四肢麻痺で司法試験を受験した人は見つからなかった。

「でも、他に就ける仕事がないから弁護士になったたって人は、意外と多いですよ」

ビアガーデンの店員にお代わりを注文してから、もと子は私に向き直った。

「うちの事務所にいる女性パートナーは、ちょうど男女雇用機会均等法が施行された年に名門国立大学の法学部を卒業しています。就職活動をしたものの、総合職は書類ではねられちゃったんですって。下手に良い大学を出ているせいで、一般職に応募してもなかなか難しくって。

勤めるところがどこも見つからなかったから、司法試験を受けて弁護士になることにしたって言ってました」

「俺もそのパターン、何人か知ってる」レオがくちばしを挟んだ。「弁護修習のときにお世話になった事務所にそういう人がいたよ」

もと子は猫背のままビールジョッキを受け取り、気持ち良いほどグイグイ飲んだ。目を細めるようにして笑いながら口を開く。

「弁護士は結局のところ客商売だから。売上さえきちんと立てれば男でも女でも、どういう経歴の人でもOKなんですよね。だからひまりさんも、前職で培った語学力を活かして外国人のお客さんを取ったり、自身の事故体験を踏まえて、交通事故案件をやったりすれば、活躍できるかもしれないですね」

もと子にそう言われてハッとした。

確かに事故以来、法律の絡む事務手続きがかなりあった。私の場合、自賠責保険がスムーズにおりたし、相手方が死亡していたからあまり争いにならなかった。けれども事案によっては揉めることも多いだろう。

急性期病院から一緒だった凜ちゃんのことを思い出す。いじめを苦にして自殺を図り怪我をしたものの、いじめ加害者たちへの責任追及はできていない。

あるいは、Nリハビリセンターで同室だった鬼瓦さん。外で暮らしていけるほどのお金がないのだと漏らしていた。詳しい事情は分からないが、相談しやすい弁護士がいたら何か変わっただろうか。

事故にあって困ったのはお金のことだけではない。障害者福祉や介護保険、医療保険など複数の制度が並立して、非常に複雑な仕組みになっていることにも戸惑った。障害者手帳を作るべきか、介護保険を利用するべきか、個々人の状況によって最適解が変わってくる。だが私がそれを理解したのは、事故後かなり経ってからである。不適切に手続きを進めて、取り返しのつかないことになっていた可能性も十分にあった。

気軽に、色んなことをまとめて相談できる人がいたらいいのに。

私自身、何度も思ったことだった。

「ありがとうございます。やりたいことの方向性、見えてきました」

テーブルの向こうに座るもと子に、うなずいてみせる。もと子は強く差す西日に目を細めていた。ビアガーデンのテラス席には長い影が伸びている。

「お礼を言うのはいいけどさ」レオがなぜか怒ったような口調で言う。「こっからが本番だからね。ロースクールで三年間勉強するわけだから、それなりに大変だし」

このあいだは私ならできると言っていたくせに、私が前向きになっているとこうやって水を差すようなことを言ってくる。私がムッとして、「分かってるし。お礼を言ったのだってレオにじゃなくて、もと子さんにだよ」と返すと、レオはレオで「分かってるし」と言う。本当に面倒くさくてイラッとする。

レオがトイレに立ったタイミングで、もと子が声を落として言った。

「あのう、レオ君って、昔からあんな感じなんですか？」

「あんな感じって？」

半ば予想がつきながらも訊いた。

「いや、その……何というか。ちょっと残念っていうか。今日私を呼ぶときだって、もう少し説明してくれたらいいのにって感じだし……見た目がシュッとしてるから、修習のときもレオ君狙いの女の子、結構いたんですよ。でも何度かデートするうちに全部立ち消えになっちゃって」

私は吹き出しそうになるのをこらえながら「そうですよね」と言った。

「だから最初驚いたんです。レオ君にも彼女いたんだと思って。でも違いましたね」

もと子は猫背のまま目も合わせず、ふふっと低く笑った。特別愛想がいいわけではないのに話しやすい不思議な人だった。


九月に入る頃には出願書類の準備はできていた。レオともと子にも内容を見てもらっている。

月の半ばには出願手続きを終え、十一月中旬の試験日まで小論文対策の勉強が続いた。受験予備校が実施している小論文添削にも申し込んだ。といっても添削料が一回五万円もするので、一度利用したきりだ。

過去問を見ると、自然科学や社会科学に関するお堅い問題文が二つ並んでいる。大問二つそれぞれに小問が三つずつ、計六問からなる試験だ。各問三百字程度の文章を書く。健常者でも時間が足りず、制限字数の八割から九割埋められれば良いほうだという。

音声入力ソフトで文章を入れることになるので、どうしても時間がかかる。粘り強く交渉したすえ、試験時間の三十分延長が認められた。だが依然として時間は十分ではない。

それに何より、これまで仕事で触れてこなかったタイプの文章に、大いに戸惑った。

デカルトによる観察者と被観察者の峻別《しゅんべつ》が云々。ジル・ドゥルーズがすでに指摘したことによると人間は必ずしも徹底した探求を望まず、あえて人間を考えさせるには外部からの不法侵入としてのショックが必要である云々。経済学上の政策形成の中心的ツールは罰金と補助金であるところ、それはときに社会規範との衝突を生み……云々。

問題文はB5の用紙にびっしり何枚分も続いている。要旨をまとめたり、説明文を前提として自身の意見を述べたりしなくてはならない。他の法科大学院の小論文問題ものぞいてみたが、どこも似たり寄ったりである。

過去問を解くたびに頭がくらくらする。特に驚くのは、法律と直接関係のない話ばかりが出題されていることだ。それも記憶力や瞬発力より、じっくり深く考える力が求められているように見えた。

これまでの仕事では、色んな人と素早くやり取りをして、物事をスムーズに進めていくことばかりに注力していた。新聞を読むときも国際面、経済面、政治面をざっと読むだけだった。

近頃は、タブレットに新聞の電子版を入れてなるべく全体を通読するようにしている。文化欄で目にした話題の新書を購入して読むこともある。

「あんた最近、えらく真面目じゃん」

母はタブレットをのぞき込み、「漢字がいっぱいで目がちかちかする」と言いながらも、私の首の付け根を揉んでくれた。


十一月中旬の試験日、私は予定より一時間も早く目が覚めた。肌寒い空気がぴんと張りつめている。鼻がむずむずしてくしゃみが出た。鼻水が垂れている気がするが、自分ではそれをふき取ることもできない。

右手を伸ばしてギリギリ届くところに、電動ベッドのリモコンがおいてある。リクライニングをあげて楽な姿勢を探した。脚のこわばりが強まっているのを感じる。寒さが深まってきたせいだ。

去年の今頃は、元いた会社の上司と面談したり、役所の窓口に相談に行ったり、仕事探しに翻弄されていた。そのさらに一年前は、急性期病院からNリハビリセンターに移り、リハビリの厳しさに面食らっていた。

あれからもう二年が経つのか。あっという間だったような気もする。だが、事故までの三十数年と直近の二年が同じくらいの重みにも感じられて、不思議な気分だった。

小一時間ほどぼんやりとしていたら、二階で物音がした。トントントンという軽快な足音が階段から響いてくる。台所の窓を開ける音、コンロの火をつける音が続いた。キンモクセイの香りと味噌汁の香りが一緒になって寝室までやってきた。

試験は九時半スタートで、受験生は九時五分には集合することになっている。私の場合、音声入力ソフトの点検があるため、八時二十分には会場に入った。

適性試験のときと同様、別室には試験官が二人ついていた。別室といっても、百人以上座れそうな講義室だった。朝だからか空調がきいておらず、かなり寒い。同行した父がパソコンを起動していると、私の右足が小刻みにけいれんし始めた。脚が机にあたり、ガタガタガタッと大きな音を立てる。

「大丈夫ですか」試験官が血相を変えて駆け寄ってきた。

「大丈夫です。痙性というもので、問題ありませんから」と答えるが、「ホントに大丈夫？」という疑問が、試験官の頭の上に吹き出しで見えそうなほど、心配そうな目で見つめられた。

「体調が悪化した場合、すぐに言ってくださいね」

「はい。でも大丈夫ですので」と笑い返す。

体調不良を訴えたところで、振替受験や試験時間の延長が認められるわけではない。これまでの準備が水泡に帰すだけだ。

ピリッとした空気の中、試験が始まった。

第一問はH・モーゲンソーの国際関係論に関する出題だった。初めて聞く名前で面食らったが、ゆっくり読み進めれば問題文は理解できた。

国際関係における国家の最大目標は「生き残り」である。生への欲求は全ての人間が共通して持っているものであり、国際関係における国家も、国内社会における人間と同様の行動欲求を持つ――という主張が提示される。この主張に反論しろ、という問題だ。

「最大目標は生き残り」という文字列を見て、なるほど確かに、と笑ってしまった。私も今、自らの生き残りをかけて試験を受けている。

使用の許可を得ているメモ帳アプリを開いて、問題文の中でヒントになりそうなキーワードをメモしていく。「きけつしゅぎ」「ちょうきてきなりえき」「むせいふじょうたい」……震える声で口に出す。漢字変換の手間も惜しくて平仮名のままメモに残す。

「問題文、もう一度冒頭に戻して」と言うと、脇で父が問題冊子をめくった。「次のページ」父がさらにページをめくる。集中して問題文を再読する。アンダーラインをひいたり、キーワードに印をつけたりしながら読めば効率が良いと分かっている。けれども私の場合、指示を出して父に手を動かしてもらうと逆に時間がかかる。

軽く目を閉じて、頭の中で答えをまとめる。深呼吸をしてから目を開いた。

「答案用紙を開いて」と言うと、父がパソコンを操作した。不正がないか確認したいらしい試験官が身を乗り出してのぞき込む。

答案用紙はワード形式でロースクール側が用意したもので、試験前にＵＳＢ端末でパソコンに移してある。ワード文書の冒頭にカーソルが合った瞬間、私は口を開いた。

「モーゲンソーを始めとする現実主義者によると、国際関係における構造的条件として、あなーきー」右手をぎこちなく動かし、「あなーきー」をカタカナ変換する。「状態における次女の必要性が」

「自助」と打ち込みたいところが「次女」になっている。「七文字削除」として一旦消したうえで、「じじょ」と再び言って、右手でゆっくりカーソルを動かした。「自助」の漢字変換を選択する。

些細なことにいちいち時間がかかる。机上の置時計を見ると、すでに試験時間の三割が過ぎていた。焦りが喉元に込みあげてくる。意識的にゆっくり呼吸をして、言葉を続けた。

第二問はジョン・ロールズの正義論に関する出題だった。

ロールズという名前は法学入門を謳《うた》った新書で目にしたことがある。だが何をした人なのかは思い出せない。

気持ちを落ち着かせて問題文を見た。

社会の基礎構造が正義にかなった原理で充《み》たされて初めて、社会は正しい状態となる。基本的諸自由は万人に平等である必要がある。性別や肌の色に応じて基本的諸自由の幅が広かったり、狭かったりすることは許されない。ただし他の人の自由のために、自分の自由が制限されるというように、トータルの調整が行われることはある。

なるほど、ここまでは常識的に「そうだよな」と思う。だがその次からが難しかった。急に思考実験が始まるのだ。

社会の基本的なルールについてまだ何も決まっていない「原初状態」で人々が集まり、話し合ってルールを決める。その際に、人々は「無知のベール」の背後にいる。自分の肌の色、性別、家柄、資産、才能、体力等々、自分に関する情報を一切遮断して、ルールを考えてみよう、というのである。いわゆるポジショントークを排除するための思考実験のようだ。ロールズの論旨をまとめたうえで、反論しろという問題だった。

「もう一度、前のページに戻って」「次めくって」「戻って」と指示を出しながら、私は問題文を繰り返し読んだ。

ロールズは、才能ややる気があるにもかかわらず、肌の色や性別、家柄などで機会が制限されてはならないという。だけど、才能って結局何なのだろう。体力がある人はそのぶん集中力を発揮できる。才能があるといえそうだ。私のような障害者は疲れやすくて、健常者と同じペースで物事を進められない。それは才能不足ということになるのか。

「無知のベール」もよく分からない。「一旦自分の属性を忘れましょう」と言って物事を考え始めると、皆自然と、健康で何の障害もない人間を基本に制度設計してしまうのではないだろうか。四肢麻痺になるなんていう「レアケース」を誰も思い浮かべない。無知のベールの思考実験では、結局「普通」の人が一番得をする制度設計になるのでは。

疑問が次から次に湧いてくる。ただの試験なのにいつの間にか自分事のように考えてしまった。しばらく固まっていたからだろう。父が心配そうにこちらを見ていた。

試験時間はあと十分を切っていた。考えはまとまらないが、迷っている時間はなかった。深呼吸をすると、一気に答えを口にした。

「ロールズの正義論は福祉国家の哲学的基礎とされているが、不利益を受けうるとして想定された属性は、現代的見地からすると非常に限定的で……」

　奇跡的に漢字変換のミスがない。視界の端で机上の置時計の針を確認する。あと数分。心臓がばくばくするのを感じながら、何とか最後まで話しきった。

「終わり」試験官の一人が声をかけた瞬間、私は頭を車いすのヘッドレストにもたせかけて、大きく息を吐いた。

「データの引き渡しをお願い」

　解答データの入ったＵＳＢを父が試験官に渡しているのを見ながら、私はリクライニングを倒して身体を休めた。

「十分後にはホールに集合です」

　もう一人の試験官が声をかけてきた。申し訳なさそうに眉尻をさげている。

　午後には面接がある。年によって個人面接だったりグループ面接だったり、形式は様々だが、全ての受験生が待合室に集合して、面接の順番を待つことになっていた。

　集合時間が迫っている。私は小論文の試験時間を延長してもらったぶん、昼休みをとれない。父がすかさず、栄養ゼリーを取り出して「飲むか？」と差し出した。「いや、大丈夫」と短く答えた。疲れと緊張で食べ物を受けつけなかった。

　大きめの講義室が待合室になっていた。後ろの扉から入ると、周囲の受験生が一斉にこちらを振り向いた。

　若い人が多い。ほとんどが二十代前半、大学生かせいぜい大学院生くらいに見えた。皆スーツを着ているが、着なれていない感じがする。男性七割、女性三割ほどだ。

午後一時、職員が入ってきた。

「アカサキマサキさん、一〇一教室にどうぞ」

受験生が一人ずつ呼ばれていく。今年は個人面接のようだ。あいうえお順だったので、「朝宮」の私はすぐに呼ばれた。

父が一緒に行くか迷う素振《そぶ》りを見せたので、「一人で大丈夫」と言って車いすを操作した。

面接室に入ると、三人の面接官が横一列に並んで座っていた。

「朝宮ひまりさんですね」

面接官たちはじっと私の顔を見ている。

志望動機などよくある質問については、家で散々練習してある。どこから訊かれても大丈夫だ。ゆっくり息を吐いて前を見た。

左端に座った三十代半ばくらいの男性面接官が口を開いた。

「裁判員制度を知っていますか？」

え、と一瞬、頭の中が真っ白になった。

裁判員制度？　予想外の質問だった。

ニュースで見聞きしているから、用語は知っている。だがどういう制度なのか説明できるかというと、あやふやだ。

警戒しながら「はい」と答えた。

「裁判員制度では、法律の専門知識がない一般の方が刑事裁判に参加することになります。死刑判決に一般市民が関わることについて批判的な意見を述べる人もいますが、あなたはどう思いますか？」

戸惑った。正直なところ、裁判員制度について深く考えたことがなかった。

だが沈黙が続くのはよくない。社会人歴があるぶん、急な質問に対しても一応それらしいことをスラスラと答えられる。自分なりの意見をその場でまとめることにも慣れている。

私が一応の答えを口にすると、面接官は質問を続けた。

「その意見に対して、どのような反論が出ると思いますか？」

「被告人として裁かれる側からすると、どう思うでしょうか？」

「犯罪の被害者遺族から見たら、どう思うでしょうか？」

途中から面接官の狙いが分かってきた。それぞれの質問に「正しい答え」はない。全体として整合性がとれているか、そして、色んな人の立場で考えを述べることができるかを見ているようだ。そうと分かれば、落ち着いて一つ一つの質問に答えられた。

帰りの車に乗り込む頃にはどっと疲れていた。父は「お疲れ」と言うだけで、面接の様子を訊いてこない。ありがたかった。

家に帰るとすぐに寝た。起きたときには午後九時になっていた。暗い天井を見つめて大きく息を吐く。

小論文も面接もベストを尽くした——と思う。だけど結果は分からない。もし落ちていたらどうしよう。失敗したときのことを考えていなかったと今更気づき、自分に驚いた。
何はともあれ、試験は終わったのだ。

第十六章　オリエンテーション

十二月の第一週、ロースクールの合格発表があった。といっても大学の合格発表のように掲示板に番号が貼り出されるわけではない。インターネット上で受験番号を探すことになる。

発表が予定されている午後四時まで、朝から落ち着かない気持ちでいた。父にパソコンを出してもらって、右手を伸ばしゆっくり操作していると、「お母さんがやってあげるよ」と脇から母が手を出してきた。

せっかちな人だから、私がトロトロとブラウザを立ちあげているのが我慢ならなかったのだろう。母が覆いかぶさるようにパソコンの前に立つせいで、私からは画面が見えない。

壁掛け時計を見ると、午後四時六分だった。合格発表の時刻をすぎている。ぎゅっと心臓をつかまれるような緊張感が走った。

「あんた、あるよ！　ほら、ある！」

母が乱暴に私の肩をつかんで揺する。

「やめてよ、ホント。それ、怖いんだって」

グラグラするバランスボールの上に頭だけ乗っているような状態だ。少しでもバランスを崩すとぐらりと頭から落ちそうで怖い。さすがに最近は慣れてきて、腕を動かしてバランスをとったりできる。けれど、こうも揺らされるとたまらない。

「いや、ごめん。ほら、あるよ！」

母がパソコンの画面の前からどいた。私は首を前に突き出して、画面を注視する。

『Y大学法科大学院　未修者コース合格者』という文字のあとに、数字がずらりと六十個ほど並んでいる。視線を走らせると、上から五つ目に私の番号があった。

「ある！」声を張りあげた。「あるね。受かってる！」

ベランダで洗濯物を取り込んでいた父が駆け寄ってきた。「受かったのか？」

「受かった！」母が得意げに答えた。「あんた、やったじゃん」

ふいに、母が両手を目に当てて、顔をくちゃっとさせた。「あんた……やったじゃん」

鼻声だ。泣いているらしい。父も目を潤ませている。

その様子を見て、無性にグッときてしまった。母が泣いているのを見るのは、事故直後以来だ。つられて泣きそうになったが、涙を拭ってもらうのは照れくさい。だから無理に笑顔を作って「やったね」と言った。


ロースクールの合格発表以来、慌ただしい日々が続いた。

定期的なリハビリと検診の合間に、少しずつ法学の勉強を始めている。とりあえず六法全書と呼ばれるものを買ってみたが、使い方が分からない。レオに相談したら、まずは法学の入門書を読むといいと言われた。

レオに薦められた入門書を電子書籍で買い、タブレット上で読み始めてびっくりした。

最初の一ページ目にこう書いてあったのだ。

「道路交通法上、車両は、道路の中央から左の部分を進行しなければならない、と定められている。だが、道路交通法にそう定めてあるからといって、なぜその通りにする必要があるだろうか」

「違反すれば処罰されるから、と答える人もいるだろう。確かに、左側通行の規則を破ると三月以下の懲役または五万円以下の罰金を科されると定められている。だが私たちは、日常生活でそのような罰則を意識しているだろうか」

えっ、そこから？　と驚いた。

法律家になるというのは、法律の内容を学んで、暗記して、人に教えてあげられるようになることだと思っていた。それなのに、そもそもどうして法律を守るのか、というところから話が始まるのか。

なぜその法律が必要なのかを考えないと、法律の目的（「趣旨」というらしい）が分からない。法律の解釈や適用で困ってしまう。

国会で定めて施行される「法律」は「法」の典型例だが、一部にすぎないという。「法」には他にも、政令、条約、条例など色々ある。

さらに、「法」に直接書かれていることだけでは解決できないこともある。その場合、実際の裁判で裁判官が判断した「裁判例」の蓄積にあたる。裁判例にすらなっていない論点でも、学者たちが展開する「学説」もある。

法に書かれている内容だけでなく、裁判例や学説も含めて勉強していかなくてはならないよ、と入門書に書かれていた。

「思ったより本格的だわ」と電話でレオに漏らすと、「だから言ったじゃん。これからが大変だって」と素っ気ない返事が来た。

「英語を勉強して英検を取るくらいの気持ちでいたら、言語学からやれと言われた感じ」

「そりゃ、法律を作れるくらいにならないと、法律を使いこなせないからね」

レオはさも当然のように言った。私はため息をついた。やるしかないが、気が重かった。


年が明けて一月下旬、木曜日の午後一時、父と私はY大学のキャンパスに来ていた。未修者コースのオリエンテーションがある。

からっ風の吹く寒い日だった。私は防寒インナーとタイツ、セーターですっかり厚着をして、さらにレッグウォーマーを着けてもまだ寒い。というか痛い。

入試以来、久しぶりに訪れたキャンパスは人がまばらだった。すでに今学期の授業は全て終わり、学期末の試験前だという。

「あれが自習室ですよ」

係員が指し示したのは、コンクリート打ちっぱなしの牢獄のような建物だった。見あげると、二階、三階の窓の奥に学習机が並んでいる。机にへばりつくような姿勢で、ある者はパソコンを開き、ある者は本を読んでいる。

ガラス張りの講義棟に入り、エレベーターで二階にあがる。

「朝宮さんは、こちらにどうぞ」

百人は入りそうな教室の一番前、中央の席を係員が指さした。そこだけ床に段差がないため、入口から車いすでも入っていけそうだ。可動式の机が、少しだけ前に出されている。介助者用の椅子だけ置いてある。

車いすでも着席できるよう、配慮してくれているのだと分かった。だが、教室の中央最前列に、一人だけ飛び出したようなかたちで座るのは、少し恥ずかしかった。

「ありがとうございます！」恥ずかしさを吹き飛ばすように、明るい声で係員に言った。

背に腹は代えられない。事故にあって以来、ますますたくましく、やや厚かましくすらなっている。

背後から他の入学予定者たちの視線を痛いほど感じる。面接試験前の待機時間に一度、私のことを見ているはずだ。「あの人、受かったんだ」とみんな思っていることだろう。

「あの」ふいに後ろから声がかかった。「もう少し、横にずれてもらえませんか」

首だけ動かして振り向くと、眼鏡をかけた小柄な男の子が一列後ろに座っていた。神経質そうに眉をひそめている。

「僕はもともとここに座ってたんです。前にこられると、板書が見えません」

電動車いすの座面をさげても、普通の人よりは座高が高くなってしまう。私の頭で前が見えないということだろう。

「すみません」と言って移動しようとするが、狭いせいで上手く動けない。すると男の子はため息をついて、隣の列に移動してしまった。

嫌な感じ、と思った。

男の子は隣の最前列、私の左斜め後ろに陣取っている。腕を組み、不機嫌そうな目でこちらを睨《にら》んでいた。

邪魔だからどいてほしいと言われても困る。他に行き場がないのだから。

横目で男の子を見ると、まだ若い。大学生、二十代前半のように見えた。ベージュのチノパンに、垢《あか》ぬけないブルーのチェックシャツを合わせている。苛立ちを抑えきれないように貧乏ゆすりをしていた。

若くて一番楽しい時期のはずなのに、どうしてこんなに殺気立っているのだろう。怒りや不満より先に、驚きと疑問が広がる。

教室には六十人ほどの入学予定者が集まっていた。時刻通りにオリエンテーションが始まる。三年間の流れ、カリキュラムの説明、法学未修者向けの学習相談員がいること、メンタルヘルス相談窓口の案内……と続く。

「入学後は、自習室の席とロッカー一つが与えられます。基本的に席の移動、交換は認められませんのでご留意ください。また、貴重品は席におかず、必ずロッカーに入れて施錠するようにお願いします」

女性職員が硬い表情のまま言うから気になった。

「さらに、SNS等での不適切な投稿はお控えください。法学を学ぶ者としての自覚をもって過ごしてください」

文献リストが配られた。憲法、民法、刑法の入門書が挙げられている。

「既修者コースの学生が法学部で四年かけて学ぶ内容を、皆さんは一年で吸収しなくてはなりません。授業は受け身ではなく、予習して、主体的に参加し、さらに復習する。このサイクルが大事になります。全く法学に触れたことがない人は、まずは文献リストに載っている基本書を最低でも一読しておくことをおすすめします」

教室には水を打ったような沈黙が流れていた。おならが出たらどうしようかと思った。蓄尿袋をつけているから失禁の心配はない。定期的な浣腸のおかげで、脱糞の恐れもない。だがどういうわけか、たまに大きいおならが出るのだ。お尻に力を込めて我慢することもできない。

落ち着かない気持ちでいるうちに、職員による説明が終わり、入学予定者の自己紹介が始まった。最前列だったので、すぐに順番が回ってきた。

私は車いすを教室の前方に出して、スイッチを押し、座面をあげる。教室に「おおっ」という小さい歓声が湧いた。素直な反応に少しだけ心がなごんだ。見渡すと、八割が二十代、残り二割が社会人経験者という感じだ。

「朝宮ひまりといいます。以前は商社で十年ほど働いていました。事故にあって、このように車いす生活になったことをきっかけに、心機一転、弁護士を目指しています。身体は動きませんが首から上は元気です。美味しいものを食べたり、お酒を飲むのが好きです。どうぞ三年間、よろしくお願いします」

ハキハキと話して笑顔を向けた。

事故にあったことをきっかけに心機一転、弁護士を目指す……というのは、聞いていて首をかしげたくなるような話だろうが、初対面の人たちにはこう説明するしかない。

一瞬の間があってから、ぱらぱらと拍手が起こった。聞き手のみんなのほうが安心したように顔をほころばせている。入試のときから目立っていた謎の人物の素性が案外まともで、ホッとしたのかもしれない。

「やっばいいね」「かっこいいね」

真ん中あたりに並んで座った女の子二人が顔を突き合わせて言葉を交わしているのが聞こえた。介助についてきた父が嬉しそうに目を細めているのが見えて、私も嬉しくなる。

席に戻りながら、ふと最前列のチェックシャツの男の子を見た。やはりイライラした様子でこちらを睨みつけている。目が合うと、彼はすっと視線を外した。

私の次にその男の子が立ちあがり、自己紹介をした。

「古田《ふるた》勝人《まさと》。K大法学部法律学科卒業見込みです。春からよろしくお願いします」

それだけ言って頭をさげて席に着く。あまりに素っ気ない態度に驚く。次に自己紹介する予定の入学者も一瞬戸惑った様子を見せてから立ちあがった。

「田中裕太です。Y大学法学部卒業見込みです。趣味はスポーツ観戦とギョーザを作ること……」

それにしても、先ほど古田勝人と名乗ったチェックシャツの男の子も、今自己紹介している男の子も法学部出身だという。法学未修者向けのコースだというのに。つかみどころのない不安を感じながら、家に帰った。

オリエンテーションで事前に読むよう指定された書籍は、ほとんど電子化されていなかった。専門書のため近所の小さい書店に在庫がない。仕方がないので書店に取りよせてもらい、改めて受け取りに行った。

電子書籍であればタブレットを使って一人で読める。けれども紙の本は自分でめくることができない。父か母に隣に座ってもらい、ブックスタンドに設置した本を数分おきにめくってもらう。

「あーもう、こんなの、やってらんない！」

一番に音をあげたのは母だった。入門書とはいえ大学で教科書として使われているようなものだ。三百ページ以上あるし、通読するとなると、何十時間もかかる。

入学までに読み切るには、一日のうち大半をあてる必要があった。だが家族からすると、付き合わされるのはたまらないだろう。

私は私で苛立っていた。全く知らない分野だから、本を一度読んだだけでは理解できない。

大事なところにマーカーペンで色をつけたり、付箋を貼ったり、あるいは要点をメモしたくてたまらない。思えば、学生時代から、手を動かして覚えるタイプだった。

ものすごくかゆいところがあるのに、手が届かないようなもどかしさがあった。満足に勉強できていない。本当ならもっと「こうしてほしい」「ああしてほしい」という要望がある。だが今の段階で母は不満を抱いている。父も口には出さないが、負担に感じているのは伝わってきた。

「子育てなら終わりがあるじゃない。年配の方の介護だって、悲しいけど終わりがある。だけどあんたみたいに子供の介護ってなったらさ。この先ずーっと続く。終わりがないかと思うと、目の前が真っ暗な気分になるのよ」

夕食後、リビングで母は口を尖らせた。

障害のある子供をもつ親は、多くの場合、「自分亡きあとにこの子はどうやって生きていくのだろう」と心配するという。

だがこの母は、「この子、どうせ私より長生きするんだから、私が生きてるあいだずっと介護しなくちゃいけないってことじゃん！」と腹を立てている。良くも悪くも自分本位な母が可笑しい。腹が立つことも多いが、口が達者な母のおかげで我が家の雰囲気は明るかった。

このまま文句を言ったり言われたりしながらも、平和な日々が続くと思っていた。

突然、頼みの綱の父が倒れるまでは。

　一月末日、今年一番の冷え込みで、昨晩からべた雪が降り続いていた。朝には歩道に五センチほど積もっていた。ところどころ人の足や車輪で踏みならされているが、それでも大部分は真っ白なまま残っている。

　以前なら「綺麗！」と感激したり、「会社、間に合うかな」と電車遅延の心配をしたりする程度だっただろう。

　しかし今の私は、車いすで、しかも今日はリハビリの日だった。アメリカ製の電動車いすには上質なゴムのタイヤがついていて、かなり強い雨の日だって滑ったりしない。だが積雪となると不安はあった。

「今日はリハビリ、休みの連絡を入れようか」

　私が言うと、意外なことに、父が首を横に振った。

「これまで一年以上、リハビリは無遅刻無欠席だろ。せっかくの習慣なんだ。崩さないほうがいい」

　長靴をはき、スコップを片手に外に出ていった。母までもが「私もやるわよぉー」と言いながら父の後を追う。

　だが母は早々に戻ってきた。腰をさすりながら、「やっぱ動くと、腰が悲鳴をあげるわ」とため息をついた。

　額には脂汗がにじんでいる。母お得意の大騒ぎではなく、本当につらそうに見えた。

　窓に額を当てて外を見ると、玄関から車までの道に積もった雪を、父がスコップでかき分けている。その背中が思った以上に小さくてびっくりした。それもそのはず。いつまでも元気だと思っていた父も、もうすぐ七十代に突入する。

バタバタと戻ってきた父は、手早く私の身支度を済ませた。その間、母は腰をさすりながら朝食の後片付けをしている。

慌ただしく家を出てリハビリを済ませて戻ってきたら、もう昼だ。

「きのこパスタでいいか?」

父は腰にエプロンをかけながら言う。私がパスタ好きなのを知っていて、リハビリの日はパスタを作ってくれるのだ。

昼すぎ、三人で遅い昼食をとった。それから父は夕食の買い出しに出かけていった。普段なら三時過ぎには帰ってきて、一緒にお茶を飲んだりする。ところがその日は、五時前になっても戻ってこない。

「お父さん、遅いね」母が心配そうにスマートフォンを見つめる。五時半になって、見知らぬ電話番号から電話がかかってきた。

「もしもし、――総合病院ですが」スピーカーモードにして、母が電話をとると、てきぱきとした女性の声が聞こえた。「朝宮健《たける》さんのご親族の方ですか?」

母の顔に緊張が走った。私も自分の顔がこわばっているのが分かる。

「健さん、スーパーの駐車場で転倒して、こちらに搬送されたんです。骨盤のうち骨盤輪と呼ばれる部分が骨折しているようで……」

電話を切ると、母は私に向かって、「骨折、お父さん、転んで骨折だって」と唾を飛ばして言った。

「分かってるよ、一緒に聞いてたんだから」

と返すのも聞かず、母は慌ただしく外出の準備を始めた。私をおいていくわけにもいかない。私の外出用のリュックを車いすの後部にかけ、連れ立って外に出た。

母は腰を悪くして以来、歩くスピードが極端に遅くなっている。それに伴ってか、全体的な反応速度も遅くなった。車を運転してもらうのも、本当は避けたいところだ。だが今はそうも言っていられなかった。

母と私が救急科の窓口に行き、名前を告げる。十五分ほど待ってから、父がいるという治療室に案内された。

父はベルトのようなものを腰に巻いて、横になっていた。その顔色は比較的良い。手をあげて、「よお、ごめんね」とはにかんだ。

もし私が自分の足で立っていたら、安堵《あんど》のあまり膝から崩れ落ちただろう。とにもかくにも、大ごとにならなくてよかった。

「ごめんねじゃないよ！」母が駄々をこねる子供のように言った。目頭をぬぐっている。

別室で医師から聞いた話によると、幸い骨盤周辺への出血がほとんどなく、輸血も不要だったそうだ。骨盤のリング構造を安定させるために、二週間ほどベッド上で安静にして、その後車いすでの移動を開始する。四週間くらいしたら松葉づえ歩行になる見込みだ。

入院手続きを済ませて、一度家に帰った。私は車に乗ったままだ。母だけ家に入りタオルやパジャマを用意して車に戻ってくる。病院にとんぼ返りして届けた。再び家に帰ったときには二人ともぐったりしていた。だが私を車いすからベッドに移乗させる必要がある。腰の悪い母が無理にやろうとして、「ああッ」という声とともにその場に崩れ落ちた。私の身体は床に転がった。

我が家はどうなってしまうのだろう。

ベッドの脚を眼前に見ながら脱力した。

第十七章　ヘルパー探し

父が入院した日、夜遅くに兄が実家に駆けつけていたらしい。

兄は実家から電車を乗り継いで一時間弱のところに住んでいる。仕事を終えて、双子の子供を寝かしつけてから、飛んできた。その頃には私は、なんとかベッドに移乗したものの、一連の騒ぎで疲れて寝てしまっていた。兄は母の話を聞きながら、家の片付けや今後の父の入院生活の準備をしてくれたという。妻の雪子さんを子宮頸がんで亡くしているから、悲しいかな、兄は近親者の入院対応に慣れていた。

早朝に私を起こして車いすに移乗させると、朝ごはんを作ってから、自分の家に戻っていった。平日だから、双子の子供を学校に送り出す必要もあるし、兄自身、会社に行かなくてはならない。

幸いこの日は訪問看護の看護師がきてくれる予定だった。日中に母も休むことができた。

それから二週間、あまりにバタバタしていて、記憶が細切れだ。平日の朝晩と週末は兄がきてくれた。週に三日は訪問看護がある。それ以外の時間は母が私を見ていた。

私のリハビリもあるし、入院中の父の着替えを届けたりもしなくてはならない。母は腰を丸めながら脚をひきずるようにして一つ一つ対応していた。目が落ちくぼみ、頬もこけはじめた。本人は「介護ダイエットだわ」などと冗談めかして言っていたが、自分の食事をとる暇もないほど追い詰められているのは火を見るよりも明らかだった。

兄は兄でギリギリの生活をしていた。十歳になる双子は、学校から直接こちらの家にきてもらい、私たちと一緒に食事をとる。最初はお出かけ気分で楽しげだった子供たちも次第に飽きてきて、「ばあちゃんち、なんか臭い」と漏らして、母を困らせていた。

私は生きているだけで精一杯という感じだった。これまでは起床時間と就寝時間、三度の食事の時間を固定して、毎日規則正しい生活を心がけていたが、その習慣はあとかたもなく崩れ去った。誰も手が空いておらずお昼を抜くこともあった。そうすると胃腸のリズムが崩れて便秘がちになる。しかも低栄養状態が続くと褥瘡ができやすい。文字通り死活問題だ。勉強する余裕など当然ない。

それでも父が入院している間はまだよかった。退院して、車いすで帰ってきてからがさらに修羅場だ。一つの家に車いすが二台。

「もう限界！」ある日突然、母が叫んだ。

二階で双子が寝入ったのを確認してから、家族四人でダイニングテーブルを囲んだ。

「集まってもらったのには訳がある」父が静かに言った。「俺は今車いすだし、歩けるようになってからもしばらくは松葉づえ生活だ。満足に自分の世話もできない状態で、ひまりの介護はとてもできない。母さんは腰痛を抱えながらも頑張ってくれているが、どう考えても、もう限界だ」

　後から聞いたところによると、母がさめざめと泣きながら、「こうなったら、私たち、心中するしかない」と父に訴えたらしい。父は母の様子に危機感を覚えて家族で話し合うことを決めたという。

「俺がもう少し、なんとかするから」

　と兄が言ったが、父は険しい顔で、

「お前は仕事もあるし、子供の面倒も見なくちゃいけない。これ以上お前が無理をして身体を悪くしたら、困るのは子供たちなんだ」

　私は被告人席に座っている気分だった。

　もとはといえば、全て私のせいだ。私の介護で母が腰を悪くし、父が仕事を辞め、家事と介護を一手に担ったすえに転倒して骨折した。家族はもうぎりぎり、というかすでに限界を超えて崩壊に向かっている。

　司法試験だ、ロースクール入試だと自分のことばかり考えていた。なんと身勝手だったのだろう。障害者入所施設に行く、と言わなくちゃ。心の声がした。私から言わないと、他の人からは言い出しづらい。言わなくちゃ、言わなくちゃ……と思うのに、声が出ない。その代わり、涙が出そうになって必死に我慢した。ここで泣いたら、家族の同情を誘うようできまりが悪い。

「そこで父さんは考えたんだが、もう一度相談支援専門員に相談して、改めてヘルパーの空きがある事業所を探してもらおうと思う」

私はハッと顔をあげた。

「でもお父さん、前に一度相談して、ヘルパーさんが足りないって言われたよね」

「あのときは毎日きてもらう前提だっただろ。けど今は、週に何時間でもいいからきてもらいたい。そのくらいなら見つかるかも」

父は翌日には担当者に電話をして、段取りをつけてくれた。

それからは週に三日は訪問看護、週に二日は重度訪問介護を利用し、朝晩と休日だけ家族介護という分担になった。それでやっと、母や兄にひと息つける時間ができて、なんとか窮地を脱したようだった。


父の骨折、入院から慌ただしい日々をすごしているうちに、三月に入っていた。

「ひまりのロースクール入学までに骨折を治す」と父は宣言していたが、冷静に考えて、とても間に合いそうにない。

母も「私がついていくから大丈夫よ」と言うものの、週五日、朝から夕方までつきっきりで介助できるだけの体力が、母に残されているようには思えなかった。

入学までに読んでおくようにと指示された参考書も、途中でとまっている。とてもじゃないが、自分のために勉強したいと言えるような状況ではなかった。

夜、真っ暗な天井を見あげながら、ふと思った。ロースクール入学は諦めたほうがいいのかもしれない。これから三年間学校に通うには、安定した環境が必要だ。けれどもそれは容易には整いそうにない。ロースクール入学を目指して勉強している間、大変だったけど楽しかった。少しだけ良い夢が見られたと思えば、無駄な時間ではなかった。

仮に全てがうまくいって、司法試験に受かり弁護士として働くとしても、介助者が必要になる。私の場合、今後一生、二十四時間要介護なのだ。一人の時間がないのがストレスだ、なんて言ってる場合じゃない。一人では生きていけず、誰かの助けが常に必要だ。こんな私は、社会にとってお荷物なのでは――と思考はどんどん暗いほうに向かう。

「でもだからこそ、何かしたいんだよなあ」

暗闇に向かってぼそっとつぶやいた。

人に助けてもらうだけというのは、安楽なようでかなりつらい。私も社会と関わって、誰かの役に立ちたい。誰かが助けてくれさえすれば、私も誰かの役に立てるはずなんだ。

「くれぐれも安静に」と言われるがまま、ずっと寝ているのは嫌だった。

ふいに、「安静は麻薬です」という声が頭の中に響いた。誰が言っていたんだっけ、と記憶をたどる。確か、Nリハビリセンターで主治医だった若山先生が、私と同室だった鬼瓦さんに言った言葉だ。

懐かしくて思わず頬がゆるんだ。鬼瓦さん、元気かな。自己導尿を拒否したり、気難しい人だった。だがその気難しさが母と似ていた。だから私は彼女と上手くやれたのだろう。

そんなことを考えながら寝ていたからか。

翌朝、鬼瓦さんから手紙が届いているのを見て、本当にびっくりした。鬼瓦さんは意外にも達筆だった。手紙には整然と綺麗な文字が並んでいる。

『朝宮様

ご無沙汰しております。鬼瓦です。

お変わりなくお過ごしでしょうか。

Nリハビリセンターでは大変お世話になりました。あれから私は地元の障害者入所施設に入りました。これまで一人暮らしが長かったので、正直なところ、集団生活があまり得意ではありません。入所施設での暮らしも、当初はかなりストレスを感じました。』

というところまで読んで、思わず吹き出した。鬼瓦さんはベッド周りにゴミを放置して散らかしっぱなしにするわりに、他の人が立てる騒音には厳しかった。集団生活が苦手だと、さすがに本人も自覚していたのか。

『そこで、もっと良い施設に移れないものかと、朝宮さんからご紹介いただいた安城さんに連絡をとったのです。安城さんは重度訪問介護サービスの提供や就労継続支援B型事業など、手広く障害者支援関連の事業をされているようでした。入所施設ともパイプがあるかもと私は期待していました。

ところが、あの人、私の話を聞いたあとに、「それなら、脊損連合会のピアサポーターになりなよ！」と明後日《あさって》なことを言うんです。』

また苦笑した。安城が提案しそうなことだ。

『私は全然乗り気じゃなかったんですけど、安城さんがあんまりしつこいんで、一回だけという約束で、受傷直後の脊損患者さんとビデオ会議でお話ししたんです。

驚いたことに、相手は中学生の男の子でした。ラグビーの試合中に怪我したんですって。さすがに可哀想《かわいそう》だと思いました。それに、こっちも大人だから、あんまり暗い話はできないじゃない？　私、ちょっと無理をして、「毎日それなりに楽しく暮らしてますよ」みたいな話をしちゃった。嘘つきだなって、あとから自己嫌悪になりましたけど。

でもそれ以来、日中に行われる就労支援の軽作業をもう少し真面目にやってみたり、同じ施設にいる他の人と言葉を交わすようになったり。不思議と、毎日を充実させようという気持ちになったんです。

それでふと気づいたんですね。ああ、安城さんにしてやられたな、って。』

何かの助けになればと思って安城を紹介したが、まさかこういう化学反応を起こしていたとは。嬉しい驚きだった。

鬼瓦さんは、これからも全国脊髄損傷者連合会のピアサポーターを続けるつもりらしい。

『人手が足りないというから、仕方なくですけど』と書かれていたが、これは鬼瓦さんなりの照れ隠しだろう。

『こういう変化があったのも、朝宮さんが安城さんを紹介してくれたからです。そのお礼を言いたくて筆をとりました。』

私の住所は安城に聞いたという。同室にいるとトラブルメーカーだが、こうやって律儀にお礼状を書いて送ってくれるあたり、根は良い人なのだ。

手紙の最後に『最近は外出して、友人に引き取ってもらった猫たちに会いに行くこともあります』と書き添えられていた。

それを見て、どういうわけか、涙ぐんでしまった。よかったなあと心から思った。どこにいても、どういう状況でも、幸せの種を見つけられる人はいるんだなと、しみじみ感じ入った。

鬼瓦さんはどちらかと言うと不満が多いタイプだけれども、それでも日々の楽しみを探しながら暮らしている。

ここ最近、暗い出来事続きだったこともあり、ふっと晴れ間が訪れたように、塞いだ心がほぐれていく。

「あんた、今どき手紙なんて珍しいよねえ」

父の車いすを押しながら、母がダイニングにやってきた。

「ほら、前にご自宅を見せてもらった安城さんがさ」と口にして、ハッと手紙を見返す。

『安城さんは重度訪問介護サービスの提供や就労継続支援B型事業など、手広く障害者支援関連の事業をされているようでした。』

「そうだ、安城さん、ヘルパー派遣の会社してたんだった!」思わず声が大きくなる。「エリアが違うから難しいかもしれないけど、ヘルパーさんを紹介してもらえないかな」

急な話に父も母もぽかんとしている。だが以前安城と会ったことがある母は、一拍遅れて「確かに、あの人なら、どうにかしてくれそうね」とうなずいた。

私はその日のうちに安城にメールを送った。弁護士になるためにロースクールを受験したこと。無事合格したが、家族介護に限界がきて、ヘルパーを探していること。

安城からはすぐに返信がきた。

『一度うちの会社にきてみますか？』

胸が高鳴った。やっと光明が見えてきた。


早速翌週には、安城の会社に母と出向いた。電車で一時間弱、乗り換えや駅からの移動を合わせると一時間半ほどの旅だ。駅前の商店街には見覚えがあった。

以前、Nリハビリセンターから外出許可をもらって、安城の自宅を見学させてもらった。その自宅から徒歩五分のところにオフィスを構えているらしい。

お昼がまだだったので、車いすでも入れると安城が教えてくれたラーメン屋に入った。

店主は一瞬私をジッと見たが、すぐに「いらっしゃいませー、そちらのお客様、一個ずつ詰めていただけますかー」と声を張り上げ、カウンターの端にスペースを作ってくれた。客たちも慣れた様子で、無言のままどんぶり片手に移動する。こちらが礼を言う間も与えずに淡々と対応してくれるのが心地よい。

久しぶりに食べた豚骨ラーメンは塩気が強くて、やたらと喉が渇いた。だがそのパンチのある味で目が覚めるようだった。

安城のオフィスは四階建てのマンションの一階に入っていた。通りに面した壁はガラス製で、中で車いすの人が数人、パソコンに向かって働いているのが見える。母が表のインターフォンを押すと、懐かしい顔が扉からのぞいた。

安城のヘルパー、南さんである。応接室に案内され、数分待っていると、突風のようなスピードで安城が入ってきた。

「いやー、どうもどうも！　ご無沙汰してます！　どうですか、お変わりないですか。そうですか、よかった。僕はね、このあいだハワイ出張に行ってきたんですよ。いいでしょ？　ハワイ！　予備のバッテリーを機内に持ち込むのが大変でね……」

記憶よりも声が大きい。そうだ確かに、こういう感じの人だったと苦笑しながらも、しばしその勢いに圧される。

「それで、今日は何でしたっけ？」ひとしきり自分の話をしてから、安城が訊いた。

私はこれまでの経緯をかいつまんで話した。司法試験を目指すと決めたこと。四月からロースクールに通う予定だが、ヘルパーが不足して困っていること。

「ヘルパーを紹介してほしいってこと？」

「はい」勢い込んで私はうなずいた。

「あーそれはね」安城がわずかに動く右手を揺らした。「無理！　ヘルパーは全然足りてないの。紹介できないよ。ごめんねー！」

あっけらかんと安城は言った。

「そんな……本当に紹介は無理ですか？」

私は安城に尋ねた。安城は悪びれる様子もなくニッコリ笑って、

「紹介はできないけど、ヘルパーを探す手伝いはできるよ」

「是非、お願いします」と頭をさげる。

「いや、だからね。お願いされても困るんだ。朝宮さん自身が探さないと」

思いがけない言葉に目を白黒させながら訊き返した。「私が……ですか？」

「そう。ヘルパーは不足しているし、運よく見つかったとしても、朝宮さんの希望通りの介助が受けられるとは限らないよね」

「希望通りの介助といっても、希望は特にないし、ごく普通の介助でいいんです」

「そんなわけないよ！」安城が声を張りあげた。「だって司法試験を受けるんでしょ。毎日ロースクールに行く。教科書をめくってもらったり、ノートをとってもらったりする必要があるよね。そこまで対応できる人は、実はそういないもんだよ」

安城に指摘されて初めて気がついた。確かに、一日何時間も座っているのが苦痛でたまらないという人もいるだろう。実際に、母も私の勉強に付き合うたびに、ぐったり疲れているようだった。

安城がちょっと左を向くと、南さんがストローをさしたティーグラスを持ちあげた。安城は器用に首を伸ばしてお茶を飲み、ふうと息をついた。

「本当はこんな苦労しなくていいはずなんだ。けど現状では、個々人のニーズにあったサービス提供ができるほどヘルパー業界が成熟していない。だから自分で何とかするしかない。これ

はもう経営だと考えたほうがいい。求人を出して人を集める。ミッションに向かってチームで取り組む。この場合で言うと、ミッションは司法試験合格、そして朝宮さんの希望する生活を送ること」

「自分を支えるチームを自分で作るってことですか?」

「そう、それが真の自立、自己決定!」

そんな発想を持ったことはなかった。事故にあって以来、次々と降りかかる問題に受け身で対処するのに精一杯だったから。

自分がどういう生活をしたいか、そのためにどういう介助が望ましいか、自分で考えて組み立てる。考えるのは面倒くさい。けれども嬉しかった。自分のことは自分で決めていい。急に目の前が開ける爽快感があった。


結局、安城と相談して、ヘルパー求人を出すことにした。ある程度相場に従うとしても、シフトや介助方法は自分から希望を出す。

自宅に帰ると、早速パソコンの前に座って、求める条件を書き出していった。

同居の両親がいるものの、私の介助を満足にできる状態ではない。できれば二十四時間体制でヘルパーをつけたかった。交代や引き継ぎの手間を考えると、十二時間勤務の二交代制が望ましい。

『・平日昼番（週五日）朝八時~夜八時

・平日夜番（週五日）夜八時～朝八時
・休日昼番（週二日）朝八時～夜八時
・休日夜番（週二日）夜八時～朝八時』
四人雇えれば、二十四時間をカバーできそうだ。さらに、

『・ヘルパー経験不問（※採用後、研修を受けていただきます）』

と付け加えた。

採用された人は、安城の会社で初歩的な研修を受けたら、早速私の介助に入る。実際の業務の中で、分かる範囲で私からも教えていくしかない。さらに、業務のかたわら介護職員初任者研修を受けるよう勧める。一人当たり数万円かかる受講費用は私が負担するつもりだった。

ヘルパー経験が豊富なベテランはどこも手いっぱいでつかまらないだろう。やる気や素質がある人を集めて、自分でヘルパーを育てるしかないと思い至った。

自宅に出入りすることになるので、両親にも意見を求めたが、二人とも「きてくれるだけでありがたい」と言う。三人で話し合った結果、「前科前歴がなく、住所が定まっていればOK」ということになった。

求人を出すと、まずは休日のシフトに何人かの応募があった。応募者と面接をして、近隣に住む大学生二人に頼むことにした。

さらに一週間ほどしてから、平日の夜番にも応募者が現れた。フリーターの女性で、バンド活動のかたわらコンビニの深夜勤務をしているらしい。月に数回のライブの夜だけ休みが欲し

いが、それ以外なら平日毎晩こられるという。こられない日は休日シフトの二人に追加できてもらって埋められそうだ。

意外にも、平日昼番に応募がない。他の三人はすでに研修を終え、四月から勤務を開始する予定だ。だが肝心の昼番がいないのではロースクールに行けない。三月最終週に入ると、焦りがじりじりと募り始めていた。

第十八章　入学

入学式なんて何年ぶりだろう。

ごった返す人の中、私は「すみません、車いす通ります」と声を張りあげた。母が頭をさげながらついてくる。式場の外では桜が八分咲きだった。まだ少し肌寒い風に揺らされて、薄桃色の花がひらひらと舞い落ちる。それを見て、去年の春に父と蠟梅を見たことを思い出した。

父はまだ松葉づえ歩行なので、今日は留守番だった。平日昼番のヘルパーは見つかっていないから、母に無理を言ってついてきてもらっている。

「ヘルパーさんが見つかるまで私が介助するよ」と母は言うが、腰をかばいながらゆっくり歩く姿を見ていると胸が痛んだ。

休日と、平日夜番のヘルパーさんたちは勤務を開始していた。市販薬での浣腸や入浴補助はまだできないが、移乗だけは何とか覚えてもらった。そのおかげで、毎朝毎晩の母の負担はかなり軽減されたらしい。

大学全体での入学式を終えると、会場をキャンパスに移して、法科大学院入学者向けの入学ガイダンスが行われた。オリエンテーションから一歩進んで、そろえるべき教科書のリストや履修登録方法などが伝えられる。いよいよ学校が始まるのかと思うと、年甲斐もなく緊張してきた。未修者コースの入学者は三十人ずつ二つのクラスに分けられた。

若い同級生たちは早速、スマートフォンをかざし合って連絡先を交換している。微笑ましくて、どこかこそばゆい気持ちで眺めていると、私にも声がかかった。

「あのう。クラスのSNSグループを作ってるんですけど、参加しますか?」明るい茶髪のロングヘアの女の子が遠慮がちに言う。「あ、私、同じクラスの神田《かんだ》美咲《みさき》っていいます。朝宮さん、ですよね?」

どこかで見覚えがあると思ったら、オリエンテーションのときに、私の自己紹介を聞いて「かっこいいね」と言ってくれた子だ。

嬉しくなってすぐに「はい、ぜひ」と答える。美咲は安心したようにニッコリと笑った。

私が「お母さん、スマホ出して」と後ろを向きながら言うと、母がリュックに手を入れながら、「あんた、良かったわね。お友達ができて」なんて言うから気恥ずかしい。

「朝宮さんも純粋未修なんですか?」

聞きなれない単語にまごつきながら訊き返した。「純粋未修? って何?」

「純粋未修っていうのは、今まで一度も法学を学んだことがない人のことですよ」

美咲がひそひそ声で言った。

「私は文学部出身で、純粋未修なんですけど。朝宮さんも純粋未修かなって思って」

「そうだけど……」私は戸惑いながら答えた。「でもここは未修者コースなんだから、みんな法学を学んだことがない人たちでしょ？」

「まさか朝宮さん、知らないんですか」美咲はぎょっとした顔をした。「未修者コースといっても、法学部出身の人がかなり多いんですよ」

美咲の話によると、学部で法学を学んだものの、既修者コースに行く自信がなかったり、復習しながらじっくり司法試験を目指したい人が未修者コースに来ることがある。というか、そういう人たちがかなりの割合を占めているという。

「有名な話ですよ」と美咲は言うが、私は知らなかった。目の前のリハビリや試験準備に精一杯で、周辺情報まで調べる余裕がなかったためだ。レオも教えてくれなかった。

だがそういえば、オリエンテーションの自己紹介でも法学部出身の人が多かった。

「司法試験の合格率、公式のが出てますでしょ。あれも、ほとんどがそういう『隠れ既修』の人たちが合格していて、純粋未修者の合格はかなり難しいんです。だから私、不安で」

美咲がハァとため息をついた。大学を出たばかりのこんなに若い子もため息をつくんだなあと妙な感慨を覚えた。

「あんた、大丈夫なの？」後ろから母が言う。

「分かんないよ。でもやるしかないんだし」

Y大法科大学院の合格実績は公表されている。未修者コースを卒業して、一度目の司法試験で合格した人は二割にすぎない。卒業後五年間は試験を受けられるが、五年目までの合格者を加算しても五割に満たない。

つまり、せっかく三年間学び、その後五年間司法試験に挑戦し続けても、合格するかどうかは五分五分ということだ。美咲の話だと、純粋未修者の合格率はさらに低い。受かればいいが、もし落ちたら。想像するだけで気持ちが暗くなる。

「ここの隣の教室は、司法浪人生向けの自習室として開放されてるんです。うちのロースクールを出たものの、まだ合格していない人たちですよ。私も四年後、隣の教室にいたら嫌だなあ」

美咲は肩を落として再びため息をついた。

「司法浪人生用の自習室？　見てきていい？」

私は美咲に言った。美咲は「え？　なんでですか」と言いながらもついてくる。どういうわけか、司法浪人生という言葉が頭に引っかかった。

隣の教室の後ろの扉を少しだけ美咲に開けてもらい、中の様子をのぞき見る。

二十人ほどの若者が覆いかぶさるように机に向かっていた。長机を一人一つ使っている。脇には分厚い本が何冊も積まれている。「基本書」と呼ばれる教科書類や、問題集だろう。

空気はしんと静まり返っているのに、よどんでいる。分厚い膜がかぶさっているかのように、どよんとした停滞感が満ちていた。

美咲は顔をしかめて、そっと扉を閉じた。

「一年目か二年目で受かっちゃえばいいんですけど、それ以上長引くと、ど壺《つぼ》にはまっちゃうんですよ。早めに受からなきゃっていうプレッシャーがあるからか、ロースクールでも色んな嫌がらせが横行してるんですって」

例えば、授業内容をまとめたノートが試験前に盗まれたり、特定のクラスメイトを誹謗《ひぼう》中傷する投稿をSNSで繰り返したり。勉強のストレスが爆発したと思われる事件が度々起きているのだという。

オリエンテーションで感じが悪かった男子学生のことを思い出した。名前は確か、古田勝人だ。彼は法学部から未修者コースにきていたはずだ。失敗できないというプレッシャーからピリピリしていたのかもしれない。

「卒業した人たちは、自分で基本書を読んで勉強するんだよね？」

「予備校に通う人もいますけど、基本は一人ですね。だから在学中に授業を聞き漏らさないようにしないと。もったいないですよね」美咲は両手を擦《こす》り合わせるような仕草をした。「うち、母子家庭だから。奨学金を借りて何とかロースクールにきたんです。授業料も馬鹿にならないし、頑張らなくちゃ」

その言葉を聞いて、ハッとした。

「そうだ、授業を受けたくても受けられない人がいるんだ」思いついたことをそのまま口にした。「平日昼番のヘルパー、今度こそ見つかるかも」

ポカンとしている美咲をよそに、私は興奮していた。私のヘルパーになったら、仕事をしてお金をもらいながら、ロースクールの授業を受けられる。その点をアピールすればいいんだ。

妙案が降ってきた瞬間だった。

ヘルパー求人の記載内容変更について安城に連絡すると、安城は興奮気味に言った。

「それだよ！　短所は長所でもある。ネックはアピールポイント！　発想の転換！」

早速文言を変更して再掲載してもらった。さらに、ロースクールの就職支援課にかけあって、卒業生、卒業見込みの学生向けの求人票にすべりこませてもらった。

「でも、すぐには集まらないかもしれません。司法試験は五月にあります。ちょうど今、四月は追い込みの時期ですから」

担当者のこの予想は当たった。応募はあるものの、どの応募者も「今年の司法試験がダメだったら、次の試験までの期間、働かせてください」という条件をつけてくる。

司法試験では短答式試験、論文式試験の二つを突破しなくてはならないが、それぞれ合否が出るのは六月と九月である。それまで待つのは正直なところつらい。

すでに授業は始まっていた。隣に座る母に教科書をめくってもらったり、ノートを取ってもらったりしている。だが腰が悪い母は、一コマ九十分の授業の間、じっと座っているだけでもつらそうだ。ノートを取る手も追いつかない。結局毎回、クラスメイトの美咲に頼んでノートをコピーさせてもらっていた。

授業の内容は濃密すぎて、ついていくのが難しかった。法学部の四年間で学ぶことを、未修者コースの一年目でやってしまう。二年目以降は法学部出身の既修者たちとクラスが一緒になるからだ。

憲法、行政法が週に一コマずつ、刑法が二コマ、民法が四コマ、選択科目、演習科目が一コマずつ、合わせて週に十コマ授業を受ける。

それぞれ授業時間の二倍近い時間をかけて予習する必要があった。教科書を読み、設問を解いてから授業に向かう。ロースクールでは、ソクラテスメソッドという対話形式の講義が採用されている。対話形式といえば聞こえはいいが、要は教授が学生を当てて答えさせるということだ。予習が不十分だと、当てられないかヒヤヒヤして心臓に悪い。

朝八時半から夜六時半まで、みっちり学校に通う。空いたコマは自習室の隅でリクライニングを倒し、身体を休めた。帰宅後と土日はずっと勉強である。毎晩、意識を失うように寝て、気づいたときには朝が来ている。

余計なことを考える余裕もないまま一カ月が経った頃、安城から電話がかかってきた。

「ヘルパーの応募あったよ。会ってみる?」


日曜の午後、安城の会社でヘルパー求人への応募者と顔を合わせた。

まだ子供ではないかというくらいの華奢《きやしや》な女の子だった。ダメージの入ったスキニージーンズに薄手のスウェットシャツを合わせている。ウルフカットの黒髪にはピンクのメッシュが何筋か入っていた。

「ヒカルです」と下の名前だけ言って、女の子はペコッと頭をさげた。

履歴書には「渡辺光（二十四歳）」と書かれている。小学生のような拙《つたな》い字だった。

「今回応募してくれたのはどうしてかな?」

隣で安城が訊くと、ヒカルは「暇になったからです」とつぶやくように言った。

おいおい大丈夫か、と面接しているこちらが心配になったのも束の間、思いのほかしっかりとした口調でヒカルは言った。

「うち、ずっとじいちゃんの介護をしてたんです。両親は共働きで、じいちゃんは施設に入りたがらなくて。高校を卒業したあと、うちは就職もせずにプラプラしてたんで、『それならあんたがじいちゃんの面倒見なさいよ』ってことになって。で、丸三年くらいかな。じいちゃんに付きっきりでした。大変だったけど、昔からじいちゃんっ子だったから、最後の恩返しだと思って一生懸命やった。で、そのじいちゃんがこのあいだ死んだんで、暇になったんですよ」

机の下でスキニージーンズのダメージ部分に指を入れて手遊びしているのが見える。彼女なりの緊張のほぐし方なのかと思った。

「それで、どうして私の求人に?」なるべく優しい口調で訊くと、ヒカルは目を伏せて、「運命を感じちゃって」と言った。

「えっ、運命?」思わず訊き返す。

「朝宮さん、求人に自己紹介つけてくれてたでしょ。誕生日とか、血液型とか」

こちらの人となりが分かったほうが応募しやすいだろうと思って書き足した欄だった。

「朝宮さん、うちと同じ星座、血液型で、干支《えと》まで一緒なんですよ。これってつまり、占いをしたら全部同じ結果、運命共同体ってことじゃないですか?」

「は、はあ……」苦笑しながら相づちを打つ。

「だから応募したんです。朝宮さんの生活が良くなれば、うちの生活も良くなるって感じがする。それに、ロースクールっていうとこ？　行ってみたいんですよ。うち、大学行ってないから」ヒカルはニイッと笑った。可愛らしい八重歯がひょこっとのぞいていた。

ヒカルの言動には当初戸惑った。だが、とりあえず安城の会社で研修を受けてもらうことにした。そのうえで適性がありそうなら業務をお願いするつもりだった。

一日目の研修が終わった晩には安城から電話が入った。

「適性なんてもんじゃないよ！　教えることがないくらい、何でもできる」

介護施設で働いたことはないが、祖父の介護で一通りのことを覚えたらしい。

安城のヘルパーの南さんも、「あの子を逃してはいけません」と言っていたという。

普段から大げさなことを言う安城ならともかく、控えめな南さんが言うなら間違いない。

早速様々な手続きをして、ゴールデンウィーク明けから入ってもらうことにした。

ところが勤務初日の朝、約束の八時を過ぎてもヒカルは現れない。

「どうします？　もう出発しないと授業に間に合いませんよね？」夜番のヘルパーさんが言った。引き継ぎのためにヒカルを待っていたのだが、十五分経っても現れないので、イライラしているのが見て取れた。

「もうあがっていいよ。私はもう少し待ってみるから」

だがそう言った途端、玄関のベルが鳴った。

「おはよーございますー！　ヒカルです！　遅くなりましたー！」

全く悪びれたところのない明るい声で入ってきた。

「あっ、夜番さん、お疲れ様です。ひまりさんの荷物は……このリュックですね。蓄尿袋もバッテリーもオッケー」リュックの中をのぞいて手早く確認していく。「お弁当と、補助スポンジ付きカトラリー、ストロー付き水筒。全部オッケーですね。教科書類は？　全部詰めました？　ようし、それじゃ、学校行きましょうか」

こちらから注意する間もなく、ヒカルは玄関の扉を開けると、「はい、ひまりさん、どうぞ」と私が外に出るのを待っている。

夜番のヘルパーさんと私は顔を見合わせた。すっかりヒカルの勢いにのまれていた。

「ぼやっとしてると遅刻しますよー」ヒカルはケロッと言った。どの口が言うかと思ったが、実際にそろそろ出かけないと授業に遅れてしまう。夜番のヘルパーさんにお礼を言って、慌ただしく家を出た。ヒカルは口笛を吹きながら、私の横を歩いてついてきて、テキパキと車のリフトを操作した。車いすをリフトに固定する動きも手慣れていた。

確かにヒカルはよく気がつく優秀なヘルパーだった。「水」と言えば、飲みやすい角度にストローを向けたうえで水筒を持ってくれる。家にある物の位置もすぐに覚えた。身体の使い方が抜群にうまくて、移乗もスムーズだ。祖父を風呂に入れていた経験から、私の入浴介助までしてくれる。

平日毎日風呂に入れるのは僥倖《ぎようこう》だった。麻痺している部分に感覚はないが、熱や冷気は不思議と分かる。それに麻痺しているところとしていないところの境目の部分に湯をかけてもらうと、とても気持ちよくて心が安らぐ。

ヒカルがきてから生活の質がぐんとあがった。だから感謝しているし、本当ならうるさいことは言いたくない。言いたくないのだけど、この日も心を鬼にして口を開いた。

「あのね、これは仕事なんだから、決められた時間通りに出勤してほしいの。もし間に合わないときは連絡をちょうだい」

「はあ……」ヒカルは困ったように頭をかいた。「分かりました」

「絶対分かってないでしょ！」思わず早口になる。「ヒカルちゃんがきてくれる時間があらかじめ分からないと、夜番の人も困るでしょ？」

「はあ、そうですよねえ」注意をすると殊勝にうなずくのだが、また翌日には遅刻をしてくる。

だが不思議と、私の生活には悪影響が及んでいない。もう家を出ないと授業に遅刻するというぎりぎりの時間を狙いすましたように、ヒカルが出勤してくるからだ。逆に、夜番の子の出勤が遅れるときは「いいっすよー」と笑顔で残業をしてくれる。

悪い子ではない。ただ、おおらかな時間感覚を持っているのだろう。

授業中に爆睡するのもやめてほしかった。一番前の中央が私の固定席だから、ピンクメッシュの髪をしたヒカルが舟をこいでいると目立って仕方ない。

「朝宮さん、十六ページの判例の事案概要を説明してください」教授から当てられても、私は自分で教科書をめくることもできない。

「ヒカル、ヒカル起きて！」小声で話しかけるのも筒抜けで、教室内に笑いが広がった。チッと左後ろから舌打ちが聞こえた。「真面目にやれよ」とうなるような声が続く。クラスメイトの古田勝人だ。オリエンテーションのときから感じが悪かったが、日に日に当たりが強くなっている気がした。

第十九章　勉強会

必死に勉強する日々が続いた。

午前八時半から午後五時までを学校で過ごす。午後六時半までの選択科目は受講を諦めた。授業と授業の合間に休憩をとっても、夕方になる頃にはぐったり疲れてしまう。健常者でもハードなカリキュラムらしいから、私にはなおさらきつかった。

一日でも休むと遅れを取り戻せない。体調を崩さないよう、毎日規則正しい生活を送る。平日昼間はヒカルになるべく全ての動きを助けてもらって、体力を温存した。

昼休みにはロースクールのラウンジの隅で、お父さんが作ってくれた弁当を広げる。「ミートボール」と言うと、ヒカルがミートボールをフォークに刺して口元に持ってきてくれる。「卵焼き」とか「お茶」とか言うだけでスッと介助してくれるからありがたい。

両親に介助してもらうときには、こうはいかなかった。食べ物の名前だけ言うと、「あんた何様よ」と渋ったり、「好き嫌いせずに食べなさい」とか言って、特に食べたくもない漬物を口に突っ込んだりしてくる。

外部の人に事務的に介助してもらうほうがずっと気楽で、私の好きにできた。

ただ、「箪笥《たんす》の一番右、上から二つ目の引き出しにある白い麻のシャツを」というように、事細かく指示しないと伝わらないのはもどかしくて、苛立つこともあった。

「物権総論の教科書じゃなくて、債権総論のほうの教科書だよ。そう、その緑色の表紙のを出して、第三章を開いて……」

授業前に教室でワタワタしていると、クラスメイトの美咲が近づいてきた。

「あのう、一緒に勉強会をしませんか？」

と、声をひそめて言う。

「あと一カ月で定期試験です。そろそろ準備を始めないと悲惨なことになりますよ。純粋未修者から毎年出るんです。必修科目の単位を落として留年する人が」

えっ、と声が漏れた。留年といえば、サークルやバイトに精を出しすぎた人がするもの、というイメージがあった。

ロースクールでは、ほとんどの学生が全ての授業に出席している。サークル活動はないし、バイトをしている人もほんのわずかだ。皆こんなに真面目に勉強しているのに、それでも容赦なく留年になってしまうのか。

「勉強会、するする！」勢いづいて、何をするのか分からないまま答えた。

勉強会をすると答えた日の晩には、美咲から過去の定期試験のＰＤＦが送られてきた。どれも公表されていないものだから驚いた。

「これ、どうやって入手したの？」

翌日尋ねると、美咲は「朝宮さん、過去問持ってなかったんですか」と目を丸くした。

「こういうのは先輩からもらうんですよ。みんな事前に過去問を解いてるから、私たちもやっておかないと差をつけられますよ」

試験は相対評価で「優上・優・良・可・不可」の五段階の成績がつく。最低限のラインを越えていれば不可にはならないはずだが、美咲曰く「良い成績をとらないと、就職先が見つからないんです。逆にロースクールの成績がすごく良かったら、司法試験合格前に内定が出たりしますから」とのことだ。

そのくらい、定期試験の成績は大事らしい。同じ学校での相対評価、競争で決まるのだから、否が応でもクラスの雰囲気は悪くなる。

実際に六月に入った頃から、クラスの空気は張りつめていた。二十四時間使える自習室は、深夜零時《れい》を回っても灯《あか》りが点《とも》っているという。

美咲が立ち去ったあと、ヒカルが低い声で言った。

「うちが思ってたキャンパスライフと、全然違うんですけど。サークルとか、学園祭とか、そういう青春っぽいのを見たかったんすよ」

大学に行かなかったからロースクールに行ってみたいというのが、ヒカルの応募動機の一つだったことを思い出す。

「そりゃ、遊びにきてるんじゃないんだから。将来……というか、人生かかってるんだよ」

「なんかガチですよねー。こんなにガチで勉強する人たち、うち、初めて見ました」

勉強会は週に二回、二時間ずつだ。毎回指定された過去問を解いてくる。過去問は基本的に論文式で、一科目でA3の紙二枚分ほどの文章を手書きで書く。私はいつもの音声入力ソフトを利用して答えを言い、ワードで解答を作成した。

答案用紙を参加者の人数分コピーして勉強会に持参する。参加者は他の参加者の解答を読んで、どこが正しいか、どこが誤っているかを指摘し合う。

どうしてこんなに回りくどいことをするかというと、模範解答が公表されていないからだ。「講評・採点基準」という文書は出ているが、それだけでは分からないことが多い。勉強会のメンバーで知恵を出し合って正答を推測する必要があった。

いざ勉強会当日、指定された過去問の答案用紙を三人分コピーして、ロースクールのラウンジに向かった。勉強会のメンバーは四人だと聞いていたが、美咲と私のほかに誰が参加するのかは知らなかった。

だから、ラウンジに入った瞬間、私は思わず「え」と言ってしまった。

指定された場所には、チェックシャツの袖をまくって気難しそうに眉をひそめている古田勝人がいた。もう一人、一度も話したことがない物静かな男子、清原君が背を小さく丸めて座っている。

清原君は問題ない。だが勝人と一緒に勉強するなんて想像ができなかった。

勝人も私が来るとは思っていなかったらしく、「え、何でいるんだよ、おばさん」と、こわばった顔に書いてあるようだった。

「えーっと、君たち二人も美咲ちゃんに誘われて？」

勝人と清原君は黙ったままうなずいた。さらに事情を訊く間もなく美咲が入ってきて、明るく「始めよっか！」と言う。

その日の勉強会はグダグダだった。私の答案に対して、勝人がねちねちとケチをつける。そこまで言わなくてもいいじゃないかと私が反論すると、勝人は「ふん」と馬鹿にしたように鼻で笑う。美咲が「まあまあ」となだめる。その繰り返しだ。

勉強会が終わった頃には、みんな疲れていたと思う。

「ご馳走するから、このあと付き合って」

と美咲に耳打ちして、キャンパス内のコーヒーショップに入った。

「勉強会、まぜてもらえて本当にありがたいんだけど……どうしてあのメンバーなの？」

美咲はすねたように口を尖らせた。

「だって。他のみんなはもう、とっくの昔に勉強会を組んで、勉強を始めてるんですよ。私たちは余りもの、あぶれものなんです」

美咲の話はこうだ。

優秀な学生はすぐに勉強会に誘われる。なぜなら過去問の模範解答は公表されておらず、勉強会のメンバーで正答を推測しなくてはならないという性質上、一緒に勉強する人が優秀であればあるほど、他のメンバーにとってありがたいからだ。

純粋未修で頼りにならない美咲と私、気難しくて友達ができない勝人、物静かでクラスメイトと交流しない清原君だけが、クラスで売れ残っていたのだという。

「えぇー」私は声をあげた。「それじゃ私たち、クラスのあぶれもの同士で助け合って定期試験を乗り切らなきゃいけないわけ?」

美咲は大真面目な顔でうなずいた。

「そうです。ワガママ言ってられません。他の二人は法学部出身です。私たちよりずっと法律に詳しくて、頼りになるはず。しかも清原君に至っては、実は民法学者志望なんですよ。色々教えてもらいましょう」

そう言われると何も反論できない。そもそも勉強会に誘ってもらわなかったら過去問すら入手できていなかった。美咲には助けてもらいっぱなしだ。

「やるしかないよねえ」

「やるしかないんですよ」

美咲が丸い目でこちらをじっと見た。私がうなずくと、美咲もうなずいた。それを見て私も再びうなずく。美咲もまたうなずく。二人の間に妙な連帯感が生まれていた。

「でも」唐突に背後でヘルパーのヒカルが口を開いた。「あの勝人って人、毎日違うチェックシャツを着てますよね。全部で何枚持ってるんだろ。すごいこだわりですよね」

ヒカルがしみじみと言うものだから、可笑しかった。女三人でクスクスと笑った。

勝人と一緒に勉強会をすることになったのは、結果的によかったかもしれない。

というのも、意地悪な人に答案を読まれると思うと、過去問を解くときの緊張感がグッと高まるからだ。あとでみんなで答え合わせをして覚えればいいやという甘えがなくなる。

七つある試験の過去問を三年分、計二十一問解く。試験時間は一つ二時間なので、過去問を解くだけでも大変だった。

六月から週に二回の予定で始めたが、七月中旬の試験にはとても間に合いそうにない。週に三日、四日と勉強会のメンバーと顔を合わせる日々が続いた。

少しずつ、勉強以外の会話も交わすようになった。物静かな清原君は、大学時代はチェロ奏者としてオーケストラ部に所属していたそうだ。旅行で出かけたローマの遺跡に感動し、そこからローマ法に興味を持ち、民法が好きになり、民法学者を目指しているという。

「民法は、登場人物に印をつけながら問題文を読むといいですよ」と教えてくれた。その直後、清原君はハッとした表情を浮かべた。自分では鉛筆すら持てない私の身体に思い至って、気まずくなったのだろう。

試験勉強は、ヒカルとのチューニング期間でもあった。

『Aは実質的には個人企業であるY自動車修理株式会社の代表取締役である。同社に長く勤めた社員が高齢のため退職し、すぐには代わりが見つからなかったので、Aの息子である二十一歳のZに店番を任せた。

Zは常連客と世間話をするうちに、自動車修理に使用する資材Qの値段が近く高騰するという内部情報を得る。

Zは店番という雑用を任せられたことに不満を持っており、自分の本当の力を父親に見せつけたいと常々考えていたため、Aに相談することなくAの代表取締役印を持ち出し、自分はAの息子でありAから仕入れを任されていると述べたうえで、Xという資材メーカーから、資材Q五年分を三千万円で購入する契約を結んだ。

ところが当該内部情報は虚偽であった。そしてその後、資材Qに代わる新資材が開発されたこともあり、大量に買い入れた資材Qは無用の長物となってしまいそうである……』

問題文を読みながら「ああーッ」と声をあげた。手が自由に動いたら頭をかきむしっていたところだ。

勝手に印鑑を持ち出すな！

謎の内部情報を信じるな！

こんなの絶対こじれるじゃん、といちいち突っ込みを入れたくなる。

しかも問題の一文一文がかなり長い。読んでいて何度も視線が迷子になる。そのたびに、「Aに丸をして」「Zに丸をして」とか『『自分はAの息子でありAから仕入れを任されていると述べた』にアンダーラインを引いて」などとヒカルに指示を出す。

ヒカルは持ちなれないシャープペンシルを不格好に握って、トロトロと問題文に書き込みを入れる。普段の介助はスムーズなのに、デスクワークに慣れていないせいか、試験勉強の介助にはかなり手間取っていた。

特に問題なのは、ポケット六法を引く作業だ。上着のポケットに入る小型の六法全書という触れ込みで広く流通しているポケット六法だが、縦十九センチ、横十三センチ、厚さ四・五センチ、総計二千百ページ、重さ九百十グラムもあって、女物の服のポケットにはまず入らない。

普段の授業でも、試験でも、このポケット六法を必ず机の上において、こまめに条文を引いて確認する作業が重要だ。だが私の場合、これに普通の人の何倍も時間がかかる。

ヒカルにポケット六法を引いてもらうとき、まず「民法」と言う。ポケット六法には二百近い法令が収められているので、まずは「民法」の項を開いてもらう必要がある。

民法の目次を見て、「第一編第五章の代理のあたりを開いて」と言うと、ヒカルが戸惑いながらも手を伸ばし、第五章第百三十四条のあたりを開く。条文を読むと、探している条文はここではないと分かる。だが探しているものが何条にあるかは分からない。法律を丸暗記しているわけではないから、だいたいこのあたりに書いてあったはずという見当をつけて、六法を引くのだ。健常者であればページをパラパラとめくって探すのだろうが、私にはそれができない。ヒカルに毎回「次」「次」「次」「やっぱり一ページ戻って」と指示を出すことで六法をめくってもらう。

探していた条文が見つかったら、その内容を確認して、問題文の事案に当てはめる。音声入力ソフトを立ちあげ、エクセルファイルを開いて口頭でメモを取り答案構成を作る。ここまできたら、ワードを立ちあげて、あとは一気呵成《いっきかせい》に口頭で答案を書く。途中で喉が渇き、ヒカルに「水」と言うと、誤って答案に「水」と書かれてしまったり、トラブルは数知れない。

一問解き終わる頃には、額にびっしりと脂汗がにじんでいた。

最初にやったときは「こんなのもう無理！」と音をあげそうになったが、毎日毎日何度もやっているうちに、だんだんと慣れてきた。リハビリと一緒だと思った。ヒカルも当初は「うち、これ、結構しんどいかもです」と漏らしていたが、次第に「うち、最近なんだか賢くなった気がします」と言うようになった。


三年分の過去問を解き終え、全ての勉強会を終えたのは定期試験開始の二日前、月曜日の夜のことだった。

「ふうーっ」とメンバー四人が同時に言った。

時計を見るともう午後八時を回っている。あと少しで全部終わるからと時間を延長して勉強会を続けていた。ヒカルにも急きょ残業を頼むことになった。

「試験前だけど……どうです、景気づけに一杯行きませんか」美咲が言うと、他のメンバーが答えるより先に、ヒカルが「行きましょう！」と言うから、皆から笑いが漏れた。

「ここらへんの居酒屋は日曜日はやってないから私の自習室でこっそり飲む？」私が言うと、他のメンバーは怪訝そうにこちらを見た。

「みんなと同じ自習室だと、車いすのリクライニングをさげるスペースがないから、教務課に頼んで個室を使わせてもらってるんだ」

コンビニで酒とつまみを買って鞄《かばん》に隠し、法学部図書館に入った。公式行事以外でキャンパス内での飲酒は禁止ということになっているが、たまにラウンジで飲んでいる人はいるし、教職員も見て見ぬふりをしてくれていた。すでに大人なのだから、節度を持って自己責任で飲めということらしい。

「朝宮さんが個室で勉強してたなんて知らなかった！」美咲が言う。「確かに自習室で見かけないなあとは思ってたんですよ」

清原君と勝人も黙ったままうなずいた。

エレベーターに乗って地下の書庫におりる。扉が開いた途端、古い紙の本の匂いがむわっと広がった。薄暗い廊下を進むと、少し遅れて感応式の電灯がついた。

可動式の書架が両脇にずらりと並んでいる。明治期から今に至るまでに書かれた法律書がそろっている。裁判例だって、現行の裁判所のものだけでなく、戦前の旧憲法下で出された大審院判決録、大審院判例集まである。

「こんなとこ、初めてきました」美咲が書棚を見ながら言った。

「あまり使われていないところだから、貸してもらえたんだよ」と私は答えた。

時がとまったような廊下の奥にあるリーディングルームを、私専用の自習室として使わせてもらっていた。

古い木製の扉をヒカルが開けた。広さ十数畳の部屋には切れかけの蛍光灯が二つぶらさがっている。右側の端に事務机、その隣に戸棚がおかれ、さらにその横には簡易ベッドがあった。

中央のスペースには飲食用のダイニングテーブルと椅子が二つおかれている。

「ベッドとダイニングテーブルは自分で持ち込んだのよ。車いすのリクライニングをさげるだけじゃどうしても疲れが取れないから、授業の合間にベッドで休んでるんだ」

「このダイニングテーブルは？」美咲が訊いた。

「ヒカルちゃんは私につきっきりで、外にご飯を食べに行くこともできないから。コンビニで匂いのないご飯を買って、私が休んでるあいだここで食事をとることもあるの」

「へえー」美咲は口をぽかんとあけて部屋を見回す。「あの手この手で……まるでサバイバル生活じゃないですか」

言い方が可笑しくて笑っていると、勝人がぼそりと「すごいっすね」と言った。

「えっ？」思わず私は訊き返した。私を目の敵《かたき》にしていた勝人が、「すごいっすね」とつぶやいた気がしたからだ。

勝人は簡易ベッドをじっと見た。

「ここまでするのは、すごいっすね。なんというか、命がけでやってるんですね」

「そりゃそうでしょ。司法試験に受からなかったら、私、働けないんだもん」

お酒を飲みながら、事故で怪我をしたために復職も転職も難しかったことを話した。

勝人は視線を伏せて言った。

「僕、勘違いしてました。障害者って何かと優遇されてずるいなって思ってたんです」

「えっ、優遇⁉」大きい声が出た。

惨《みじ》めな思いをすることはあっても、優遇されていると感じたことはない。電車に乗るにも、店に入るにも、こうして自習室を確保するにも、全て自力で交渉して勝ち取らなくてはならない。それでもやっと健常者とスタートラインがそろうだけで、得はしていない。もちろん他人の優しさに触れてありがたく思うことはあるけれど、その優しさも相手次第だ。当たり前に与えられるものではない。

「僕、他のロースクールの既修者コースの受験に失敗して、それで滑り止めで出願していたこのロースクールの未修者コースに引っかかったんです。そしたら朝宮さんみたいな人がいて……障害者は優遇されるから、ロースクールも楽勝で入れるんだろうな、そういう特別枠があるんだろうなって思っちゃって」

「特別枠なんてないない！　普通にみんなと同じ試験を受けたよ。準備、大変だった」

「そうですよね。今なら分かりますよ。だって朝宮さん、僕たちと同じように毎日授業を受けて、過去問を解いて、勉強して……その大変さは僕たちが一番知ってるわけですよ」

勝人は高校の同窓会で、理系の大学院に行った友人から「文系は遊んでられていいよな」と笑われたのだという。法学部とロースクールに関して言えば、とんでもない誤解だ。みんな、胃をきりきりさせながら勉強している。

「うちは父が弁護士なんです」

勝人も自分が弁護士になるものだと当たり前に思っていた。だがロースクール受験に失敗して以来、父親と口を利いていないらしい。

「定期試験、頑張らなくちゃね」

私が言うと、勝人は目をくしゃっと閉じて、うなずいた。

第二十章　夏休み

定期試験は七月中旬から二週間にわたって実施された。日程がばらけていて、一日一科目を受験すればよかったのはラッキーだった。試験を一つ受けるだけで体力をごっそり奪われる。一日に二つはまず無理だった。

通常であれば試験時間は二時間だが、私の場合、特別措置として三時間に延長してもらい、別室受験となった。

だができれば四時間はほしいところだった。どんなに頑張っても、音声入力ソフトを使った答案作成は、通常の手書きの二倍は時間がかかる。さらに六法を引いたり、問題文に書き込んだりするには介助者の助けがいるから、二倍どころではない時間がかかる。頭の中で考えをまとめる時間を短縮して、答案を完成させる必要があった。

ヒカルには試験当日は絶対に遅刻しないよう口を酸《す》っぱくして伝えてあった。朝八時には自宅に来てもらうことになっていたが、普段から五分や十分の遅刻はしょっちゅうだった。授業にはぎりぎり間に合うからよかったが、試験でそれだと困る。

試験前に試験監督から使用するパソコンのチェックを受ける必要がある。遅刻なんてしたらそのぶん試験時間が短くなる。

「遅れそうで怖いから、三十分前にお宅に伺ってもいいですか？」

ヒカルは頭をかきながら言った。

「時間通りってのがすごく苦手なんです」

遅刻癖ばかりは本人もどうしようもないらしい。

聞けば、高校を卒業して以来、いくつかのアルバイトを経験しているが、遅刻を繰り返すせいで何度も注意を受けて居心地が悪くなり、どこも早々に辞めているという。

「こんなに続いている仕事はこれが初めてっす」と悪びれもせずに言われると、無下にできない。

結局、毎日七時半を目標に出勤してもらって、なんとか全ての試験を受け終えることができた。ヒカルは土壇場での肝の据わり方が並外れていて、試験中の介助は実に落ち着いていた。不正がないよう試験監督がすぐ横でのぞきこんでくると、私ですら萎縮してしまう。けれどもヒカルはケロッとした顔でいつも通りの動きをしてくれる。心強かった。

出来は分からないが、答案用紙は全部埋めた。七月末、暑すぎてセミの声もしない午後、全ての試験を終え、やっと夏休みが始まった。

八月十六日、緊張した状態で目が覚めた。成績発表の日だった。

夜番のヘルパーさんに車いすへ移乗させてもらってダイニングルームに向かうと、食卓に焼き魚が並んでいた。いつもは味噌汁とご飯、卵焼き、漬物、ヨーグルトが定番だ。

どういう風の吹き回しかと思っていると、母は湯飲みをドンとテーブルに置いて、「あんた、しっかり勉強して、あの人たちを見返しなさいよ」とうなるように言った。

昨日のことを気にしているのか、と思い至った。

久しぶりに法事で朝宮の本家に行った。縁戚と顔を合わせるのは事故後初めてだった。法事が終わると、高齢の親戚たちがわらわらと集まって、しきりに私の手をさすったり、肩をつかんだりして、「可哀想に」「本当に、あらまあ」「でも命があってよかったわねえ」と思い思いのことを口にした。

「これからどうするの？　補助金かなにかで暮らせるの？」

という質問に、何気なく「弁護士になろうと思って、学校に行ってるんです」と答えると、親戚たちは皆「え」と言ったきり固まってしまった。宝くじを当てると宣言されたような驚きぶりだった。

「でも弁護士さんになるのって、大変なんでしょう？」

「ひまりちゃんは昔から利発だったから、どうにかなるのかしら」

「弁護士さんになっても、この身体だとどうなんでしょうね」

視線が私の肩から下にぎゅっと集まり、居心地の悪さを感じた。初めて恥ずかしいと思った。というか、周囲のぶしつけな視線によって、自分の身体を恥ずかしいものだと思わされている。

最終的には「頑張ってね！」と明るく声をかけてくれたが、その人たちは誰も私が本当に弁護士になるなんて思っていないのだと痛感した。小さい子供が「ノーベル賞をとる」とか「大統領になる」とか、突飛なことを言い出したときに励ます「頑張ってね」である。

帰り際、母が低い声で「あの人たちの言うことは気にしなくていいんだからね」と言った。見あげると、口を一文字に結んで、張りつめたように硬い表情をしている。勝ち気な母が悔しがっているのだと分かった。事故後のリハビリから今までずっと私の傍《そば》で見ていたから、思うところがあったのだろう。

朝食を終えると、いつもの時間に家を出て学校の自習室に向かった。今日が成績発表の日だと母には伝えていなかった。もし教えたら大騒ぎするに決まっている。

一歩外に出ると、カッと日差しが照りつける。額の汗をぬぐうことができないから、垂れるに任せて目を細めた。

外の暑さを考えると外出しないほうが体力を温存できる。だがだからこそ、毎日外出すると決めた。楽をすると体力や筋力が落ちてしまう。日常生活全てがリハビリである。

法学部出身の同級生と比べると、圧倒的に勉強量が足りない。皆の気がゆるむ夏休みこそ頑張る必要がある。同じクラスの美咲と毎日学校でランチを食べる約束をして、サボらないようお互いを監視することにしていた。

午後一時、学校のラウンジの前で、美咲と待ち合わせた。普段通り一緒にお昼をとるためだったが、その日の私たちは顔をこわばらせて探るような視線を交わした。

「ひまりさん、どうでした……？」

「なんとか全部、単位、きてたよ！　美咲ちゃんは？」

「私もです！　ほんっとうに、ギリギリでしたけど」

「うわーやったあ！」と言って、私は腕を左右にぶんぶん振った。身体が動けたら抱きつきたいくらいだった。

「本当に、良かったですよお」美咲が目元をこする。

「えっ、泣いてるの？」驚いて声が出た。

「だって私、本当に法学がちんぷんかんぷんで、向いてないかもって何度も思ったんですよ。このまま留年して、退学して、第二新卒で就職活動をしたほうがいいのかなって」

素直で社交的な美咲のことだから、あえて司法試験にこだわらずとも社会で活躍できる気がした。そういえば、美咲はどうして法律家になりたいのだろう。訊けば教えてくれるだろうが、何となく照れくさくて、今更真面目な質問ができない。

「何度もくじけそうになったけど、私の何倍も大変なひまりさんは今も頑張ってるんだろうなって思ったら、私も頑張らなくちゃと思うじゃないですかあ」

美咲は目に涙をためながら、ふうっと大きく息を吐いた。

私はやはりどうも照れくさくて「大げさだなあ」と笑った。「単位はきたけど、全部ギリギリだったよ」

「ひまりさん、民法は『良』なんだ。すごいなあ」美咲はため息をついた。

「社会人経験があるから取引を想像しやすいんだよ。今回の試験は特にラッキーだったわ」

今回、代理人が白紙の委任状を悪用した事例が出題された。商社で働いていた頃、取引相手の身元が確かかどうか何重にも確認していた。その経験もあって、問題文に書いてある状況が理解しやすかったのだと思う。

「でも民法以外は全部『可』だし、特に刑法は壊滅的に分からなかったよ」

授業を受けていても、出てくる言葉は法益、行為無価値論、結果無価値論、正当事由、構成要件、違法性阻却事由……など、とにかく漢字が多くて目がちかちかする。

一個一個の意味がスッと入ってこないから、そこで思考が止まっているうちに教授の話が先に進んでしまう。教科書を一ページ読むのに優に十分はかかる。

「問題文は読んでて面白いんだけどね」

「分かります。AさんがBさんを恨んで刺し殺そうとしたものの、間違えてCさんを殺してしまいました。その場合の罪はどうなるのでしょうか……みたいな物騒な話ばかり出てきますもんね。ミステリー小説みたいで面白いんですけど、答案を書けるかというと別で」

二人してため息を重ねる。

美咲のスマートフォンが震えた。

「一緒に勉強会をしていた他の二人も、無事全部単位がきたそうです」

勝人はそこそこの成績で、清原君はなんと全体で三位の成績だったという。

「えっ、順位とか出るの？」

「出ますよ、ほら」

美咲が渋い顔をしてスマートフォンの画面を見せた。SNSの投稿が表示されている。『無事、ロースクールの夏学期を終えました！　成績開示をしたらなんと一位！　驚きです！』という文章とともに、成績表の画像がアップロードされている。名前の部分だけ指で隠してあるが、同級生が見たら誰の投稿かは一目瞭然だ。

「ええー」驚いて言葉が続かなかった。二十歳を超えてなお、自分の成績の良さを全世界に向けて自慢する人がいるのか。

「こういうのを見て、勝人君みたいな人が傷つくんですよ」美咲が口を尖らせた。

夏学期と定期試験、成績発表を経て、ロースクール生のストレスの根源が分かってきた気がする。

私たちロースクール生は司法試験に受からないかぎり将来が見えない。だからテストができる人が偉いし、できない人は努力不足だという単線的な思考回路に陥るのだろう。

仕事の成果は定量的に測れないことも多い。法律家になったあとはきっと、分かりやすい上下や優劣はできないはずだ。適材適所で、自分に向いた分野の仕事を選べばいいのだから。

でも社会に出たことがない学生たちは司法試験合格後、法律家として働く様子を具体的に想像することができない。だから必要以上に成績に一喜一憂してしまうのだろう。

「勝人君も刑法が散々だったんですって」美咲がスマートフォンをいじりながら言った。「どうも刑事裁判の感じがイメージできないらしくって」

やはり、具体的に想像できないというのはネックだ。私にとっても、刑事事件はドラマの中の出来事のようでピンとこない。

それならば、実際に見てくればいいかも？　思いついた瞬間に口にしていた。

「ねえ、夏休みに皆で裁判傍聴に行かない？　実際の裁判を見たら、もうちょっと理解できるようになると思うんだよね」

「良いですね！」美咲がパッと顔を輝かせた。「夏休み、どこかに出かけたいと思ってたんですよ！」

美咲が勝人にメッセージを送ると、勝人も一緒に行きたいという。清原君は北海道の実家に帰省していてこられないそうだ。

「でも、裁判傍聴って確か色々ルールがありましたよね。傘の持ち込みは禁止とか、手書きでメモをとるのはいいけど録音はダメとか……学生が行くのは気が引けるなあ」

美咲が表情を曇らせた。

「確かに」と私は言いながら、ふとある人が思い浮かんだ。幼馴染で検察官のレオである。東北に赴任しているが、夏には毎年帰省していたはずだ。

「ぴったりな引率者がいたわ」

そう言ってレオに連絡を入れてみると、なんと四月に関東に異動になっていた。それならそうと教えてくれればいいものを。

八月後半には裁判所の休廷期間も少しずつ終わるらしい。皆の予定を調整して、八月末に近くの地方裁判所に行くことになった。

八月末日、レオと私は連れ立って地方裁判所を訪れた。

「休みの日まで裁判所にくるのかよ。ひまりの同級生たちが困ってるっていうからガイドするだけで、ひまりのためじゃないから」

といらぬ注釈をつけてくる。

「今日は私服だし、仕事で出ている裁判所からは離れているから、知り合いには会わないはずだけど」と言ったそばから、スーツ姿の男に「おう、レオじゃん」と声をかけられている。

「修習同期の弁護士だ。会うのは五年ぶりなのに、なんで気づくかなあ」

顔をしかめながら私の横を歩く。レオは顔の彫りが深くて特徴的だから、普通にしていても目立つのだろう。

一階ロビーに、美咲と勝人がそろって待っていた。挨拶をしてからレオが裁判の流れを簡単に説明する。

「細かいところは今の段階では分からなくてもいいから、検察官と弁護人、それぞれがどういうことを主張しているか、一致しているところと食い違っているところを意識して聞くこと。あとは現実の犯罪がどういうものか感じること、くらいかな」

真面目に話すレオに対して、美咲と勝人はしきりにうなずいて、メモをとっている。私も思わずまじまじとレオを見てしまった。

こう言うと悪いけど、この人も一人前のプロとして働いているんだなあと、当たり前のことに驚いたのだ。幼馴染の新しい一面を見せつけられたようで、足の裏がうずうずするような落ち着かない気持ちになる。

ロビーの中央奥に、閲覧台が置いてあった。

「あれが開廷表だよ」

数人が立ち見で台帳のようなものをパラパラとめくっている。散歩の途中のような高齢男性や、大学生っぽい女の子、主婦っぽい雰囲気の中年女性もいる。

閲覧台に近づいてから、車いすの座面をあげるボタンを押した。ウィーンという音とともに目線があがり、やっと開廷表をのぞき込めた。電動ではない車いすの人だったら、開廷表を見るのも一苦労だっただろう。

「左から開廷時刻、終了時刻が載ってるだろ。その隣が事件番号と事件名。今回は窃盗《せっとう》とか傷害とか、刑事事件の名前が載っているものを選ぼう。判決とか審理とか、その日やることの予定も書いてある。判決は判決文を読みあげるだけだから、初見では面白くないはず。今回は『新件』となってるのを見ようか」

四人で連れ立って、裁判所の三階に向かった。「傍聴人入口」と書かれたドアがあり、ドアには小さなのぞき窓がついている。レオはその窓から法廷内を見た。

「よし、一つ前の期日はもう終わってるみたいだ」と言って、ドアを開ける。

私は大きく深呼吸してから入室した。

二十人も傍聴人が入ったら満席になるような小ぶりの法廷だった。隅のスペースに車いすをとめて、法廷を見渡す。まだ裁判官も被告人も、他の傍聴人もいない。

レオがぼそりと言った。

「車いすの人の法廷傍聴にも、色んな障害があったんだよ。車いす備え付けの工具を外すように要求されたりね。武器として使用される可能性があるからという理由だったかな。でも、健常者からは平らに見える廊下や法廷の床も、車いす利用者にとっては凹凸がある。ネジがゆるんでビスが外れると体勢が崩れて身体の負担になるし、工具は持ち込みたいと車いす利用者が申入書を出したこともある」

他にも、傍聴中、体調管理に必要な水分補給を介助者に求めたら職員に「私語をするな」と注意されたり、傍聴の抽選券を介助者と別々に取るよう求められた事例もあるという。

「そんなの無茶振りだよ。車いすでの傍聴は諦めろって言われてるのと同じじゃん」

私が口を尖らせると、レオは渋い顔でうなずいた。「今の俺ならそれが分かる。けど昔は、車いすの人たちはどうしてこんなにワガママで、自分中心の要望を言ってくるんだろうって思ってた。恥ずかしいけど無知だった」

レオは暗い顔で目を伏せて言った。私の事故がレオにも影響を与えていたなんて考えてもみなかったから、かなり驚いた。

だが何か言おうと口を開きかけたところで、スーツ姿の男が法廷に入ってきた。弁護士バッジをつけている。続いてポロシャツとチノパンを着た六十代くらいの男性被告人、それから検察官が入ってきて、それぞれバーの向こう、所定の位置についた。

開廷時刻ちょうど、裁判官席の奥の扉が開き、黒い法服を着た裁判官が入廷した。両当事者と、傍聴席のレオが即座に起立して一礼する。開廷時の慣行なのだろう。美咲と勝人も慌てたように真似をした。私が車いすの座面をあげるかどうか迷っているうちに、皆は着席してしまった。仮に即座に反応したとしても、座面のあがるスピードを考えると皆のペースに合わせるのは無理だったろう。

まだ刑事訴訟法を勉強していなかったものの、レオの簡単な説明があったから、裁判傍聴中もだいたいの流れがつかめた。

まず、人違いではないか確かめるために、裁判官が被告人の名前などを確認する。これを人定質問というらしい。検察官が起訴状を朗読して、黙秘権が告知される。

どうやら今回の被告人、斉藤昌夫《まさお》さんは駅で男性会社員と肩がぶつかったことに腹を立て、会社員の胸倉をつかみ、大声でどなりつけ、さらに会社員の腕をつかんで十五分間拘束《こうそく》した結果、全治三日の打撲傷を負わせた――という疑いがかけられていた。

全治三日って何？　と思ったが、擦《す》り傷や青あざのようなものができたのだろう。

裁判官が「被告人、今読みあげられた内容について、間違いはありますか」と尋ねると、被告人は下を向きながら「間違いありません」と答えた。脇で弁護人が立ちあがり「公訴事実に関しては争いません」と言った。

あまりにスムーズにポンポンと話が進んでいくので、互いに呪文を言い合っているようにも見える。

証拠等関係カードがどうの、証拠の原本がどうの、写しがどうのという話が裁判官、検察官、弁護人の間で交わされる。その間被告人はぼんやりとあらぬ方向を見ていた。

細かい部分は理解できないものの、法廷で交わされる言葉を追いかける。どうやら、もともと被告人の老齢の母親が証人として出廷する予定だったが、体調不良のためにこられなくなったらしい。被告人質問の中で、被告人は「年をとったおふくろに負担をかけて申し訳ない」と言っていた。

「申し訳ないのは母親に対してだけですか？」と弁護人に問われ、気を持ち直したように顔をあげて「いや、一番申し訳ないのは被害者のかたです」と言う。本当に反省しているのかは正直分からなかった。

被告人は清掃アルバイトをしている六十三歳の男性だ。老齢の母は骨折して寝たきりの期間が数カ月あったことをきっかけに認知症の症状が出るようになった。被告人は生活費を稼ぎながら母の介護をする生活に疲れ果てていた。ぎりぎりの体力を振り絞って駅を歩いていたところ、綺麗なスーツを着た会社員がぶつかってきた。会社員は舌打ちをして、汚いものに触れたかのように肩の部分を手で払う動作をした。火がついたように腹が立ち、怒りに任せて犯行に及んだという。

「申し訳ありません」被告人は裁判官に向かって頭をさげた。「私にも色々事情がありましたけど、被害者のかたには関係がありません。被害者からすると、急に激高され、恐ろしい思いをしたと思います」

弁護人が被告人に尋ねた。「検察官は、略式起訴というものを勧めませんでしたか?」

被告人はうなずいた。「はい。略式起訴でいいよとこっちが言えば、裁判はなしで、罰金を払うだけでいいと言われました」

裁判はなしで罰金を払うだけでいい?

どこかで聞いた話だと思ったが、とっさには思い出せない。そうこうしているうちにも弁護人の質問が続いた。

「でもあなたは略式起訴を断ったのですよね。なぜですか?」

「検察官がね、取り調べのときに色々訊いてきました。『いくら介護で疲れてたからって、そんなにフラフラになりますか?』『あなたが疲れてたから、あなたのほうから被害者の肩にぶつかったんじゃないですか?』『綺麗なスーツを着ている会社員に嫉妬して、ぶつかってやろうと思ったんじゃないですか?』って。私はそういう質問に非常に腹が立って。こっちの事情をきちんと法廷で話したいと思って、略式起訴は拒否しました」

被告人は握りしめた右の拳を震わせていた。

私はなんともやるせない気持ちになった。家族の介護、清掃のアルバイトなど、自分の家族と重なる部分が多い。被告人の追い詰められた状況が手に取るように分かる気がした。事件を担当した検察官の言葉に被告人が苛立つのも理解できた。かといって、被害者からしたら駅で急につかみかかられて、怒鳴られて、怖かっただろう。

傍聴を終えたあと、裁判所の地下の休憩室でお茶を飲みながら、レオが私と同級生二人に向かって「どうだった？」と訊いてきた。

私がうまく答えられずにいると、同級生の勝人が「犯罪って、結構地味なんだなって思いました」と答えた。素直な感想に、皆の頬が自然とゆるむ。

「はは、そうか」とレオも苦笑している。「確かに殺人とか強盗とか、重大な犯罪のほうがニュースになりやすいからね。でも裁判になるほとんどの犯罪は、普通の人たちが生活の中で起こすものだよ」

へえ、レオもまともなことを言うじゃん、と思わず感心してしまった。

裁判傍聴を終えて、同級生たちとは駅前で別れた。私はレオと二人で、駅前の駐車場に向かった。レオの運転で連れてきてもらっていた。浴衣姿の若者たちとすれ違って、「あれっ」と振り返った。

「もしかして今日、花火大会？」

私が訊くと、レオはスマートフォンを取り出して「そうみたい」と言う。

このあたりでは有名な花火大会のようだ。

「交通規制、大丈夫かな」

レオは少しだけ足を速めた。私の前を歩いて「すみません、車いす通ります」と、すれ違う人に声をかけてくれる。

いつもなら道を空けてくれる人たちも、イベントを前におしゃべりに夢中になっている。人波が迫ってきてもこちらはすぐには避けられない。緊張したまま人混みを抜け、駐車場にとめた車にたどり着いたときにはフウッと深く息を吐いた。

レオも気を張っていたようだ。

「車いすってやっぱり大変だな。花火大会なんてひまりが一番に飛び出していきそうなイベントなのに」

「別に、そこまでのお祭り女じゃないし」

と笑いが漏れる。

子供の頃はお祭りや花火大会に意気込んで出かけていた。だが三十歳を超えた頃から、夏のイベントを楽しみにする心よりも人混みを想像してげんなりする気持ちが優勢になってきた。怪我をしてからは、普段の生活に精一杯で、そういうイベントに出かけようと思いつきもしなかった。

ちょうど交通規制が始まった時間のようで、車は大回りして帰る必要があった。迂回《うかい》路に入ると、案の定、渋滞にはまった。

普段ヘルパーたちに運転してもらっている車なので、音楽を流すような準備もない。考えてみれば、退院以来、酒を挟まずにレオと二人で話すのは初めてだった。沈黙が気まずくて、無理に口を開いた。

「今日の裁判、微妙な気持ちになったな。私はちょっと、被告人に同情しちゃったかも」

検察官の取り調べに被告人が怒る気持ちも分かると話したら、レオは神妙な顔をして「検察官としては、あの質問をする必要があるんだ」と言う。

「被告人は本当のことを言っているかもしれないけど、嘘をついているかもしれない。少しでも疑問に思うところは全部訊いて、そのうえで判断しないと被害者が浮かばれない。それに結果として、被告人に不利になることもある。だから、遠慮をせずに訊くべきことは訊かないと」

「そりゃそうなんだろうけどさ」やはり介護の現場を知るものからすると、カチンとくる物言いだった。だが現職の検察官であるレオに文句を言うのも悪くて、話題を変えた。「そういえば、略式起訴って、あのことだったんだね。超久しぶりに聞いて、びっくりしたよ」

「久しぶりに？」

「ほら、いつだったかな。私たちが小学生のときか。レイチェルさんがコンビニでのアルバイト中、殴られたことがあったじゃん。あのときの犯人が、略式起訴ってので、十万円くらいの罰金を払っただけだった」

「ああ、うちの母さんの話か」

腕ががっちりしてたくましいレイチェルさんのシルエットが脳裏に浮かんで、懐かしさで胸がいっぱいになった。日本の外に広い世界が広がっていることを教えてくれた人だ。レイチェルさんの作るお菓子の甘い香りを思い出して、ふと、あの人がもうこの世にいないことに思い至り、胸が塞がった。

「あんな昔のこと、よく覚えてたな」

「覚えてるよ。一緒に犯人の家、見にいったじゃん」

「お前が怖がって逃げ帰ったやつだろ」

「レオだって怖がってたじゃん」

「いや、俺は別に」

と言って、後部座席を振り返ったレオと目が合った。

背後で花火が打ちあがる音が響いた。ヒュードンドン、ドン、ヒュードン、という振動に紛れるように、レオが小声で言った。

「あれから色々、だいぶ変わったけど、何一つ変わってないような気もする」

前の車が発進した。レオはハンドルを握り直した。車のエンジン音が優しく響いた。

「人間ってすごいね」

とレオが唐突に言うから、とっさに「え?」と訊き返してしまった。

「お前を見てるとそう思うよ」

ふいに、レオは車を路肩にとめた。

外は薄闇に包まれ、遠くから花火の音が聞こえた。少し開けた車の窓からは花火の音を打ち消すように夏の虫の声がじりじりと聞こえてくる。湿気を帯びた空気がもわっと入ってきた。

路肩にとめた車の運転席から、レオが私を振り返って言った。

「こんなとこでごめん。ひまりって今、パートナーいるの?」

戸惑いで私は固まった。といっても、もとより、首から上しか動かないんだけど。

「いないよ、そんな。見れば分かるでしょ」

「それなら、俺と付き合わない？」

ええっ？　と言ったつもりが、声が出ていなかった。何かの聞き間違いかと思った。

つ、付き合うって言った？　俺と？

こちらの当惑を読み取ったのか、レオは急に早口になって言った。

「いやごめん。忘れてもらってもいい。てか、車の中の、逃げ場のない状態でこんな話をしてごめん。でも飲んでるときに言っても、お前は冗談としか受け取らないだろうし。いつも近くにヘルパーさんがいるから……」

そういえば今日は、レオが見てくれるというので、ヘルパーには休んでもらっていた。

「いや別に、無理にとかじゃないからマジで。そういうんじゃないし。あとお前に同情して言ってるわけじゃないから。でもお互いに独身で、パートナーがいなくて、気心も知れてるんだから、付き合ってもいいんじゃないかと思うわけ。ただそれだけ。だから提案してみたの。別に嫌なら嫌でいいし、ダメならそれはそれで今まで通りという感じで……」

心臓がばくばくいっているのが分かる。レオがごちゃごちゃと言葉を並べ立てるのを聞きながら、深呼吸を繰り返した。

「ちょっと待って。そもそもなんで私なの？」

素直な疑問を口にした。確かにレオとは気心が知れているけれど、そのぶん男性として意識したことがなかった。レオのみっともないところや面倒なところを沢山知っているし、家族か親戚という感覚のほうが強かった。それにこれまで一度も、レオから恋愛感情を感じる場面はなかった。だいたい、東北から関東の職場に戻ってきたというのにメッセージの一つも寄越さなかった男だ。

「違うんだよ。なんでとか理由とかじゃなくて」とレオは訳の分からないことを言う。

「お前を見ていて、なんか感動したんだよ。人間ってすごいなって。だからできれば、一緒にこの先を見届けたいんだよ」

レオの突然の告白はだらだらと二十分にわたり続いた。

当初私は驚きとともに熱心に耳をかたむけていたものの、あまりに長いのと、言い訳が多いのに閉口して、途中からぼんやりしてきたほどだ。

話をまとめると、こういうことらしい。

もともとレオは私のことを何とも思っていなかったし、それどころか存在自体ほとんど忘れていたらしい（失礼な話だ！）。

私が事故にあったという報を受けて、驚くと同時に急に怖くなった。自分の母、レイチェルのようにどんどん衰弱して死んでしまうのではないかと思ったらしい。だから私と深く関わるのが恐ろしかった。不幸な状況に甘んじる私の姿を見るのは耐えがたい。親身になるとつらくなるばかりだ。励ましたいという気持ちが半分、これ以上関わりたくないという気持ちが半分で、つっけんどんな態度をとり、連絡をとるのをためらったという。

「もともと素直じゃないタイプだから、通常運転だと思ってたよ」と私が言うと、レオは、

「俺だってもういい大人なんだよ。普通に恋愛もしてきたし、結婚しそうになったこともあったし」と口を尖らせた。

私の知らない一面もあるのだろう。車の暗がりの中で見る彫りの深い顔立ちには年相応の疲れがあり、それが妙に色っぽかった。

「お前、全然へこたれなかったじゃん。ひまりのお父さんとかお母さんのほうが悲愴な顔をしてたよ。本人はケロッとリハビリして、勉強して、ロースクールに入って、若い友達までちゃっかり作ってさ」

私なりにかなり苦しかったし、大変な時期もあったから、別にケロッとしていたわけではないのだけど。でも確かに、不幸でみじめでどうしようもなくって……と自分を哀れんでいる暇もなかった。

そういう私の姿を見て、レオは次第に自分を恥じるようになったという。不幸から目をそむけて距離を取ろうとしていた自分のずるさとか、弱さとか、そういうものを感じて、より一層私に連絡をとりづらくなった。どこまでも面倒くさい性格だ。

「でもずっと心の中に引っかかってたんだよ。今日、ロースクールの同級生たちと仲良くしてるお前を見て、ああこの人は、このままどんどん先に行っちゃう。今つかまえないとおいていかれると思った」

私は思わず吹き出した。「つかまえるって。野生生物じゃないんだから」

レオからの告白に、私はすぐに答えられなかった。目の前の生活に精一杯で、恋愛なんて頭に浮かびすらしていなかった。そんなときに突然言われても、どこから何を考えていいか分からない。
私の混乱をレオも察したようで、
「今すぐ答えがほしいわけじゃないから。考えておいて」
と言って、家まで送ってくれた。
別れ際、玄関先で私はためらいながらも訊いた。「レオは本当にいいの？　私はほとんど身
体が動かなくて、一緒に行ける場所も、できることも限られていて。わざわざそんな相手を選
ばなくても……」
自分で言っておきながら、胸が痛んだ。わが身を刺すような世間の言葉を自分の口で代弁し
ているようだった。
「は？」となぜかレオは不快そうに眉間にしわを寄せた。そんな怖い顔しなくてもいいのにと
思ったが、レオは続けて「俺の話、聞いてた？」と言う。
あんまり長かったから半分聞き流したとも言えず、「聞いてたけど」とうなずく。
「事故の前も後も、ひまりはずっとひまりじゃん。確かに不幸な事故だったけど、あの事故が
なかったら、俺はひまりのすごさに気づかなかったかもしれない。だからなんていうか……切
り離せないんだよ、お前の身体の状態とお前とは。それで、俺はそれを丸ごと……えー、だか
らさ、その……」
玄関先でレオは肩をすぼめ、両手を握り合わせたり組みかえたりしている。大人がこれほど

モジモジすることがあるのかというモジモジっぷりに、私も思わず固唾を呑んだ。

「だからさ」

大きく深呼吸をしたレオは、すっと身をかがめて膝をつき、私の手をとって言った。

「丸ごと好きなんだよ。他の人ではだめで、付き合ってほしいと、そう言ってるの」

熱く潤んだ目がまっすぐ向けられて、息がとまりそうになった。

「ごめん」と言って、レオはすぐに手を放して、玄関のチャイムを鳴らした。如才なく母に挨拶をして、私を引き渡し帰っていった。

え、ええー……？

あのレオが？　ちょっと待ってよ。

あとからあとから、心臓がバクバクしてくる。母の小言にも、夜番のヘルパーさんからの声かけにもずっと上の空で、ベッドに横になってからもなかなか寝付けなかった。

第二十一章　事務所訪問

「事務所訪問の希望は今日中に出してくださいね」

教室の前方で、事務所訪問係の同級生、勝人が声を張りあげた。

冬学期が始まって一カ月が経つ。十月後半に差しかかるとキャンパスの銀杏《いちょう》並木から一斉に葉が落ちた。踏みつけられた銀杏《ぎんなん》の実が強烈なにおいを放っている。

授業を終えた私は、車いすで銀杏の実をひいてしまわないよう気をつけながら、自分専用の自習室に戻った。

火災予防の観点からヒーターの持ち込みは認められなかったが、交渉のすえ、電気ケトルを持ち込んでいいことになった。ヘルパーのヒカルに湯たんぽを作ってもらい、膝の上においてブランケットをかけてもらう。

「事務所訪問、どこに出すんですか？　もう書いちゃいますよ」

希望の訪問先を記入する用紙を前に、ヒカルがボールペンを握っている。

ロースクールには実務家でもある教員が何人かいて、法律実務の最前線をのぞける授業がいくつも用意されている。授業を担当する実務家教員たちの事務所を見学するイベント、毎年恒例「事務所訪問」が迫っていた。

私は机の前でぼんやりとしたまま「真鍋《まなべ》先生の事務所にしといて」と答えた。

真鍋先生は労働法実務演習を受け持つ人権派弁護士で、西新宿に小さな事務所を構えている。授業をとったことはなかったが、一度だけ単発の学内セミナーを受けたことがある。外国人の刑事事件や難民申請の支援に熱心に取り組んでいるのが新鮮だった。

語学力を活かすなら国際的なビジネス法務かなと漠然と考えていた。だが、生活密着型の弁護士、いわゆる「マチ弁」でも語学力を活かす場面があるのかと驚いたものだ。

「はーい、書きました……でも、大丈夫ですか？」ヒカルが私の顔をのぞきこんだ。「ひまりさん、最近ぼんやりしてますよ」

「えっ、そうかな」

夏休みに集中して勉強したおかげで、冬学期はペースよく学べていた。毎日一定のタイムスケジュールをこなし、着実に新しいことを吸収していた。仕事だと思ってやれば、勉強は苦ではないし、むしろ楽しかった。

問題はどちらかというと、プライベートにあった。レオのことである。

レオの告白には本当に驚いた。それまで好意があるようなそぶりは全くなかったし、むしろそっけないくらいだった。でも改めて考えてみると、事故直後から定期的に会っていて、就職できないなら弁護士になればいいと勧めてくれたのもレオだった。悪い人ではない――と思う。

ただ、自分の生活に恋愛が降ってくるなんて想像もしていなかった。以前勤めていた会社の後輩、夏子は先日結婚し、ハワイで挙式したという。仲間内で改めてお祝いをしたときも、私はどこか遠い世界の出来事のように感じていた。

自習室の机に向かいながらもぐるぐると考えてしまう。

ヒカルが買い出しに行ったすきに、手元のタブレットを不器用に操作し、脊髄損傷者向けの医療資料を見た。

脊髄損傷患者であっても妊娠や出産は可能だという。全国脊髄損傷者連合会を通じて知り合った若い女性の中にはマッチングアプリを使ってデートしている子もいる。障害者だから恋愛しちゃいけない、なんてことはない。

頭では分かっているのに、気持ちが追いつかなかった。

レオと会った翌日には「昨日はありがとう。少し考えさせてください」とメールを入れていた。レオからは「分かった」と簡潔な返事が来た。やりとりはそれきりである。頭の中にはずっとその件がへばりついていて、ひと息ついたタイミングで思い出しては悩み、答えの出ないまま、ぼうっとしている。

そろそろ「あの件はやっぱりなしで」と言われそうな気もして、妙な焦りを覚えながらも、催促がないのをいいことに二カ月近くずるずると決断を先送りにしていた。

「戻りましたーッ」

ヒカルの威勢のいい声で現実に引き戻され、慌てて机上のタブレットの画面を切り替えた。

調べていることを隠す必要もないのだが、やはり他人に知られると恥ずかしいこともある。

「ついでに、事務所訪問の希望の用紙も出してきましたよ。希望が良い具合にばらけたんで、希望通りに事務所を見学できそうですって。ひまりさんは、来週の金曜っすね」

と言いながら、ヒカルは自分のスマートフォンを操作して、スケジュールシェアアプリに「事務所訪問」と書き込んだ。ヘルパー全員に私の予定は共有してあった。


十一月の第一金曜日、午後の授業を終えた学生たちは、「事務所訪問」に向かった。

私以外の学生たちは連れ立って電車で行くらしい。私はヒカルの運転する車で西新宿に向かった。道が空いていたこともあってスムーズに現地についた。私たちが訪れる真鍋法律事務所は古い雑居ビルの五階に入っていた。

事務所近くの駐車場に車をとめて、ビルのエントランスに入って愕然とした。

エレベーターが小さくて、電動車いすが入らないのだ。まっすぐ入ると、後ろの部分がとび出てしまう。エレベーター内で車いすの向きを横にできれば何とか入りそうなのだが、何度試してもぶつかる部分があって回りきれない。

そうこうしているうちに、一緒に見学する予定の十数人の学生たちがやってきた。

私は一旦エレベーターから降りて、他の学生たちに先に行ってもらうことにした。

「朝宮さん、大丈夫ですか」

クラスメイトの勝人が青い顔で駆けよってきた。「すみません、エレベーターのことまで確認していませんでした」

勝人は事務所訪問係として受け入れ側の事務所とのやりとりを担当していた。

「いや、仕方ないよ。私だって想像してなかったから。気づきようがない」

笑って答えるが、勝人は恐縮しきった様子だ。それを見ているとむしろこちらが申し訳なく感じ始めた。

私の後ろでヒカルもそわそわしている。「完全に見落としてました。チェックしとくべきでしたね」

いつもは目的地へのルートや駐車場の有無までヒカルが調べてくれている。任せきりにしていた私が悪かったと思った。

「僕、上で先生に話してきます。少しだけ待っていてください」

勝人はそう言うと、階段を駆けあがっていった。エレベーターを使えばいいのに、妙なところが律儀な子だ。

数分後、今度はエレベーターに乗って真鍋先生と勝人がおりてきた。

真鍋先生は六十を過ぎたベテラン弁護士だが、見た目はどこからどう見ても五十歳くらいだ。長年フルマラソンを走っていて、細身で小柄ながら、よく鍛えているらしい。

「あら、まー、ほんと」女性のような柔和な声で真鍋先生は言った。「ごめんね、すぐ戻るからちょっと待っててね」

真鍋先生は慌ただしくビルのエントランスから出ていった。

取り残された私とヒカル、勝人は互いに顔を見合わせて「どうしたんだろうね」「先生、どこ行ったんだろ」などと、困惑の言葉を交わした。

十分ほど経って真鍋先生は帰ってきた。走りながら、小型の車いすを押している。

「ごめん、ごめん。お待たせー！」人の良さそうな丸顔でくしゃっと笑い、小型の車いすをエレベーターにのせてみて、「これなら入るな」とつぶやいた。

「うちの事務所が入ってるようなオンボロビルだと常駐の管理人なんていないけど。ここは西新宿だから、何ブロックか行った先にね、大企業が入ってる大きいビル、あるでしょ？　そこの守衛室に行って、小さい車いすを一個借りてきた。ああいう大きいビルだと、怪我人が出たときのために担架とか、車いすとか、そろってるはずだからね」

こともなげに言うと、ヒカルに向き合って、

「車いすから車いすへの移乗はできる？」

と訊いた。ヒカルはうなずいた。

「じゃ、悪いけど、一旦この車いすに乗ってもらって、上にあがって見学してよ。もともと使っていた電動車いすはエントランスにおいておけばいい。一時間くらいなら大丈夫。誰も盗まないでしょう」

とテキパキと段取りをつけていく。

「先生、すみません。ありがとうございます」

私が頭をさげると、真鍋先生は「いやいやいやいや」と大げさに手を振った。

「すみません、はこっちだよ。うちの事務所はね、一番困っている人たちを助けようって方針でやってんの。ね、シンプルでしょ？　それなのに、車いすのことに気が回ってなかったなんて。考えてみれば、車いすの依頼人がうちにきたことはない。知らず知らずのうちに振り落としていたんだね。いやーこれは、勉強になった！　どうもありがとう」

お礼を言われるのもこそばゆい。

「でも、その車いす、よく借りられましたね」

「何事も交渉だよ。交渉！　話せば分かることは多いから。僕はおしゃべりすぎるとよく言われるけどね、口から生まれたとはこのことで……」

快活にしゃべり続ける真鍋先生の話を聞きながら、ヒカルが手早く移乗させてくれた。

無事に上の階にあがれたときは、妙な達成感があった。


見学に訪れた真鍋法律事務所は、弁護士が三人だけの小所帯だった。四十代半ばの女性弁護士が一人、二十代後半の男性弁護士が一人。採用も不定期だという。

それぞれの弁護士から話を聞いて、夜は西新宿の居酒屋で打ちあげをして帰った。

事務所で見聞きしたことももちろん興味深かったけれど、一番の学びはエレベーターのことだった。最近は生活範囲が固定化しているし、生活そのものに慣れてきたこともあって、トラブルに見舞われることが減っていた。油断していたといってもいい。

「何が起こるか分からないね。早め早めに調べて、調整しとかないと」

私はロースクールのラウンジでお茶を飲みながら、美咲に言った。

「ほんと、そうですねえ。うちのロースクールは建物がまだ新しいけど、古いビルだと入れない可能性があるなんて……って、司法試験の会場は大丈夫なのかな？」

美咲はスマートフォンを操作して、過去の司法試験会場を調べてくれた。

「うーん、少なくとも東京の会場なら大丈夫そう……って、あれ？」

スマートフォンの一点を見つめて、美咲は固まっている。

「どうしたの？」

「ひまりさん、ロースクール入試も、ロースクールでの定期試験も、音声入力ソフトを使ってますよね？」

「そうだけど」

「それって、司法試験で使えるんですか？」

ラウンジの中で一瞬、沈黙が流れた。

改めて考えると、確かに分からない。これまで問題なく認められていたから大丈夫だろうと思っていたが、確かめたわけではない。

「受験特別措置実施概要ってのを見てみたんですけど、ほら、これ」

美咲が差し出したスマートフォンの画面をのぞき込んだ。

パソコンの使用が認められた場合の特別措置について書いてあるページだ。事前にインストールしてよいソフトとしてワープロソフト、表計算ソフト、日本語入力ソフトのほか、視覚障害者用の画面読み上げソフトがあがっている。音声入力ソフトの記載はない。

文字通り読むと、今使っている音声入力ソフトは司法試験当日には使用できないということになる。

「えっ、マジか……」一気に血の気が引いた。

翌週、司法試験委員会を所管する法務省大臣官房人事課に電話をした。

自分は三年後に司法試験を受験する予定のロースクール生であること、四肢麻痺で肩から下がほとんど動かないこと、これまでは音声入力ソフトを使ってテストを受けてきたので司法試験でも同じソフトを使わせてほしいことを伝える。

窓口の対応は事務的だった。

「お話は伺いましたので、改めてご連絡差しあげます」と言われただけだ。

いつ返事をもらえるかも分からないまま、連絡を待った。

内心、不安でいっぱいだった。音声入力ソフトは使えませんと言われてしまえば、ロースクールに入ったことも、これまで勉強したことも、全て無駄になってしまう。恐ろしかった。だが視覚障害者に画面読み上げソフトの使用が認められているのを考えると、四肢麻痺者には音声入力ソフトの使用が認められるはずだ。反対する理由は何もない。きっと大丈夫、と自分に言い聞かせて、何とか日々の勉強に意識を集中させた。

電話がかかってきたのはさらに翌週、十一月第三週に入ってからである。

電話不可の自習室にいた私は、ヒカルとともに慌てて外に出た。法学部図書館脇の駐輪スペースにきたときには、すでに電話は切れていた。

急いでかけ直すと、

「はい、大臣官房人事課です」

と先日電話に出た女性の声がした。

「朝宮ひまりさん、ですね？　今担当の者におつなぎします」

そこから何分待っただろう。

十一月の風は身体にしみた。とっさのことでレッグウォーマーを着け忘れていたから、足首に風が吹きつけるたび、きりきりと刺すように痛んだ。ついには右脚が跳ねるように震え出した。痙性である。そのうち元に戻ると分かっているので放っておくしかない。

「自習室に戻ったらマッサージしますから」

ヒカルが低い声で言った。マッサージで痙性によるこわばりはほぐれる。だが、身体を揉みほぐしてもらうのはとんでもなく痛い。想像してゲンナリしていると、電話口から男性の声がした。

「替わりました。担当の小笠原です。受験特別措置については、出願後に検討して決定されます。まずは出願してください」

「えっ、出願後に検討する？」

寒空の下、私は電話口に向かって声を張りあげた。頭が混乱していた。「出願後に検討して、音声入力ソフトの使用を認めないという結論になる可能性もあるんですか？」

「そのときの検討次第です」小笠原が淡々とした口調で答えた。「出願の際に特別措置が必要な事情を記入する書類を提出いただきます。その書類を受理してからでないと検討ができません」

「待ってください。私は今ロースクール一年生で、出願できるのは二年以上先になります。そのときまで、受験できるかも分からない宙ぶらりんの状態のまま、勉強を続けろということですか？」

電話口からはすぐに答えが返ってきた。

「出願いただかないことには何もできません」

「しかし、出願して数カ月後には試験がありますよね。数カ月という短い期間では、司法試験委員会さんの側でも受け入れ準備が間に合わない可能性があります。私が三年後に受験することを前提に、前もって相談をさせていただかないと――」

「事前相談の前例はありません。まずは出願してください」

何度か押し問答したものの、埒《らち》が明かなかった。「出願してから検討する」「前例がない」としか答えてもらえない。

胃酸が喉までせりあがるような不快感があった。相手には人の心がないのかとすら思った。受験できるか分からない試験のために勉強しろというのか。しかもその理由が「前例がないから」である。納得できるわけがない。

脱力してしまった。

そうですか、ご対応ありがとうございます、とだけ言って、電話を切る。

「何かヤバそうな感じっすね」ヒカルが目を丸くして言った。

「うん、司法試験、受けられないかも」

前例がないという理由で検討すら開始してくれない。前例がない四肢麻痺の受験生に対する特別措置は、きっと認められない。

目の前がすうっと暗くなるようだった。


十二月に入った。キャンパス内の木々の葉はすっかり落ち、裸の枝がわびしげに風に揺れている。

私は防寒グッズで身体じゅうをぐるぐる巻きにして、毎日学校に通っていた。授業がない土日も、平日と同じ時間に学校に行く。生活リズムを崩さないための工夫だった。

十二月いっぱいで冬学期の授業はほとんど終わる。一月上旬には各科目の補講がちらほらとあり、一月下旬から二月にかけて定期試験が待ち受けている。

定期試験の大変さは夏学期で身に染みていた。今回は民法、行政法、商法に加えて、民事訴訟法、刑事訴訟法まで試験範囲なのは頭が痛かった。

民事訴訟法や刑事訴訟法の授業では主に、いわゆる「裁判」をするときのルールを学ぶ。訴えの利益、送達、証明責任、既判力、訴因、公訴事実、伝聞証拠……等々、馴染みのない言葉がどんどん出てくる。

一つ一つの手続きにルールがあって、テレビドラマの裁判シーンと、実際の裁判は全然違うと、今更ながら痛感する。

悩みを吹き飛ばすように、ひたすら勉強に励んだ。他のことを考える余地がないほど、目の前のタスクで頭をいっぱいにした。

どこか鬼気迫るものがあったらしく、いつもは嫌味を言いがちな母も、「あんた、たまにはゆっくり休んだら?」と言う始末だ。

だがふと時間ができたときに、将来のことを考えると、ものすごく怖くなる。

ロースクールでは数日に分けて、クラス対抗のスポーツ大会が行われていた。主に男の子たちが、野球やバレーボール、サッカーなどの競技を行う。

美咲と私は連れ立ってバレーボールの応援に体育館にきていた。選手同士が声をかけ合っているのをぼんやりと見ているあいだにも「前例がない」「出願後に検討します」という小笠原の冷たい声が脳内で再生されて、冷水を浴びせられたような気持ちになる。

「ドンマイ、ドンマイ!」と、一緒に勉強会をしている同級生の勝人が、コートの中で声を張りあげている。それを見ていると、みんなには未来がある。だけど私には——と、また悲観的な考えが頭をかすめた。

そのとき、脇からふいに声がかかった。

「あれ、朝宮さんじゃないですか」

見ると、先日事務所を見学させてもらった実務家教員の真鍋先生だった。

「朝宮さんも、スポーツ大会の応援ですか。僕はねえ、朝宮さんたちのクラスの対戦相手、あっちのクラスの副担任をしている関係で。まあ、打ちあげのお財布として呼ばれたんですわ」

真鍋先生は照れたように笑いながら頭をかいた。そしてつと手をとめると、私をまじまじと見ながら言った。

「あれ、何だか顔色が悪いですね。ご気分がすぐれない？」

「いや、そんなことはないです。大丈夫ですよ」誤魔化すように私は笑ったが、逆効果だったようだ。真鍋先生はより一層真剣な顔になって、「何か悩みでも？」と顔をのぞきこんできた。隣で美咲が心配そうに事の成り行きを見守っている。

司法試験で音声入力ソフトを使えないかもしれないと最初に指摘してくれたのは美咲だった。だがその美咲にも、照会結果を伝えていなかった。話したところで解決するものでもない。同情を買って、気まずい雰囲気になるのが嫌だった。

「いや、それが」口ごもりながら、正直に話すかどうか迷った。先日の事務所訪問のとき、真鍋先生は、エレベーターに乗れなかった私のために機転を利かせて、小型の車いすを借りてきてくれた。もしかしたら真鍋先生なら妙案を思いつくのでは、という期待もあった。

考えがまとまらないまま、ええいままよと思い切って口を開いた。法務省とのやり取りについて、ポツポツと話をする。

どういうわけか、話しながら目が潤んでいった。涙こそこぼれなかったが、声は震えていた。知らず知らずのうちに、鬱屈《うっくつ》した思いをため込んでいたのかもしれない。

真鍋先生は私の話を最後まで聞いてから、優しい口調で言った。

「なるほど、これは法律家としての第一関門ですね。交渉するしかありません」

「交渉、ですか？」驚いて見あげた。

真鍋先生は至極真面目な顔で言った。

「あなたは言葉のプロ、法律家になるんでしょう。言葉の力を信じなさい。言葉があるかぎり僕たちはつながれる。交渉するんです」

「でも、交渉の余地はない印象でした」

「僕に策があります」真鍋先生は悪戯《いたずら》っぽく笑った。「出願するまで検討しないと言うなら、出願しちゃえばいいんです」

真鍋先生が授けてくれた秘策はこうだった。

法務省は、司法試験に出願するまで、音声入力ソフトの使用を認めるか検討すらしないと言っている。だがロースクールを卒業しないと司法試験への出願資格が得られない。私の場合、出願するのは二年以上先になってしまう。果たしてロースクールを卒業し、試験実施の数カ月前に無事出願したとしても、前例がないとか、準備が間に合わないという理由で受験を断念させられる可能性が高い。

それならば、先に出願して、司法試験委員会を「教育」するしかない——という。

「司法試験委員会、法務省が所管していて、今の朝宮さんでも出願できる試験、一つだけあるでしょう？」

真鍋先生はなぞなぞのように言った。

「え、もしかして……予備試験？」

私は戸惑いながら答えた。

通常はロースクールを卒業して初めて司法試験の受験資格が得られる。ところが、予備試験というものに合格すると、ロースクールを卒業していなくても司法試験を受験することができる。ロースクール未入学者にとどまらず、ロースクール生も予備試験を受けることがある。もし受かれば、予定より一年か二年早く司法試験を受けられるので、そのぶん学費も生活費も圧縮できるからだ。

「でも、予備試験ってめちゃくちゃ難しいんでしたよね。確か合格率は五％以下で、もはや司法試験よりも難関だとか。純粋未修者で合格する人なんてほとんどいないし……」

「別に合格しなくていいんだよ！」真鍋先生はあっけらかんと言った。「とにかく出願して、特別措置の要望を出して、司法試験委員会、法務省に『検討』をさせる。予備試験で認められた特別措置なら、司法試験でも認められる可能性が高い。役所の同じ部署が所管している試験だから、あえて取り扱いを変えることはないはずだ」

狐《きつね》につままれたような気分になりながら、私はうなずいた。確かに真鍋先生の言う通りだと思った。役所に「検討」を開始させるために「出願」する。実際の弁護士はこう考えるのかと、目から鱗《うろこ》が落ちるようだった。

「ひまりさん、予備試験、出願しましょうよ」隣にいた美咲が興奮気味に言った。

「そうだね……出願、してみようかな」

こうして私は、合格率五％以下の試験に挑むことになったのだった。

第二十二章　予備試験

年が明けた。正月気分を味わう間もなく、冬学期の定期試験になだれ込んだ。二度目だったので気持ちは落ち着いていた。だが夏学期以上に科目数があるせいで、一日に二科目受験する日もあった。これが身体に本当にこたえた。

一科目終わったあとに専用の自習室に戻り、持ち込んだベッドに横になると、すぐに意識が飛んだ。ヒカルに揺り起こされて目を覚まし、あくびをしながら次の試験に向かう。

ちょうど予備試験の出願時期だった。受験特別措置申出書を作成するだけでなく、医師の診断書なども提出する必要がある。試験を受けながら出願準備をするのは正直きつかったが、ヒカルに協力してもらって何とか乗り切った。

マークシートで解答する短答式試験が五月中旬、論文式試験が七月中旬、面接形式の口述試験が十月下旬に予定されている。

だが受験特別措置の実施方法が通知されるのは、短答式試験の数週間前、四月下旬だという。これでは事前の練習も十分にできない。不安を抱えながら当日に向けて勉強する受験生が毎年何人もいると想像すると胸が痛んだ。受験方法に不安がない健常者の受験生は、試験内容だけに集中して猛勉強してくるだろう。そんな人たちと試験結果を競っても、勝てるわけがないと思えてくる。

だがちょうど定期試験の時期だったこともあって、暗い気持ちをひきずる暇すらなかった。目の前の試験を一つずつこなしていって、二月上旬に最後の試験を受け終わったときには、「走り切った！」という達成感があった。

美咲と試験後に合流して、大学の正門前の中華料理屋に入った。

久しぶりに飲むビールがめちゃくちゃ美味い。エビチリに油淋鶏《ユーリンチー》、回鍋肉《ホイコーロー》など、こってり系の料理を次々に平らげると、多幸感に包まれた。いつもより酒のペースも速かった。

「ひまりさん、電話ですよ」隣に座っていたヒカルが私のスマートフォンを差し出した。

「なんだろう？」首をかしげながら画面をのぞきこむと、「額田レオ」と、幼馴染の名前が表示されている。

すっかり忘れていた。あっ、レオじゃん、と思った瞬間、雷に打たれたように固まった。

どうしよう。額に汗が伝った。

五カ月以上前に告白されて、答えを保留にしていたのだった。

「もしもし？」

電話口からレオの低い声がした。

定期試験の打ちあげをしていた中華料理屋から外に出て、路地の隅に車いすをとめた。スマートフォンは車いす備え付けのサイドテーブルの上におかれている。ヒカルは私の両耳にワイヤレスイヤホンを入れると、私に目配せをしてから中華料理屋の中に戻っていった。

よく気がつく子だから、一人にしてほしいという雰囲気を察したのだろう。

「もしもし、聞こえる?」

と私が言うと、「聞こえる」とイヤホンからレオの声がした。

「あーひまり、あのー……元気?」

あまりに気まずそうにレオが言うから、少しだけホッとして、口元がゆるんだ。

気づまりを感じているのは私だけではないようだ。当然レオも気をもんでいただろう。告白を受け、「少し考えさせてください」とメールで伝えてあった。少しどころか五カ月以上も放置していたなんて、申し訳ない気持ちでいっぱいになる。どこから何を話せばいいか迷っていると、レオが先に話し始めた。

「催促の電話じゃないから。別に急《せ》かすつもりはない。ひまりが忙しくて、それどころじゃないのも分かってるし、それで面倒だなって思われて断られるのは本末転倒だから、そういうわけじゃなくって……」一方的にモゴモゴと話すのを聞いていると、いつものレオの感じが伝わってきて、私の動揺も落ち着いてきた。

「いや、あの、ありがとう」思い切って口を開いた。「このあいだのことは嬉しかった。ただびっくりして、どうすればいいかと思っていたら、学校が始まって、それから色々トラブルもあって、考えをまとめるのを先延ばしにしちゃってた。ごめん」

「いや、いやっ、別にいいから」慌てたようにレオが言った。「俺だって仕事が忙しいし、この年になると数カ月なんて一瞬で過ぎるし、今か今かと待っていたわけじゃないから、まあ一応ずっと、気になってはいたわけだけど……でも、ひまりは気にしなくていいから」

「はあ」困惑した。許してくれるのはありがたいが、結局何を言いたいのだろうと首をひねっていると、レオが重ねて言った。

「とりあえず、あの件は脇において、どっか行こう。そろそろ学校が終わって春休みだろ。どっか、遊びに行こう」


三月上旬の土曜日、レオと朝から出かけた。その日の昼番のヘルパーさんには休んでもらった。行き先は地元の水族館だ。

「ここ、小学校のとき見学できたよね？」

私が言うと、レオも「きた！　ひまりの兄ちゃん、迷子になって放送で呼び出されてたよ」と言う。二人してハハハと笑った。兄とレオは同級生だった。兄の話、地元の話等々、話題は尽きることがなかった。しかも最近は共通の話題に「法律」も加わっている。

「答案を書くときにさ、『けだし』とか『しかるに』とか、変に古い言葉を使うよね」

などと話していると、時間はあっという間に過ぎた。レオってこんなに話しやすかったっけ、と不思議に思った。二人でずっと話しながら、海の生き物を見て回った。

館内のレストランでお昼を食べて、ペンギンショーを見て、夕方に帰りの車に乗った。

車内でふいに沈黙が訪れた。なんとなく気まずい。今日一日、レオがものすごく気を遣ってくれていたのが分かる。車いすを押す動作、スポンジ付きのスプーンを持たせてくれるときの動作、一つ一つに優しさがにじんでいた。男の人って、好きな人に対しては優しいんだな——という当たり前の事実に戸惑った。なぜだか申し訳ない気持ちにもなった。

「ごめん」沈黙を破ったのは私だった。「やっぱり、仕事がなくて自活できていない今の自分の状態だと、他のことは考えられないわ。だから悪いけど、いい返事はできない。ごめんなさい。でも気持ちは嬉しかったよ。今日も楽しかった。ありがとう」

言いながら、胸がきりきりと痛んだ。頭がごちゃごちゃして、余裕がなくて、前向きに考えられない。だからといって、レオを何年も待たせるのは、人間の心の柔らかい部分に対して、あまりに残酷だと感じた。はっきりと断るのが今の私にとっての誠意だった。

「理由は今のひまりの環境だけ？　俺のことが嫌いで断ってるわけじゃない、ってこと？」

答えられなかった。考えがまとまらない。

「俺はひまりの進みたい道の邪魔にならないようにするし、むしろ支えた——」

「ごめん」もう一度強く言った。

「分かった。こっちこそ、ごめん」

互いに言葉少ななまま別れた。家に入って窓から外を見ると、歩いて帰っていくレオの後ろ姿が見えた。その背中を追いかけるようにミツバチがふわふわと飛んでいく。私たちをおき去りにして、世の中は春だった。

春休みが終わり、新学期が始まった。

二クラスだけだった未修者コースに既修者が合流し、全部で四クラス編成になった。しかも以前までは一クラス三十人だったのに、今度からは一クラス六十人だ。六十人中十五人ほどは未修者コース出身の顔見知りだが、多くの人とは初対面である。改めてオリエンテーションと自己紹介、懇親会などのイベントが続き、落ち着かない数週間だった。

レオとのことがあって以来、ふと気がゆるんだ瞬間に気持ちが落ち込むことがあった。イベント続きで忙しくしていると気が紛れるのはよかった。

授業の予習復習以外にも、予備試験の勉強をしていた。五月にある短答式試験では、憲法・行政法、民法・商法・民事訴訟法、刑法・刑事訴訟法、一般教養科目の四つの科目でマークシート式の問題を解く。三十分あたり五十問以上解答しなくてはならない。しかも一文が長くて読みづらい。

『日本の憲法史に関するアからウまでの各記述について、それぞれ正しい場合には1を、誤っている場合には2を選びなさい。

ア．大日本帝国憲法の下では、天皇が有していた、作戦用兵の目的のために陸海軍を統括する統帥権《とうすいけん》について、国務大臣の輔弼《ほひつ》の対象外とされたため、帝国議会は関与し得なかった。

イ．大日本帝国憲法の下では、内閣制度は憲法で規定されていなかった。また、帝国議会の権限が……』

考えて分かるようなものではない。事前に暗記しておかないと手も足もでない知識問題である。しかも、出題される内容はマニアックなものも多い。ロースクールの授業を受けているだけでは到底解けないものだった。

過去問を解くのはもちろんとして、「択一六法」と呼ばれるレンガのように分厚い参考書を熟読し、暗記しなくてはならない。

最初はヒカルに参考書を開いてもらっていたが、一週間もしたところで限界がきた。参考書を裁断し、自宅のスキャナーでＰＤＦにしてもらった。タブレット上であれば自分でページをめくれるし、不器用ながらアンダーラインも引ける。

法務省から電話がきたのは、ゴールデンウィークが迫った四月下旬のことだった。

「希望いただいた音声入力ソフトの使用は認められません」

職員の声が遠く聞こえた。

「ただ、パソコンは使用していただいて大丈夫です。試験時間の延長も規定通り認められます」

職員は淡々と説明した。

「改めて受験票とともに文書でお知らせいたしますが、不正を防止するため、あらかじめパソコンから全てのソフトをアンインストールしていただいて、事前に職員の確認を……」

私はちょうど授業を終えて、自習室に移動している途中だった。すっかり花が散った桜の木の下に車いすをとめて、スピーカーモードのまま電話していた。

「ちょっと待ってください。私は手がほとんど動かないんです。指も完全には開いたり閉じたりできません。タブレットの画面をなでるくらいはできますが、キーボードを打つのには本当に、途方もなく時間がかかるんです」

なるべく感情的にならないよう、声を抑えて話した。

「音声入力ソフトを使わないとなると、短いメールを打つのだって一時間以上かかります。短答式試験のように、選択式の答えを入れるだけならまだしも、論文式試験なんて、逆立ちしても、絶対に入力が間に合いません。もし必要なら、今の私の身体の状態を見ていただいて――」

「すでに決定したことですので」

にべもない言い方だった。

頭にカッと血がのぼるのを抑えるのに必死だった。隣でヒカルが心配そうに目を泳がせている。その様子を見たら、かえって私は冷静になってきた。

「音声入力ソフトの使用は認められないという決定がされたと。その決定の理由を教えていただけますか？」

「これまでに使用されたことのないソフトですので、使用は難しいという判断でした」

「えっ？　使用されたことがないから？」

耳を疑った。前例がないというだけで希望をはねられたのか。

「これまで四肢麻痺の方が司法試験を受けたことはありますか？」

「受験者のプライバシーに関わることは申し上げられません」

と職員は言うものの、四肢麻痺者が受験したことはなかったに違いない。だって、手が動かないのにパソコンを使って受験するなんて、まず無理だからだ。小学生でも分かりそうなことだった。

五月に入って、予備試験当日が近づいてきた。その間、私は何度も法務省に電話した。「一度、説明に行かせてくれないですか。私の身体の状態を見てもらえば、パソコンのキーボードは無理だって、分かると思います。音声入力ソフトの実物もお見せできます」と掛け合った。

だが、「すでに決定されたことなので」「前例がありません」と繰り返されるばかりだ。これ以上騒がないでほしいという雰囲気が伝わってきた。

役所の対応は、これほどまでに四角四面で、融通の利かないものなのかと驚いた。不正行為を防止するため、公正な試験にするために厳格に運用されているのは分かっている。だが一度も私の状態を見ることなく、措置を決定して、電話で門前払いというのはあんまりだと思えた。

並行してキーボードを打つ練習を始めていた。当日は司法試験委員会が用意した専用のワード文書に解答を打ち込んでいくことになる。短答式試験は1から8までの数字で答えるので、数字のキーさえ押せればいい。右肩をぐっと前に出して、右手をキーボードの上に固定し、左右に揺するように移動させれば1から8までのキーは一応打てる。でも、論文式試験のように長い文章を制限時間内に入力するのは絶対に物理的に無理だと分かっていた。

「落ちるって分かってる試験を受けるのはつらいね」

自習室でふと顔を上げ、横に座っていたヒカルに漏らした。ヒカルは法務省とのやり取りの一部始終を横で聞いていた。

「いくら勉強したって、落ちるのに。毎日勉強してるんだよね」

言いながら、じんわりと涙が出てきた。慌てて顔をそらす。こんなことを言われて、泣かれても、ヒカルも困ると分かっていた。

「試験当日、見張りの人がつくんですよね。そいつはホームショーの役人なんすか？」

ヒカルがガサついた低い声で言った。

「見張りっていうか、試験官ならいると思う。法務省から委託を受けた人たちかな」

「そいつを狙いましょう。試験当日なら、ひまりさんの身体の状態を見てもらえる。キーボードを使うなんておよそ無理だとホームショーに教えてやるんです」

ティッシュを一枚手に取り、「お顔失礼します」と言って私の涙を拭った。

ヒカルが考えた計画はこうだ。

まず短答式試験をなんとか突破する。論文式試験で、精一杯手を動かし、キーボードを打ち込むところを、試験官に見せつける。当然答案は全然書けない。書けないということを見てもらう。そのうえで、もう一度法務省に連絡を取る。

「ほら、見たでしょ。キーボード入力では本当に無理だって分かりましたよね」

と再び交渉すれば、来年の予備試験では音声入力ソフトの使用を認めてもらえるのではないか。

「すごい！　ヒカル、すごいね」

素直に褒めると、ヒカルは照れたように頭をかき「いや、別に」と顔をそむけた。

「ひまりさんの話だと、来週の短答式試験は、キーボード入力でもなんとかなりそうなんですよね？」

「正直厳しいけど、ギリギリどうにかならなくはない、っていう感じ」

「それで、論文式試験は、キーボードだとまず無理なんですよね？」

「そうだね」

「それなら、論文式試験での『無理』を役人たちに見せつけたほうがいい。そのためにも、短答式試験には絶対受からなくちゃいけませんよ。短答式試験に合格しないと、論文式試験、受けられないんでしょ」

言われてみればその通りだった。いくら入力がどうにかなっても、入力した解答が間違っていて不合格になったら弁解のしようがない。能力はあるのに、物理的なハンディキャップのせいで前に進めないのだと、身をもって示さなくてはならないと思った。

「じゃ、まずはサクッと短答式試験を蹴散らして、本番は論文ですよ」

ヒカルが軽く言うので、

「いやいやいや」と思わず突っ込んだ。「予備試験の最終合格率は五％以下だって前に言ったよね。最初の短答式試験で、八割弱の人が落ちるんだよ。もうここで全体の二十％まで絞られるの」

試験当日まで、あまりに時間が足りなかった。過去問も、択一六法も、みんな何周もして、本がボロボロになるまで勉強するらしい。私はやっと一周目を終えたところだった。あと一週間でどれだけ追い込めるか。勉強の計画を立てながら、ため息をついた。でも気分は悪くなかった。目標があるだけで、自習室の埃っぽい蛍光灯すら美しく見えた。

五月半ばの土曜日、私は父とヒカルとともに都内の私立大学のキャンパスにきていた。ヒカルと父はそれぞれ、大きなキャリーケースを引いている。

キャンパス内でところどころに見られる「予備試験短答式試験　会場こちら」という看板にはまだ半透明の水色のビニールがかかっていた。試験を翌日に控えていた。

指定された教室に行くと、就活生のような黒いスーツと白いシャツを着た試験官が三人待っていた。

「どうも、おはようございます」つとめて和やかに挨拶をした。手心は期待できないものの、なるべく円滑に試験を受けるには、「感じのいい人」という印象を与えたほうがよいと思った。きちんとメイクをしてやってきたのもそのためだ。

午前十時ぴったりに試験官の一人が言った。「それでは、時間となりましたので、司法試験予備試験、事前準備を開始いたします」

ヒカルがキャリーケースからノートパソコンとACアダプタ、延長コードを取り出した。パソコンを起動させると、試験官のうち二人が両脇からのぞき込む。

「それじゃ、初期化しますね」

　ヒカルはこちらを振り向いて言った。私がうなずくと、「この『設定』ってところから『更新とセキュリティ』に進んで……」とつぶやきながら、パソコンを操作した。

　不正を疑われないように一つ一つ口に出しながら進める。事前に二人で決めて、練習もしていた。試験官は無表情のまま、パソコンを見つめている。

「『回復』から『このPCを初期状態に戻す』『開始する』をクリックします」

　持ち込んだノートパソコンを初期化する必要があった。入っているソフトを全て消したうえで、改めてワードとエクセルをインストールする。そのソフト代も当然自腹だ。もともとパソコンに入っていたデータのバックアップも事前にとってあった。

「これがACアダプタで、延長コード、それからあれが……」ヒカルがキャリーケースを指さすと、父は腰をかがめてキャリーケースから大きな箱を取り出した。

「プリンターです」父が箱を開けながら言った。「接続します」

　答案用紙を印刷するプリンターまで自前で用意しなくちゃいけないなんて！

「これが答案用紙のデータです」

　試験官がUSBを差し出した。ヒカルが受け取り、持ち込んだノートパソコンにデータを移す。答案用紙はワード形式の簡潔なものだった。

「えーっと、これで全部ですかね？」

　私は会場を見渡しながら言った。

　長テーブルの上にはノートパソコンとプリンターが設置されている。

「はい、事前準備、完了。確認しました」

試験官が事務的に言った。「それではこれから、封印をします」

「えっ、封印？」思わず訊き返した。けれども試験官は答えることなく、手元のクリアファイルから縦長のシール状のものを取り出して、パソコンとプリンターに貼りつけた。

ヒカルがひそひそ声で言った。

「うっわ、ドラマで見たことがあります。ほら、夜逃げする人の家の中みたいな……」

確かに、破産した人の家で、「差し押さえ」と書かれたシールを家具にペタペタと貼っていくのに似ていた。

明日の試験開始までに、パソコンやプリンターを操作して不正を行わないよう、封印しておくらしい。

「そこまでするんだ」驚きのあまり、思ったことがそのまま口から出た。

「明日、一般の受験生は八時四十五分集合ですが、朝宮さんは持ち込み荷物の確認があるため、八時までにいらしてください」

スケジュールを確認して、試験会場を出た。

明日は六時前には起きて排尿や排便の準備を整えて出かける必要がある。今夜は勉強もそこそこに早く寝なくてはならない。そもそも試験前日に事前準備に追われていることにも、内心焦りを募らせていた。

家に帰ると早速、タブレットを開いて択一六法を見直した。最後の追い込みだ。

明日一日に人生がかかっているような気がした。短答式試験を突破しないと、司法試験受験の交渉の入口にも立てない。一歩踏み外したら落下する狭い崖の上を歩いているみたいだ。

「ひまり、ご飯よ」母の声がかかった。手をとめてダイニングに行くと、テーブルの上に大皿いっぱいのシーフードパスタがあった。

「あんたが好きなやつ」母が明後日の方向を見ながら言った。「ちょっとは休みなさい。あんたなら多分、大丈夫だから」

「多分って何よ」笑いながら目が潤んだ。


「はじめ！」

試験官のかけ声とともに、ヒカルが腕を伸ばした。素早くパソコンの封印を外し、電源を入れる。起動するのを待つ間に、ヒカルは試験問題の一ページ目を開いた。

私は目を見開いて、第一問の問題文を読み始めた。

『人権の享受主体に関する次のアからウまでの各記述について、正しいものには◯、誤っているものには×を付した場合の組み合わせを、後記1から8までの中から選びなさい。
ア．外国人の場合には、我が国との関係が日本国民とは異なるので、日本国民に比べて裁判を受ける権利の保障に差を設けることも許される。』
こんなのは当然「×」だ。レイチェルさんの笑った顔が脳裏に浮かんだ。けれども一瞬のうちに思考を戻し、次の文章を読む。

『イ．法人は、現代社会におけるその役割の重要性からすると、全ての人権について、自然人と同程度の保障を受ける。』

これも「×」。法人には選挙権も幸福追求権もない。比較的簡単な問題だ。

『ウ．未成年者は、精神的・肉体的に未熟なことから、成人とは異なった特別の保護を必要とする場合があり、このような趣旨から、憲法は児童の酷使を禁止している。』

これは……多分「○」だ。

ということは、××○なので、「7．ア× イ× ウ○」を選べばいい。答えは「7」。

本当なら、鉛筆を握って××○とメモをしながら解いたほうが断然早い。でも私はそれができないから頭で覚えておくしかない。

ちょうどパソコンが起動したところだった。右肩を突き出すようにして、右手をタッチパッドの上においた。力を込めて指先をこすりつけると、画面上でカーソルが動いた。昨日のうちにパソコンに入れてある答案用紙のファイルをクリックして、開く。冒頭の記入欄にカーソルを合わせ、再びクリック。

ふう、とひと息つくと、右肩をさらに突き出し、キーボードの数字の部分に指がくるように調整した。中指を押しつけて、「7」を押す。そこから十センチほど右に手を移動させ、今度はエンターキーを押した。

たった一問解くのにも、この一連の動作が必要になる。介助者は問題用紙をめくることは許されているが、パソコンの操作はできない。ヒカルは私の横のパイプ椅子に腰かけ、緊張した面持ちで机の上を見つめていた。

予備試験短答式試験、「憲法・行政法」科目の終了まで、あと五分を切った。

『第二十三問

ア．A県警察の警察官がいわゆる交通犯罪の捜査を行うにつき故意又は過失によって違法に他人に損害を与えた場合においては、A県だけでなく、原則として、国もまた、国家賠償法第一条第一項に基づいて損害賠償責任を負う。』

えっ、分からない。でも多分「×」？

警察は県単位の組織になっていた気がする。県境で起きた事件をどちらの県警が捜査するか揉める……という筋書きの刑事ドラマを見たことがある。県と国は別の行政機関だから、こういうとき、国は出てこないんじゃないかな。自信はないが、迷っていても仕方ない。次の問題文に進む。

『イ．国立公園内にB県が設置した……』

なるべく急いで問題文を読み、必死に右手を動かしてキーを押した。

試験時間はあと三分だ。

「ページ、次！」

声をかけると、ヒカルが素早くページをめくった。

最終問題、第二十四問を見て、頭が一瞬、真っ白になった。一ページ丸々、問題文で埋め尽くされている。

これを読んで解いていたら時間ギリギリになってしまう。鉛筆でマークシートに記入するだけならギリギリまで問題文を読んでいてもいい。だが私の場合、試験時間内に答案用紙をプリンターで印刷して、紙の状態で提出しなくてはならない。

問題文を読まずに「1」のキーを押し、カーソルを移動させて、印刷ボタンを押した。

プリンターが音を立てて動き始める。試験時間は残り一分半だ。大丈夫だろうと分かっていても、緊張した。

ガガガッと地面に響くような音を立てながら、プリンターは答案用紙を吐き出した。

「ヒカル、取ってきて」

無言で立ちあがり、ヒカルは答案用紙を机の上においた。

試験終了まであと三十秒だった。

はぁーっと大きく息を吐く。両肩がこわばっていて、身体全体が鉛のように重い。

「試験終了です。やめてください。手を動かしている場合、不正行為とみなし――」

試験官の声を聞きながら苦笑した。動かそうにも動かせないほど疲れていた。

次の科目まで休憩時間は三十分しかない。

「お水」と言うと、ヒカルがすぐにストローつきの水筒を口元に運んでくれた。試験中は水分補給も忘れて没頭していたせいで、口の中はカラカラだった。

身体じゅうに電流が走るようにピリピリと痺れた。

「やばい、身体、痛いかも」

電動車いすのリクライニングをさげて、フルフラットの状態にした。試験会場の天井が見えた。目がチカチカして視界がかすむ。

「ヒカル、ふくらはぎをお願い」

と言うと、ヒカルが素早く立ちあがり、ふくらはぎを揉み始めた。

「うわ、いつにもまして、こわばってます」

い、痛ッ……と思ったが、それを口にする元気もない。屍《しかばね》のように横たわり、痺れと痛み、疲れに耐えていた。

今日はあと三科目ある。本当に大丈夫なのだろうか。今更ながら、自分でも不安になってきた。でも弱気になっている場合じゃない。気持ちが折れた瞬間に、どうにもならなくなってしまう気がする。試験が、ではない。自分の人生が、だ。

ふいにリハビリを始めた頃のことを思い出した。ベッドから起きあがるだけで気を失うこともあった。三十分も座っていられなかった。ビールジョッキどころかスプーンも持てなかった。十五キロもあるおもりを引いて、車いすをこいでいたっけ。急性期の病院から一緒だった凜ちゃん、Nリハビリセンターで同室になった鬼瓦さん、主治医の若山先生、懐かしい顔が次々と浮かんでは消えていく。

「安静は麻薬です」と、若山先生は言っていた。安静にしていたら、私は今頃、寝たきりだったろうか。ロースクールに行くことも、レオと出かけて関係性に悩むこともなかった。試験を受けて疲れることだってなかった。

そう考えると、疲労も不安も焦りも、全てが愛おしい。生きてるって感じだ。

「ヒカル、ありがとう。もう大丈夫」

電動車いすのリクライニングをゆっくりあげた。全身の痺れはしつこく続いているが、気持ちはさっぱりしていた。

試験官が「時間です。着席してください」と言った。マニュアル通りのアナウンスなのだろう。そもそも立ちあがれない私は、車いすの上でニヤリと笑った。

午後五時すぎ、全身の痛みに耐えながら問題用紙を見つめていた。
『第三十一問
水の性質に関する記述のうち、明らかに誤っているものを、次の1から5までの中から選びなさい。
1．水は氷になるとき、周囲から熱を吸収する。
2．水は氷になるとき、体積が増大する。
3．水に食塩を溶かすと、溶かす前より温度が低下する。
4．水に食塩を溶かすと、溶かす前より凝固点が低下する。
5．水に食塩を溶かすと、溶かす前より沸点が上昇する。』
ええ？　水？

手足が締めつけられるように痺れる。働かない頭で必死に考える。

予備試験短答式試験第四科目、「一般教養」の試験だった。日本史、世界史、地理、生物学、文学、哲学、論理学……様々なジャンルから問題が出る。自信をもって解けたのは英語の問題くらいで、他はあてずっぽうで解答していくしかない。

水の性質なんて、日常生活で考えたことがなかった。確か、水が気化して水蒸気になるときに熱を吸うから、周りの温度がさがる。だから打ち水をするんじゃなかったっけ。ということは、水が氷になるときは周りの熱を吸収しないのでは――答えは「1」だ。

右手を必死に動かして「1」のキーを押す。

最終問題まで解いたときには、声もかすれていた。「ヒカル、印刷……」と弱々しく言うと、ヒカルが意気揚々と立ちあがり、印刷された答案用紙を回収してきた。

「はい、そこまで」試験官の声がかかる。

天井を見あげながら大きく息を吐いた。断りも入れずに、電動車いすの背もたれを倒し、フルフラットの状態にした。試験会場の蛍光灯が青白く見える。

「はい、答案用紙を確認いたしました。試験終了です。お疲れ様でした」

と言われたものの、しばらくその場から動けなかった。溺《おぼ》れていた人が岸辺に打ちあげられたみたいに、ごろんと転がったまま、息をするだけで精一杯だった。ヒカルが脚をマッサージしてくれている。

「お疲れ様です」ヒカルが優しく言った。

六月第一週の木曜日、はやる気持ちを抑えながら、私専用の自習室に向かった。埃っぽい自習室に入ると、ヒカルが待っていた。口には出さないものの、そわそわしているのが分かる。

ヒカルは早速パソコンを開いた。

「合格発表は午後五時頃、法務省のウェブサイトで、ですよね？」

と言いながら、壁掛け時計を見あげる。

四時五十三分だった。

「一応、これ。さっきこっそり買ってきました」ヒカルが右手にさげたレジ袋から、缶ビールを二つ取り出した。「あと、ハーゲンダッツもあります。バニラとイチゴ、どっちがいいですか？」

「えっ、ビールとアイス？　なんで？」

「あれ、ひまりさんって辛党でしたっけ？　意外とアイスとビールの相性はよくて――」

「いや、そうじゃなくて、なんで乾杯の準備をしてるの？」

私が尋ねると、ヒカルは不思議そうに目を丸くした。

「だって、合格してたら祝わなくちゃいけないでしょ。もし残念な結果だったとしても、お疲れ会をしなきゃ。どっちにしろビールがほしくないっすか？」

ヒカルの大真面目な顔を見て、私は思わず吹き出した。ヒカルは普段の勉強のときもずっと私の横についている。試験日は休日だったが、特別にシフトに入ってもらった。問題冊子をめくる動きに一番慣れているからだ。六法をめくるのだって、他のヘルパーと比べてずっとスムーズだ。

「ヒカル、ありがとうね」私はぼそっと言った。「早起き、かなり無理してたでしょ」

遅刻癖があるヒカルは、試験時間に遅れてはならないと、勤務開始の三時間前には起きて、二時間前には家を出ていたようだった。

「え、バレてたんですか」気まずそうにヒカルが苦笑いした。

「そりゃ気づくよ。家の周りをぐるぐる散歩しながら、ヘルパー交代の時間を待ってる人がいるんだもん。でもヒカルがいなかったら、試験を乗り切れなかったよ。ありがとう」

「……うっす」ヒカルは顔をくしゃっとゆがめて、ピンクメッシュの入った頭をかいた。

私はパソコンに腕を伸ばした。画面更新キーを押す。二人して画面をのぞき込んだ。

「受かってる！」二人の声がそろった。

その日のビールは過去最高に美味かった。

第二十三章　法務省

あっという間に夏学期が終わり、定期試験を終えて、夏休みになった。

三年間あるロースクール生活の半分が終わったということになる。

私はどういうわけか、実務家教員の真鍋先生の研究室に呼ばれていた。

「予備試験の短答式試験、見事に合格されたそうですね。おめでとうございます」

真鍋先生はニコニコしながら言った。

私が短答式試験を突破したことは、ロースクール内でもちょっとしたニュースになった。既修者コースの学生でも合格する人は少ない。未修者で、かつ四肢麻痺の障害者が受かるなんて、誰も想像していなかっただろう。

「でも、論文式試験には落ちました」

机の上におかれたコーヒーカップを見つめながら言った。後ろに控えていたヒカルがさっと手を出し、飲ませてくれる。

「受けたという感じすらしませんでした。手も足も出ないっていうのは、このことかと」

思い出すだけで胸が苦しくなる。

あれは、試験と呼べるものではなかった。

短答式試験のときと同様、パソコンとプリンターを前日に持ち込んで準備した。当日も集合時間通りに入室し、試験が始まった。

論文式試験では、憲法、行政法、民法、商法、民事訴訟法、刑法、刑事訴訟法、法律実務基礎科目の民事と刑事、一般教養科目のそれぞれにつき、二問ほどの設問が用意されている。だいたい一問につきA4用紙一枚分の答案を書く。

例えば、憲法・行政法の試験では、A4用紙で四枚分の答案を作成する。試験時間は二時間二十分だ。多くの学生は、問題文を読み、答案構成を考えるのに一時間、実際に手を動かして、四枚分の答案を書くのに一時間二十分、という時間配分になる。

「朝宮さんの場合、時間延長はどのくらい認められたのですか」真鍋先生が訊いた。

「一・五倍です」

つまり、試験時間は三時間三十分だ。

一時間を答案構成に使って、残りの二時間三十分で答案を書きあげなくてはならない。

そんなのは、どう頑張っても無理だった。

一文字打つのに何十秒、一文を書くのに数分、答案用紙一枚で二時間近くかかる。試験時間内に四枚の答案を書くのは不可能だ。

「何を書けばいいのか、答えは分かっていたんです。でも私の身体じゃ、書けなかった」

「予備試験を受けた。短答式試験は朝宮さんの頑張りで突破したものの、論文式試験はどうにもならなかった。やっぱり音声入力ソフトを使わないと、合格は無理だと。ハッキリしたわけですね」

「そうです」私は力なくうなずいた。

試験会場にいた試験官たちも、気まずそうな表情を浮かべていた。私は必死に手を動かし続けた。だけど、答案用紙の三分の一も埋められなかった。

試験終了後、試験官たちに声をかけた。

「二日間の試験をご覧になって、音声入力ソフトがないと無理だと思ったでしょう」

試験官は誰一人として口を開かなかった。困惑したように目を泳がせるだけだ。言質《げんち》をとられるとまずいと分かっているのだろう。

「私は来年も予備試験を受けます。法務省に改めて、受験特別措置の申出書を出すつもりです。その際に、今回の試験の様子も書き添えます。おそらく、試験に立ち会った皆さんにヒアリングが入ると思います。そのときは見たままを全て正直に、話してもらえますか？」

年配の男性試験官が事務的に答えた。

「仮定の質問には答えられません」

交わした言葉はそれだけだった。

冷たいな、と思った。

この試験官たちは、今日も家に帰ってご飯を食べ、風呂に入って寝るのだろう。明日は違う仕事をするんだろう。当たり前の暮らし。普通の暮らし。あちら側にいる人たちは、こちら側のことを考えもしない。考えなくても生きていけるから。

試験官たちは法務省の決めたことに従って動くしかない。彼らが悪いわけではないと頭では分かっていた。

だけどもう少し。ほんの少しでいいから、人間らしい優しさがあってもいいのに。

「その後、試験の方法について、法務省と話しましたか？」真鍋先生が訊いた。

「はい、一応。メールアドレスが分からないので、手紙で今回の報告と来年の特別措置のお願いを書いて送り、電話でも話しました」

「……どうでした？」

「前回と同じです。出願してからでないと、特別措置の検討はできませんと、電話口で言われただけ。手紙への回答は、ないです」

捨て身の作戦も徒労に終わってしまった。

研究室には重々しい沈黙が流れていた。

真鍋先生は、宙の一点をジッと見つめて固まっていた。いつもの人懐っこい笑顔とは打って変わって、プロが真剣に考えごとをしているときの顔だった。

「次の予備試験の出願ができるのは？」

「来年の一月下旬です。まだ半年あります」

「なるほど。それまでの半年間は、法務省と交渉すらできない、というわけですね」

私は力なくうなずいた。

宙ぶらりんの状態が続く。まともに試験を受けられるか分からないのに、勉強しなくちゃいけない。それが想像以上につらかった。

お前は頑張っても無駄なのだと、世間から言われているような気がした。それならもう頑張りたくない。どうせ誰にも期待されていない。大人しく、障害者らしく、余生を過ごせばいいんでしょう。

いじけた気持ちが頭をもたげた途端、これまで抑えていた感情が一気に吹き出した。ぽとりぽとりと大粒の涙が出た。声は出なかった。だけど涙は全然止まらない。

真鍋先生は、私をじっと見て言った。

「これは法律家として第一の試練です。以前も同じ話をあなたにしました。法律家は言葉のプロです。無実を訴える被告人、労災がおりず泣き寝入りする労働者、声なき声を拾って、その言葉を伝える。相手の理解しやすい言い方で、相手が受け入れやすい状況に誘導して、落としどころを探る。それが交渉です。相手には相手の理屈がある。生易しくはありません。でもあなたならできる。言葉のプロとして、言葉の力を信じなさい。言葉があるかぎり私たちはつながれる」

「言葉があるかぎり私たちはつながれる？　本当でしょうか。交渉できない相手もいる」

「そりゃ、いるでしょう」真鍋先生はいたずらっぽく笑った。「でも言葉に希望を託すしかない。それが僕たち法律家の戦い方だ」

「法律家、私になれるんでしょうか」

「ならなきゃ困るでしょ！　どうせ働き出したら、ハードな交渉を何度もすることになる。まずはこの交渉、自分でまとめてみなさい」

いつの間にか涙は止まっていた。

「この半年は我慢だ。交渉できると信じて勉強を頑張りなさい。本丸は来年一月。分かったね？　返事は？」

まっすぐな目がこちらに向けられている。私は静かにうなずいた。大きく息を吸って、腹の底から声を出した。「はい！」

ロースクール二年生の冬学期は、長くて、短かった。私はとにかく勉強した。「死に物狂いとはこのことか」と自分で思うほどに。

朝起きて準備を整えたらすぐに学校に行く。夜、十二時を過ぎるまで自習室にこもって机に向かった。家には寝に帰るだけだ。定期的なリハビリと検診、食事、排泄、睡眠以外、全ての時間を勉強にあてた。だんだんと自分の身体が勉強するための機械、脳を入れる器のように思えてきた。

身体のだるさや痛みは、次第に気にならなくなった。自分の身体だと思うからしんどい。目的を達成するための道具、乗り物だと思えば、調子が悪くても苛立たなかった。きしむ部分に油を差したり、装備を増やしたり、必要なメンテナンスをすればいい。科学的に、理性的に一つ一つ対処しようと決めた。

寒さに弱いから、温感タイツやレッグウォーマー、マフラーは必須だ。自習室の机の下には足用マッサージ機をおいた。これがあれば、こわばりが生じたときも、マッサージを受けながら勉強を続けることができる。

昼番のヘルパー、ヒカルには勤務時間の延長をお願いした。ヒカルは軽い調子で、

「いっすよー、家帰ってもやることないんで」

と引き受けてくれた。

だがその実、私を気遣って支えてくれようとしているのは十分に伝わってきた。それが重荷になるといけないから、軽く振る舞ってくれている。

法務省を説得する作戦を考えてくれたのも、そういえばヒカルだった。

予備試験を受けたらと勧めてくれたのは実務家教員の真鍋先生だ。

そもそも、司法試験を受ければいいと勧めてくれたのは幼馴染のレオだった。

記憶がどんどん蘇《よみがえ》る。ヘルパー探しの指南をしてくれたのは脊損患者の先輩、安城だ。

事故直後、急性期の病院で茫然としていたとき、Nリハビリセンターに移らないかと勧めてくれたのは兄だった。音声入力ソフトを持ってきて、これを使えば仕事ができると教えてくれたのは元同僚の夏子だ。

本当に多くの人が支え、応援してくれていた。誰にも期待されていないといじけている場合ではなかった。

それにふと、事故のことを思い出す。死んでもおかしくなかったのに、生き残った。あのと

き人生が終わっていたら、この四年間はなかった。そう考えると、まだ頑張れた。

翌一月、予備試験の出願をした。

二度目なので書類作成はスムーズだった。受験特別措置申出書には、去年の論文式試験の状況を記した。使用したい音声入力ソフトの事前提出も可能であること、法務省が指定するソフトを使用してもよいことも書き添えた。

真鍋先生の教えが利いていた。「相手の理解しやすい言い方で、相手が受け入れやすい状況に誘導して、落としどころを探る。それが交渉です」

司法試験委員会、法務省が最も懸念しているのは「不正行為」だ。それならば不正が絶対できないような状況を一緒に作ればいい。

さらに彼らは、「前例がないこと」を嫌う。去年、捨て身の受験をしたことで無理やり前例を作った——つもりでいる。現場の試験官たちに、ヒアリングが入ったら見たものを正直に話してほしいとお願いしてあった。

協力してくれるだろうか。試験会場に立ち会った試験官たちの顔を思い出す。「仮定の質問には答えられません」と答えたのは、巌《いわお》のように険しい顔をした年配の男だった。

気持ちは落ち着かないものの、出願後にこちらからできることはない。なるべく受験特別措置のことは考えずに、試験勉強を淡々と続けた。気持ちの切り替えには慣れていた。最近はむしろ、心配事があればあるほど、勉強に没頭するようになっていた。

法務省から電話がかかってきたのは、ロースクールの定期試験が終わり、春休みが始まった二月後半のことだった。

知らない番号からの電話だったので、不審に思いながらとると、

「法務省大臣官房人事課の田崎です」

と言う。長い呪文を唱えているみたいで、最初は言葉の意味が分からなかった。

「朝宮ひまりさん、ご本人ですか？　本年の司法試験予備試験身体障害者等受験特別措置申出書につきまして確認をしたく、ご連絡差しあげました」

お役所言葉というのか、長い単語をひと息に言えてしまうからすごい。

「身体障害の現状を検証したく、面会可能な日時を調整させてください」

「直接会ってお話しできるんですか？」

「はい、職員が出向きます。ご都合のよい場所と日時をご指定いただいて――」

驚きで、心臓が飛び跳ねるかと思った。一拍おいてから、嬉しさがじんわり込みあげた。

ついに、やっと、法務省の重い扉が開いた。


三月の第一週、ヒカルは慌ただしく自習室の掃除をしていた。今日は法務省の職員との面会の日だった。

面会場所として、私はロースクールの自習室を指定した。普段の環境を見てもらうのが、一番分かりやすいと思ったからだ。

自習室の隅には美咲が立っていた。法務省の職員がやってくると聞いて、「何か訊かれたら、

私も答えたい。ひまりさんが嘘をついてるわけじゃないって証明するの」と駆けつけてくれた。

午前十時、正門前にスーツ姿の職員が二人現れた。

車いすに乗った私の姿に目をとめて、二人はハッとした表情を浮かべた。視線が私の身体の上を泳ぎ、車いすのサイドテーブルのあたりに落ち着いた。私を初めて見る人にありがちな視線の動きだった。

「自習室はこちらです。他の学生と同じ自習室だと身体がきついので、別室を使わせてもらっています」

キャンパス内を案内する。ヘルパーは何人体制なのか、授業はどう受けているのかなど、雑多な質問を受けた。中心になって話しているのは、電話でもやり取りをした田崎という男だった。

「ヘルパーは十二時間ずつ二交代制？　ってことは、朝宮さんは二十四時間要介護ってことですか？」

今更そこで驚くのかと内心呆《あき》れながらも、私は丁寧に説明をした。電話や書類で「四肢麻痺」と伝えても、実際に見たことがなければ想像がつかないのだろう。

「ここが自習室です。二時間に一度は横にならないときついので、簡易ベッドを持ち込んでいます」

田崎は机の上におかれたタブレットを見て、「これは使えるんですか？」と訊く。

実際に使ってみせたほうが早い。

「タブレットを持ちあげることができないので、まず介助者にセッティングしてもらいます」

ヒカルがさっと動いた。「そして、こうやって右肩を前に出して、ちょっとだけなら手が動くので、こうやって……」

伸びきらない五本の指のうち、中指の第二関節のあたりで画面をこする。私の中指の外側には、「ペンだこ」ならぬ「タブレットだこ」ができていた。

田崎が質問し、私が答え、もう一人の職員がメモを取る。面談は一時間以上続いた。

「実際に、音声入力ソフトを使っているところを見せてください」

と言われ、私はパソコンに向かった。

不器用な動きでパソコンのカーソルを移動させ、ソフトを立ちあげる。マイクに向かって、

「このソフトはこうやって使います」と言うと、画面上に「子のソフトは荒野って使います」

と表示された。

「子」の部分と、「荒野」の部分にカーソルを合わせて、漢字変換を修正する。

田崎は目を丸くした。

「へえ、音声は比較的よく拾ってくれるけど、手作業で修正が必要なんですね。このソフトを使わずに、普通にパソコンを打つとどうなりますか？」

「試しに、この文章を打ってみましょうか」

私はタブレット上に表示された刑事訴訟法の教科書に視線を落とした。

『憲法三十七条二項は、裁判所が尋問すべきすべての証人に対して被告人にこれを尋問する機

会を充分に与えなければならないことを規定したものであって、被告人にかかる尋問の機会を与えない証人の供述には絶対的に証拠能力を認めないとの法意を含むものではない』長い一文だが、論文式試験で書く文章は、こういう類《たぐい》のものである。

「憲法三十七条二項」と打つのに二分かかった。さらに五分かかってもやっと半分だ。ズルはしないと決めていたから、自分ができる最高速度で身体を動かしている。脂汗が額ににじんだ。

十分経ったところで、田崎が「もういいです。分かりました」と言った。

「ありがとうございました。現場の試験官の話と符合していることが確認できました」

「試験官の話？」驚いて田崎を見返した。

「去年の試験後、立ち会った試験官から報告書があがっています。四肢麻痺の障害者にパソコンの手入力を求めるのは酷《こく》であるという内容でした」

まさか。現場で報告を頼んでも、「仮定の質問には答えられません」と冷たく返されたのに。仕事だからその場で勝手な動きはできなかった。けれどもその実、どうにかしたいと思ってくれていたのだろうか。

言葉があるかぎり私たちはつながれる。もしかすると本当に、そうなのかもしれない。そうだったらいいなと思う。

胸の奥がじんわりと熱くなった。

第二十四章　ドクターストップ

法務省から連絡がきたのは、四月末のことだった。

「音声入力ソフト、使っていいって！」

私が言うと、ヒカルと美咲が手を取り合って喜んだ。キャンパス内のカフェでお茶をしているところだった。

「良かったぁ。本当に良かった」美咲は祈るように手をこすり合わせた。「だって論文式試験って、私たち健常者が手書きで解いても、利き手が腱鞘炎《けんしょうえん》になるような試験ですよ」

湿布やサポーター、リストバンド等を使わせてほしいという声が度々あがるものの、不正防止の観点から認められていない。

「あんなにハードな試験をひまりさんの身体で受験しているだけですごいってのに」

美咲は一緒に授業を受け、同じ勉強をしているだけあって、試験の過酷さを肌身に沁みて理解してくれる。労《ねぎら》いの言葉をかけてくれるだけで、救われる思いだった。

「でも、最近は根をつめて勉強しすぎじゃないですか？」ヒカルが声をひそめて言った。「あんまり座りっぱなしでいると褥瘡も心配だし……」

「大丈夫だよ。時間を決めて横になるようにしてるし。今頑張らなくていつ頑張るの」

私は明るく言った。

法務省との交渉の目途が立って以来、胸のつかえがとれたように心が軽くなった。環境は整ったのだから、あとは自分が頑張るだけだ。どうしようもないことが多いからこそ、自分の努力でどうにかなるという状況が嬉しくてたまらなかった。時間の許すかぎり勉強した。それがちっとも苦痛ではなかった。

「美咲ちゃんも予備試験、受けるんだよね？」

「はい、一応。自信はないですけど、ひまりさんを見てるとそうも言ってられないので」

本人は謙遜《けんそん》するが、美咲は定期試験の成績をどんどんあげていた。

「あーあ、髪なんてしばらく巻いてない」

美咲はカフェの窓の外を見ながら笑った。前の道を、華やかな女子学生たちが談笑しながら歩いていくところだった。

美咲の髪は根元が伸びて、茶髪と黒髪の二層になっている。だけどそれでも、さっぱりとした顔で笑う美咲は綺麗だった。

「予備試験、頑張ろうね」私が言うと、美咲は真剣な顔でうなずいた。一瞬のうちに表情を緩め、「もー、おしゃれする時間がないよう」と言いながら立ちあがった。

五月中旬、予備試験の短答式試験を受験した。使用する音声入力ソフトは事前に提出して確認を受けてある。前日のパソコン機器の設定確認も問題なく終えた。

時間延長がないぶん、全ての問題を解き終えられるかどうかは心配だった。だが音声入力ソフトを使用できたことで、前回よりはかなり負担が軽くなった。

1から8までの数字をパソコンで打つにも、右肩右腕にわずかに残された筋肉を総動員する必要がある。これをやり遂げた去年の自分に、我ながら驚くほどだ。

滞りなく試験を終えて、今回はきっと大丈夫という実感があった。

六月初旬、短答式試験に合格していることを確認したときも、驚かなかった。嬉しさよりも安心感が勝った。

「同じクラスの美咲ちゃんって子も受かってたんでしょ？」

食卓を囲みながら母が訊いた。今日はお祝いですき焼きだった。

「うん。美咲ちゃんも合格。本人は驚いてたけど、順当だと思う」

美咲は社交的で明るく、周りのことをよく見ている。真面目で頭もいい。それなのに、しきりに自分を卑下するところがあった。傍から見ていると不思議でたまらない。

つけっぱなしのテレビでは野球中継が流れていた。そういえばセ・パ交流戦の時期だった。五年以上前に同僚と行った東京ドームを思い出し、ビールを飲みたくなった。

「今日はお祝いだからレオ君も誘ったんだけど、外せない仕事があるんですって。残念ねえ」

母の声が耳に入って、我に返った。

「えっ、レオ？　誘ったの？」

「そうよ。悪い？」母が口を尖らせた。

「悪いってわけじゃないけど」と口ごもる。

「何よ、あんたたち喧嘩でもしたの？　最近レオ君、全然顔を出してくれないじゃん」

　一年九カ月以上前に告白され、保留にしたまま、一年三カ月前に水族館デートをした。あの頃は、法務省との交渉のために初めての予備試験の出願をしたばかりだった。他のことを考える余裕は全くなかった。レオに悪いことをしたと思いながらも、その罪悪感すら忙しさの中で忘れていた。

「レオ君、今度の七月の人事異動で、また地方に転勤になりそうなんですって」

　え、と言ったつもりが声になっていなかった。関係ないはずなのに、胸がざわついた。


　七月になった。中旬の予備試験論文式試験に向けて、追い込みの時期に入っていた。

　同級生たちと組んだ勉強会では、これまで定期試験の過去問を解いていた。だがこの一カ月ほどは予備試験の過去問を扱った。

　勉強会メンバー四人のうち、美咲と私以外の二人は予備試験を受けていない。けれども司法試験に向けた良い練習になるからと付き合ってくれた。

　気づけば、ロースクールに入って二年以上が経った。無事卒業できたら、来年五月には司法試験を受けることになる。一年後には試験が終わっているなんて想像できなかった。

「レオさんのこと、良かったんですか？」

美咲が訊いた。勉強会を終えて、一緒に購買部に向かっているところだった。ヒカルは自習室に残していた。

「だって何も言わず、名古屋に転勤しちゃったんでしょ？　ひまりさんからも連絡してないし。このまま離れ離れでいいんですか」

以前、美咲と恋愛話をしたとき、レオとの関係を尋ねられて、事情を話していた。美咲は以前、裁判傍聴でレオと会ったことがある。そのときから「ひまりさんと何かある」とピンときていたらしい。

「告白を断ったのはこっちなんだから、今さら私から連絡するのも、不誠実だと思うんだよ。レオだって自分の生活があって、新しく恋人ができてるかもしれないし」

もごもご話すうちに混乱してきた。私は一体、レオの何になりたかったのだろう。思わぬレオの告白が嬉しかった。一緒に行った水族館は楽しかった。男として目の前に現れたレオは想像以上に優しくて、だからこそ、怖かったのかもしれない。

つらいことを全て投げ出しても、レオに甘えれば、多分解決してくれる。住居も生活費も、生活の支援も、何もかも。そんな考えが頭をよぎった瞬間、このままでは自分がダメになると思った。自立しようともがいてきたけど、本音では逃げ出したくてたまらなかったのかもしれない。「ほら、今なら逃げられますよ」という道が見えて、自分の弱さにおびえた。

「司法試験に受かって、弁護士になったあとなら、前向きに考えられるんだけど」

「そんな難しく考えることですかね」美咲は首をかしげた。「連絡をとって、腹を割って話してみればいいと思うけどな」

美咲に諭されても、結局レオに連絡しなかった。私はひどく臆病だった。

週末に予備試験論文式試験を控えた月曜日、いつものように自習室で勉強していた。

パソコン上でワードファイルが開かれている。自作の「論証パターン集」だった。

『論点：おとり捜査
〈パターン①〉

本件のおとり捜査は、すでに犯罪を起こす気がある者に対して、その犯罪行為の機会を提供するにとどまるもの（機会提供型）であり、……であるから必要性も認められ、適法である。

〈パターン②〉

本件のおとり捜査は、犯罪行為を起こす気がない者に積極的に働きかけて、犯罪行為をする気を起こさせるもの（犯意誘発型）であり、……に鑑みると必要性も乏しく、違法である。』

論文式試験では、具体的な事案について、法的な論点を抽出し、適法か違法か、どういった主張が可能か等を問われる。

それぞれの論点には、過去の裁判で判決が出ていたり、学説上一般的な考え方があったりする。試験中に「えーっと、あの論点はどうだったかな」と考え始めると、健常者の受験生でも時間が足りなくなる。

だからあらかじめ「こういう内容を書こう」という文章をまとめておいて、ほとんど丸暗記する。覚えた「論証パターン」をひな型として使いながら、試験を乗り切る。論文式試験では一般的な対策だ。

これまで過去問は何度も解き、論証パターンも一通り頭に入れたはずだ。だが試験日まで気が抜けない。最後の確認として、もう一度、全科目の論証パターン集を見直していた。

「休憩の時間ですよ。コーヒー買ってきますね」ヒカルの声がした。自習室から出て行く音が続く。

もう午後五時だった。リクライニングを倒して横になる。少し休んだら夕食までひと踏ん張り――と思ったとき、突然、視界がぼやけた。首から上に一斉に鳥肌が立った。顔がほてって熱い。こめかみから汗が噴き出す。

おかしい。パニックになった。

強く打たれ続けるような頭痛がした。

必死になって考えた。これは高血圧だ。とっさにリクライニングをあげる。身体を起こしたほうが血圧はさがるはずだ。

爆発しそうなほどに顔が熱い。ふと思い至った。

そうだこれは、自律神経過反射だ。

汗が、止まらなかった。

パニックになっていた。

自律神経過反射は、心筋梗塞、脳卒中、網膜出血につながる恐れがあり、命の危険もある。

脊損患者が最も恐れる合併症の一つだ。

救急車か、ヒカルを呼ばなくちゃと思った。机上のスマートフォンに手を伸ばすが、視界がぼやけて操作できない。

ヒカルの帰りをじりじりと待った。普段から十分以上離れることはない。すぐに戻ってきてくれると分かっていた。だが、万が一ということもある。不安が込みあげた。

自律神経過反射は、原因を取り除かないかぎりおさまらない。一体何が原因なのだろう。典型的なのは排尿や排便のトラブルだ。リハビリをしていた頃は、排泄のたびに自律神経過反射を恐れて緊張した。だが最近は慣れてしまって、それほど心配していなかった。

褥瘡や外傷が原因になることもある。暑すぎる、寒すぎる。日焼け、きつい衣服、生理痛。様々な原因がありえた。

徐々に意識がぼんやりとしてきた。目が見えにくいのに、視界に斑点《はんてん》のようなものが浮かんでいる。頭が割れるように痛い。

「ひまりさん、どうしたんですか！」

ヒカルが叫ぶ声がした。

「顔が真っ赤。汗びっしょり」

「ヒカル、救急車呼んで」やっとの思いで言った。「財布の中にカードが入ってるから、救急隊員に見せて」

「はい。ひまりさん、大丈夫ですからね」

それからどういう流れだったか、記憶が定かではない。救急車に乗ったのは覚えている。意識がはっきりしたときには、病院のベッドの上にいた。病室の蛍光灯がまぶしい。寝転がっているせいで周囲の状況が分からなかった。首を動かして左右を見る。ベッド脇にテレビや戸棚がない。救急病棟なのだろう。

ふと、首元にナースコールを見つけた。息を吹きかけて使うタイプだ。頬に力を込めて、ふうーっと息を吹きつけた。

数分後には若い男性医師がきてくれた。

「朝宮さん、意識が戻られたんですね。このカードがあったおかげで、スムーズでした」

医師は『自律神経過反射についての医学的警告カード』を掲げた。

自律神経過反射は特殊な病態なので、全ての医療従事者が対処法を心得ているとは限らない。外出先で体調を崩したときに備えて、カードを携帯していて本当に良かった。

医師が尋ねた。

「左脚の脛《すね》に打撲傷がありました。心当たりはありますか?」

「打撲傷? 分かりません。肩から下は常に痺れがありますけど、ぶつけても痛みを感じないんです。だから、知らず知らずのうちに、どこかにぶつけてしまったんですかね」

「脛の正面から側面にかけて、細長いものにぶつかったような痕があります。車いすでの移動中に立て看板に脚をぶつけたとか、すれ違う人の傘が当たったとか。そういう傷に見えますが……」

リクライニングを倒したときに症状が出た。もしかすると、車いすを操作したときに机の脚にぶつかったのかもしれない。

「今回の打撲傷のように、身体によくないことが起きると、身体は脊髄を介して脳にメッセージを送ろうとします。でも朝宮さんの場合、脊髄を損傷しているので、メッセージは脳には届かない。他方で、脊髄までできたメッセージは自律神経に伝わり、自律神経が脚やお腹の血管をきつく収縮させる。それで血圧が急にあがり、危険な状態になったわけです」

私は力なくうなずいた。

自律神経過反射は、爪が皮膚に刺さる嵌入爪《かんにゅうそう》や、服のしわ、ベッドのシーツのしわなどの刺激でも引き起こされることがある。

十分に気をつけていたつもりだった。定期的な排泄、褥瘡の防止、生理痛の緩和、ゆとりのある服装等々、日頃から予防していた。

それなのに、勉強に熱中していて、ふと気が抜けた瞬間にやらかしてしまった。

「打撲傷には湿布を貼っています。数日のうちに治るでしょう。降圧剤を入れているので、今は血圧は安定しています。今夜は念のため病院にいてもらって、明日の朝、帰りましょうか」

医師の穏やかな声を聞いていると、だんだん安心してきた。危ない状態はすでに脱したようだ。また明日から勉強できる。

「一度自律神経過反射を起こすと、その後数日から数週間は、ささいな刺激で再度、自律神経過反射が誘発されてしまいます。ご自宅に血圧計はありますか？　念のため、鎮静剤と降圧剤を処方しますので、しばらくは安静になさってください」

「しばらく？　今週末に試験があるんです」

予備試験のことを説明すると、医師は顔をしかめた。

「そんなハードな試験は、やめておいたほうがいいんじゃないですか」

その夜、なかなか寝付けなかった。病室の天井を見あげてぼんやりしていた。

医師の説明の後、ヒカルと両親、兄とその子供たちがやってきた。

口々に「無事でよかった」と言い、「無理しないように」「試験は何度でも受けられるけど、命は一個しかないんだから」と続けた。

医師から家族に話があったのだろう。今週末の予備試験論文式試験は当然諦めるという前提で、話が進んでいた。

谷底に突き落とされたような気分だった。これまでの努力は何だったのだろう。

授業を受けて、基本書や判例百選を読み込み、論証パターン集を作って、過去問を解き……地道で膨大な量の作業をこなしてきた。心を削りながら法務省と交渉し、何とか音声入力ソフトの使用を認めてもらったのに。

どういうわけか、美咲の顔が浮かんだ。美咲は予定通り試験を受けるだろう。本人は自信がないと言っていたが、きっと合格する。美咲が合格したらもちろん嬉しい。嫉《ねた》んだりしない。だけど、おいていかれる寂しさがあった。前の職場の同僚、夏子のときも同じだった。私がリハビリをしている間に夏子には恋人ができて、いつの間にか結婚していた。

みんなどんどん進んでいくのに、自分だけ同じところで足踏みをしている。ぼんやりしていると身体の機能は落ちていく。同じ状態でいるだけでも本当は大変だ。それなのに、これ以上進むなんて無理だと思った。

いっそのこと全部、諦めてしまったほうがいい。ひどく投げやりでいじけた気持ちになった。たまにどうしようもなく傷ついて、世間に背を向けたくなる。

涙すら出ない。乾いた目をかばうようにまぶたを閉じると、いつの間にか眠りに落ちた。

朝、起きると、「あっ、ちょうどお目覚めですね」と女性の声がした。看護師のようだ。

「リクライニング、あげましょうか」

部屋の明るさに目を細めながら、リクライニングに身を任せた。頭が徐々にあがってきて、一瞬ぼうっとした。

「おはよう」男の声がした。目をしょぼしょぼさせながら、声がしたほうを向く。

そこにはなんと、レオが座っていた。

「レオ?」病みあがりの幻覚かと思った。

「えっ、なんでいるの?」思わず声が裏返った。「名古屋じゃないの? 仕事は?」

「仕事?」レオは妙に力強く笑って言った。「そりゃもちろん、サボった!」

第二十五章　大丈夫

運び込まれた病院で一夜を過ごし、目覚めたらベッドサイドに幼馴染のレオがいた。

「なんで？　一体どういうこと？」

レオはかすかに口を尖らせた。

「なんでって、別にいいだろ」

「よくないよ。仕事は？」

「ちゃんと有休を取ってるから大丈夫。前にひまりのお母さんと話したとき、ひまりに何かあったら連絡してほしいとお願いしてあったんだ。昨日の夜遅くおばさんから電話をもらって、今回のことを知った。それで今朝、名古屋から始発の新幹線でここまできたってわけ」

レオはこちらをじっと見つめて、何かを言おうとした。だがためらうように口を閉じた。視線を伏せて、独り言のように言った。

「命が助かって良かった。ひまりに万が一のことがあったらと思うと、仕事どころじゃなかった」

ジーンズにTシャツ姿のレオは、スーツ姿のときよりずっと若く見えた。濃い顔立ちと浅黒い肌、癖毛も相まって、サーファーやバンドマンのようにも見える。

「でも予備試験、受けられなくなっちゃったんだよ。法務省と交渉して音声入力ソフトを使わせてもらえることになって。短答式試験でソフトを使って好感触で、やっと論文でも」

「ひまり」

レオが遮った。厳しい口調だった。

「今は試験のことはどうでもいい。それよりもひまりの――」

「どうでもよくない！」思わず大きな声が出た。「みんな命が大事、生きていればいいと言うけど。本当にそうなの？　目標もなく、社会と関わったり、誰かに感謝されたりもなく。ただ生きているだけの状態で、それでも幸せですと言えと。本人にそう要求するのは、残酷なことだって分からないの？　障害者を見下しているんだよ、結局。何もできないだろうからじっとしてなさい。ほら楽でしょう、暮らせるでしょうって。みんなだって私の立場になったら、同じことを思うはず。生きてるだけじゃ嫌だ、何かやりたいって」

一気にまくしたてたあと、自分の言葉に刺激されて嗚咽が漏れた。レオが困ったように瞬きをした。罪悪感が募る。レオは悪くない。八つ当たりだと分かっていた。涙があとからあとから出てきて、止まらなかった。

「そうだよなあ」

レオが静かに言った。

「俺は責任を感じていたんだ」

ベッド脇に座ったレオが言った。

「司法試験を受けて弁護士になればいいと勧めたのは俺だから。俺にできたんだから、俺より優秀だったひまりにも当然できると思って、軽い気持ちで勧めた。実際、勉強のほうは順調なんでしょ。予備試験の短答式試験にも二年連続で受かってるみたいだし。それってすごいことだよ。法学部出身の健常者だってなかなかできない。そうなんだよ、ひまりはやればできるって俺は知ってるんだ。社会から締め出されて鬱々《うつうつ》としているひまりを見たくない。司法試験に向けて頑張ってるのを見ると嬉しかった」

そこまで言うと、レオは大きくため息をついた。膝の上で両の拳を握っている。

「ただこちらの想像以上に、身体の状態が複雑で、自己管理が大変で。そういう人がスムーズに暮らせるほど社会の側も整っていない。ひまりの身体にとって危険なことを、俺は勧めてしまったのかもしれない。体調を崩したと聞いて血の気が引いた。いても立ってもいられなくて、飛んできた」

レオの言うことは分かったが、言葉がちくちくして、気持ちがささくれだっていた。

「責任を感じてもらう必要はないよ。司法試験を勧めてくれたレオには感謝してる。でも受けると決めたのは私自身だから。責任感で気を揉んでここにきたのなら」

「違う、そうじゃない」諭すような静かな口ぶりだった。「俺はただ、ひまりが心配でここにきた。分かるでしょ?」

レオの目は真剣そのものだった。八つ当たりしても動じず、声を荒らげることもない。私はコクリとうなずいた。いじわるなことを言った罪悪感で胸が痛んだ。レオはいつも「ひまりならできる」と言っていた。それがどれだけ支えになっていたか。レオがいなかったら、私は今頃どこで何をしているだろう。レオが名古屋に行ってしまって、本当のところ、ものすごく心細かった。ずっと気持ちに蓋をしていた。今を逃すともう次はない気がした。

「レオ、あのさ」

「待って！」レオが慌てたように手の平をこちらに向けた。「最後のチャンスが欲しい」

チャンスって何の？　と思った。だが戸惑っているうちに、レオが言葉を続けた。

「諦めようとも思ったけど、今回のことでよく分かった。俺はひまりと一緒に人生を歩みたい。俺と、結婚してください」

「えっ、結婚」突然の申し出に私は戸惑いを隠せなかった。私から「付き合ってほしい」と言うつもりだった。それなのに、もっと大きい弾《たま》が飛んできて、突風で何もかもが吹き飛ばされたみたいだ。頭が真っ白になった。

「もちろん、今日明日で婚姻届を出してどうこうという話ではなくて、そこは段階を踏んでいくわけだけど。今後ずっと一緒にいる前提で関係を深めていきたいという俺側の意思表示であって……」

急にごにょごにょと話し始めた。いつものレオだ。長い話を聞いているうちに、私にも冷静さが戻ってきた。

「でもそれを、ひまりが大げさに捉える必要はなくて。とりあえずお試し的に付き合ってみるくらいの気持ちでいい。まあ、俺のことが嫌いじゃなかったらだけど」

クスクスと笑いが漏れた。「嫌いなわけないじゃん。好きだよ、レオのこと」

レオの動きがぴたりと止まった。ぎょっとしたように目を見開き、こちらを食い入るように見つめている。

「え、好き？　俺のこと好きって言った？」

「うん。結婚はちょっと急だけど、とりあえず付き合おう。私から言うつもりだったんだけどね」

「へ、へえー」レオは顔を横に向け、私から隠れるようにして目頭を押さえている。「ひまりがマジな顔をしていたから、てっきり、もう関わらないでほしいって言われるかと思った。でも、ひまりも俺のこと、好きだったわけか。へえー、そっかあー、へーえ」

念押しするような物言いにちょっとイラッとした。だが今日は大目に見ようと思った。

レオは立ちあがると、ベッドの周りのカーテンをきっちり閉めた。こちらを振り返り、妙に真面目な口調で「ぎゅっとしてもいい？」と訊いた。中学生みたいで思わず吹き出した。

「別にいいよ。どうしたの」

レオは横から私の肩を優しく抱いた。麻痺がある部分とない部分の境目に触れられて、ぴりぴりと心地の良い刺激が走った。かすかに汗の臭いがした。鼓動が速まるのを感じた。

「今日はありがとう。本当に嬉しい」絞り出すような低い声だった。「何があってもひまりのことを応援する。約束する」

「……ありがとう」と言ったきり、言葉に詰まった。胸がいっぱいだった。

朝食をとり、医師の診察を受けてから退院した。ヒカルと父が迎えにきてくれるという。ロビーで二人を待ちながら、レオが言った。

「司法試験、諦めないんでしょ？」

「うん。できるか分からないけど、やりたいと思ってる」

「ひまりならできるよ」

当然のように言うからレオはすごい。しみじみ感じ入った。

「でも本当につらくなったらいつでもやめていい。生活費なら俺が何とかできる。だけど、そういう問題じゃないんだよな。仕事ってお金のためだけにやるものでもないし。ひまりが言うように、社会と関わりを持って、誰かに感謝されることをして生きていきたいってのは、まっとうなことだよね」

外来が始まる時間らしく、病院のロビーは込み合っていた。スーツ姿の中年男もいれば、お腹の大きい女の人もいる。だが半分以上は年配の人たちだった。杖《つえ》をついたり、腰をさすったり、動きは緩慢だが、みんな朝からしゃんと起きて、病院にきている。彼らの多くはすでに現役を退いているだろうが、若い頃は子育てに奮闘したり、会社人間だったり、それぞれに「やりきったこと」があったに違いない。私も年齢を重ねたときに「十分やりきった」と言えるくらい、働くなり、人と関わるなりしたかった。

「着いたらしい」レオがスマートフォンを見ながら立ちあがった。並んで外に出る。むわりとした夏の空気に包まれた。太陽の光がまぶしい。駐車場脇の花壇に、マリーゴールドが植えられていた。

よく見ると、一輪だけひまわりの花がまじっている。どこからか種が飛んできて、一緒に育ったのだろう。ひまわりは光の粒を浴びようと、ひときわ長く首を伸ばして、顔を精一杯、天に向けていた。

ヒカルと父と合流し、家に帰った。レオも一緒だ。少し休んでから皆で昼食をとった。

「レオ君、今日はわざわざありがとうね」

母がレオの前に小鉢を沢山並べていく。

「いえ、とんでもないです」レオはいつも以上に上機嫌で、如才なく母と話していた。愚痴に相づちをうち、お世辞を言い、オチのない話によく付き合っている。

「それであんた、予備試験はどうするの？」

母がそう言うと、皆の視線が一斉に私に集まった。私はごくりと唾を飲み込んだ。

「予備試験、今回は諦める」

両親とヒカル、レオの顔を見ながら言った。

「今年の予備試験に受かっても司法試験を受けられるのは来年でしょ。私はもうロースクールの最終学年だから、順調にロースクールを卒業できれば、来年には司法試験を受けられるし。予備試験に合格する必要はないから」

受験期間が短縮されなくても、試験の練習のため、勉強のために予備試験に挑戦する人も多い。離脱するのは悔しかったが仕方ない。

「そもそも、音声入力ソフトを使って受験する前例を作るために、予備試験に出願したんだよね?」レオが訊いた。

私はうなずいた。病院からの帰り道で、法務省との交渉の経緯を話してあった。

「それなら、目的はすでに達成されているよ。短答式試験で、音声入力ソフトを使ったんだよね。一度使用を認めたものを『やっぱり不適切でした』って引っ込めるわけにはいかない。お役所はそういうのを一番嫌がるから。だから来年の司法試験に出願したら、今年と同じように音声入力ソフトの使用が認められるはずだよ。良くも悪くも前例踏襲主義。一度前例を作ったひまりの勝ちだよ」

「そうなのかあ」

国家公務員、検察官として働いているレオがそう言うなら、大丈夫かもしれないという気がしてくる。

「良かった。ひまりさんの努力が無駄にならなくて」ヒカルが独り言のように言った。

私が勉強している間、ヒカルはずっと横についていてくれた。もしかすると、ヒカルも悔しく感じてくれているのかもしれない。

「今回の件は残念だったけど、学びもあった。体調管理を万全にしないと、受験どころじゃない。根を詰めて勉強しすぎると逆効果だね。休むのも仕事っていうけど、本当にその通り。もう少しゆとりをもった勉強計画にするよ」

知らず知らずのうちに、私は焦っていたのかもしれない。ハンディキャップがあるぶん、人の何倍も頑張らないといけない。そうでないと不安で押しつぶされそうになっていた。

「ひまりなら大丈夫だよ」レオが真顔で言った。「来月司法試験を受けたって受かるよ」

「いや、それはさすがに無理だよ」

「大丈夫、大丈夫」レオが軽い調子で言った。「マジで何の心配もいらない」

どうしてそこまで、私を信じられるの？

啞然としながらも、くすぐったくて嬉しかった。私は確かに、大丈夫なのかもしれない。


結局、七月中旬の予備試験論文式試験は受けなかった。

毎日淡々と勉強を進めている。しばらくの間、自学自習は一日五時間までと決めていた。際限なく取り組んでいたときよりも集中力が増した気がする。

結果として、七月下旬にあった定期試験は難なく終えることができた。

夏休みに入っても、学生たちは学校にきていることが多かった。クーラーのきいた自習室が目当てだろう。

美咲とラウンジでお昼をとっていると、一緒に勉強会をしている勝人が通りかかった。就活用のスーツを着ている。

「どうしたの？　スーツ姿で」

声をかけると、勝人は「え、朝宮さん、知らないんすか」と顔をしかめた。

「サマーインターンですよ。大手の法律事務所は、ロースクールの夏休み期間に合わせてインターンを募集します。インターンに参加して好印象を残すのが、採用への一番の近道なんです」

一般的な就活のようにエントリーシートを作成して、面接をする事務所もあるらしい。勝人はその面接帰りだった。

「でも面接なんて、よっぽど性格がヤバい奴を振り落とすためのものですよ。ほとんど学歴と成績で決まるんですから」

勝人が言うには、採用プロセスでは学業成績が特に重視されるという。名門ロースクールの出身で、学業成績が良く、人柄も悪くなければ、司法試験受験後、合格発表の前に早々と内定が出るらしい。

そういえば、定期試験のたびにロースクール内の空気が張りつめていた。若くて健常者で、別世界の人間のように思えていたけど、彼らは彼らで、将来に向けて精一杯闘っていたのだろう。

「でもさ、内定もらっても司法試験に落ちちゃったらどうするの?」

純粋な疑問を口にすると、勝人が呆れたように笑った。

「あのですね。名門ロースクールの成績上位者は、司法試験なんてまず落ちないんです」

「へ、へえー」内心動揺していた。受験方法や体調管理でバタバタしているうちに、同級生たちはずっと先、就職まで考えて動いている。就職のことを考えると気が重い。今は何も考えまいと、無理やり思考に蓋をした。

「そういえば、模試は申し込みました？」

「模試？　何それ？」

勝人が吠《ほ》えた。「そんなことだと思った！」


ロースクールの最終学年、冬学期が始まった。

校内の銀杏がすっかり落ち、踏みつぶされた実が今年も強烈なにおいを放っていた。

涼しい風を頬に受けながら、教室と自習室、自宅を往復する日々が続いた。司法試験に向けた勉強に集中したいのに、「法曹倫理」「法と経済学」「法哲学」など、司法試験には出題されない科目の授業もある。授業中に内職する学生の姿もちらほらと見受けられた。

だが私の場合、内職なんておよそ無理な状態である。中央の最前列に座り、ヒカルにパソコンでノートをとってもらう。最初はキーボードの打ち方すら怪《あや》しかったのに、三年目となると別人のようにテキパキと手を動かしている。法律用語にも慣れてきて、

「最近、うち、頭良くなったかも」

と言っては、はにかんだ笑みを浮かべた。

十一月中旬、来年の司法試験の公告が出た。同時に願書の交付が始まった。十一月末から十二月上旬までが願書受付期間である。

薄暗い自習室で、緊張しながらパソコンの画面を見つめた。今年の「司法試験受験特別措置実施概要」が出ている。不器用に右手を動かして画面をスクロールさせる。

『区分Ⅰ：体幹又は上肢の機能障害を有する者で、筆記による解答が不可能な上に、手指によるパソコンの操作が不能であり、パソコンの操作に著しく時間を要するもの』

声を上げそうになった。これまでなかった区分ができている。これまではその次の『区分Ⅱ：体幹又は上肢の機能障害を有する者で、筆記による解答が不可能なもの』が一番上に記されていた気がする。

『Ⅰ又はⅡに該当する者：パソコンを使用した答案作成、介助者の配置（介助者は司法試験委員会で配置）』

さらに六ページ目「パソコンの使用が認められた場合の受験特別措置の概要」に目を走らせる。使用可能なソフトが列挙されており、その一番後ろにこう記されていた。

『⑥音声入力ソフト（肢体障害の場合）』

胸が弾んだ。「見てよ、これ！」

ヒカルに声をかけた。ヒカルはパソコンをのぞき込んだ。

「ひまりさんが作った前例がルールになった、ってこと？」

「そうだよ、ほら、ここの」画面上に視線を走らせて、つと固まった。『介助者の配置（介助者は司法試験委員会で配置）』とある。

介助者は司法試験委員会で配置？　ヒカルは一緒に入れない？　背筋が凍った。

第二十六章　追い込み

年が明けた。

元旦からレオに迎えにきてもらい、車で三十分ほどの神社に出かけた。小さい頃に詣でていた最寄りの神社は参道に玉砂利が敷いてあり、石段もあるため車いすで入れない。バリアフリーマップで事前に確認して、拝殿まであがる迂回スロープがある神社を探す必要があった。

お願いすることは決まっている。

「司法試験に受かりますように」

五月中旬の試験まで半年を切っていた。

目を閉じたまま、「試験前、試験中を通してトラブルがありませんように」と願いごとを付け加える。

二礼二拍手一礼の参拝作法は守れない。お賽銭《さいせん》は二人分レオに払ってもらった。

「神頼みをするのも一苦労だな」

私のおみくじを引きながらレオが笑った。

おみくじの結果は「中吉」だった。学問の欄には「安心して勉学せよ」とある。

「本当かなあ。全然安心できないよ」

私は苦笑した。ひんやりとした空気が頬をなでた。お焚《た》き上げの煙のにおいがした。

参道を戻りながら、レオが訊いた。

「介助者について法務省と話したんだっけ？」

「うん。でもやっぱり、試験中の介助者は、司法試験委員会で用意するって」

普段介助してくれているヒカルに六法を引いてもらえないのは大変な痛手だった。「六法」といっても二百近い法令が収録されている。慣れていない人がスムーズにページをめくるのは難しい。不正防止のために必要なことと分かっていても、不安は募った。

「六法を引ける介助者を用意してほしいとお願いしてあるから、大丈夫だと思うんだけど」

ヒカルは当日同行して、試験会場内、パーティションで仕切られたスペースで待機することになっている。水分補給やマッサージが必要なときは、私がパーティションの向こう側に移動して、ヒカルから処置を受ける。

「いっそ徹底的にやってもらったほうがいいかも」レオが大真面目な顔で言った。「受かったあとに変にケチがつくとよくないから」

思わず顔をあげ、レオをまじまじと見た。当然のように私が合格すると思って話していることに驚いた。最近は母ですら不安になってきたようで、試験の話題を避けているのに。

私の驚きをよそに、レオは「二日酔いだわ」と欠伸《あくび》をしながら名古屋に帰っていった。

三が日が明けて、ロースクールに行くと普段通りの人出があった。年末年始も自習室は開いている。勉強しながら年を越した学生もいるという。これだけ勉強しても司法試験の合格率は三割から四割程度だ。半分以上の学生が不合格になってしまう。

私は朝から自習室で模試を受けていた。受験予備校が実施しているものだ。会場受験と自宅受験を選択できるが、私の場合、受験方法が特殊なので会場受験は選べない。答案用紙を郵送して採点してもらうことになる。

お昼にラウンジで美咲と顔を合わせて驚いた。いつもお洒落な彼女がほとんどジャージのような格好をしていたからだ。

「私はもう、試験までこういう感じでいきますから」事情を訊く前に宣言された。声に張りがあって、顔色も悪くないのが救いだった。

「絶対に一発で合格しなくちゃいけないんで」手製のおにぎりのラップを開きながら美咲が言った。「うち、母子家庭なんです。高校生の弟もいるし、家計に余裕がないから。大学時代のバイトで貯めたお金と奨学金でなんとかロースクールにきてるんで」

私たちが通う国立大学のロースクールでも、授業料は年間約八十万円かかり、入学金も三十万円弱かかる。教科書代や模試代も馬鹿にならない。学費だけで三百万円はかかる。そのうえ三年間の生活費も当然必要だ。

私は会社員時代の貯金もあるし、事故の賠償金もあるから捻出できた。だが、まだ二十代半ばの美咲がこれだけの金額を用意したのは並大抵のことではない。

「今年落ちたら、一般企業で就活をします。まだぎりぎり第二新卒で採用してもらえるので。来年以降になったら年齢的に厳しくなっちゃう」美咲はおにぎりを両手で持ち、宙の一点をじっと見ながら言った。

追い詰められているのは自分だけではないのだな、という当たり前のことに思い至った。私のように分かりやすく目に見える障害がなくても、それぞれに事情を抱えている。

美咲は合格率五％以下の予備試験に合格している。予備試験合格者は九割以上の確率で司法試験に受かる。実力十分だが、本人としては最悪の事態も頭をよぎるのだろう。

「美咲ちゃんは、どうして弁護士になりたいと思ったの？」

以前から疑問に思っていたことを尋ねた。

「うちの父は大工でした。でも五年前に、工事現場で体調を崩して亡くなって。一人親方の請負仕事だったから労災がおりないって言われたんです。そのとき助けてくれた弁護士さんがすごく良い人で、こういう仕事できたらいいなって思ったんです。でも私は大学の文学部にいて、法学部への転部も難しかった。ロースクールに行けば司法試験を受けられるって知って。バイトを沢山してお金を貯めて、何とかここまできたんです」

ロースクール在学中は勉強で忙しくて、アルバイトをする余裕は全くない。入学前までに費用を用意しておく必要があった。そこまで見込んで計画的に動ける美咲は本当にすごいと改めて思った。

「私たち、受からなくちゃだねえ」

しみじみと私が言うと、美咲はこっくりとうなずいた。

「ほんと、ひまりさんもそうでしょうけど。ここまで大変な思いをしたんだから、せめて試験くらいは通してほしいですよ」

互いに労いの言葉をかけながら別れた。それぞれ自習室に戻って勉強の続きをする。あっさりとした関係にも見えるが、何より強い連帯を感じていた。

その後、一週間かけて模試を解き終えた。

司法試験は五日間にわたって実施される。

初日は選択科目（三時間）、公法系科目二つ（四時間）の計七時間の試験だ。二日目は民事系科目が三つで合わせて六時間、試験がある。一日試験のない中日《なかび》を挟んで、四日目は刑事系科目二つを四時間で解く。最終日の五日目は短答式試験が三科目ある。

一連の流れを模試で体験して分かった。

司法試験はスポーツである。

いざ試験に臨むと、頭が良いとか悪いとか、勉強が十分かとかは吹っ飛んで、身体の丈夫さ、体力の有無が一番重要だ。

じりじりと体力が削られるなかでいかに集中力を保てるか。最後まで諦めずに食らいついていくか。そこで勝敗が決まる。スポーツの試合とほとんど同じだった。

私はただでさえ疲れやすい。圧倒的に不利だ。試験時間は一・一六倍に延長してもらっていたが、時間が長くなると身体への負担も増す。車いすのリクライニングを倒すだけでは体力が回復しない。試験中も簡易ベッドに移乗して休む必要があった。

二月に入ると最後の定期試験があった。

この試験で最終的な学業成績が確定する。大手法律事務所への入所を目指す学生たちは殺気立っていた。しかも必修の単位を落とすと卒業できず、司法試験を受けられない。過去の試験と比べても一段と緊張感があった。

三月上旬に試験結果が出て、無事卒業できることが決まったときは心底ホッとした。

まだ肌寒いなか、卒業式が行われた。

普段なら足首にレッグウォーマーを巻くが、この日ばかりはおろしたてのスーツを着て、ストッキングとパンプスを身に着けた。

両親と兄、その双子の子供たちまで駆けつけて、正門の前で写真を撮った。いい年をした大人の卒業式に家族総出というのも気恥ずかしい。だが誇らしげに笑う両親の顔を見ていると、しみじみと嬉しかった。

「ロースクールに行くなんて言い始めたときは驚いたけどなあ」兄がのんびりとした口調で言った。「本当に受験して合格して、三年間通って、卒業しちゃうんだから」

「しかもあんた、成績良かったんだね」母が目を丸くして言った。「成績優秀で表彰されるなんて。お母さん、びっくりしたわ」

成績を言うと一喜一憂、大騒ぎすると分かっていたから、いちいち伝えていなかった。

母の口ぶりはやはり大げさに感じたけど、こそばゆいような達成感が込みあげた。

講堂で行われた学位授与式では、成績優秀者発表があった。上位二割くらいの学生の名前が読みあげられ、呼ばれた学生は返事をして立ちあがることになっていた。

私はぎりぎりのところで成績優秀者入りを果たしたので、最後のほうで名前が呼ばれた。「はい」と返事をしてから車いすの座面をあげ始めたら、会場が笑いに包まれた。馬鹿にするような失笑ではなく、和やかな祝福の雰囲気だった。三年間ほとんど毎日学校にきていた。やはり目立つからか、最初は遠巻きにされていたが、他の学生とも話せばすぐに打ち解けた。同じクラスだけでなく、他のクラスにも知り合いは多かった。

首席として学生代表で学位を授与されたのは、一緒に勉強会をしていた清原君だった。清原君は卒業後、民法学研究室の助教として採用されることが決まっている。

私たち勉強会のメンバーは互いに「おめでとう」と言い合った。どうにか三年間を乗り切って卒業した。司法試験を二カ月後に控え、ほんのひとときだけ、華やいだ気分に浸った。


四月以降、毎日厳格にスケジュールを決めて生活した。朝七時に起床して排泄関係を処理する。顔を洗い、歯を磨き、ロースクールに出かける。気のゆるみが体調不良につながる気がして、毎日きちんとした格好をすることにこだわった。

定期検診が試験直前に入らないよう、計画的に日程を組んで受診を済ませてある。

予備試験の二の舞だけは避けたかった。勉強時間は午前中に三時間、午後に二時間、休憩を挟んで夜に二時間と決めた。

やることは多岐にわたった。論文式試験が八科目、短答式試験が三科目ある。マークシート式の短答式試験で一定以上の点数を取らないと、その時点で不合格となる。毎年二割から三割程度の受験生が足切りにあう。せっかく解いた論文式試験の答案が採点もされずに不合格になるのは、想像しただけでもつらかった。

短答式試験の対策として、「択一六法」と呼ばれる参考書を毎日見返した。小事典のように分厚い本で、全部で八冊ある。理屈ではなく丸暗記する必要がある部分も多い。何度見返しても、うっかり頭から抜け落ちてしまいそうで怖かった。

過去問を解きなおしたり、自作の論証パターン集を確認したり、タスクを一つずつこなしていると一日はあっという間に過ぎた。

自習室で横になって休憩しながら、努めて深呼吸をした。本当はもっと勉強したかった。じりじりと焦る気持ちがせりあがってくる。

短答式試験は一定の点数を超えれば何人でも通過できる。絶対評価だ。だが論文式試験は相対評価だ。合格者数が決まっていて、上位から順番に合格が出る。私以外の受験生たちは今頃、体力の限界まで勉強しているだろう。勉強時間で無理ができない私は、とことん不利に思えた。

でも不満に思い始めるとキリがない。きっと弁護士になってからも他の弁護士ほど働けない。自分のできる範囲でいかに成果を出すか考えなくてはならないのだろう。

「大丈夫っすよ」私の懸念を読み取ったかのように、ヒカルが言った。「三年間毎日勉強してきたじゃないですか。うち、ずっと見てたから誰よりも知ってます。ここまでやって落っこちたら、逆にすごいっすよ」

ニヒヒッと笑うヒカルにつられて、私も頬をゆるめた。

「ヒカルと一緒に試験を受けられたらよかったのに」

ずっと思っていたことだったが、いざ口に出すと目頭が熱くなった。

答案作成中の介助者は司法試験委員会が用意するから、ヒカルは休憩のときだけ介助に入る。以前そう伝えたとき、ヒカルは確かに寂しそうな顔をした。だがすぐに明るい表情になって「分かりました。待ってるあいだ、結構暇っすね」と笑った。気を遣ってくれているのがひしひしと伝わってきて、こちらから弱音を吐けなかった。

でも試験が近づいてくるにつれて、不安と焦りで余裕がなくなってきた。心臓がきゅっと締めつけられて、呼吸が浅くなっていく。四月後半のこの日には、追い込まれたことでむしろ素直な気持ちを口にできた。

「正直、他のヘルパーさんだと不安だよ。問題をめくるタイミングとか、六法の扱いとか、パソコンのセッティングとか、大丈夫かなって思っちゃう」

ヒカルはベッド脇の丸椅子にちょこんと座っていた。困ったように小首をかしげて、戸惑っているのか照れているのか、あいまいに微笑んだ。

「ひまりさんなら誰とでも大丈夫だと思いますけど」すっと視線を伏せて言った。「でもそうですよね。きちんとした人に介助に入ってほしいなって思います。介助がテキトーなせいでひまりさんの力を出し切れなかったら、それは嫌だなって思う」

ヒカルは言葉を選びながらポツポツと話しだした。

「六法をめくるのも結構コツがいるんですよ。紙が薄いからめくりづらいし、どの法律がどのあたりにあるのか覚えてなくちゃいけないし。うちも最初は面食らったけど、毎日ひまりさんと一緒に授業を受けてるうちに慣れてきて。このあいだの卒業式では、自分も卒業したみたいに嬉しかった」

言葉を切ると、ヒカルはすっと立ちあがった。壁際に置かれたトートバッグから一冊の本を取り出して、戻ってきた。

「これ、最近買いました。勉強してるんです」

ヒカルが手にしているのは、法学検定試験の問題集だった。

「法律の勉強をしてるの？」

「はい」ヒカルは真剣な顔でうなずいた。「ひまりさんが弁護士になったら、うちを事務員にしてくれませんか」

ヒカルは慌てたように付け加えた。

「ヘルパーを辞めたいってわけじゃないんです。もっとひまりさんの役に立ちたいと思って、あとうちも少しは法律に慣れたから、できるかもと思って」

試験介助に入れないと聞いて、ヒカルは「正直落ち込んだ」らしい。これまで一緒にやってきたのに、最後だけ役目から外されたのが悲しかった。だが同時に、「モヤモヤとなんかムカつく」気持ちが湧いてきたという。

「ひまりさんをとられたような気がして、嫌だったのかも」ヒカルは顔をクシャッとさせて、笑っているような、泣いているような複雑な表情を浮かべた。

「だって最近、レオさんと二人で出かけることも増えたでしょ。ただでさえうちは待ちぼうけなのに、大事な試験当日の介助まで外されて。うち、もう出番ないなーっていうか、役立たずだなーって」

「そんなことないよ。ヒカルがいたからここまでやってこられたんじゃん」

「いや、分かってますよ。ちょっといじけちゃっただけ。これから先もうちの代わりになる人、いくらでもいるんだろうなって思って、それで……」

ヒカルは法学検定試験の問題集を掲げてみせた。

「ちょっとは法律の勉強しようと思ったんです。秘書検定もとります。法律事務所って事務員さんがいるでしょ。その仕事もできるようになったら最強じゃないっすか」

目を潤ませながら笑顔を作っているヒカルを、抱きしめてやりたかった。だが私はベッドに横になっていて、介助がないと身を起こすこともできない。

ヒカルは高校卒業後、祖父の介護をしていた。祖父が亡くなって急に暇になったところで私のヘルパー求人を見つけた。星座と血液型、干支まで同じだったことから「運命を感じちゃって」応募したと語っていた。大学に行っていないからキャンパスライフを味わってみたいという気持ちもあったという。

勉強漬けの日々はヒカルが想像していたキャンパスライフとは違っただろう。だがヒカルなりにやりがいを見つけて、楽しそうに働いてくれていた。いつもそばで助けてくれた。

「ありがとう。ヒカルは優秀な事務員になるよ。そのためにもまず私が弁護士になるね」

「お願いしますよ」ヒカルは大きくうなずいて、片手で隠しながら顔をそむけた。洟をする音がした。「応援してますから」

第二十七章　司法試験

五月中旬の火曜日、朝八時に家を出た。両親が戸口に見送りにきた。

「あんた……」母が言葉を詰まらせた。

いつもなら騒がしく話し続ける母も、この日ばかりは口が重そうだ。

母は黙って紙袋を差し出した。ヘルパーのヒカルが代わりにそれを受け取る。袋からは、赤とオレンジで鮮やかに彩られた枕カバーのようなものが出てきた。

「ハワイアンキルトの教室で作ったから。車いすのクッションに使いなさいよ」

そっけない口調で母が言った。照れ隠しでわざとそういう言い方をしているのだと分かった。

「ありがとう」と言った途端、自分の目が潤み始めて驚いた。だが親の前で涙をこぼすのは恥ずかしい。目をそらして、庭に咲いたツツジの花を見つめた。

ピンク色の花弁には雨粒がついていた。昨晩は大雨だった。今朝もまだ、霧のカーテンが重くのしかかるように湿度が高い。

「体調に気をつけて、精一杯やってきなさい」

父の声が朝もやに吸い込まれていった。

私はうなずいて「行ってきます」と言い、ヒカルを見た。ヒカルは荷物を抱えて歩き出した。車いすを操作してついていく。

三十代半ばになって、両親とこれだけ関わることになるとは想像もしていなかった。高校卒業後は両親と夕食をともにすることすらまれだった。社会人になって一人暮らしを始めてからはなおさらだ。年末年始やお盆など、一年にほんの数日しか顔を見ていなかった。

面倒に感じていた母の性格が自分とそっくりだということも、無口な父が実は表情豊かであることも、事故に遭って一緒に暮らすようになって、初めて知った。

振り返ると、玄関に両親がまだ立っていた。二つ並ぶこぢんまりとした姿に胸が締めつけられた。

「もう行けるか？」

車の窓からレオが顔を出した。レオは有休をとって手伝いにきてくれていた。

「うん、よろしく」

バックドアが開き、リフトの上に車いすごと乗る。目線があがっていくにつれ、懐かしい感慨に包まれた。初めて車いす用の自動車に乗ったときは、落っこちそうでリフトの動きすら恐ろしかった。今はすっかり慣れている。車は滑らかに走り出した。

司法試験の会場はビジネス街のイベントスペースにあった。普段は展示会や見本市などが行われている。地下一階の駐車場に車をとめて、会場に向かった。

ヒカルは大きいキャリーケースを二つ引き、レオはキャスター付きの簡易ベッドを押している。

すれ違う人々は怪訝そうな顔でこちらを振り向いた。

平日の朝だからか、会社員らしき人たちが多い。その中にぽつぽつと、大きなリュックを背負った男の子や、ジーンズ姿の女の子など、学生らしい姿も見受けられた。

明日から司法試験が始まる。下見に来ているのだろう。

九時二十五分に、指定された会議室の前についた。目配せをすると、ヒカルが扉をノックした。

「事前準備に伺いました。朝宮ひまりです」

私が声を張ると、中から「どうぞ」とくぐもった声がした。

二十人ほど入りそうな中規模の会議室だった。中央に長机が一つおかれていて、壁際にパーティションが二つあった。

スーツ姿の職員が三人、控えていた。頭をさげて挨拶をして、準備に取りかかった。

「それは何ですか?」職員の一人がレオのほうを見て言った。

レオが口を開こうとしたのを遮って、私が説明した。「休憩用の簡易ベッドです。持ち込みの許可は頂いているはずです」

「そうなんですか。念のため確認させてください」

職員はスマートフォンを持って会場の外に出ていった。十分もしないうちに帰ってきて「確認がとれました」と言うものの、胸の内に不安が込みあげてきた。

法務省とは何度もやり取りをして、持ち込み物品の確認をしている。現場に情報共有されていないのだろうか。

「この部分、シールをはがすか、上から何かかぶせるか、してもいいですか？」

職員が簡易ベッドの側面に貼られた取扱注意事項のシールを指さした。

「シール、はがしてください」と答える。

不正防止のため、文字が印刷されているものは原則として持ち込み禁止だ。ティッシュペーパーは外袋から出す。定規や付箋、湿布など書き込みができそうな「面」があるものも持ち込めない。かなり厳格な運用だ。


事前準備は粛々と進んだ。

ヒカルはACアダプタと延長コードを取り出し、ノートパソコンにつないだ。

職員立ち会いのもと、ノートパソコンを初期化して、試験に使用するソフトウェアだけを改めてインストールしていく。

パーティションの向こう側には、簡易ベッドと脚用のマッサージマシン、給水用のペットボトル、ストロー付きマグカップ、バスタオルなど、様々な物品が並んでいる。まるで入院患者の身の回りの品のようだ。職員はその一つ一つを入念に確認した。カンニング用の書き込みがないか見ているのだろう。

そこまで不正を疑うのかと呆れてしまう。だが彼らがしっかり監視してくれるおかげで、変則的な受験方法が許されている。感謝こそすれ、恨めしく思うことはなかった。

レオが一度会場を出て、台車を押しながら戻ってきた。プリンターが二台載っている。

「プリンター、二台あるんですか？」

職員が目を丸くした。私は淡々と説明した。

「はい。事前に許可をもらっています。試験中に故障するといけないので、予備です」

パソコン上で作成した答案を試験時間内にプリンターで印刷し、紙の状態で提出しなくてはならない。万が一、途中でプリンターが壊れるようなことがあったら、答案が提出できず不合格になってしまう。そんなことで一年を棒に振るのは避けたかった。プリンターなど必要な機器はもちろん自腹でそろえた。

荷物を運びこむだけでも一苦労である。もし頼れる人がいなかったら、と考えるとゾッとする。二人目のヘルパーを雇う場合、補助金は支給されない。そもそも普段の通学時のヘルパー利用料が補助金で賄えたのも、かなりラッキーだった。私が居住する自治体には特別の補助金制度があったのだ。

だがほとんどの自治体では、国の重度訪問介護制度に従い、通学通勤時のヘルパー代は利用者の自己負担となっている。厚労省からそのように告示が出ているからだ。しかし通勤時のヘルパー代が全額自腹だと、給料のほとんどがヘルパー代に消えてしまう。障害者は社会参加するなと言っているに等しい。

　ふと、Nリハビリセンターで一緒だった鬼瓦さんを思い出した。頼る人もいないから施設に入ると言っていた。ピアサポートに参加するようになったらしいが、元気だろうか。仏頂面が思い浮かんだが、首を振って頭を切り替えた。人の心配をしている場合ではなかった。

　昼前には事前準備を終えた。パソコンやプリンターには大げさな封印がされている。

　明日、この封印を解くときにはいよいよ本番なのかと思うと、麻痺している背中でもぞくりと冷える気がした。

　空になったキャリーケースを車に積むと、会場近くのホテルに移動した。自宅から毎朝会場に通うのは、身体への負担が大きすぎる。渋滞や交通事故の危険もある。会場近隣のホテルを五泊分予約してあった。

　荷物を預けてホテル一階のレストランに入ると、通路を挟んで反対側の席に学生らしい男の子がいた。背を丸くして片手でカレーライスを食べながら、もう片方の手で「択一六法」を開いている。彼も司法試験受験生だと分かった。

「このホテル、会場が近いから、泊まる受験生が多いんですね」

　ヒカルが声を潜めて言った。

　確かにこのホテルでは、受験生用のデスクライト貸し出しサービスまで用意されていた。利用する受験生が毎年多いのだろう。

「俺のときもホテルをとってる人、結構いたよ」レオがメニューをのぞき込みながら言った。

「電車の人身事故が怖いし、あと特に女の子は、くる途中で痴漢《ちかん》に遭ったりするとメンタルが崩れて、試験にも悪影響だから」

美咲は大丈夫だろうかと心配になった。ホテルをとらず自宅から電車を乗り継いで会場に向かうと言っていた。奨学金とアルバイトで学費を捻出するのが精一杯で、ホテルをとる余裕はないそうだ。

努力を積み重ねて、実力をやっと発揮するというその日に、アクシデントに見舞われたらあまりにも報われない。本人は「超早起きして向かうから大丈夫ですよ」と言っていた。私は祈ることとしかできなかった。

「俺はこれ食おう」レオがメニューの「カツカレー」を指さしていた。

「ゲン担ぎ？」と笑うと、「だってそのくらいしか、できることないし」と口を尖らせた。

私も誰かに祈られているのだ。そう思い至ると、照れくささと同時に、胸の真ん中がぽっと温かくなった。

ありがとう、とつぶやいた。レオは心底不思議そうな顔で「何が？」と言った。一緒にカツカレーを食べてから、レオと別れた。

「ひまりなら大丈夫だよ」

いつも通りのレオの言葉が、心にじんわりと沁みた。

ついに司法試験当日を迎えた。起床時間は朝六時だ。ホテルのモーニングはまだ始まっていない。前日にコンビニで買ってあったおにぎりを食べて、身支度を済ませると試験会場に向かった。

時間が早いこともあって人通りはまばらだ。よく晴れていて、日差しが暖かい。五月半ばだが六月並みの気温まであがる予報だった。寒いと身体が痛むことがあるので、暑いほうがまだ良かった。今日は身体のこわばりも少ない。脱水にさえ気をつけておけば大丈夫そうだった。

集合時間は八時だ。七時半には会場の前に着いた。少しでも身体を休めるためにリクライニングをさげて待機していると「もう入れますよ」と職員が声をかけてくれた。

午前中は九時から十二時半まで、三時間半の試験がある。一時間の休憩を挟んで、二時間二十分の試験、三十分の休憩を挟んでさらに二時間二十分の試験を受ける。合計八時間十分にわたり、机に向かい続けることになる。試験が終わるのは午後七時頃だ。翌日は朝八時四十分に集合しなくてはならない。

試験時間の延長がある一方で、一日に受ける科目数は一般の受験生と変わらないため、大変なハードスケジュールになるのだ。

会場に入り、長テーブルに合わせて車いすの座面の高さを調整した。

テーブルの上には、昨日はなかった「司法試験用法文」がおかれている。百科事典のように分厚い冊子だ。不正防止のため、私物の六法は使用できない。司法試験委員会が用意した法文を使うことになる。

練習用に「司法試験用六法」が市販されているので、中身は事前に確認してあった。試験に使う六法は、普通の六法と違って索引やリファレンスがないため、条文を探しづらい。いつも六法をめくってくれるヒカルによると、紙が薄くて紙質が悪いため、物理的にもめくりづらいらしい。

試験官の目配せを受けて、ヒカルがそっと私のそばから離れた。私たちは無言で視線を交わした。

大丈夫だよ。頑張るからね。

胸の内でそうつぶやいて、かすかに笑ってみせたら、ヒカルは表情をゆるめてうなずいた。

パーティションの向こうに消える背中を見ていると、今さらながら心細さが込みあげてきた。

ヒカルは試験中の介助ができない。いよいよ私は一人になってしまった。


司法試験一日目、試験開始まであと四十五分である。机の上におかれたデジタル時計をじっと見ていると、「おはようございます」と声がかかった。

顔をあげると、二十代半ばくらいの男が脇に立っていた。就活のときに着るようなスーツを着ている。肩のサイズが合っていないし、いかにも着なれていない印象だ。

「僕、本日介助を担当します、西藤《さいとう》といいます。よろしくお願いします」

西藤と名乗った男は、腰を支点にはねあげるように、ひょこりとお辞儀をした。

「こちらこそよろしくお願いします」

私も慌てて、首だけ動かして挨拶した。

「四肢麻痺の方の介助はしたことがないのですが、上肢麻痺の方についたことはあります。だから机の上の動作はできると思いますけど、何か至らぬことがあったら言ってくださいね」

西藤は人の良さそうな笑みを浮かべた。

感じのいい人で良かったと胸をなでおろした。試験中の介助者は司法試験委員会で用意すると言われて、かなり不安だった。一分一秒を争う試験だ。介助者との意思疎通に詰まって時間を空費するわけにはいかない。

西藤は机の上の「司法試験用法文」を指さして、「これが六法なんですねぇ」と、のんびりとした口調で言った。

「僕、六法全書って初めて見ました」

「えっ？」私は思わず目を見開いた。

パーティションの向こうでも、ヒカルがガサリと動く音がした。

「六法を見たことがない？　ってことは、六法をめくったこともない……のですか？」

「そりゃそうですよ。司法試験の介助なんて初めてですもん。朝宮さん、すごいですねぇ」

西藤が丸顔をほころばせている。

啞然として、言葉がなかった。

心臓がギュッと締めつけられるような圧迫感を抱きながら、努めて深呼吸をした。頭の中は竜巻に見舞われたように混乱していた。

法務省には「六法を引ける人をつけてください」とお願いした。法務省も了解していたはずだ。何度も念押ししたから間違いない。

それなのに、六法を引いたことがない人が配置されるなんて、話が違う。「何ページと言ってくだされば、その部分を開きますよ」という西藤の言葉を聞いて、ハッとした。物理的に六法を引ける、つまり手が動く人を用意したということか。

どうしよう。頭が真っ白になった。

机の上の「司法試験用法文」を見つめる。試験開始まで触れることはできない。

「私のリュックの中に私物の『司法試験用六法』が入っています。試験が始まるまで、それを開いてもらえますか」

西藤は首をかしげながら、六法を取り出した。「最後の見直しですか？」

これには答えなかった。本当は最後の見直しのために論証パターン集を持参していたが、それを見ている暇はなさそうだ。とにかくまずは、西藤に六法に慣れてもらう必要がある。

「一ページ目を開いてください。この六法には目次がないので、何ページにどの条文があるのか分かりません。試験で使う法文も同じです。ただ、おおまかな構成はあります。最初が公法系科目、次に民事系科目、刑事系科目、その他の法律という順番で並んでいます。じゃあまずは憲法十四条を開いてください」

「えーっと、ケンポーって、あれですよね」

西藤は慣れない手つきで六法をめくる。薄紙を一枚ずつ指で挟むから遅い。使いなれた人は指ではじくように紙をめくるのだが。

「これですかね。どうぞ」

手元をのぞき込んでため息が出た。

「違います。これは『日本国憲法の改正手続に関する法律』という別の法律です。憲法はこれの前」

西藤は慎重にページをめくり「はい、どうぞ」と差し出した。「十四条　すべて国民は、法の下に平等であって……」という条文が出ている。

「では次は、民法九十四条をお願いします」

うなずいて、西藤は六法をめくり始めた。

「一枚ずつめくっていてはたどりつきません。厚み一センチ分くらい進んでください。次、次、はいその、弁護士法の次が民法です。九十四条なので、五ページほどめくって……行きすぎました。一ページ戻って」

苛立ちを抑え、平静な声を出すだけで精一杯だった。条文一つ引くのに数分かかっている。通常の受験生なら数秒で引けるのに。

西藤が悪いわけではない。ヒカルだって、六法を素早く扱えるようになるまで半年以上かかった。

あと数十分で試験が始まってしまう。それまでに何とか慣れてもらわなくては。

「次は刑法三十六条」かすれる声で言った。

「席について」

試験官の声が響いた。私は深呼吸した。西藤は、私物の六法をリュックにしまい、私の横のパイプ椅子に腰かけた。

パーティションの向こうで、ヒカルが息をのむのが聞こえた。

試験官が問題用紙を配り、受験上の注意事項を読みあげはじめた。急に喉が渇いてきたが、今水をもらうことはできない。

「それでは、始め」

という合図とほぼ同時に、「問題冊子開いて」と指示を出した。西藤が素早く問題冊子に手を伸ばし、青色の封を切って、一ページ目を開いた。

一科目目は「選択科目」だ。倒産法、租税法、経済法、知的財産法、労働法、環境法、国際関係法（公法系）、国際関係法（私法系）の中から、一つ選んで解答する。といっても出願時に選択科目を申告している。当日問題文を見て科目を変更することはできない。

私は倒産法を選択していた。商社で働いていたときに取引相手の与信管理をしたことがあるから、倒産法関係はなじみ深かったのだ。

『第一問　個人A（五十七歳）は、「A金属工業」の屋号で、妻B（五十五歳）を含む従業員五名と共に、父の代から続く金属加工業を営んでいた。……しかし、平成二十六年頃から、資材の高騰や受注件数の減少……』

問題文はA4の問題用紙いっぱいに書かれている。「次のページ見せてください」

西藤にめくってもらう。次のページの中ほどまで事例が記され、その下に設問が三つ並んでいた。「次のページお願いします」

　声に合わせて、西藤が素早く動く。

『第二問　A社は、精密部品の製造及び販売を業とする株式会社である。Bは、A社の代表取締役であり、その発行済み株式の全部を有していた。……』

　とっさに時間配分を考えた。問題文の精読に十五分、答案構成三十分、答案作成に一時間。これを二問分行ったら三時間三十分かかる。試験時間ぎりぎりだ。見たところ、第一問は個人破産、第二問は法人再生の事案だ。法人再生には詳しいが、個人破産の知識は心もとない。第一問に時間をとられたら後半に響いてくる。第二問の答案構成を優先して拾える点数を確実に拾おうと算段をつけた。

「第二問の冒頭を開いて」と声をかけ、再び深呼吸した。

　三人掛けの長テーブルの上にはノートパソコンと問題冊子、司法試験用法文がおかれている。パソコンの脇には、スタンド式のマイクがあり、パソコンとケーブルでつながれている。そのさらに隣にはデジタル式の置時計がある。司法試験の受験会場に時計はない。各自が持ち込まないと、時間が分からずに困り果てることになる。

　西藤に指示を出して、パソコンを操作してもらう。

　メモ帳アプリを開いて、右手をぎこちなく動かし、カーソルをメモ帳の冒頭に合わせた。

　さらに右肩を突き出すように動かして、右手の側面でスタンド式の集音マイクの根元にあるボタンをオンにした。

「再生計画履行」と口にする。その通りの文字がパソコンに表示されるのを見て、ひとまず胸をなでおろした。パソコンやソフト、マイクに故障はないようだ。

「担保権消滅許可申立て」と言ってから、マイクをオフにして、西藤を見た。

「民事再生法を開いてください。百四十条あたりを」

西藤が一瞬、困ったように瞬きをした。「ミンジサイセイホウ」と言われても、何のことか分からなかったのだろう。

「この六法には公法系、民事系、刑事系と条文が続き、その次、倒産法という区分があります。その中の、破産法、破産規則の次あたりに、民事再生法があるはずです。そこを開いてください」

おぼつかない手つきで西藤は六法をめくった。一分、二分待って民事再生法が出てきた。遅い。遅すぎる。

焦りが込みあげてきた。西藤が悪いわけではないと分かりながらも、怒りをぶつけたくなる。意識して深呼吸をした。

倒産法の試験ではあまり条文を引用しない。四つか五つの条文を確認できればいい。だが、民事訴訟法や刑事訴訟法の試験ではそれぞれ十数個の条文を確認、引用する。今のスピードではまず間に合わない。

大きく息を吐いた。できないことは仕方ない。教えるしかない。会社員時代に、新人教育を通じて散々学んだことだ。

「刑事訴訟法二百十八条をお願いします」

と言うと、西藤は不思議そうに目を丸くした。「倒産法の試験なのにどうして刑事？」と思っていることだろう。五分ほどかけて、西藤は条文を示した。

「次は、民事訴訟法百十四条」指示を続けた。

倒産法の答案構成を考えるかたわら、西藤に次々と指示を出した。

「刑法百九十九条」「民法七百十五条」「行政事件訴訟法三条二項」など、このあとの試験で使いそうな頻出条文を引いてもらう。

西藤は条文を見つけると、律儀に私の前に六法を差し出してくれる。チラリと見て、正しい条文が示されていることを確認すると、「憲法二十二条」と新たな条文を引くように告げた。

介助者に条文を引いてもらうのは不正でも何でもない。今受けている試験で直接使わない条文だったとしても、だ。

一科目目の三時間半のあいだに、できる限り六法に慣れてもらうしかない。

一時間半が経過し、倒産法の二つの大問のうち一つを解き終えた頃には、西藤の手つきも滑らかになってきた。西藤はもともと丁寧な性格のようだ。一つ一つの動きは緩慢だが、無駄なく的確に動いてくれる。

二つ目の問題文を読み終わったところで、肩の上がずんと重くなる感覚を抱いた。

「すみません、休憩入ります」

周りの試験官に声をかけてから、車いすを動かした。パーティションの裏に移動すると、椅子に座っていたヒカルが飛びあがるように勢いよく立ちあがった。

「ベッドに移乗して、十五分休みます。足のマッサージをお願い」

その間も、試験官は私の脇についてきて、じっとこちらを観察している。不必要に会話を交わすと、不正行為を疑われてしまう。

無言のまま、慣れた挙動でベッドに移り、横になった。目を軽く閉じる。電気が走るように身体じゅうがピリピリと痺れた。緊張のせいか、疲れのせいか、いつにも増して身体がこわばっている。身体がびくんと大きく跳ねた。簡易ベッドがギシッと大きな音を立てた。試験官が慌てたように「大丈夫ですか?」とのぞきこんだ。

「大丈夫です。痙性といって、身体に負担がかかったときなどに出るんです。しばらくすれば元に戻りますから」

まぶたの裏がじんわりと熱い。このまま寝てしまえたら楽なのにと思いながら、なんとか意識を試験に引き戻した。第一問、個人破産の事例を思い浮かべて、大きく息を吐いた。

「戻ります」宣言するように言った。

第一科目、倒産法の解答を終えて机上の置時計を見ると、試験終了まであと十分だ。何度もシミュレーションした通りの時間配分でここまでこられた。

「印刷をお願いします」

西藤に声をかけた。西藤は難しい顔をしながら、マウスを握り、そろそろとカーソルを動かした。

パソコンを使い慣れていない様子が見て取れた。身体介護のプロだから、事務仕事に不慣れなのだろう。普段ついてくれているヒカルも、最初はパソコンを全く使えなかった。

「そう、その左上の『ファイル』ってところをクリックして、『印刷』。プリンターは一番上に出ているものを選んで……」

操作を終えて、プリンターがゴゴゴッと音を立て始めたときには、ほっと息をついた。印刷し終えた答案用紙を机上に並べてもらい、ミスプリントがないか確認する。

「はい、これで大丈夫です。重ねておいてください」

西藤がプリントをページ番号順に並べて、机の上においた。

時計を見ると、試験終了まであと三分だ。印刷に十分間とって正解だった。

「はい、解答やめ。ペンを置いてください。これより先、手を動かした場合、不正行為として……」試験官がマニュアル通りに注意事項を読み上げるから可笑しかった。動かそうと思っても、私の手はほとんど動かないのに。

昼休みになった。同じ時間に一般の受験生も第一科目を終えている。廊下にがやがやと賑やかな声が広がった。

「それでは後ほど」と頭をさげて、西藤は会場から出て行った。別の場所で食事をとるのだろう。入れ違いになるように、パーティションの裏からヒカルが出てきた。はにかみながら、「お疲れ様です」と言う。

休み時間は会話を自由にしていいことになっている。話したいことは沢山あるはずなのに、疲れで舌が回らない。ヒカルもそれを察したようで、昼食が入ったコンビニの袋を開くと、黙々と食事介助に徹してくれた。

三時間半の試験を受けたのに、昼食休憩は一時間しかない。

「私、ちょっと寝るね」

簡易ベッドに移乗させてもらい、まぶたを閉じた。首の後ろに力を入れっぱなしだったらしく、付け根が張っている。顔の筋肉をゆるめ、深く呼吸をしていると、眠りに落ちた。


「ひまりさん、時間です」

ヒカルの控えめな声で起こされた。

ほんの数分目を閉じていただけに思えたが、三十分近く寝ていたようだ。

車いすに移乗させてもらい、目薬を入れてもらってから机に戻った。西藤もすでに控えていた。


「それでは問題冊子を配付します」

試験官がそう言って、私の前にA4の冊子をポンと置いた。

この会場に受験生は私一人しかいない。だが、他の会場と開始時間を合わせるために問題配付時間が十五分取られている。

首を左右に傾けて首筋を伸ばしながら、ぼんやりとしていた頭を現実に引き戻していく。次の科目は公法系I、憲法だ。

「始め」という合図にかぶせるように「問題文を開いて」と指示を出す。

『第一問　二〇××年、少子高齢化の影響で日本では労働力の不足が深刻化し、経済成長にとって大きな足かせとなっていた。日本では、それまで外国人のいわゆる非熟練労働者の受入れは認められていなかったが……』

外国人労働者の受入れを拡充する架空の新法が制定されたという設問だった。

新法に基づいて日本に滞在する外国人には、様々な禁止事項が課せられる。そのうちの一つが、妊娠出産の禁止だ。違反して妊娠出産すると、入管施設に収容され、強制出国させられる
――という架空の新制度だ。
①この制度が憲法違反だと主張する弁護士の立場に立って、どのような主張を行うか、
②①の主張に対する国の反論を想定しつつ、自分自身の見解を述べよ、という問題だ。
なるほどそうきたか、とうなった。

司法試験の憲法の問題は、その時々の社会背景を踏まえて出題されることが多い。

例えば、東日本大震災の翌年の試験では、「火災で焼失した寺の再建に助成金を出すのは、政教分離違反か」という問題が出た。震災後、多くの寺院が損壊した。その中には、宗旨を超えて地元民の交流の場として、公民館的な役割を果たしているものもあった。再建のために自治体が助成金を出そうとしたものの、政教分離の壁が立ちはだかった。他の宗教を信じる住民からすると、「どうして寺院だけ」と言いたくなるのも分かる。果たして、どうするべきだろうか――という社会問題を背景に、問われた出題だった。

今年の問題も、どういった社会問題を背景に出題されているのかは明白だった。

外国人技能実習生による乳児遺棄事件が相次いでいた。妊娠したら解雇されて、帰国させられると考えた実習生たちが、妊娠出産を隠すため、犯行に及んだとされる。出産を理由に解雇することは法律上禁じられている。だが、実習生だけでなく雇用主側も、解雇禁止のルールを理解しておらず、不適正な運用がなされている例が報道されていた。

私はしばし固まっていた。隣には西藤が座っている。何の指示も出さない私に対して、西藤は戸惑ったような視線を向けていた。

「パソコンを開いて」震える声で言った。

幼い頃にお世話になったレイチェルさんのことを思い出していた。レイチェルさんは技能実習生ではなかったが、外国人として日本で暮らすなかで理不尽な扱いを受けることもあった。そしてレイチェルさんの息子、レオの顔も浮かんだ。

小学生のときに日本にやってきた彫りの深い顔立ちの男の子。嫌な思いをすることもあったのかもしれない。それであいう面倒くさい性格になったのかも。これまで自分のことに精一杯で、レオが経験してきたことを想像する余裕すらなかった。

「メモ帳を開いてください」

右肩を前に突き出し、マイクをオンにする。

「憲法十三条、自己決定権。自己決定権が憲法上保障されるか。自己決定権に妊娠等の自由が含まれるか。妊娠等の自己決定権が外国人に保障されるか。外国人在留管理制度上の制限がありうるとして、立法裁量がどの程度認められるか」

触れるべき論点を一つずつ挙げていく。社会問題を法的な論点に分解する作業だ。

感情的に「ひどい」「可哀想」と憤慨するだけだった頃の自分とは違う。二千年以上、古代ローマから続く法学の叡智《えいち》に基づいて、条文、学説、判例を思い起こしながら、一つずつ考えていける。組み立て、主張できる。

一気呵成に答案を作った。休憩を入れる間もなかった。印刷した答案用紙を前に、涙ぐんだ。いい答案を書けたという実感があった。

三科目目の記憶はあいまいだ。二科目目の憲法で、集中力をぐっと発揮した。ゾーンに入ったような感覚だった。

良い流れのまま、公法系Ⅱ、行政法の問題を解いた。

『Y市に所在し、社会福祉法人Aが運営する保育園（以下「本件保育園」という。）の敷地（南北約二百メートル、東西約百メートルのほぼ長方形）は……』

市道に面する保育園が、市道上に簡易フェンスを設置した。市道を行き交う原付自転車と接触して園児が負傷する事件が起きたので、園児の安全を確保するために緊急措置をとったのだ。ところが、フェンスの設置により、一般通行者が市道に立ち入れなくなってしまった。迷惑をこうむった近隣住民が国を提訴して——という問題だった。

スタンダードな行政法の論点だったので、ほとんど機械のように黙々と答案を作った。

答案用紙を提出し、一日目の試験を終えたときには、燃え尽きて、魂を抜かれたみたいになった。急に両肩が重くなった。疲れていることに、遅れて気がついた。

「お疲れ様です」

パーティションの裏から出てきたヒカルが、おそるおそるという感じで言った。

「うん、ヒカルもお疲れ」

私が笑いかけると、ヒカルは安心したように頬をゆるめた。

「後半、ひまりさんの集中力がやばかったから、物音を立てないように、うちもカチコチに固まっていましたよ」と頭をかく。

「そうだったの？」

「ひまりさんは気づいてなかったでしょうけど、試験会場の雰囲気、ピリピリしてやばかったんですって」

二人で笑いあいながらホテルに戻った。

まずは何より、三科目を無事に受験できたことに安心した。一科目目の倒産法はそこそこの出来だが、二科目目と三科目目はよく解けた。西藤が六法を触ったことがないと知ったときには焦ったものだ。だが後半、問題に集中するようになってからは、気にならなかった。

長い一日だった。身体じゅうが痺れて痛い。明日も朝早くから丸一日試験だ。想像するとげんなりする。先のことは考えないことにした。一瞬一瞬を全力でこなそう。

ヒカルに全身を入念にマッサージしてもらってから、早々に眠りについた。

司法試験二日目が始まった。今日は民事系の三科目、民法、会社法、民事訴訟法の試験がある。民法と会社法は比較的得意なので、気持ちは落ち着いていた。

九時四十分、試験開始の号令がかかる。

「問題文開いて」とすかさず指示を飛ばした。

『甲土地と乙土地は、平成十四年三月三十一日以前は長い間いずれも更地であり、全く利用されていなかった。……医師であるCは、診療所を営むことを考えており、それに適する場所を探していたところ、知人からAを紹介され、本件土地に診療所用の建物を建設することを計画した。……』

不動産に関する争いは民法の定番問題だ。所有者だと思っていた人から土地を借りて、長い間使っていた。それなのに、突然、真の所有者を名乗る人物が現れて、土地を明け渡すように請求された。

賃借権の取得時効の要件と成否が問われている問題だと分かった。

「民法百六十三条を開いて」

西藤に声をかける。西藤は六法に手を伸ばし、すっと民法の項を開いた。その後、パラパラとページをめくり、百六十三条を示した。

あれ、と思った。昨日より六法を引くのが速くなっている。丸一日試験介助をしたことで慣れたのだろうか。

素早く答案構成を済ませ、「答案用紙を開いて」と指示した。右肩を前に出し、わずかに動く右手の側面で、スタンド型のマイクのスイッチを押した。パソコンの画面を見つめ、ふうっと大きく息を吐いた。

「賃借権の取得時効の要件は」「てん」「まるいち」「十年間」「てん」「まるに」「賃借権を」「てん」「まるさん」「自己のためにする意思をもって」「てん」「まるよん」

言葉を切りながら、一つずつ発話する。口を動かし続けるせいで、喉がカラカラに渇く。だからといって休んでいては時間が足りない。口を動かし続けた。二分ほどかけて、『賃借権の取得時効の要件は、①十年間、②賃借権を、③自己のためにする意思をもって、④平穏に、かつ⑤公然と、⑥行使すること。さらに、賃借権行使の開始時に⑦善意であり、⑧過失がなかったことである。（民法百六十三条、百六十二条二項）』と、入力できた。

並べた要件に、問題文の事案が当てはまるかを検討していく。「本件では」「てん」「まるいち」「平成十四年から三十年間……」

私は口で司法試験を受ける。

一日中、机上のマイクに向かって言葉を発し続けた。

「けだし」「てん」「判例は」「設立費用の」「全部」「又は一部」「が」「未払いの状態で」「会社が」「成立」「した場合には」「てん」「債務は」「てん」「諦観に」「三文字削除」「定款に」「記載した金額の範囲」「で」「かっこ」「会社法」「二十八条」「四号」「かえしかっこ」「成立後の会社に対し」「てん」「弁済等を」「請求する」「ことができる」「まる」

パソコンの画面に目を走らせ、音声入力した文字列に間違いがないことを再確認する。

「本件において」「てん」「後者」「二文字削除」「こうしゃ」

　右手を突き出して、不器用にマウスをクリックし、変換候補を表示させた。「後者」「校舎」「公社」「巧者」……探している単語はなかった。

「二文字削除」「こう」と言って、再び変換候補を表示させ、「甲」を選ぶ。

「社」「の」「代表取締役」「C」「は」「相手方に」「対し」

　長い文字列を口にすると音声認識ミスや変換ミスがあったときに修正が面倒になる。一文節、あるいは一単語ずつ、言葉を切って入力していく。言葉の海におぼれるようだった。殊更に意識していなかった単語一つ一つを平等に扱わないといけない。改めて口にすると、「あれ、この単語で合っていたっけ」とか、「この単語ってどういう意味だったっけ」などと、足元がぐらつき始める。

「言葉酔い」とでもいうような、恍惚《こうこつ》とした状態で、ただ必死に口を動かし続けた。

「確定」「判決は」「主文」「に」「包含するものに」「かぎり」「既判力」「を」「有する」「かっこ」「民事訴訟法」「百十四条」「一項」「かえしかっこ」「まる」「ここでいう」「かぎかっこ」「主文に」「包含するもの」「かえしかぎかっこ」「とは」「てん」「一般的に」「訴訟物」「と」「理解されている」「まる」

　くらくらする頭に何とか鞭《むち》を打つ。民事訴訟法は抽象的な議論が多くて苦手だった。途中で何度か休憩を入れながら答案を作成していく。時間が足りない、と直感した。どこかで見切りをつけなくてはならない。最終問題の答案を八割五分まで記入したところで「印刷」と指示を出した。試験終了三十秒前、ぎりぎりで印刷が完了した。

司法試験二日目が終了し、ぐったりとした状態で試験会場を出た。

外はもう薄暗くなっている。朝から総計七時間にわたり問題を解き続けた。話す気力もない。

右手で電動車いすを操作するのが精一杯だった。

明日は「中日」と呼ばれる休みの日なのが、唯一の救いだ。丸一日休んで、明後日に刑事系の試験、明々後日《しあさって》に短答式試験を受ければ、全日程終了だ。

ちょうど今は半分が終わったところ、折り返し地点にきている。

一般の受験生は私より早く試験を終えているはずだ。けれども中日前の余裕からか、試験会場前にはまだ人だかりがあった。同じロースクールに通う者同士なのだろう。興奮した様子で唾を飛ばしながら話している。

「第三問は、まず株式併合で端数が出た株をどうするかを書くでしょ。そのうえで、反対株主の株式買取請求の説明をして……」

聞きたくはなかったが、聞こえてしまってドキリとした。会社法の試験で、「株式併合で端数が出たときの処理」という論点があったのだった。試験中は思い至らなかった。主要論点ではないから、書き漏れていても致命的ではない。だがいくらかは配点されているだろう。得点を取りこぼしたことになる。

大丈夫、そのくらいで落ちたりはしない、と自分に言い聞かせる。すぐに立ち去りたかった。だが眼前の信号機はちょうど赤に変わったところだ。信号待ちをしながら、背後から響く声をさらに聞いてしまった。

「今年は民事訴訟法が簡単で良かったよなあ」

「確かに。基本の論点が多めだったし、予備校の答練で出た問題と、めっちゃ被《かぶ》ってたわ」

信号が青に変わった。急いで前進した。ホテルの部屋に帰って、車いすをフルフラットまで倒して、目を閉じる。

耳にしてしまった話が頭にこびりついていた。民事訴訟法は簡単だったのだろうか。もともと苦手な科目なので、試験の難易度すら正確につかめない。気にしないほうがいいと頭では分かっていた。終わったことだし、先ほど立ち話していた受験生たちの言葉が本当かどうかも分からないのだ。

「ご飯、行けそうですか？」

ヒカルが遠慮がちに言った。

中日前、折り返し地点だからとホテルのレストランを予約していた。

「大丈夫、行こう」と、つとめて明るく言った。だが気持ちは晴れなかった。

翌日、目が覚めたら十時すぎだった。普段は試験に合わせて六時には起きている。なるべく身体を休めるために、ゆっくり寝ようと思っていたが、さすがに寝すぎたかもしれない。やはり疲れが相当たまっているようだ。

排泄系の処理をすませ、風呂にも入れてもらう。実は昨日と一昨日の二日間、風呂に入っていなかった。風呂に入るには体力を相当使う。試験期間中、少しでもエネルギーを節約したかった。

蒸しタオルで軽く拭いてもらっているから、臭いはしないと思うが、頭皮のかゆみは気になっていた。試験中にかゆみを感じても自分ではかけないし、ましてや、司法試験委員会の用意した介助者に「頭をかいてください」と頼むわけにもいかない。

午前中には体調管理のためにやるべきことを一通り終えた。午後は机に向かった。明日の刑法に向けて論証パターン集を開くも、なかなか集中できない。昨日の試験で失敗したかも、という思いが後を引いていた。

昨晩レオと電話で話したときに、

「試験直後に試験についてあれこれ話すやつ、毎回いるけど、全然信用ならないから。俺のときだって、間違ったことを大声で話してるやつらいたよ。本当に気にしなくていい」

と言われた。

その通りだと思うのだが、一度もたげた不安の念はなかなか収まらなかった。これまで、受験方法とか体調とか、試験外のことばかりに気を取られていた。煩わしく思っていたけれど、「自分は本当に受かるのか」「勉強は足りているのか」などと悩む暇すらなかったのは、むしろ良かったのかもしれない。

美咲に連絡してみようかとも思った。だがすぐに、その考えを打ち消した。美咲とは試験が終わるまで連絡を取らないことを約束していた。例えば一方が大きな失敗をした場合、その話を聞いた他方にも悪影響を与えるかもしれない。互いの健闘を祈りつつ、試験中の交流はしないと決めたのだった。

午後三時を回った頃、勉強に集中できないなら、いっそ、身体を休めるほうに注力しようと思った。机を離れたとき、机上に置いたスマートフォンが震えた。メールがきている。

意外なことに、差出人は安城だった。自宅改装やヘルパー募集のときに助言をくれた頸損患者の先輩だ。

「鬼瓦さんが、この動画を朝宮さんに送れって、うるさいから」と書いてあった。

安城からのメールには動画投稿サイトのリンクが貼られていた。

鬼瓦さんと手紙のやり取りをしたことはあったが、メールアドレスは交換していなかった。ピアサポートで一緒になった安城を通じて、私に連絡を寄越したのだろう。

司法試験の日程は、安城にも鬼瓦さんにも伝えていなかった。今日が試験期間の真っただ中ということも、二人は知らないはずだ。

首をかしげながら、リンクをタップした。

動画のサムネイルが出た瞬間に、「あっ」と声が出た。マイクの前に、ヘッドフォンをつけた女の子がいる。きりりとした白い顔に見覚えがあった。

急性期の病院とNリハビリセンターで一緒だった女子高生、凜ちゃんだ。退院してから四年以上経っているから今は女子高生ではないだろう。髪の毛を柔らかい栗色に染めて今風のメイクをしている。

自宅で撮影したらしい「歌ってみた」動画だった。流行りのポップソングを歌った動画がいくつもあがっている。各動画の再生回数は十万回を超えていた。相当なものだ。

私はすぐに安城に電話した。

「凛ちゃん、動画配信を始めたんですか?」

挨拶もなしに、いきなり訊いた。

「そうみたいだよ。歌、うまいよね」

最近の曲を全然知らないから、原曲と比べてどうなのかは分からない。だが確かに、独特の張りつめた雰囲気があって、一度聴くと頭を離れない手触りのある歌声だった。

「しかもさあ、車いすは映らないように撮ってあるんだよ。何だか凛ちゃんらしいよね」

言われてみれば、どの動画も肩から上しか映っていない。動画だけを見ていると、歌い手は健常者にしか見えない。

「本当、凛ちゃんらしいですね」

笑いながら、目尻に涙がにじんだ。車いすまで映したほうが話題になって、動画の再生回数は伸びそうなものだ。だがそれを潔しとしないのが、彼女らしい意地の強さに思えた。

「それにしても、声量がすごいですね」私が言うと、安城も「そうそう、そこなんだよ」と嬉しそうに言った。脊髄損傷の影響で肺活量が落ちて、大声を出しにくくなることがある。これほど歌えるようになるまで、相当のトレーニングが必要だったはずだ。

「すごいなあ、凛ちゃん」しみじみと言った。

「朝宮さんだってすごいでしょ」

電話口で、安城が元気よく言った。

「司法試験を受けるんだからさ！」

私は苦笑しながら、今まさに試験期間中なのだと説明した。

「えっ！　そうなの。電話してていいの？」

「大丈夫です。むしろ、お話しできて良かった。かなり、救われました」

「そうなの？　ま、頑張ってよー」

緊張感の全くない「頑張って」に心がすうっと軽くなった。

電話を切ると、ホテルの窓から外を見た。

都心のビジネス街に柔らかい陽が降り注いでいる。車がどんどん流れていく。電話しながら歩いている会社員らしき人、外国人観光客のグループ、ベビーカーを押す女性までいる。「どうしてビジネス街にベビーカーが？」と思ったが、私だって外を行けば、「どうしてビジネス街に車いすの人が？」と思われるのかもしれない。

色んな人が色んな場所で暮らしている。当たり前の光景を見るだけで心が洗われた。世界がすごく、美しくて、尊いもののように思えた。

凜ちゃんはいじめを苦にして自殺を試み、障害を負った。自分をいじめていた子が大学に入ったと泣きながら話していた。凜ちゃんも今は、前に進めているといいなと思った。

以前、リハビリに励む私に、凜ちゃんは「なんでそんなに頑張れるんですか？」と訊いた。

身体はこれ以上良くならないのに、どうして頑張れるのかという質問だった。

自分がどう答えたのか覚えていない。だけど、今なら一つだけ言える。

リハビリを頑張って良かった。あのとき頑張っていなかったら、勉強や試験どころか、日常生活すらままならなかったはずだ。

事故の後に知り合った人たちの顔が次々と浮かんだ。「安静は麻薬です」と言い切った主治医の若山先生、安城のヘルパーの南さん。今となっては、区役所の窓口で生活保護を勧めてきた職員のことすら懐かしい。あの人もけっして、悪い人ではなかった。

「ひまりさん、聞いてくださいよ！」

買い物に出ていたヒカルが興奮した様子で戻ってきた。「試験介助に入ってる西藤さん、駅前のカフェで、ポケット六法めくってましたよ。練習してるんすかね」

驚きで声が出なかった。世界はまだまだ光に満ちている。そんな気がした。


司法試験三日目、刑事系二科目の試験があった。

朝、西藤と顔を合わせたとき、お礼を言うか迷った。

休日にまで六法を引く練習をしてくれていた。試験二日目には、格段にスピードがあがっていたのも、練習の賜物《たまもの》だったのだろう。だが本人は素っ気ない顔をしているし、試験官が見ている手前、私語はしないほうがいいかもしれない。迷った挙句、「今日もよろしくお願いします」とだけ言って頭をさげた。

午前中、刑法の試験はオーソドックスな内容だった。人から借りたクレジットカードを、約束した使途以外で使い、腕時計を購入した。詐欺罪や有印私文書偽造罪及び同行使罪、背任罪又は横領罪の成否が問題となる。

しかも、犯人はその後、クレジットカードの貸主と殴り合いになって怪我を負わせている。一緒にいた友人も急きょ殴り合いに参加したという。傷害罪の成否、共犯が成立するか、正当防衛又は過剰防衛が認められるか等々、論じるべき問題は多い。

だけど全部分かる。一個ずつ書いていって、時間内に書き終わりさえすれば大丈夫だ。自信を持って、落ち着いて答案作成に入れた。

西藤とも息が合ってきた。六法を見るときに問題冊子を少しずらしてくれるなど、細かい部分で先回りして動いてくれる。

その流れのまま、午後の刑事訴訟法の試験に突入した。どちらかというと苦手な科目だったが、「捜索差押許可状に基づく捜索」というド典型論点が出題されたことに救われた。何とか一応の答案を書ききり、提出した。

夜には泥のように眠った。翌朝、疲れているはずなのに、心も身体もハツラツとしていた。泣いても笑っても、今日で司法試験が終わる。そう思うと力が湧いてきた。

最終日、短答式試験は問題数が多い。卓球のラリーのように、各問に素早く打ち返し続ける集中力が必要だ。一度問題を解き始めると、終わるまでほとんど顔をあげることがない。試験の体感時間は短かった。最終科目の答案用紙を印刷して、机の上においてもらう。

「やめ」と試験官から声がかかった。

ふう、と大きく息を吐いた。

試験が終わった。

司法試験を、本当に、受けきった。

達成感が込みあげてきた。だが意外にも安堵のほうが大きい。やりきれた自分に、私は心底、ホッとしていた。

第二十八章　リクルート

「司法試験お疲れさま！　乾杯！」

ロースクール近くの安居酒屋で、ビールジョッキをかかげた。美咲、勝人、清原君が一緒だ。レオが迎えにきてくれる予定なので、ヘルパーのヒカルもこの日はお酒を飲んでいた。

試験前は禁酒していた。久しぶりのビールを喉に流し込むと、身体がすうっと軽くなるようだった。

ジョッキを半分ほど空けてからやっと、私は口を開いた。

「いやあ、想像以上に大変だったね。頭よりも身体がきつい。あれはもうスポーツだよ」

「ひまりさんが言うと説得力が違いますね」

美咲が笑った。試験翌日には、それまで行けなかった美容室に駆け込んだらしい。柔らかそうな茶髪のボブヘアがキマっていた。

ヒカルが口を尖らせた。「本当、どうなることかと思いましたよ。試験介助に入った人、六法を触ったこともなければ、見たこともないって人だったんですもん」

「えーっ！」美咲が悲鳴に近い声をあげた。「ヤバくないですか。大丈夫だったの？」

試験期間中にあったトラブルをかいつまんで話すと、美咲は安心したように息を吐いた。

「全科目を受けきっただけでも、奇跡みたいじゃないですか。でも確かに、司法試験はスポーツだっていうのは、私も思いましたよ。ひまりさんみたいなハンディキャップがある人だけじゃなくて、少し身体が弱いとか、風邪を引きやすいとか。そういう人たちも振り落としちゃうハードな試験でしたもん」

「もう二度と受けたくないなあ」私が言うと、その場にいた全員がしんみりとうなずいた。

浪人したくないとか、勉強したくないというよりも、「試験を受けるあの一週間」の強烈な負荷が記憶に深く刻み込まれていた。あれをもう一度、と想像するとゾッとする。

「でも、短答式試験の自己採点は、みんな大丈夫だったんだよね。まずは良かったよ」清原君が穏やかに言った。

試験終了日の夜には、受験予備校が短答式試験の解答速報を出していた。受験生たちは試験の疲労を脇に置いて、自己採点をする。例年の合格点に達していなかったら、試験終了の解放感も吹き飛んでしまう。

「本当に良かった。みんなしばらく休んで」

と私が言ったところで、勝人が口を挟んだ。

「休む暇はないです。就活が始まりました」

「就活？」私は目を見張った。「だって試験が終わって、まだ一週間だよ。試験結果が出る九月半ばまで、三カ月以上宙ぶらりんじゃん」

落ちていたときのために、勉強は続けるつもりだった。だが、少しはゆったりとした気持ちで過ごせそうだと思っていた。

「甘い、甘いですよ」勝人が顔をしかめた。「試験終了翌日には、大手法律事務所へのエントリーが開始しました。来週、六月一日には面接など、本格的な就活が始まります」

勝人は受験前から、エントリーシートを用意しておいて、試験終了の翌日には志望する事務所に提出したらしい。

ロースクール在学中にサマーインターンに参加していると、その期間の働きぶりで事実上選考は終えている。リクルート活動が解禁される六月一日の午前十時には、事務所からいきなり内定を知らせる電話がかかってくることも珍しくないそうだ。

「ひえぇー」驚きで変な声が出た。

私は試験を受けるだけで精一杯だったのに、みんなどんどん前に進んでいく。

「清原君はどこか出した？」勝人が訊いた。

ロースクールを首席で卒業した清原君は、どの事務所からも引く手あまただろう。

「いや、僕は大学に残って研究を続けるから。司法試験も記念受験だし」

清原君の場合、記念受験の意味が違う。受けても受けなくてもいいけど、せっかく資格を取れるなら取っておこうか、という意味だ。

試験は通過点にすぎないと分かっていたけれど、こうも軽々と越えていく人たちを見ていると、気後れしてしまう。

「ひまりさん、大丈夫ですよ」美咲が横から言った。「大企業相手に仕事をする大手法律事務所は、リクルート開始の時期が早いんです。でも、一般民事メインの中小規模の事務所だと、合格発表後、司法修習が始まってから就活イベントが開催されるみたいです。それまではパーッと遊んでても大丈夫。だからほら、茶髪に染めたんですよ」

美咲は艶々の髪を見せつけてきた。就活が始まったら黒く染めるつもりなのだろう。しっかりした子だと、改めて感心してしまった。

「就活、大丈夫かなあ」高揚していた気持ちがしぼんでいく。退院後の職探しの記憶が蘇る。資格さえあればどうにかなると思っていたけど、見通しが甘かったかもしれない。不安をごまかすようにビールをあおった。

司法試験の打ちあげの帰り、レオが運転する車に乗せてもらった。

窓の外を流れていく景色をぼんやりと見る。ネオンの下を腕まくりしたサラリーマンたちが歩いていく。陽気な春の終わりの夜だった。

試験が終わった解放感と、これからどうなるのか分からない宙ぶらりんな感じがあいまって、現実から数センチ浮きあがっているようで、落ち着かなかった。

「就職活動？　今からするの？」

ハンドルを握るレオが言った。

「もう少しゆっくりしてもいいんじゃない。今から就職活動をする人はほんの一部だよ。司法修習中に就活する人のほうが多いって」

「まだ合格したかも分からないけどさ。今就活している人たちは、合格見込みということで内定をもらうんでしょ？」

「そうだね。合格してたら採用するよっていう条件付きの内定だね」

「それなら早くから始めたほうがいいじゃん。のんびり構えていて、結局就職先が見つからなかったら困るよ」

「ひまりはせっかちだなあ」とレオは笑った。「そんなに焦らなくても大丈夫だよ。ひまりなら就職先、見つかるよ」

「でも」と私は言った。「やっぱり不安だよ」

Nリハビリセンターを退院した後、復職に向けた交渉をしたり、転職活動をしたりした日々のことを思い出して、胸の内にずんと重石《おもし》が落ちてくるような気持ちになった。

「二十四時間要介護なのに、お仕事を探されているんですか」

あなたは世話をされる側の人間でしょう。あなたが誰かのために働くっていうの？

という、素朴な驚きと疑問が相手の目に走る瞬間を、数限りなく見てきた。

私なら何かできると信じていても、周囲の視線に削られて、自分の輪郭がしぼんでいくような気がした。司法試験に挑戦したのだって、自分ならできると証明したかったからかもしれない。人に対して見せつけたいのではなく、自分で、自分を信じているために必要だった。だから司法試験を受け終えたとき、頑張りとおせた自分に安心した。

大丈夫だ、私はできるんだ、と。

でももし、司法試験に受かってもなお働き口がなかったら。想像すると、目の前が真っ暗になる思いだった。ここまでやっても「障害者」という一枚のカードで全てがひっくり返ってしまうなら、もうどうしようもない。


司法試験の打ちあげの翌日、自宅のパソコンを立ちあげて、司法修習生向けの求人サイトを見てみた。

まだ一期上の人たちに向けた求人情報が載っている。つまり、十二月から司法修習が始まって半年近くが経った今でも、就職先が見つからない人たちがいる、ということだ。

「どうしたの、青い顔して」

母がパソコンをのぞき込んだ。

「あら、事務所の求人？　あんた、気が早いわね。試験を受け終わったばっかりなのに」

早期の就活は不安ゆえの行動だったが、母はむしろ「合格した自信があるから、もう次の行動に移っている」と解釈したらしい。

「まー、良かったわ。あんたが資格を取って、どこかで仕事をもらえそうで。お母さんも一安心だな」としみじみ言った。「本当はねえ、家を売ろうかってお父さんと話してたの」

「家を売る？　なんで？」

「だって」母は口を尖らせた。「私たちが生きているうちは、貯金とか年金とかでどうにかしてやれるかもしれないけど。私たちが死んだあと、あんたはどうなるんだろうって考えると、ゾッとして。行くところもなく、部屋で孤独死しちゃったり、ホームレスになっちゃったり」

「そんな大げさな。大丈夫だよ。施設があるし、福祉も最低限あるしさ」と笑い飛ばすと、母はムッとした表情でこちらを見た。

「そうやって本人はケロッとしてるけど、周りは心配なのよ。結局、あんたを守ってやれるのはお金だけじゃない。だからなるべく沢山、お金を残してやらないとって思ってたの」

「それはありがたいけど。自分のことは自分でどうにかするから、大丈夫だよ」と返すものの、母の立場に立つと、そうも思えないのだろう。レオと交際していると告げたときも、「本当に良かった」と目に涙をためたものだ。

「あんたが結婚して、仕事もするようになったら、私たちも肩の荷がおりるわ。良かったわよ、本当に」

すっかり涙もろくなった母は、目をこすりながら求人票を見て、「あら、弁護士さんって意外と給料少ないのね」と漏らした。

憎まれ口が出るのも元気になった証拠だ。娘が就職しそうだという見通しが立って嬉しいのだろう。だがその期待が、むしろ私には重く感じた。母が思うほど、就職活動は甘くない気がした。不安に気を揉みながら、応募可能な求人をブックマークする作業を続けた。


司法試験を終えて一カ月が経った。

六月後半、じめじめとした日々が続いていた。窓を叩く雨音で目が覚めた。身支度を済ませ、朝食をとると、まずパソコンを開く習慣がついた。連日、エントリーシートを提出している。書類選考の結果を知らせるメールをいまかいまかと待っていた。だがメールボックスに新着メッセージは入っていない。「今日もダメかあ」天を仰いだ。

ヒカルが心配そうにこちらを見た。

「書類、通らないんですか？」

「うん。この家から通えそうな事務所に片っ端からエントリーシートを送ってるんだけど、難しいね。まず書類選考を通らない」

学業成績は申し分ない。他の就活生より年齢が高いのはネックだが、社会人経験者としては平均的な年頃で、際立って年かさということもない。理由があるとすればやはり、障害のことだろう。

障害者雇用促進法は、事業主が雇い入れの際に、障害を理由として求職者を差別的に取り扱うことを禁止している。介助者がいることや、車いすであることを理由に不採用を決定するのは違法だ。だが実際には、守秘義務の懸念から復職を拒否されたり、体力面で業務遂行に必要な能力がないと判断されたり、様々な理由をつけて就労を拒まれる。それが現実だった。

「うちの近くだと小さい事務所が多いから、エレベーターがなかったり、車いすで入れるトイレがなかったりするんだよ」ヒカルに向けて、なぜか言い訳するように説明した。「都心まで出れば、大きい事務所もあるし、求人数も多いから、仕事が見つかるかもしれないけど。引っ越すわけにもいかないし」

障害者向けの福祉は、自治体ごとに対応の違いがある。引っ越したら、ほとんど全ての申請をやり直すことになる。お世話になっているヘルパーさんたちにお願いできなくなり、新しいヘルパーを探す必要がある。今の自宅は改装済みだが、引っ越す場合、新居にもリフォームを施さなくてはならない。

これまで積み上げてきたものが無に帰して、一からやり直しになってしまう。重度障害者の引っ越しは事実上困難だ。

だが、家の近くには雇ってくれそうな事務所がない。八方塞がりだった。

母の鼻歌がリビングルームから聞こえてくる。最近機嫌がいい。娘は就職間近だと考えている母に、合わせる顔がなかった。


七月下旬、ロースクールの就職支援課に出向いた。職員に相談してみるが、私の場合は特殊すぎて前例もない。ロースクールに来ている求人票をコピーして、建物の外に出た。

二カ月離れていただけなのに、キャンパス内の風景はどこも懐かしく感じられた。美咲と一緒に毎日ランチをとったラウンジ、テスト明けによく行ったカフェ、教務課に相談して使わせてもらえることになった自習室など、目をつぶっていてもたどり着けそうな気がする。

すっかり梅雨明けして、からりと晴れた日だった。緑は力強く茂り、木漏れ日を作っていた。ロースクールに通った三年間が、今となっては夢のようでもあった。

美咲はアルバイトと旅行に明け暮れている。勉強会で一緒だった勝人は無事、大手法律事務所の内定を得た。また自分だけ取り残される——と思うと、心臓がぎゅっと締めつけられるようだった。去年、二度目の予備試験の論文式試験直前に倒れたことを思い出した。あのときは本当に、孤独を感じたものだ。だけど翌朝目覚めると、ベッドの脇にレオがいた。仕事を休んで見舞いにきてくれた。

最近レオは仕事が忙しいらしい。試験後は週末ごとに会いにきてくれていたが、直近の一カ月は顔を合わせていなかった。多忙さを想像すると、電話するのも気が引けた。

レオに会いたいと思った瞬間、目が潤み始めて動揺した。脇に立つヒカルに悟られないよう、あらぬ方向に顔を向けた。

ゆったりとした風が吹いて、並木が揺れた。

ふいに、去年運び込まれた病院から出たときの光景を思い出す。駐車場の隅で、ひまわりの花が咲いていた。光の粒を求めて、天を仰ぐように首を伸ばしていた。花壇にはマリーゴールドが咲いていて、ひまわりは一輪だけ。種が飛んできて自生したのだろう。誰にも期待されず咲いたひまわりを思った。

そのとき、あれ、と感じた。花壇に勝手に咲いた花なら取り除かれる可能性もあった。だけどあそこの職員はそうしなかった。咲いた花を抜いてしまうのも忍びなかったのか。

「そうか。知ってる人に頼めばいいんだ」

私のことを知っている人なら、このまま就職できずくすぶるのを、もったいないと思ってくれるかもしれない。会社員時代だって、知人、人脈に助けられることはよくあった。

ヒカルを振り向いて私は言った。

「寄っていきたいところがあるんだ」

「司法試験、お疲れ様でした」

ロースクールの実務家教員、真鍋先生はにこやかに言った。「以前ここでお会いしたときより、顔色がいいですね」

真鍋先生の研究室にくるのは、二年前の夏以来だ。一度目の予備試験では、音声入力ソフトの使用が認められず、散々な結果に終わった。意気消沈する私に、真鍋先生は法務省と粘り強く交渉するよう諭した。あのときはつらかった。試験をまともに受けられるかどうかも分からない状態で、勉強を続ける必要があったからだ。それと比べると、今はもう就職先を見つけさえすればいい。出口はすぐ目の前にあるのだという希望が湧いてきた。

思いきって切り出した。

「真鍋先生、お願いがあります。知り合いの弁護士さんに私をご紹介いただけないでしょうか」

自宅から通える就職先を探しているものの、なかなか見つからないという話をした。

「なるほど」と真鍋先生はうなずいた。

「とっておきの事務所を紹介しましょう」

いたずらっぽく笑い、

「うちの事務所はどうですか」

と言った。

「真鍋先生の事務所、ですか？」

「そう。車で通うにはちょっと遠いかな？」

通常であれば四十分から五十分くらい、有料道路を使えば三十分ほどで着く。それでも体力的には負担が大きい。が、真鍋先生と働けるというのは魅力的だった。

エレベーターに電動車いすで入れなかったとき、機転を利かせて小型の車いすを借りてきてくれた。取り扱う分野も私の希望に近い。

「いえ、有料道路を使えば、通うのも不可能ではないかもしれませんけど……」と言いながら、ヒカルを振り向いた。

運転するのはヒカルだ。帰宅が遅くなればヒカルも残業になってしまう。だがヒカルは、大丈夫、と言わんばかりに大きくうなずいた。

「ただね」と真鍋先生は言った。「僕は実務家教員の仕事と弁護士の仕事を混同しないように、事務所の採用担当から外れているんだ。面接のセッティングまではするから、あとはうちの若い弁護士と話してみてよ」

採用の保証はないけどね、と笑いながら、頭をかいた。

「うちは僕を含め、弁護士が三人しかいない。他の二人がオーケーを出せば採用だけど、これがなかなか難しい。だけど、朝宮さんなら大丈夫かも。トライしてみる？」

「はい。お願いします」頭をさげ、お礼を何度も言ってから研究室を後にした。

真鍋法律事務所は、六十代の真鍋先生を筆頭に、四十代半ばの女性弁護士、三十前後の男性弁護士の三人で構成されている。

以前、事務所を見学させてもらったときに、他の二人の弁護士とも顔を合わせていた。三十前後の男性弁護士は、当時まだ一年目で、目の前の仕事に追われている様子だった。

問題は、四十代半ばの女性弁護士だ。長い髪を後ろで一つに束ねて、額を丸出しにしている。フチなしの眼鏡をかけた神経質そうな人だった。初めて見たとき、厳しくて有名だった中学校の国語の先生を思い出した。

実質的な採用権限は、あの女性弁護士が握っているのだろう。真鍋先生の教え子だからといって、そして障害者だからといって、手心を加えてくれることはなさそうに見えた。

面接は十日後、八月初旬に設定された。それまでの間、真鍋法律事務所のウェブサイトを熟読し、過去に事務所が扱ったという事件の判決文を読んだり、法律関係の最新のニュースを確認したりして過ごした。

「率直に話をすれば大丈夫だよ」

ビールジョッキを持ちあげながら、レオが言った。大きい仕事が落ち着き、一カ月半ぶりに名古屋から会いにきてくれていた。

もともと行こうと約束していたビアホールを訪れ、とりあえず乾杯したあとだった。

「ひまりが正直に自分のことを話して、それでダメだという事務所なら、こっちから願いさげだよ。そんなところで働く必要ない」

と強気の姿勢を崩さない。

当の私は、そこまで自信を持てなかった。世の中、悪い人ばかりではない。私の話を聞いたら、多くの人は感動したり、同情したり、いずれにしても肯定的な態度を示してくれる。だけど一緒に働くとなると別だ。残業はできるのか、出張はどうするのか、クライアントからどう見えるか等々、懸念事項が持ちあがってくる。差別しようと思っていなくても、現実問題として折り合いがつかないこともあるだろう。

「志望動機とか、面接で訊かれそうなことは準備してあるし。やれるだけやってみるよ」

最終の新幹線で、レオは名古屋に帰っていった。私からも会いにいければいいのだけど、車いす対応座席のある車両の予約や、介助者の運賃や宿泊費も必要で、手間も費用もかかってしまう。次に会える頃には就職が決まっているといいけど、と思いながら、慌ただしく改札に入るレオを見送った。


面接当日、いつも通り六時すぎには起床して、身だしなみを整えた。

ロースクールの卒業式で着たスーツに再び袖を通す。数カ月しか経っていないのに、お腹がきつくなっていて驚いた。

通称「頸損腹《けいそんばら》」と呼ばれるポッコリお腹だ。身体全体の筋肉量が少ないために、基礎代謝量が低下し、普通の食事をしていても脂肪が増えやすくなる。しかも、身体の自由がきかない生活で、食事はほぼ唯一の楽しみだ。

試験前は勉強で忙しくて、食べすぎる暇すらなかった。試験が終わって、元同僚の夏子と会ったり、学生時代の友人と集まったり、美味しいものを飲み食いする機会がグッと増えた。それで太ってしまったのだろう。

長めのカットソーで腹を隠して、家を出た。

外はすっかり夏日になっている。私は肩から下で汗がかけないせいで、身体に熱がこもりやすい。長袖のスーツを着て日本の夏を過ごすのは、文字通り命に関わる。こまめに冷たい水を飲み、冷感タオルを持ち歩き、移動は自動車ですませ、なるべく外にいる時間を短くするしかない。

それでも事務所近くの駐車場に着いたときには、すでに疲労感があった。午後一時前、陽は高くのぼり、西新宿のビル街はまぶしいほどの照り返しで、思わず目を細めた。

面接時間の十分前に事務所の入ったビル一階にいくと、エントランスの隅に小型の車いすがおかれているのが見えた。普段使っている電動車いすではエレベーターに乗れないため、小型の車いすを借りて用意しておくと事前に告げられていた。所長である真鍋先生が気を回してくれたのだろう。

事務所フロアに行くと、三十歳くらいの女性事務員が出迎えてくれて、応接室に通された。

約束の時間ぴったりに、二人の弁護士が入ってきた。

四十代半ばの女性弁護士が「鶴山《つるやま》です」と名乗り、頭をさげた。三十前後の男性弁護士も自己紹介をして軽く会釈する。

「本日はご足労いただきありがとうございます」事務的な口調で鶴山が言った。「面接を始めさせていただきます」

二人の手に、私のエントリーシートを印刷したものが握られている。それに視線を落としながら、「ええと、それで朝宮ひまりさんですね」と言った。なるほど、事前にエントリーシートを通読していないな、と直感した。働き盛りの年代にありがちな態度だ。会社員時代の自分もそうだった。

鶴山が口を開いた。

「それでは、志望動機からお聞かせください」

この質問は当然、想定していた。

「私は、人と会うこと、新しいこと、海外に関することが好きで、大学卒業後は総合商社に就職し、約十年間勤務しました。小麦を取り扱う部署で、現地とのやり取りだけでなく、税関や規制当局との折衝、日本での商流管理など、幅広くビジネスに関わりました。大変やりがいを感じておりましたが、三十三歳の夏に交通事故にあい、頸髄を損傷しました」

あれからもう六年近く経つのか。あの日も暑くて、大手町の通りのアスファルトがぎらぎらと輝いていた。出張帰りでキャリーケースを引きながら、夜の会食について考えていた。ごく普通の生活が続くはずだった。

「一命を取りとめたものの、肩から下がほとんど動かない身体になりました。一年間、リハビリ施設で厳しいリハビリを重ね、自宅に戻ってからも継続的にリハビリをすることで、座っていられる時間も延びましたし、手も多少動かせるようになりました。ただ、これ以上回復する見込みは、今のところありません。現在は二十四時間体制でヘルパーがついています」

と、言葉を切って、背後に立っているヒカルを振り向いた。ヒカルは黙ったままうなずいた。

「とはいえ、首から上、脳機能や言語機能に問題はありません。音声入力ソフトを利用すれば、パソコンで文書を作ったり、メールのやり取りをすることもできます。そのため、デスクワークであれば十分にこなせると考え、以前働いていた会社に復職を願い出ました。ところが、二十四時間要介護でヘルパーが一緒だと、守秘義務を守れない可能性があるため復職は難しいと告げられました。同僚たちも尽力してくれたものの、調整はつかず、退職を余儀なくされました。転職、求職活動をしたものの仕事は見つかりませんでした。やはり、二十四時間要介護の人間が仕事を持って働くということについて、理解が得られにくい状況がありました」

あの頃を思い出すと、今でも胸が潰れそうになる。リハビリをしても身体はこれ以上良くならないと分かっていて、仕事も見つからない。自分の人生が閉ざされていく感覚があった。恐怖と失望、無念が混じりあうようなどす黒い気持ちだった。

志望動機を続けて話した。

「会社員としての就職に困難を感じていたとき、検察官をしている古い友人から、司法試験を受けて弁護士になったらどうかと勧められました。紹介してもらった弁護士さんから話を伺いました。三十数年前、男女雇用機会均等法が制定された頃に四年制大学を卒業した女性たちは、就職活動をしても、総合職は書類ではねられて、高学歴ゆえに一般職の採用担当からも敬遠され、仕事が見つかりにくかったそうです。そんな人たちも、司法試験を受けて弁護士として活躍していると伺いました。クライアントが満足する仕事をしさえすれば、性別も経歴も関係ない。そういう場でなら、私も能力を発揮できると思って、ロースクールに通い、司法試験を受験しました」

言葉にすると短いが、数限りない関門を通過してきた。ロースクール出願前に適性試験を受け、ロースクール入試を受けた。入学後も半年ごとに六回定期試験があり、二度にわたって予備試験を受験し、そして司法試験。

よく身体がもったものだと自分でも思う。血のにじむような努力という言葉があるが、まさに私の場合、全身全霊、身体を張った命がけの五年間だった。

正面に座る二人の面接官は、神妙な顔をして聞いていた。鶴山が口を開いた。

「志望動機は以上ですか?」言い方が冷たくて、ひやりとした。

「はい、以上です」とひるまず答えた。

「大変だったことは分かりました。ですが、結局のところ、他に就ける仕事がないから弁護士を目指した、ということで。消極的な理由に聞こえるんですね。この事務所を志望いただいたのも、他の事務所は受け入れてくれないから、ロースクールの実務家教員である真鍋を頼ってきたのではと。そのあたりはどうですか?」

フチなし眼鏡の向こうから、鶴山の鋭い目がのぞいている。

言われたことは図星だった。他に進む道がないから、弁護士を目指し、この事務所を志望した。選択肢のない障害者に「選択の理由」を問い詰めるのは酷である。だが、憐れみたっぷりに話を聞くだけ聞いて、相手にされないよりはずっと良かった。一人前に扱ってもらっている手ごたえがあったからだ。

「最初は確かに、消極的な理由でした」

努めて冷静に話した。

「他に仕事がないから弁護士を目指し、ロースクールに入りました。ですが、実際に法律を勉強してみると、交通事故にあった方とか、障害を負った方にこそ、法的サービスが必要だと実感しました。事故後、混乱の中で自賠責保険の対応や、刑事裁判の対応をする必要があります。加害者に対して民事訴訟を提起し、賠償金を請求することもありえます。医療と福祉のサービスを受けるには、数限りない書類を作成して、担当部署に提出しなくてはなりません。医療関係、福祉関係には法律に詳しい人が少ない。他方、法律関係者は医療やリハビリ、障害者のおかれた現状に詳しい人が少ない。全てを分かっている人がいないんです。当事者は手探りで進まなくてはなりません。私は、当事者だから分かることと、法的な専門知識を活かして、そういう人たちの役に立ちたいと思うようになりました」

唯一の救いが、ピアサポートという当事者同士のつながりだった。リハビリの効果が大きいのは受傷後二年以内だし、速やかに証拠を保全しないと裁判で勝てない。各種制度は複雑怪奇だ。私もあと一年、半年、他の人とつながるのが遅かったら、取り返しのつかない損失に見舞われたかもしれない。

「こちらの事務所を知ったのは、ロースクールで実務家教員をしている真鍋先生のセミナーに参加したのがきっかけでした。外国人の刑事事件や難民申請の支援に熱心に取り組んでいると伺って、興味を持ちました。私は幼い頃、近所に住んでいたアメリカ人の女性にお世話になりました。その女性のおかげで海外に興味を持ち、商社で働くようになりました。海外とやり取りをして異なる文化の人たちと取引するのは楽しく、やりがいもありました。ですが当時の私は、キラキラしたものを追いかけるばかりで、困っている人、立場の弱い人に目を向けていませんでした。こうして事故にあい、自分自身が弱い立場になって初めて、自分以外にも困っている人が沢山いるということに気づいたんです。思えば、幼い頃にお世話になったその女性も、外国人差別にさらされていました。そういう人たちの力になりたいんです。これまで培ってきた語学力や国際経験も役に立つはずです」

ここまで一気に話して、息をついた。

「それに、真鍋先生の人柄に惹かれました」

「真鍋の人柄？」鶴山が訊き返した。

「はい」と私はうなずいた。「以前、こちらの事務所に見学に伺った際、私の電動車いすではエレベーターに乗れませんでした。そういうとき、困った顔をする人、迷惑そうな顔をする人が多いんです。私から『やっぱり大丈夫です』と諦めるよう申し出ることが期待されていて、そうしないと、わがままな障害者、常識のない障害者と見られてしまう。だからあのときもそうなるだろうと思いました。ですが真鍋先生は、機転を利かせて助けてくれました。しかも私のせいにするのではなく、事務所側の不備であり、勉強になったとお礼まで言われました。驚くと同時に、この先生は信頼できると直感しました。その際に、一番困っている人たちを助けようというのが、事務所の方針だと伺いました。私も同じ思いです。自分のように事故にあって困っている人、言葉の壁で困っている人、外国人差別で困っている人、様々な場面で、人の役に立ちたい。だから、こちらの事務所で働きたいと思っています」

口をつぐむと、応接室に沈黙が流れた。表通りを走るトラックのエンジン音だけが低く響いている。正面に座った鶴山、その隣に座った男性弁護士の二人ともが、食い入るようにこちらを見ていた。

「あれ、私、変なこと言いました？」

と思わず訊いた。

ふいに頭上から、洟をすする音がした。振り返ると、ヒカルが泣いていた。

「え、何、どうしたの？」慌てて尋ねる。

「すみません。邪魔してしまって。こんなのヘルパー失格です。けど、うち、ジーンときちゃって。ここまで頑張ってきたひまりさんをずっと横で見ていたから、色々思い出しちゃって。こらえていたんですけど、我慢しきれず」ひっくひっくとしゃくりあげながら、ヒカルが言った。「あの、ひまりさん、いや、この朝宮さんは、根性があるし、優しいし、人をよく見ているし、もしうちが困ったら、こういう人に弁護を頼みたいって思う人です。いい弁護士さんになると思います」

と言って、ヒカルは頭をさげた。

鶴山がかすかに笑った。「よく分かりました。君からは何か質問ある？」と、隣の男性弁護士に尋ねた。彼は首をかしげながら言った。

「でも、トイレとか、それこそエレベーターとか、どうするんですか。ハンディキャップを負いながら、ロースクールに通い、司法試験を受験したというだけでも、すごいことだと思います。でも、実際問題として、この事務所はトイレもエレベーターも古いし、狭いし、そこかしこに段差があって、朝宮さんが働くのに適した環境ではないです。そのあたり、どうするつもりですか？」

慎重な口ぶりだった。私を馬鹿にしたり、軽んじたりするわけでもなく、むしろ心配してくれているのだと伝わってくる。

だが、言われた内容は残酷だった。現状では障害者を受け入れる態勢が整っていないから、勤務は困難だと通告されたようなものだ。

どうするつもりですかと訊かれても、どうしようもない。答えに窮していると、鶴山が口を開き、

「ちょっと君、弁護士なのにそれでいいわけ」

と、後輩弁護士に渋い顔を向けた。

「障害者雇用促進法という法律があって、全ての事業者に対して、障害者であることを理由に採用の対象から除外することを禁止しているんですよ。事業者は合理的配慮を提供することが義務付けられている。だから、トイレとかエレベーターをどうするかは、朝宮さんが考えることではなくて、私たち事務所の側が考えるべきなんです」

参考書を読みあげるような淡々とした物言いだったが、胸にじんと響いた。こんなふうに正論をきちんと主張してくれる人がいるなんて、思いもしなかった。

「真鍋とも話さなくちゃいけないので、また改めて結果をお知らせします」

フチなし眼鏡をかけた鶴山の顔からは、何の感情も読み取れない。これほどポーカーフェイスな女性を初めて見たかもしれない。だが、落ち着き払って一定の温度を保っている様子は、むしろ頼もしく感じた。

自宅に帰ると、母が焼肉の準備をしていた。うかがうような目でこちらを見る。

「お祝いはまだ気が早いって」私は笑った。「良い事務所だったし、面接官ともちゃんと話せたけど、結果は正直分からないよ」

そうなの、と母は不満そうに口を尖らせた。

スーツを脱ぐと、どっと疲れが押し寄せてきた。いつもならたらふく食べる焼肉もあまり入らず、早々に寝てしまった。

真鍋法律事務所から電話がかかってきたのは、一週間後のことだった。もう一度事務所にきてほしいという。困惑しながら承諾した。

八月の最終週に入っても、まだまだ暑かった。前回同様スーツを着て、西新宿にある真鍋法律事務所に車で向かった。

エントランスを入ってすぐ、あれっと思った。真鍋先生がニコニコと笑いながら立っていた。小型の車いすに手をかけている。その場で移乗して、事務所の応接室に向かった。

正面の席には、真鍋先生と、先日面接をした二人の弁護士が並んで座った。

「本日はご足労いただきありがとうございます」真鍋先生がゆっくり言った。「結論から言います。朝宮さんをこの事務所にお迎えしたい、一緒に働きたいと、僕たちは思っています」

喜びで、心臓が止まるかと思った。

「本当に、いいんですか?」

「もちろんです。ここにいる三人全員が同じ気持ちです。特にこの鶴山なんかは、これまで面接を担当しても、辛口の評価ばかり口にしていたんですが。朝宮さんのときは、開口一番、『採りましょう』と言うから驚いた」

鶴山がバツの悪そうな苦笑を浮かべた。すぐに真顔に戻って、「一緒に働きたいと思っただけです」と事務的な口調で言い、うつむいた。

「面接の後、お声がけするのが遅くなったのは、こちらの事情です。朝宮さんが勤務できる環境を整える必要があります。このビル、この事務所ではなかなか難しい」

私は息をのんだ。一番の懸念だった。

「でもね、グッド・ニュース。このあたりは再開発の予定があって、このビルも取り壊されるんです。一年以内に出ていかなくちゃいけなくて、嫌だなあ、面倒だなあと思っていた。だけど、朝宮さんが求人に応募してくれて、なるほど、むしろ今しかないという引っ越しのタイミングなんだと。運命を感じるほどのめぐりあわせでした」

「と、いうことは、修習期間が一年間くらいあるので、私が弁護士登録をして働き出す頃には、新しい物件に移っているのですか？」

「そう、そうなの」真鍋先生がにっこりと笑った。「トイレやエレベーター、執務室、応接室等々、朝宮さんの意見を聞きながら物件を探そうと思う。朝宮さんにとってだけでなく、障害のある依頼人にとっても、プラスのことだから、当事者の意見を聞いて物件を選べるのは僕たちも助かるんだ。こういった執務環境を用意する前提で、採用オファーを出したいのだけど、どうだろう？」

「もちろん、こちらで働かせてください」

弾んだ声が出た。

「ありがとうございます。本当に嬉しいです」

真鍋法律事務所の応接室で、正面に座った三人の弁護士たちがホッとしたように顔をゆるませた。そうか、この人たちは、私に断られるかもしれないと思って、緊張していたのか。私にとっては思いもしないことだった。

所長の真鍋先生が微笑みながら言った。

「勤務時間は朝宮さんの体力や健康状態を踏まえて、おいおい相談しましょう。あと、うちはあんまり給料良くないけど、大丈夫かな」

「もちろん。働けるだけで嬉しいです」

「今回の件を機に、僕も障害者の置かれた現状について少し調べてみたんだけど。重度訪問介護制度では、仕事中のヘルパー代は補助が出なくて、利用者の全額負担になってしまうんだろう？　就く仕事によっては、ヘルパー代を払うと赤字になってしまうよね」

私はうなずいた。障害者の就労を妨げる一因になっていることだ。当事者から自治体に要望書が提出され、自治体は厚労省に改革提案をしたが、厚労省は結論を先送りしている。

「私が住んでいる自治体には独自の就労支援制度があって、就労時間中のヘルパー代も全額補助してくれることになっています。ですが他の自治体に引っ越すと、補助が受けられなくなるんです」

「なるほど、そしたら新物件は、朝宮さんが引っ越さずに通えるロケーションがいいね」

そこまで考えてくれるのかと驚いた。真鍋先生は本気なんだ。真剣に、私が働ける環境を作ろうとしてくれている。そう思うと、目が潤んでしまった。涙を必死に我慢して、

「ありがとうございます。精一杯働きます」

と絞り出した。

「期待していますよ。話せば分かるが、話さなきゃ分からないことも多い。朝宮さんみたいな人は毎回同じ話を色んな人にしなくちゃいけなくて大変だと思う。本当は、周りが自分で勉強

しなくちゃいけないのにね。だけどそれでも、言葉の力は希望の光。言葉を使って、粘り強く、闘っていってくださいね」

はい、と言うと同時に、大粒の涙が一つこぼれた。胸がじんわりと熱かった。

「ま、それもこれも、朝宮さんが司法試験に合格していたらの話だけどね。不合格だったら、内定は取り消しだよ」

真鍋先生は悪戯っぽく笑った。

合格発表は、二週間後に迫っていた。

第二十九章　合格発表

九月に入ってからも暑さは一向に収まらなかった。そわそわした気持ちを抱えながら、毎日同じ時間に起きて、服を着替え、机に向かった。タブレット上で基本書を開いて、視線を落とすも、気もそぞろで集中できない。卓上カレンダーに目を向けて放心し、気がつくと小一時間過ぎていることもある。

「無理に勉強しなくてもいいんじゃないですか」後ろからヘルパーのヒカルが言った。「そろそろ、出かける準備をしましょう」

今日は久しぶりに飲み会だった。

ヒカルの運転する車で一時間ほど移動し、繁華街の端にある庶民的な寿司屋の暖簾をくぐった。

小さい店を貸し切りにしてくれていたようだ。カウンター席の長椅子は取り払われ、できたスペースに四人掛けの机が二つつなげておかれている。椅子は一つ飛ばしに四つだけ用意されていた。一見すると不思議な配置だが、その意図はすぐに分かった。

椅子が置かれていない席に車いすをつけると、横にヒカルが座った。五分ほど待っていると、よく通る男の笑い声が響いてきて、戸口から派手な背広を着た男が入ってきた。

頸損の先輩患者、安城である。ヘルパーの南さんも一緒だ。

「どうもどうもどうも！　僕が幹事なのに遅くなってごめんね。主役が先にきちゃったね。いや、ここは会社からすぐ近くだから早めにこようと思ってたんだけど、出かけようってときに限って電話が鳴るから……」

唾が飛んできそうなほど、勢いよく話し続ける。変わらぬ元気な姿に、ほっとした。

「今日は誘っていただいてありがとうございます」と、私は頭を軽くさげた。

安城とは司法試験期間中に一度やり取りをしていた。試験が終わり、就職が決まったタイミングでもう一度連絡をもらい、会うことになった。当初は「合格発表後にみんなでお祝いをしようよ」と言われていた。だが私は、発表が近づくにつれて弱気になっていたので、「発表前に集まりましょう」と強弁した。受かっていたならいいが、もし落ちていたときは残念会になってしまう。他の人に気を遣わせるのが申し訳なかった。

「あっ、他のみんなもきたかな」

店の外から車のエンジン音が聞こえた。静かになったと思ったら、女性同士が騒がしく話をする声が続いた。

こぢんまりした寿司屋の戸口が開き、車いすの女性が入ってきた。Nリハビリセンターで一緒だった鬼瓦さんだった。

神経質そうな目元は相変わらずだが、全体に少しふっくらしたように見える。四十代後半くらいの女性ヘルパーが車いすを押して、付き添っていた。

「お久しぶりです」私から声をかけた。

鬼瓦さんは「ああ、そうね。何年ぶりだろ」と、少し怒ったような口調で言う。つっけんどんな感じが相変わらずで、急に懐かしさを感じた。リハビリにも積極的ではなかったし、気難しくて同室の患者ともあまり打ち解けない人だった。だが、家のリフォームをするときにアドバイスをくれたのは彼女だった。

「こんばんは」

透き通るような声が続いて聞こえた。

鬼瓦さんの後ろに人影が見えた。顔を見ずとも分かった。

「凜ちゃん！」弾んだ声が出た。

電動車いすに乗った二十代前半の女の子が、鬼瓦さんの背後から現れた。栗色のロングヘアをさらさらと揺らしている。

つんとすました顔が私に向いた。目が合うと、凜ちゃんは「朝宮さん」とつぶやいて、顔をほころばせた。

その笑顔を見た瞬間、どういうわけか、涙が込みあげてきた。泣くのも照れくさくて必死に我慢したが、それでもやはり、一粒ぽろりと涙がこぼれた。

「なんで泣いてるんですか」

呆れたように言いながら、凜ちゃんは席についた。後ろに凜ちゃんのママがついている。私は頭をさげて、凜ちゃんママにも挨拶をした。急性期病院からNリハビリセンターに移るときに会って以来だ。少し疲れているようにも見えたが、上品な雰囲気はそのままで、表情も穏やかだ。

私たちはそろってビールを注文し、乾杯した。

「凜ちゃんとお酒を飲むなんて、変な感じ」

と言うと、凜ちゃんは笑った。

「私だって何年も前に成人したんですよ」

振袖を着て成人式にも出たらしい。写真を見せてもらうと、朱色の振袖に白いファーを巻いて、華やかな笑みを浮かべている。

それを見ると、親戚のおばさんのような気持ちになって、また涙がこぼれそうになる。

「高校のとき私をいじめてきた子たちも、成人式にきてました。けど、私を見たら逃げていった。私が勝ったんです」

いじめっ子たちに私は勝った、という言い方は、負けず嫌いの凜ちゃんらしかった。

「私、声優になろうと思って。声の仕事だったら、肩から下が動かないことも、ハンデにならずにやっていけそうだから」

今は声優志望者向けの専門学校に通っているらしい。ボイストレーニングもかねて、歌う動画を投稿したら、むしろそちらに人気が出て戸惑っているという。レコード会社からも声がかかったが、これからどうするかは考え中なのだそうだ。

「この子、専門学校で彼氏ができたって言って、浮かれてるんです」

凛ちゃんのママが苦笑いしながら言うと、凛ちゃんは顔をむすりとさせた。

「言わないでって言ったじゃん！」

「まあまあ、いいことじゃないですか」と、安城が割り込んでなだめる。「最近の子は、車いすなんてものともせずに、マッチングアプリを駆使して恋人を作りますからね」

眉をひそめながらビールをすする凛ちゃんの気分を変えようと、「私も彼氏ができたよ」と自ら申告した。

すると凛ちゃんが顔もあげずに「急性期病院で面会にきてた、あのイケメンでしょ」と言うから、驚いた。

確かにレオが面会にきたところを凛ちゃんは見ている。だが六年も前のことだ。

「よく覚えてるね」

「だって朝宮さん、あの人のこと好きそうだったもん」

「えっ」思わず大きな声が出た。「いや、そんなことないよ。少なくともあのときはそういう感じじゃなかったし」正直に話しているのに、どこか言い訳めいて聞こえる。

「でも、あの人が会いにきて、朝宮さんはすごく嬉しそうだった」

言われてみれば、あのとき確かに嬉しかった。退院後にうちにきてくれたときも、ビアガーデンに連れていってくれたときも。予備試験前に倒れて病院に運ばれたときは、仕事を休んで新幹線で駆けつけてくれた。

レオが会いにきてくれると私はいつも嬉しかった。それってつまり、好きということなのかもしれない。

「どうするんですか。これから、その彼と」

凜ちゃんに大人びたことを訊かれ、答えに窮した。試験が終わり、就職が決まり、自立の目途が立ってから考えようと、思考を止めていた。でもそろそろ、決めるべき時だった。


ついに合格発表の日がやってきた。

九月の第二火曜日、朝起きた瞬間から、かちこちに固まっていた。歯磨きをしていても放心して手が止まったり、電動車いすのリクライニングを倒すつもりが座面をさげてしまったりする。挙句の果てには、ヒカルに対して「ねえ、お母さん」と話しかけるなど、絵に描いたようなポンコツだった。

どうせ何も手につかないと分かっていたから、午前中は病院の定期検診を入れていた。そこでも、いつもより心拍数が高いことを不審がられる始末だ。

昼にはレオも合流して、ヒカルと三人で、病院近くのとんかつ屋に行った。

司法試験前と同様、ゲン担ぎでカツを食べようというのである。三人してカツ丼を注文した。濃いめの味つけが美味しかったが、胸がいっぱいで半分も受けつけなかった。

しかも、三人とも口数が少なく、どうにもぎくしゃくとした空気が流れている。私に気を遣っているのか、レオとヒカルは目顔で何かを確認しあうように、しきりに視線を交わしたり、うなずいたりしている。

レオは「ゲン担ぎのカツ丼を残すと縁起が悪い気がする」と言って、私が食べきれなかったカツ丼を代わりに平らげた。

「レオは今日の午前中、仕事だったの？」

てっきり有休をとってきていると思っていた。だが、きちんとダークスーツを着ているから、今日最初に見たときから不思議に思った。

「ん？　ああ、まあ、そんな感じ」と、レオはなぜか歯切れ悪く答えた。

「へえ、大変だね」私はしみじみと言った。忙しいのに、いつも会いにきてもらってばかりで申し訳なかった。

「合格発表は午後四時だから、それまで少しでも仕事する？」と訊くと、「いや大丈夫」と首を横に振った。

本当に大丈夫なのか、無理をさせていやしないか、不安が胸をよぎった。だがすぐに、もっと大きい気がかり、このあと数時間後には司法試験の結果が出ているということを思い出して、落ち着かない気持ちになった。

「それじゃ、あとは二人で」とヒカルが席を立とうとした。これには心底驚いた。

「えーっ、ヒカルも一緒に合格発表を見にいくんじゃないの？」

ヒカルは決意の固そうな目で答えた。

「泣いちゃうから、うちはウェブで見ます」

止めるのも聞かず、ヒカルはとんかつ屋を出ていった。ヘルパーの業務時間内だから、仕事として言いつければ、残ってくれただろう。だが頑固に首を横に振るヒカルを見ていると、強く言えなかった。

「ひまりさんの家に戻って、パソコンの使い方をお母さんとお父さんに教えなきゃいけないんです。発表と同時に二人も結果を確認したいそうですから」

合格発表は、午後四時にインターネットと掲示板の両方で行われる。法務省のホームページに合格者の受験番号が掲載されるほか、試験地ごとに、その試験地で合格した者の受験番号が掲示される予定だ。

東京で受験した私の場合、法務省前の掲示板を確認すればよい。掲示板は、法務省の日比谷公園側、祝田橋《いわいだばし》交差点付近にあるらしい。

多くの人は、まず法務省のホームページで合否を確認して、合格していた場合だけ掲示板を見に行く。

だが今回、「きっと大丈夫だから、現地で確認しよう」とレオが言った。それならと思って出かけることにした。初めての司法試験、初めての合格発表だ。受かっていても落ちていても、せっかくだからイベントとして、合格発表の現場の雰囲気を楽しもうと思った。

だが、いざ直前になると、現地に行くのが恐ろしくなってきた。

車いすごと車に乗って、レオの運転で霞が関に向かった。車内でも会話は弾まない。

母がハワイアンキルトの展示会に出品したことや、父が地域の子供の見守り運動に参加するようになったこと、兄の双子の子供はもう中学生で、高校受験を前に志望校選びで悩んでいるらしいことなどを話したが、それ以上の会話は続かなかった。レオはどこか上の空だ。合格発表を前に、彼も緊張しているのだろうと思った。私は私で緊張していたが、緊張のせいでむしろ、一方的にワッと話をしてしまった。うるさかったかなと思って、口をつぐむ。

午後二時過ぎ、日比谷の駐車場に着いた。

「まだ一時間以上あるし、日比谷公園のあたりを散歩する？」レオが言った。

「でも車いすで入れるかな」

「段差のある道もあるけど、主要な道は綺麗に舗装されてるから、通れるはず」

レオは検察庁の本庁で働く同僚と、日比谷公園内のレストランで食事をとることもあるという。帝国ホテルを脇に見ながら、緑の勢いが未だ衰えない日比谷公園へと進んだ。

合格発表まで一時間を切っていた。

公園内、噴水広場のベンチにレオが腰かけた。その隣に私は車いすをとめた。

緑に囲まれてのんびりするのは久しぶりだった。噴水が光の粒を散らすように、秋晴れの中で輝いている。本当に美しい秋の日だった。浮ついた気持ちが、自然と凪いでくる。

「あっという間の六年間だったな」レオが前を見ながら言った。「ひまりは本当によく頑張ったよ。すごいと思うし、そばで見ていると、俺も頑張らなくちゃと、励まされた」

「そんな、大げさな」と笑った。「私は他の人に助けてもらってばかりだし」

空を見上げると、鱗雲がゆっくりと流れていくのが見えた。どこまでも続くような、薄く長い雲だったが、しばらくすると視界から消えて、紺碧《こんぺき》の空だけが残った。噴水の音が静かに、風に乗って届く。

結婚しよう、という言葉が口から出かけた。だが、喉元でつっかえて、音にならない。

重度障害者である私と結婚するのが、レオにとって良いことなのかは分からない。だけど私は彼と一緒にいたいと思った。それなら、自分の気持ちを率直に伝えて、あとは彼の判断に任せるしかない。

でも、レオが何と言おうと、私はなるべく自立していたかった。一人でも楽しく暮らせる前提で、でも二人ならもっと楽しいと思える関係でいたかった。だからこそ、働くことにこだわった。勉強して、試験を受けて、就職先を見つけた。

あとは、司法試験に合格さえしていれば。

社会に居場所を見つけて、暮らしていけると思う。大変だろうけど、大変な思いをできることすら嬉しい。

そういう自分になって初めて、レオの意向を確認できるような気がした。中途半端な状態では、将来のことを軽々に切り出せない。

「そろそろ行こうか」

レオの声で現実に引き戻された。周りを見ると、いつの間にか人が増えていた。

「掲示を見にくる人、結構いるからさ。落ち着かなくて、公園に散歩にきてるんだろ」

レオの言う通り、法務省前にはもっと人がいた。掲示板前に設置されたポールに沿って、四、五列になっている。車いすの私が近づいていくと、さっと人波が割れた。

「車いすで良かったと初めて思ったかも」ニヤッと笑いながら、最前列についた。

そしてついに、合格発表の瞬間がきた。

午後四時ちょうど、スーツ姿の職員が四人、掲示板前に現れた。「法務省」と書かれた腕章をつけ、大きな紙を内側に折って持っている。掲示板のガラス戸を開け、紙を画鋲《がびょう》で貼り出し始めた。

おおっ、と方々から歓声があがる。カメラのシャッター音がした。報道用のビデオカメラも回っているようだ。

「受験番号は?」レオがかすれた声で訊いた。

「02078」頭の中で何度も唱えて、すっかり覚えてしまった番号を答える。

目の前の掲示板には『00420、00424、00426……』という番号が並んでいるのが見えた。421、422、423、425の人は落ちたのか、と思うと、胸がぎゅっと締めつけられた。

「ひまりの番号はもっと右の掲示板だな」

レオが短く言った。周囲の人たちも、自分の番号を求めて移動を始めている。回遊魚の間を抜けるように、車いすを動かした。心臓がバクバクと鳴っていた。

あと五分? 三分? いや、一分以内に、結果が分かってしまう。どうしよう。

レオが「すみません、車いすが通ります」声をかけて、道を作ってくれた。

右端近くの掲示板の前で、車いすを方向転換させた。座面をあげて、目線を合わせる。

『０２０１５、０２０２０、０２０２２、０２０２５、０２０２６、０２０３４、０２０３９、０２０４１……』

私の番号は「０２０７８」だ。

ほとんど息を止めながら、視線を走らせた。

『０２０４６、０２０５０、０２０５２、０２０６２、０２０６７、０２０７１、０２０７２、０２０７８、０２０８０、０２０８３』

あっ、と声が出た。

「０２０７８、あった！」ほとんどあがらないはずの右手が、自分の鼻の高さくらいまであがった。夢中で、掲示板の一点を指さした。

「見て、あそこ。ゼロ、ニ、ゼロ、ナナ、ハチ」一文字ずつ読みあげて間違いないか確認する。

膝の上に載せていた受験票を見て、もう一度「ゼロ、ニ、ゼロ、ナナ、ハチ」と読みあげて確認した。

ある。受験番号がある。受かった。

私は、司法試験に受かった！

「一応、ネットでも見てみてよ」と言って、レオを見あげ、思わず息をのんだ。

レオは隣で、むせび泣いていた。

「受かった。司法試験、受かったよ！」

身体が空まで浮かんでいきそうだった。現実感がない。車いすに座っている自分も、司法試験に受かったとはしゃぐ自分も、まるで他人のように、一瞬、思えた。

事故になんて遭いたくなかった。健康な身体で普通の人生が続くなら、私はそのほうが良かった。だけど、今この瞬間の胸の高鳴りは、事故に遭い、障害を負ったからこそ、経験することができたものだ。人生は本当は、プラスマイナスゼロになるように、できているのかもしれないと思った。

レオは隣で、声を殺しながら泣き続けていた。片手で顔を隠しているが、大人の男のマジ泣きに、周りの人もやや引いているのが分かる。

乱暴に顔をぬぐうと、レオは突然、その場で膝をついた。

ポケットから赤い小箱を取り出して、パカッと開いた。

「ひまり、俺と結婚してください」

息が止まるかと思った。

小箱の中央には、ダイヤモンドの指輪が光っていた。

「もちろん」考えるまでもなく答えていた。「結婚しよう。私から言おうと思ってたのに」

レオは指輪を手に持つと、私の左の薬指にはめてくれた。

涙でぐずぐずになったレオの目が、私を見ている。真剣な場面のはずなのに、その顔が可笑しくて思わず吹き出した。

「なんで笑うんだよ」

「だってレオ、泣きすぎなんだもん」

周りの人たちの視線が集まっていることに、今さら気がついた。報道用のビデオカメラと、マイクを手にした記者らしき人が近づいてきた。

「合格されたんですか。おめでとうございます」と言って、レオにマイクを向けた。

レオはきょとんとした顔をした。私も同じような顔をしていたと思う。

どういう状況か、すぐに気がついた。記者たちは、レオが司法試験に受かり、同行者の私にプロポーズしたと勘違いしたのだ。障害者で、車いすで、しかも女性の私が司法試験の合格者だとは思いもしなかったのだろう。

事情を説明するのも馬鹿らしかった。レオも同じ気持ちだったようだ。レオは「行こう」と言って、車いすに手をかけた。私たちは人波を抜けて日比谷公園に向かった。

少しずつ陽が傾いてきた。涼しいそよ風が木々の間を抜けていく。

レオと私は噴水広場のベンチに戻ってきていた。

「指輪、どうしたの。用意していたの?」

左手に輝くダイヤを見ながら訊いた。

「ヒカルちゃんに頼んで、こっそりサイズを測ってもらってたんだ。今日二人きりにしてもらうのも、頼んであった」

だから今日、昼食のときに二人が意味ありげな視線を交わしていたのか。

「レオが今日スーツだったのもこのため?」

「当たり前だろ」照れくさそうにレオが頭をかいた。「ひまりは鈍感すぎるよ。午前中仕事だったの、とか訊いてくるんだもん。こんな日に仕事するわけないじゃん」

そういうことだったのかと合点がいった。

「合格していたら、私から、結婚しようって言うつもりだったんだよ。そっちで頭がいっぱいで、まさかプロポーズされるとは思っていなかったんだから」

「俺は、俺から言いたかったの。それだけ」

と、すねたように言う。

「でもそんなに気合を入れてきて、もし私が落ちていたらどうするつもりだったの？」

レオは即答した。「ひまりは当然受かっていると思っていた。そこは全然、心配していなかったんだよ」

ここまで言い切れる人には敵《かな》わないと心底思った。

「じゃあ、合格発表を見て、なんであんなに泣いてたの？」

「それはさあ」レオはバツが悪そうに再び頭をかいた。「色々思い出したんだよ。ひまりは本当に頑張ったなあと思ったの」

喉元過ぎれば熱さを忘れるというように、頑張った過去の自分はどこか他人のようだ。だが改めて思い返すと、つらかったこと、大変だったことが昨日のことのように蘇った。事故直後の衝撃、リハビリをしてもこれ以上良くならないと悟ったときの絶望、復職できなかったときの孤独、法務省と交渉していたときの苛立ち、ありとあらゆる感情を味わうことになった。だけど、今となっては楽しかったことばかりのようにも思える。同級生たちと励まし合って乗り切った日々、試験が終わるたびに飲んだビール。レオと付き合うことになったのも、弁護士を目指したからこそだ。

「諦めずに頑張ってると、良いこともあるんだなあ」独り言のようにしみじみと言った。

合格発表があった夜は、飲めや歌えの大宴会だった。自宅に帰ると、母が焼肉を用意していた。これまで目にしたことのないような高級和牛がずらりと並んでいる。

「今日だけは好きに食べなさい」

お腹が空いていることに急に気づいた。昼にあまり食べていなかったからだろう。

腹いっぱいになるまで、次々と肉を食べた。私の左手薬指にはダイヤの指輪がはまっていたが、両親は何も言わなかった。もしかすると、レオは事前に両親に相談していたのかもしれないと思った。

ヒカルは帰り際に「おめでとうございます」と頭をさげた。

「どっちのこと？」と尋ねると、「どっちもです」と笑う。

「ヒカルが協力してくれたんだって？　ありがとう」

「うちはたいしたことしてませんけど。どうでした、レオさん、バシッと決めましたか？」

法務省掲示板前でぐずぐずに泣くレオを思い出し、笑みがこぼれた。

「いやあ、どうだろう。でも、私にとっては、かっこよかったよ」

「それ、本人に言ってやってくださいよ」

ヒカルが冷やかすように言った。少し間をおいて、今度は真面目な顔をして口を開く。

「無事、司法試験に合格していたので、真鍋法律事務所への就職も内定したってことですよね？」

「うん。真鍋先生にも合格を報告したよ。すごく喜んでくれた」

「うち、これからもひまりさんのヘルパーをさせてもらえますか？」

ヒカルは不安そうにこちらを見た。

「もちろんだよ。ヒカル以外誰がいるの」

「よかった」ヒカルは鼻の頭をこすった。「ひまりさん、これからもよろしくお願いします。今日は何より、合格おめでとうございます」

沢山のおめでとうに溺れるように、その日は眠った。ロースクールで一緒に勉強会をしていた同級生も皆、無事合格していた。

元同僚の夏子、頸髄損傷仲間の安城、鬼瓦さん、凜ちゃんなど、合格を報告するたびに温かい祝福を受けた。

お祭り騒ぎに浮かれながらも、頭の芯は冷静になりつつあった。司法試験は資格試験にすぎない。職業人としてのスタートラインに立っただけだ。本当に頑張らなくちゃいけないのは、これからだと分かっていた。

エピローグ

事務所の執務室には、コーヒーメーカーの音が響いていた。表を走る車のエンジン音と、下校中の子供たちの笑い声が続いた。

うだるような暑さが少し和らいだ、穏やかな晩夏の午後だった。こんな日は、時間がゆっくり過ぎていくように感じる。

ヘルパーのヒカルが執務室に顔を出し、

「ひまりさん、次の打ち合わせ、うちも入ったほうがいいですか？」

と、いつも変わらぬ明るい口調で訊いた。

「うん。ヒカルも一緒に話を聞いて、相談にのってほしい相手だから」

司法試験に合格してから、あっという間に四年が経った。約一年間に及ぶ司法修習を経て、二回試験という最終テストのようなものを受け、やっと弁護士として登録された。

司法修習ではまず、全修習生が、埼玉県和光《わこう》市にある司法研修所に集まって、約一カ月にわたる座学を行う。さらに刑事裁判修習、民事裁判修習、検察修習、弁護修習、選択型実務修習など、個別のプログラムをこなしていく。ヘルパーの同席を嫌がられる場面は何度もあった。

そのたびに私は粘り強く交渉してきた。

言葉の力を信じなさい――という真鍋先生の教えは、私の中に深く息づいていた。

真鍋先生と一緒に働くようになってから三年が経つ。取り乱した依頼人、激高した相手方、事情を知らない裁判官等々、言葉が通じないと感じる人も多くいた。だからといって、匙《さじ》を投げるわけにもいかない。根気強く取り組むしかなかった。

結果として、口コミで少しずつ依頼人が増えていった。

離婚や相続などの家事事件、刑事弁護だけでなく、交通事故の損害賠償の案件が多く集まるようになった。リハビリにかかる時間や費用、精神的負担、後遺症がもたらす不利益など、普通では想像が及ばない部分まで分かっている。依頼人からすると話が早く、安心感があるようだ。

全国脊髄損傷者連合会の活動で、法律相談に乗ることもある。藁《わら》をもつかむ思いでやってきた当事者たちが、ホッと頬をゆるめて帰っていくのを見ると、むしろ私が救われた。事故にあって障害を負ったことを恨めしく思わない日はない。もし健康だったらと考えてしまう。だけど、この道をたどったからこそ役立てたことがあり、結ばれた縁もある。

幼馴染だったレオも、その一人だ。

司法修習が終わり、弁護士登録をした日にレオとの婚姻届を提出した。

ささやかながら、結婚式も執り行った。車いすの車輪に巻き込まれないように、ウエディングドレスの裾は短く結んだ。姪っ子のマオちゃんが目を輝かせて「マーメイドみたい」と言ってくれたのが嬉しかった。

父が車いすを押してバージンロードを進んだ。洟をすする音が頭上から聞こえて、私も目頭が熱くなった。誓いのキスの前に、電動車いすの座面をあげ始めたら、式場内が和やかな笑いに包まれた。

白いタキシードに身を包んだレオは見違えるように凜々《りり》しく、カッコよかった。

「お前は昔から、他校の女の子にはモテてたもんなあ」と兄がしみじみと言った。顔がカッコいいから他校の子にはモテるけど、性格が面倒くさくて同じ学校の女の子たちからは敬遠されていたらしい。

それもそうだろうと思う。レオは意地っ張りだ。私とも喧嘩が絶えなかった。似た者同士なのかもしれない。

レオが都内勤務となったのをきっかけに、私は家を出てレオと一緒に暮らし始めた。中古のマンションを購入して車いす用にリフォームしたのだが、その費用負担でまず揉めた。補助金もあるし、貯金や賠償金もあるから、私は自分で出すつもりだった。だがレオは自分が出すと言って聞かない。結果的に、二人で折半することになったものの、一事が万事こんな調子で、すぐ言い合いになってしまう。

だけど、そんな関係が嬉しいと思うこともある。変に遠慮して、よそよそしく扱われるよりはよかった。

家には常にヘルパーもいる。レオも気疲れするだろう。二人で出かけるときはヘルパーに外してもらう。どこで覚えたのか、初歩的な介助ならレオもできるようになっていた。車いすも悪いことばかりじゃないな、と思う。人の優しさに触れられる。好きな人がずっと一緒にいてくれる。これってすごく贅沢かも、と思うこともある。日常生活があまりに不便だから、そのくらいのプラスもなくちゃね、とも。

平日日中は、引き続きヒカルに介助に入ってもらっていた。自宅から車で二十分ほどの事務所に向かい、働いている。

「お客さん、いらっしゃいました」ヒカルの声がして、パソコンから顔をあげた。

「よし、行こうか」車いすを動かした。

事務所の応接室には、車いすに乗った少年がいた。くたびれた灰色のTシャツを着て、ふてくされたような目を向けている。分厚い唇は乾燥してひび割れていた。

その脇に、小太りの明るい茶髪の女性が座っていた。少年の母親らしい。私の姿を見ると、さっと腰をあげて、頭をさげた。

「先生、今日はありがとうございます。ほら、あんたも」と促されるが、少年はむすっとした顔で座ったままだ。

里田《さとだ》翔太君というらしい。まだ高校三年生、十八歳だ。といっても、高校一年生の頃からほとんど学校には行っておらず、地元の不良とつるんで遊んでばかりだったという。原付自転車を乗り回し、危険な運転のすえに事故にあった。脊髄を損傷し、下半身が麻痺したらしい。受傷後十カ月が経過している。

「この子が悪いんです。人様に怪我をさせなかっただけ良かったものの。この子の怪我は自業自得だから」としきりに母親が言う。

翔太君の表情が曇っていく。眉根を寄せ、怒っているように見える。だが本当は泣き出しそうなのを我慢しているのだろうと思った。反省や後悔は、人に言われずとも自分が一番感じていることだろう。特に今は、リハビリの天井が見えて、最もつらい時期のはずだ。

「リハビリはどう？　きつい？」

さりげなく訊くと、翔太君はぼそりと、「別に。もう慣れたし」と答えた。顔をわずかにそむけているが、視線は注意深く、私の身体の上を走っている。

脊髄損傷の度合いは、私のほうが何段階か重い。翔太君は胸から上を動かせるし、軽いものをつかんだり持ちあげたりもできるはずだ。対する私は、腕や指先もわずかしか動かない。それなのにきちんとスーツを着て、弁護士バッジを胸につけている。髪の毛も整えて、今風のメイクもしている。

翔太君は未知の生き物を見るように、用心深く、しかし興味を隠しきれない様子で私を見ていた。

母親がため息をついて言った。「もうすぐ退院なんです。この子は学校に戻りたくないと言うし、かといって働けるわけでもないし、本当に八方塞がりで」疲れのにじんだ目をしばたたかせ、深いため息を重ねた。

「翔太君は、やりたいこととかあるの？」

あえて無邪気に訊いた。健常者から言われると腹が立つことも、より重い障害を負っている私が言えば角が立たない。

「別に。僕は将来とか、どうでもいいです」

翔太君は強がるような口調で言った。

「やりたくないことは色々ありますけど、やりたいことってのは、ないです」

「やりたくないことって、例えば？」

翔太君は首をちょっとかしげて、「リハビリとか」と答えた。嘘だと思った。事前に聞いていた損傷部位と、彼の身体の可動域を見比べると、リハビリをかなり頑張ったらしいことが分かる。これ以上リハビリをしても、状態が良くならないことを悟って、無力感と絶望感にさいなまれているだけだ。

だがそんな心中を母親が察するわけもなく、「この子は本当に、昔からサボり癖があって。私が仕事ばかりしていないでもっと目をかけていたら、悪い仲間とつるまず、事故を起こしたりしなかったかもしれないのに」と洟をすすっている。

翔太君は舌打ちをした。だが何も言わなかった。自分の気持ちを表現するだけの言葉を、まだ持っていないのだろう。もしかすると、自分でも自分の気持ちを分かっていないかもしれない。

「脊損連合会で、安城さんと話したんだよね。それで私のところにきたと」

「はい」翔太君が答えた。「面白い人がいるから会ってこいって。肩から下がほとんど動かないのに、口でしゃべって司法試験を受けて、弁護士になったんでしょ」

苦笑しながら「そうだよ」と答えた。口でしゃべって司法試験を受けた、という言い方が面白かった。パソコンを使うための動作の一環としかとらえていなかったが、確かに口でしゃべっていたとも言える。思えば事故以来、口を動かし続けていた。スマホをとってもらうにも、テレビをつけるにも、口で指示を出す。仕事で文章を書くときも、こうして相談者と向かい合うときも、口を使う。

言葉は私の最後の砦《とりで》だった。

「私も事故にあうまでは、こんなふうになるとは思ってもみなかったんだよ。でも、周りの人たちにも助けられて、なんとか弁護士になれた。今では一人前に働いているし、結婚もしたし、それなりに楽しく過ごしているんだよ。翔太君はまだ十八歳だよね。やりたいことがあるなら、できるよ」

翔太君はさっと顔をあげ、私をにらみつけて言った。

「先生と僕は違う。先生はもともと良い大学を出て、大きい会社に勤めていて。頭も良かったんでしょ。たぶんお家にも余裕があって、助けてくれる人がいて」

翔太君が一気に言った。

「僕は、家族もお母さん一人だし、お母さんも仕事で忙しくて。僕は勉強はできないし、運動もそこそこで、話が面白いわけでも、顔が良いわけでもなくて。特別な能力とか、才能とか、取り柄がない。それで身体が普通に動かなくなっちゃったら、もう終わりじゃないですか。つるんでた仲間もスッとどこかに消えて、連絡がつかなくなった。付き合っていた女の子には新しい彼氏ができていた。学校の先生たちはもともと僕のことが嫌いだし。どこを探しても、僕を必要としている人なんていない。むしろ邪魔者、お荷物なんです。お母さんも、介護のせいで仕事に行けなくて、貯金がどんどん減っていって」

「あんたはそんなこと、気にしなくていいの」

隣に座った母親がきつい口調で言った。だが翔太君はそれを無視した。

「とにかく、僕はこの世にいないほうがいいって思うんです。被害妄想とかじゃないですよ。僕がいてもみんなの迷惑になるだけだし、僕のほうでも、この先楽しいことなんてないだろうし。それならもういいかなって」

「いいわけないでしょ！」母親が叫ぶように言った。「せっかく命拾いしたんだから、大事にしなさい。あんたが事故を起こしたって聞いて、病院に駆けつけて、あんたを見たとき、私は本当にもう……」言葉を詰まらせ、目を涙でいっぱいにした。「先生、すみません」と言いながら、さめざめと泣いた。

「お金のことと、これからのこと、分けて考えましょうか」私は努めて落ち着いた口調で言った。「お金のほうは何とかなります。障害者福祉の制度が色々ありますから。必要に応じてヘルパーをつけて、お母さんは自分の仕事に戻れるようにしましょう。まずは無理なく暮らしていける態勢を整える。制度や手続きが複雑で、面食らうでしょうけど。そこは私たちがお手伝いできます」

母親は目元を拭いながら、うなずいた。翔太君はうかがうような目をこちらに向けた。

「だけど翔太君、この先どういう道を進んでいくかについては、翔太君が自分で考えて、動かないといけないよ。大変だけど、他の人が替わってやれない部分だから」


翔太君は殊勝な態度で「考えてみます」と言って、帰っていった。きたときより素直な顔つきだったが、その瞳に不安がにじんでいるのが分かった。将来について考えろと言われても、大海にボートで放り出されるような心細さと途方もなさを覚えるだけだろう。

「あの子、大丈夫かな」一緒に応接室に入っていたヒカルが、執務室に戻りながら言った。

「ひまりさんは確かにすごい人だけど、そのひまりさんだって、色々大変なこと、あったわけでしょう」

「まあねえ」私はあいまいに笑った。主観的には、大変なことだらけだったと言ってもいい。だけど他の人と比べたら恵まれた環境だったのかもしれない。私が頑張ったから上手くいったのだと単純には言い切れない。

執務室に入ると、蜂蜜《はちみつ》色の夕陽が窓から降り注いでいた。誰かがブラインドをあげたらしい。向かいにある小さい公園が見えた。夏の暑さに耐え抜いた木々が、風に揺れて木の葉を散らしている。

「ひまりさんの話をもう少し詳しく、翔太君に伝えられませんか」ヒカルが言った。「少し話したくらいじゃ伝わらないでしょう。まとまった文章にして、翔太君が読みたいときに読めるように、できませんか」

「これまでの話を、私が書くってこと？」

窓の外を再び見つめた。樹木の根元に、ひまわりの花が咲いている。どうしてあんなに日当たりの悪い場所に、生まれ落ちてしまったのだろう。わずかに差し込む光を探して、茎が不自然に曲がっている。それでも花弁は空を向き、夕陽を浴びて静かに輝いていた。

「私、書こうかな」

その晩から、手記を書き始めた。気の遠くなるような作業だった。

口を動かし続けていると、喉が渇いて、声がかすれた。胸がいっぱいになって、言葉が出ない日もあった。心のかさぶたを剝がすような痛みが走ることもあれば、思い出のアルバムを開くようにしんみりすることもあった。くる日もくる日も、パソコンに向かった。

翔太君、どうか諦めないで。それだけを伝えたかった。

今日も私はマイクに向かって声をかける。言の葉はひらりひらりと少しずつ降り積もり、いつかは豊かな土となって、新しい花を咲かせるだろう。

どこかの誰かに、届きますように。

謝辞

取材にご協力いただいた菅原崇弁護士、安藤信哉様、株式会社障碍社の皆様、那智勝浦町立温泉病院の皆様、音声認識ソフトウェア「ＡｍｉＶｏｉｃｅ」をご提供いただいた株式会社アドバンスト・メディアの皆様、そのほかご協力いただいた多くの方々に深く感謝いたします。

とくに、菅原先生のご協力なしには、本書は執筆しえませんでした。

菅原先生は、頸髄を損傷し、四肢麻痺の障害を負いながら、日本で初めて音声認識ソフトを使用して司法試験を突破し、弁護士として活躍されています。

現在に至るまでの道のりには、当事者にしか語りえない固有のエピソードが多くあり、それらのエピソードを下敷きにして、本書は執筆されました。

ただし、私の個人的信条として、当事者の話は当事者自身の口から語るべきであると思っています。そのため本書は、実在の人物をモデルとした「モデル小説」ではありません。

主人公の性格や思考、家庭環境、友人関係、その他すべての構成要素はフィクションです。また言うまでもなく、個々のエピソードを含め、この物語全体がフィクションであり、実在の人物・団体とは一切関係ありません。

取材を通じて、当事者同士の連帯の重要性を強く実感しました。適切なサポートにつながるよう、以下関連窓口をご紹介いたします。

公益社団法人　全国脊髄損傷者連合会
https://zensekiren.jp/

公益社団法人　全国脊髄損傷者連合会　ピアサポート
https://peer-s.net/

弁護士法人ＴＬＥＯ　虎ノ門法律経済事務所　海老名オフィス
https://www.t-leo.com/branch/ebina/

装画
eri
(@silentletter_eri)
装幀
長崎 綾
(next door design)

本書は、左記の新聞に連載された作品に加筆、修正したものです。

宮崎日日新聞、日本海新聞、北國新聞、富山新聞、室蘭民報、山口新聞、新潟日報、十勝毎日新聞、長崎新聞、佐賀新聞、福島民報、下野新聞、紀伊民報、沖縄タイムス、岩手日日、福井新聞、山陽新聞、北羽新報、上毛新聞、茨城新聞、徳島新聞、デーリー東北、函館新聞

新川帆立

1991年生まれ。アメリカ合衆国テキサス州ダラス出身。宮崎県宮崎市育ち。東京大学法学部卒業後、弁護士として勤務。第19回『このミステリーがすごい!』大賞を受賞し、2021年に『元彼の遺言状』でデビュー。他の著書に『剣持麗子のワンナイト推理』『競争の番人』『先祖探偵』『令和その他のレイワにおける健全な反逆に関する架空六法』『縁切り上等!』『女の国会』などがある。

ひまわり

2024年11月15日　第1刷発行

著　者　新川帆立
発行人　見城 徹
編集人　石原正康
編集者　壷井 円

発行所　株式会社 幻冬舎
〒151-0051 東京都渋谷区千駄ヶ谷4-9-7
電話　03(5411)6211(編集)
　　　03(5411)6222(営業)
公式HP　https://www.gentosha.co.jp/

印刷・製本所　中央精版印刷株式会社

検印廃止

Printed in Japan
ISBN978-4-344-04354-1 C0093

この本に関するご意見・ご感想は、
下記アンケートフォームからお寄せください。
https://www.gentosha.co.jp/e/